Deutschbuch

Gymnasium Bayern

Oberstufe

Arbeitsheft

Vertiefungskurs

Lösungen

12

Cornelsen

1 Werke und Widersprüche – Modul „Weltliteratur aus dem nicht-deutschsprachigen Raum“

Seite 5

1 Das Bild ist zeigt ein geöffnetes Buch, über dem eine Weltkugel schwebt, sodass der Eindruck entsteht, dass der Blick auf die Welt in einem engen Zusammenhang mit dem steht, was Menschen lesen, wahrnehmen, beschreiben und wissen. Diese Darstellung lässt sich auf den Begriff „Weltliteratur“ beziehen, da durch die Auseinandersetzung mit Werken über nationale Grenzen hinaus Einblicke in andere Kulturen und Gesellschaften gegeben und weltweite Probleme Leserinnen und Lesern und auf diese Weise nahegebracht werden.

3 Übersetzungen stellen einen Akt des Verstehens dar, in dem Versuch, Inhalte, Darstellungen und Ansichten aus einer anderen Sprache in die eigene für ein breites Publikum zu übertragen. Je behutsamer eine Übersetzung vorgeht und je näher sie dem Original folgt, desto mehr vermittelt und teilt sie andere Gedankenwelten.

Seite 6

1 Stichpunkte für eine Mindmap:
- verarmt (kein Geld für Miete und neue Kleidung) (vgl. Z. 6 ff. u. 19 ff.)
- hungrig (vgl. Z. 42 f.)
- übersteigerte Wahrnehmung (vgl. Z. 35 ff.)
- Zufriedenheit bis angehende Hochstimmung durch Wahrnehmung der Umgebung (Z. 27–45)
- angeekelt durch Beobachten der Frau, die die Möglichkeit hat, wohl überhaupt über ein derartiges Mittagessen nachdenken zu können (vgl. Z. 48 ff.)
- abrupte Stimmungsänderung, evtl. erhöhte Sensibilität durch Hunger (vgl. Z. 54 f.)

2 In der Graphic Novel wird der Fokus verstärkt auf die Stimmungsänderung der Hauptfigur gelegt und dieses Element grafisch intensivierter hervorgehoben als im Text. In diesem wird dies erst über die weiteren Stücke derart deutlich. Der Protagonist, der seine Umgebung entspannt und freudig wahrnimmt (vgl. Z. 27 ff.), verwandelt sich in der Zeichnung quasi vor Euphorie von einem grauen Bürger in ein kleines gelbes Männchen, wobei gerade die gelbe Farbe seine Unbeschwertheit unterstreicht.
Dies steht im Kontrast zu einer weiteren „Verwandlung“, da der Ekel des Protagonisten über die Frau vor dem Schaufenster einer Metzgerei (vgl. Z. 45 ff.) in der Graphic Novel dazu führt, dass er nicht nur angewidert ist, sondern in Wut gerät, was durch die rote Farbe und das erzürnte Gesicht des Männchens deutlich wird.
Interessant ist dabei das Spiel mit der gelben Farbe. Während sie zuvor für ein Hochgefühl stand, symbolisiert sie nun den Ekel erregenden Zahn der Frau, an den in der Bildreihe immer mehr herangezoomt wird. Schließlich umschließt der Ekel den erbosten Protagonisten und verdeutlicht erneut den Grund für seine Gefühlsregung.

Seite 7

3 Der Ich-Erzähler beschreibt während missglückender Schreibversuche auf einer Parkbank den Herbst als Zeit der absoluten Vergänglichkeit, in der Käfer und Fliegen verenden und die letzten noch blühenden Pflanzen ihr Verblühen und Absterben erahnen lassen (vgl. Z. 7 ff.). Die Jahreszeit Herbst verbildlicht somit als Metapher die Situation des Protagonisten in einer Welt, die für ihn stagniert; beruflich und finanziell macht er keine Fortschritte mehr und er befindet sich in einer existenziellen Krise. Dementsprechend vergleicht er sich mit einem Wurm im Herbst, dessen Ende bevorsteht (vgl. Z. 25). Nach einem weiteren Schreibversuch muss er bilanzierend feststellen, dass er sich „ausgehöhlt“ (Z. 52) fühlt – auch dieses Bild passt zur Vergänglichkeit des Herbstes – und keine klaren Gedanken mehr fassen kann.

Seite 8

5 **a** z. B.: – **Beginn externe Fokalisierung:** Ein kleiner Mann setzte sich neben den Hungernden auf die Bank. Er atmete schwer und sagte: „Ja, ja, ja, ja, ... fürwahr!“
Der Hungernde musterte den kleinen Mann. Dieser sah zurück und fragte: „...“
– **Beginn interne Fokalisierung:** Obwohl auf der Bank bereits ein Mann saß, setzte ich mich zu ihm. Endlich konnte ich mich ausruhen, denn das Gehen fiel mir schwer. Ich seufzte und bemerkte, wie mich der andere musterte ...

b Bei einer externen Fokalisierung fallen die inneren Kommentare und Bewertungen des Ich-Erzählers weg. Sie sind maximal äußerlich sichtbar, indem er z. B. beginnt zu brüllen oder sich auf der Bank zu winden. Bei einer internen Fokalisierung müssten Gründe gefunden werden, weshalb der alte Mann derart mit sich umspringen lässt bzw. warum er so lange höflich bleibt und evtl. nicht bemerkt oder wahrhaben will, dass er belogen und beleidigt wird.

6 Es gibt keinen Grund, den alten Mann zu belügen und zu beleidigen. Im Gegenteil, selbst körperlich angegriffen, hätte es sogar Anknüpfungspunkte der Empathie gegeben. Stattdessen erhebt sich der Ich-Erzähler über sein „Opfer“, indem er mit ihm sein Lügenspiel spielt. Obwohl er sich darüber bewusst ist, dass er lügt, „um ihn loszuwerden“ (Z. 30 f.), fehlt dem Ich-Erzähler in seinem Hungerwahn ein ethisch-moralischer Kompass, und seine Eindrücke von dem Mann („widerlich“, „dieser blinde, widerwärtige Greis“, Z. 10 u. 72) werden zum Maßstab seines herzlosen Handelns.

Seite 9

8 **Verhaltensweisen der Hauptfigur**

- weiß um den eigenen Abstieg (vgl. S. 6, Z. 4 ff.) ←→ Euphorie beim Hinausgehen (vgl. S. 6, Z. 27 ff.)
- eigener Hunger (vgl. S. 6, Z. 42 f.) ←→ verliert Appetit beim Anblick einer alten, armen Frau (vgl. S. 6, Z. 45 ff.)
- meint, Gutes zu schreiben (vgl. S. 7, Z. 40 f.) ←→ empfindet starre Leere (vgl. S. 7, Z. 44 ff.)
- belügt und beleidigt alten Mann (vgl. S. 7 ff.) ←→ weiß, dass der alte Mann ihn nichts angeht (vgl. S. 7, Z. 6 f.); fühlt sich selbst beleidigt (vgl. S. 8, Z. 84 ff.)
- fühlt sich wohl in Gefängniszelle (vgl. S. 8 f., Z. 2 ff.) ←→ Angst vor der Dunkelheit und vor einem Nagelloch in der Wand der Zelle (vgl. S. 9, Z. 24 ff. u. 46 ff.)
- will sich konzentrieren und beruhigen (vgl. S. 9, Z. 59 ff.) ←→ verfällt „in des Hungers glücklichen Wahnsinn“ (S. 9, Z. 78 f.)

9 **a** Die Leserinnen und Leser erfahren das Geschehen aus der Perspektive eines Ich-Erzählers, dessen Name nicht genannt wird. Die Erzählinstanz ist somit Teil und Schöpfer der erzählten Welt, und im Rahmen der damit verbundenen inneren Fokalisierung wissen die Leserinnen und Leser nur das, was die Figur weiß oder zu wissen glaubt. Die Wahrnehmungen und Gedanken werden als innerer Monolog (mit gelegentlichen Anklängen an einen Bewusstseinsstrom) in der ersten Person vorgebracht, wobei das Tempus zwischen Präsens und Präteritum als Zeichen der unsteten Verfassung des Ich-Erzählers wechselt. Der eigene Zustand und die äußeren Geschehnisse werden oft minutiös bzw. sehr detailliert beschrieben und bewertet, sodass eine Deckungsgleichheit von Erzählzeit und erzählter Zeit erreicht wird. Dieser Sekundenstil lässt die Leserinnen und Leser umso tiefer in die Gedanken- und Wahrnehmungswelt eintauchen und bietet ihnen gleichzeitig die Gelegenheit, auf Grund der widersprüchlichen Inhalte in kritische Distanz zum Ich-Erzähler zu treten.

b Der Ich-Erzähler mag vordergründig unzuverlässig erscheinen, da sein ambivalentes Verhalten es schwierig macht, ihn ernst zu nehmen und seine Handlungen und Gedanken nachzuvollziehen. Allerdings stellt er diese minutiös, reflektierend und in all seiner Widersprüchlichkeit dar, sodass er zuverlässig ausdrückt, wie er sein Dasein wahrnimmt und empfindet.

Seite 10

10 **a** Ähnlich wie im Textauszug mit dem alten Mann erhebt sich der Ich-Erzähler über die Figur der Mädchens, indem er ihr zum Schluss der Szene weismacht, er wäre ein Pastor, der über ihr Verhalten wacht (vgl. Z. 62 ff.). Allerdings beleidigt er sie nicht und ist zu Beginn ehrlich, indem er ihr mitteilt, kein Geld zu haben (vgl. Z. 20). Sein Verhalten bleibt ambivalent, denn trotz seiner Einsicht in seine Situation, hält ihn dies nicht vom weiteren Lügen ab.

b Im Unterschied zur Szene mit dem alten Mann begründet der Ich-Erzähler seine Lüge ausdrücklich damit, dass er es als eine Demütigung empfindet, von ihr zunächst abgewiesen zu werden, um sich dann doch für ihn „aufzuopfern“ (vgl. Z. 35 ff.). Er möchte sein Selbstwertgefühl bewahren und nicht auf einer Stufe mit ihr bzw. sogar eine Stufe darunter stehen bzw. von ihr so wahrgenommen werden. Der „Schein“ ist ihm lieber (vgl. Z. 53). Sein Verhalten wirkt dadurch reflektierter und selbsteinsichtiger als die bloße emotionale Reaktion auf den alten Mann. Er hätte dennoch die Wahl gehabt, dem Mädchen gegenüber ehrlich zu bleiben. Mit der erfundenen Figur des Pastors ist dies durchaus ironisch bis zynisch zu betrachten, da nicht zu lügen zu dessen Verhaltenskodex gehört.

12 z. B.: Mit Blick auf die Zeit um 1900 und die damit verbundenen Umbrüche und Entwicklungen wie Industrialisierung, Fortschrittsoptimismus und Etablierung des Bürgertums zur prägenden gesellschaftlichen Schicht spiegelt der Roman die Kehrseiten dieser Umbildungen vornehmlich an einem Einzelschicksal wider. Der Roman zeigt, dass Menschen nicht nur Gewinner sind, sondern auch Verlierer. Die Drastik der Darstellung dürfte einerseits schockiert haben, andererseits stellt die neue Art der Darbietung für die Leserinnen und Leser auch ein Angebot dar, die Dinge anders, kritisch und auf eine Weise zu sehen, die die Perspektive umkehrt. Der Mensch der Moderne ist auch eine Figur, die sich der eigenen Psyche stellt und in ihre Abgründe schaut. Heutige Leserinnen und Leser dürften das auch von der Drastik her eher gewohnt sein und entsprechend weniger überrascht wahrnehmen.

Seite 11

13 **Gemeinsamkeiten zwischen Roman und Gemälde:**

- Der „arme Poet“ im Gemälde ist ebenfalls männlich und fast mittellos.
- Sowohl im Roman als auch im Gemälde wird der Wunsch der Hauptfigur ausgedrückt, Dichter/Künstler bzw. Schriftsteller zu sein.

Unterschiede zwischen Roman und Gemälde:
- Der „arme Poet" hat ein Dach über dem Kopf; der Protagonist in „Hunger" wird obdachlos. Er hält sich im Wesentlichen draußen auf, begegnet anderen Menschen und muss in einer Gefängniszelle übernachten.
- Der „arme Poet" wirkt trotz seiner Situation heiter und ergriffen von seinem Tun; zwar ist auch der Protagonist in „Hunger" immer wieder euphorisch, dennoch überwiegt die düstere Sicht auf sich und die Welt.

14 **a** In dem Text werden noch weitere Angaben zum Inhalt (Figur verschenkt ihr Geld, isst Holz) sowie zum Ende (Abreise nach England) gemacht. Wie Letzteres jedoch als „Rettung" (Z. 22) zu verstehen ist, wird nicht ausgeführt bzw. sogar offengelassen. Die Beobachtungen zu Verfassung, zu Zustand und Verhalten der Figur (hungert, lügt, fantasiert) stimmen mit der Darstellung in den Romanauszügen überein. In Bezug auf die Form wird auch die erlebte Rede (vgl. Z. 6) benannt. Diese findet sich in den abgedruckten Romanauszügen nicht. Darüber hinaus wird festgestellt, dass der Roman in vier Teile untergliedert ist, wobei es in jedem von diesen um besondere Tiefpunkte im Dasein der Figur geht (vgl. Z. 17 f.).

b z. B.: Gerade mit Blick auf das Ende passt das Bild im Sinne eines vorhandenen Obdachs nicht zum Inhalt.

Seite 12

1 **psychologische Studie:**
- Ich-Erzähler mit seiner inneren Wahrnehmung und seinen Gefühlsschwankungen steht im Fokus (interne Fokalisierung)
- existenzielle Probleme und der individuelle Umgang bzw. das Denken und Leiden daran werden detailliert beschrieben (Hunger, keine gesicherte Arbeit, fehlender Lebensunterhalt, keine Wohnung)

zivilisationskritische Prosa:
- Aufgreifen von sozialen Themen wie Hunger und Arbeitslosigkeit
- Gesellschaft, die keine organisierten Hilfen für existenzielle Not anbietet
- Vereinzelung von Figuren in einer Großstadt

2 Vor allem in Auszug 4, zweites Stück (Gefängniszelle), kann diese assoziative und scheinbar lose Darstellung von Bewusstseinsinhalten festgestellt werden.

3
- Anwendung des Bewusstseinsstroms, also eine assoziative Folge von Bewusstseinsinhalten, sodass die Leserinnen und Leser durch die Perspektive einer Figur und die Folge von Wahrnehmungen das Gelesene überdenken bzw. neue Aspekte erkennen können.
- Einfluss mit diesem Verfahren auf weitere spätere Autorinnen und Autoren der Moderne
- keine verklärte Darstellung der Realität, sondern Beschreibung von Elend (vgl. Naturalismus)
- beschreibt das Innenleben einer Figur sowie deren Ängste und Krisenerfahrungen, entwickelt auf eine Ästhetik des Verfalls und des Anstößigen (vgl. Décadence)

Seite 13

4 z. B.: In „Hunger" wird durch den Ich-Erzähler in erster Linie das Innenleben einer Figur dargestellt. Deren Bewusstseinsinhalte stehen im Vordergrund. Damit entspricht „Hunger" der Poetologie der Décadence, die das Subjekt mit seinen Gedanken und Empfindungen als zentral bewertet. Zwar wird wie im Naturalismus auch soziales Elend aufgegriffen – insbesondere die Arbeitslosigkeit des Protagonisten in der Großstadt –, allerdings werden diese Punkte nicht offensiv kritisiert, wie es im Naturalismus der Fall ist. Dazu ist die Figur des gescheiterten Künstlers in „Hunger" zu skandalös.

Seite 15

5 z. B.: Hamsun ist ein hochumstrittener Autor, was an seiner unreflektierten Hinwendung zum Nationalsozialismus liegt (vgl. z. B. Z. 69 ff. u. 144 ff.). Fasziniert von Hitler und seiner Ideologie trat er für die nationalsozialistischen Ideen ein und pries Hitler auch nach 1945 (vgl. Z. 61 ff.). Und dies prägt nicht nur seine Rezeption im Ausland, auch in Norwegen sieht man seine Parteinahme für die Nationalsozialisten entsprechend kritisch (vgl. Z. 49 ff.). Selbst sein Roman „Segen der Erde", für den er 1920 den Literaturnobelpreis erhielt, ist in diesem Kontext zu lesen (vgl. Z. 99 ff.). Insbesondere die Übersetzung des Titels mit „Segen" statt „Feldfrüchte" hat dazu beigetragen, dass er in der Zeit des Nationalsozialismus als ideale Blut-und-Boden-Literatur begriffen wurde (vgl. Z. 109 ff.). Der Umstand, dass ein Literaturnobelpreisträger und auch sein preisgekröntes Werk Teil der NS-Propaganda wurden bzw. dass sich der Autor dafür einsetzte, schädigte den Ruf Hamsuns nachhaltig und führte dazu, dass auch die lange vor dieser Zeit verfassten Werke trotz ihrer Modernität wie „Hunger" immer weniger rezipiert wurden (vgl. Z. 155 ff.).

6 z. B.: Knud Pedersen ist der ursprüngliche Name von Knut Hamsun. Somit wird in der Graphic Novel die literaturwissenschaftlich gebotene Trennung der Bereiche Autor und Erzähler aufgehoben. Das könnte den Eindruck erwecken, es lägen in erster Linie autobiografische Züge bei „Hunger" vor. Das kann aber besonders bei auffälligen Elementen in der Biografie, z. B. seine spätere Hinwendung zum Nationalsozialismus, zu Deutungen führen, die nicht im Werk angelegt sind. Darüber hinaus wird das Lügenspiel mit frei erfundenen Namen, wie es im Roman stattfindet, unterlaufen, indem mit dem Echtnamen in der Graphic Novel nun auf Authentizität verwiesen wird.

7 b/c z. B.: **Pro**

- Ein Autor/Eine Autorin kann vermutlich nie die eigenen Ansichten völlig aus dem Text heraushalten, wodurch bei einer biografischen Einbettung auch die Leserschaft kritisch prüfen kann, inwieweit ggf. Ideologisches etc. mit dem Werk transportiert wird.
- Ein Autor/Eine Autorin bürgt mit dem eigenen Namen für den Text, wodurch gerade renommierte Autorinnen und Autoren für die Qualität eines Werkes stehen und so eine immanente Leseempfehlung darstellen.
- Mit einer Biografie werden in der Regel auch andere Kontexte wie Gesellschaftshistorisches oder Poetologisches transportiert. Das kann für eine weitere Auseinandersetzung mit dem Werk bedeutsam sein.

z. B.: **Kontra**

- Die Biografie eines Autors/einer Autorin ist nicht deckungsgleich mit den Erlebnissen und der Welt einer Figur in einem explizit fiktionalen Roman, wodurch Fehlschlüsse entstehen können.
- Der Einbezug der Biografie eines Autors/einer Autorin macht evtl. das Werk uninteressant, wenn sie an sich interessanter wirkt als das Werk.
- Die Biografie beschreibt ein ganzes Leben, während ein Text in der Regel zu einem bestimmten Zeitpunkt entstanden ist. Es ist problematisch, die spätere Entwicklung eines Autors/einer Autorin auf ein früheres Werk zu übertragen.

Seite 16

1 z. B.: **Franz Kafka „Hungerkünstler“ (1922)**
Die Nähe der Erzählung zu „Hunger“ ergibt sich auf Grund der Thematik und des Fokusses auf das Innere der Figur. Der Protagonist ist ein Hungerkünstler und damit jemand, der öffentlich gefeiert wird, weil er es schafft, nicht zu essen, was zu Beginn des 20. Jahrhunderts als Attraktion verstanden wurde. Der Protagonist ist begeistert von seiner Tätigkeit und leidet darunter, als das Publikum das Interesse an Hungerkünstlern verliert. Er wird zu einer anderen Art Außenseiter. In einem Zirkus hungert er freiwillig weiter, man merkt gerade noch rechtzeitig, dass er fast verhungert wäre, und rettet ihn aus dem Käfig und vor sich selbst.
Virginia Woolf „Die Wellen“ (1931)
Die Nähe des Romans zu „Hunger“ ergibt sich aus der quälenden Selbsterforschung der Figuren, hier allerdings sechs an der Zahl. In Form von Selbstgesprächen lassen die Figuren an einem schönen Sommertag am Meer ihr bisheriges Leben jeweils Revue passieren.
James Joyce „Ulysses“ (1904)
Die Nähe zu „Hunger“ ergibt sich über die Darstellung der inneren Wahrnehmung der Figur in Form des Bewusstseinsstroms. Es wird ein einziger Tag in Dublin im Leben des Protagonisten Leopold Bloom erzählt, wobei man an seinen Wegen und seinen Assoziationen teilhaben kann.

Seite 18

1 a Nach Annemarie Stoltenberg handelt es sich bei Hamsuns „Hunger“ um einen der großen Romane der Weltliteratur, der insbesondere für den psychologischen Roman der Moderne wegweisend war (vgl. Z. 1 ff. und 46 f.). Dabei mache es der namenlose Antiheld und Ich-Erzähler den Leserinnen und Lesern nicht einfach, da sie miterleben müssten, wie dieser sich fortlaufend selbst zerstöre und sabotiere (vgl. Z. 44 f.).

b Stoltenberg hebt hervor, dass die Modernität des Romans darin besteht, dass dieser vor allem in Form innerer Monologe bzw. Selbstflexionen und im Sekundenstill die Welt der Figur erzählt (vgl. Z. 4 f.). Es sei vom Inhalt her ein radikaler Text, der schonungslos die Demütigungen und den Wahnsinn des Ich-Erzählers darbiete (vgl. Z. 6 u. 24 ff.).

c
1. als Figur, die andere belügt und betrügt, ist es oft schwer, sie auch positiv wahrzunehmen;
2. Das Thema „Armut und Hunger“ ist bis heute eines der prägenden in der Welt. Durch Einblicke in den zunehmenden Wahn der Figur, die durch innere Monologe und Bewusstseinsströme sowie durch Anwendung des Sekundenstils dargestellt werden, erlebt man auf eindringliche Weise diese Not mit.

2 a Als „Hungerkünstler“ werden Menschen bezeichnet, die sich um die Jahrhundertwende freiwillig dadurch inszenierten, dass sie über lange Zeit auf Nahrung verzichteten. Dafür wurden sie von einem Publikum auf Jahrmärkten oder Ausstellungen bewundert bis gefeiert.

b z. B.:

- Der Protagonist kann nicht als „Hungerkünstler“ bezeichnet werden, da er nicht freiwillig hungert. Er wird vielmehr durch die Gesellschaft, die ihm keine Unterstützungsmöglichkeiten bietet bzw. in der er nicht Fuß fassen kann, immer mehr in die Armut gedrängt und so gezwungen, auf Nahrung zu verzichten. Zudem inszeniert er sich nicht vor anderen Leuten, niemand bewundert seine Erscheinung, sie erregt eher Abscheu.
- Der Protagonist kann als „Hungerkünstler“ bezeichnet werden, da er durchaus freiwillig hungert, indem er nicht dazu bereit ist, an seiner desolaten beruflichen Lage, die ihn in die Armut treibt, etwas zu ändern. Zwar inszeniert er sich nicht vor anderen, aber vor sich selbst. Sein Hunger verschafft ihm trotz wahnhafter Vorstellungen teilweise ein kreatives Potenzial (siehe Textauszug 4).

2 Vorhang auf! – Modul „Theaterinszenierungen“

Seite 19

1 / 2 a

Auf der Bühne sitzt kein Schauspieler, sondern ein Humanoid (ein animatronisches Double des Schriftstellers Thomas Melle), täuschend echt, solange der Hinterkopf nicht zu sehen ist (vgl. Szenenfoto rechts). Auf der Leinwand an seiner Seite (vgl. Szenenfoto links) werden im Laufe der Aufführung u. a. Aufnahmen aus dem Entstehungsprozess des Roboters gezeigt, während dieser selbst – mit der Stimme von Thomas Melle – eine Art Vortrag hält oder auch mit Gesten eine Art Sphärenmusik „dirigiert“, die zwischenzeitlich eingespielt und von besonderen Lichteffekten begleitet wird. Am Schluss der Inszenierung heißt es: „Wenn Sie jetzt gleich klatschen, dann für sich selbst.“

Seite 20

1 z. B.: Kostüme, Maske, Frisur, Sprache, Text, Artikulation, Mimik, Gestik; Körperhaltung und -bewegung, Requisiten/Objekte/Materialien, Bühnenbild/Kulisse; Spielort/-raum, Licht/Beleuchtung, Ton (Musik, Gesang, Geräusche)

2 a A: Schauspieler/-in, S: Zuschauer/-in/Publikum; X: Figur

b z. B.:

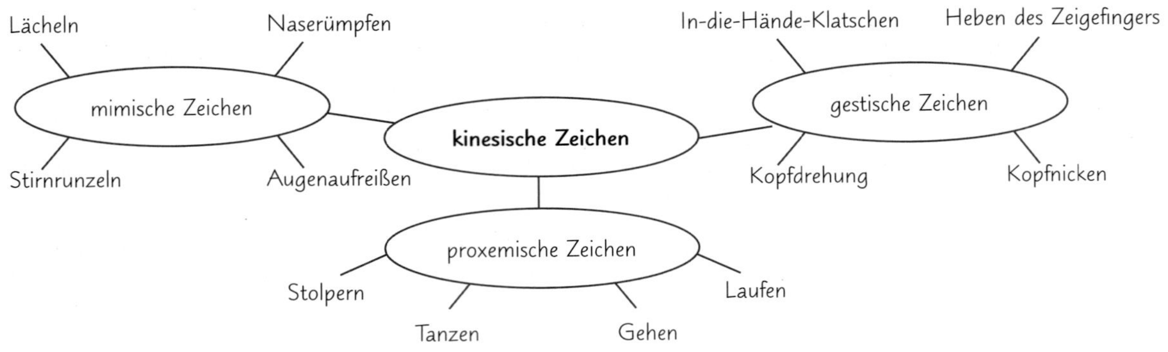

Seite 21/22

3 / 4 z. B.:

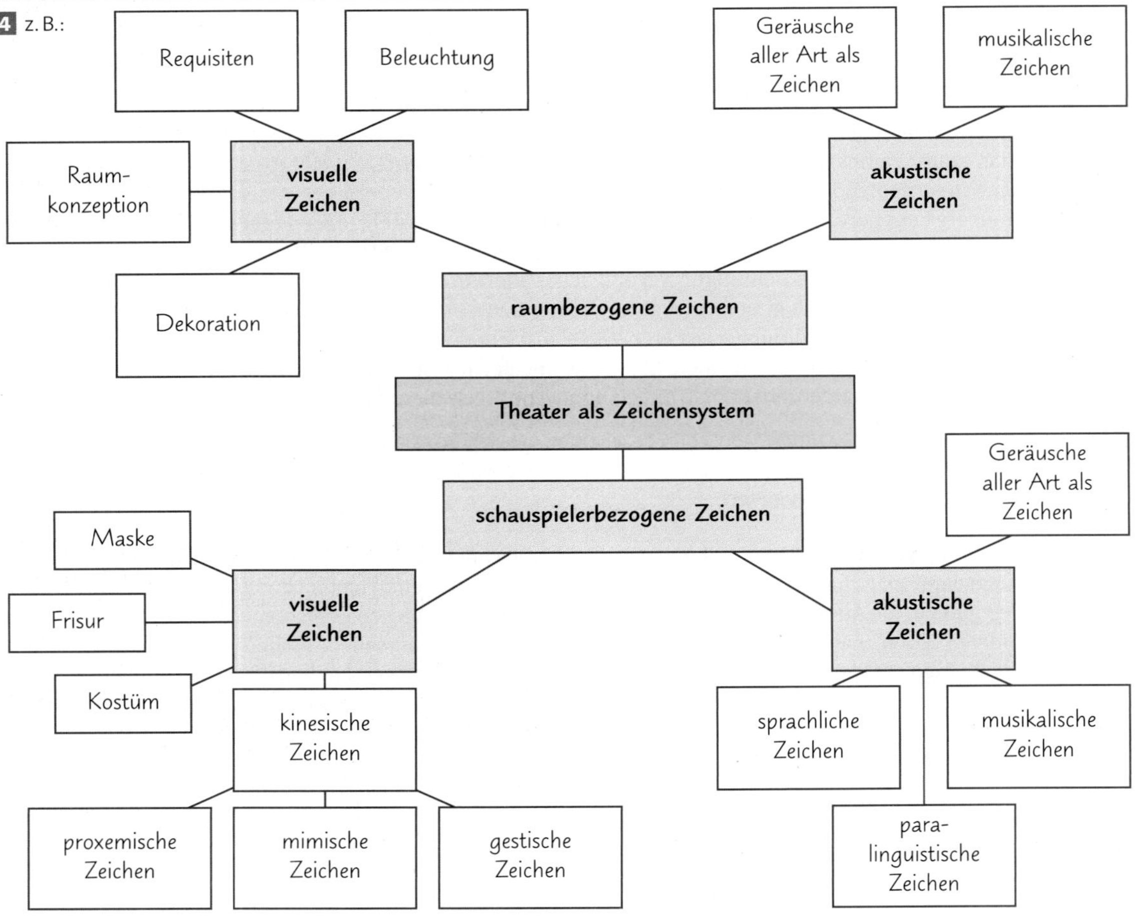

Seite 23

2

Mögliche Kategorien	Zitate
Aussehen/Gestaltung/ Konzeption des Raumes	– „jeden leeren Raum [...] eine nackte Bühne“ (P. Brook, Z. 1) – „Theater kann man überall spielen“ (J. Roselt, Z. 23) – „leichte Veränderungen des Gegebenen“ (A. Viebrock, Z. 3 f.)
Funktion/Aufgabe des Raumes	– „Der Raum organisiert grundlegend das Verhältnis von Akteuren und Zuschauern“; „Mit der Anwesenheit im Raum beginnt das Theater“ (J. Roselt, Z. 25 f. u. 27 f.) – „leichte Veränderungen [...], die plötzlich ganz viel bedeuten können“; „Bühne eben nicht echt, sondern eine andere Welt“ (A. Viebrock, Z. 3 f. u. 4 f.) – „Räume [...] müssen [...] Idee, Atmosphäre und den gefühlsmäßigen Rahmen des Stückes tragen“ (S. Waltz, Z. 12 f.)
Atmosphäre/Wirkung des Raumes	– „Magie und [...] meine Bestimmung“ (R. St. Denis, Z. 6 f.) – „Räume [...] die Essenz. Sie wirken sich auf Menschen aus. Sie sind emotional geladen [...]“ (S. Waltz, Z. 12 f.) – „ein Versprechen [...], dass nichts auf der Bühne ‚normaler Alltag‘“; „Alles [...] wird eine besondere Bedeutung bekommen [...]“ (Ch. Schidlowsky, Z. 19 f. u. 21 f.)

3 **z. B.: Podiums-/Konfrontationsbühne** (siehe Abb. in Kap.)
- Erhöhung des Standortes weniger Spielender (dadurch bessere Sichtbarkeit sowie Verständlichkeit) gegenüber zahlreichem Publikum
- Spielende als „Autorität“, Publikum (zumal im verdunkelten Zuschauerraum) eher passiv
- vielerlei Rückzugsmöglichkeiten für die Spielenden, gleichzeitig zahlreiche Möglichkeiten für Auftritte und Abgänge; geeignet für Arbeit mit Bühnenbildern bzw. (perspektivisch verkürzte) Kulissen (und damit für die Darstellung sukzessiver Abläufe)
- Möglichkeit der Illusion auf der Bühne (Spiel hinter sog. vierter Wand)

Zweiseitige Podiums-/Konfrontationsbühne

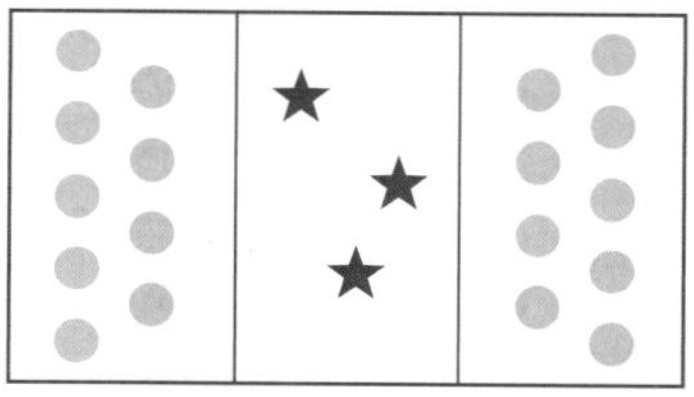

- Erweiterung des Bewegungsspielraums durch breite (offene) Bühne, jedoch ohne Raumtiefe
- Kontakt und damit Interaktion des Publikums durch einander gegenübersitzende Zuschauerblöcke – bis hin zu Einbezug des Publikums als „lebendiges Bühnenbild“ (z. B. bei der Darstellung einer [Gerichts-]Verhandlung, zur Markierung zweier Lager, durch Anrufung als Schiedsrichter, für Spiegelszenen)
- beginnende Auflösung von „Hierarchie“ durch Aktivierung der Zuschauenden

Laufstegbühne

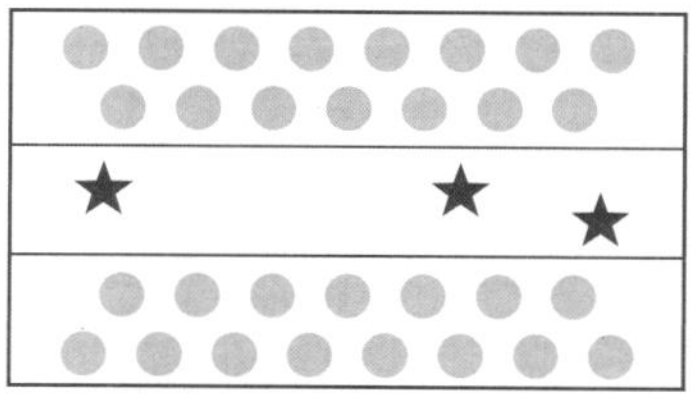

- oft noch mit Erhöhung des Catwalks für die Spielenden
- geeignet für die Darstellung von linearen Abläufen sowie Kontrasten (z. B. Zurücklegen einer Wegstrecke, Konfrontationen unterschiedlicher Art [Konkurrenzsituationen, Duelle, Lagerkämpfe], Szenen an langgezogenen Tischen/Tafeln), aber auch Tanz-/Showeinlagen
- Ausweichen und Auswege kaum möglich; keine Raumtiefe; Arbeit mit Requisiten/Objekten/Materialien statt mit Bühnenbild/Kulisse
- Kontakt und damit Interaktion des Publikums durch einander gegenüberliegende Zuschauerreihen
- v. a. bei schmalem Laufsteg besonders große Nähe zwischen Spielenden/handelnden Figuren und Publikum; hohe Präsenz der Akteure (notwendig)

Arenabühne

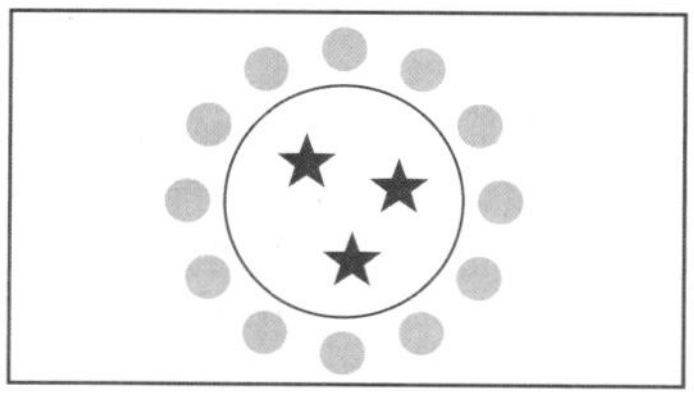

- als Rundarena (vgl. Antike, Zirkus) und Viereckarena (vgl. Boxring) realisierbar
- Spielfläche meist ebenerdig, dafür Publikum auf (ansteigenden) Sitzbänken
- aufwendige Bühnenbilder/Kulissen und Erzeugung von Illusion ausgeschlossen; keinerlei Rückzugsmöglichkeiten für die Agierenden, Auftritte und Abgänge nur begrenzt möglich (bei Viereckarena Einbezug der Ecken – auch für Gruppenbildungen – denkbar)
- Beobachtung der Agierenden von allen Seiten mit Konsequenzen für das Spiel (z. B. Frage nach Blick- und Sprechrichtungen); besondere technische Herausforderungen (z. B. Einrichtung der Beleuchtung)
- sehr große Nähe zwischen Spielenden/handelnden Figuren und Publikum (bis hin zu bewusst gesuchter Interaktion); hohe Präsenz der Akteure (notwendig)

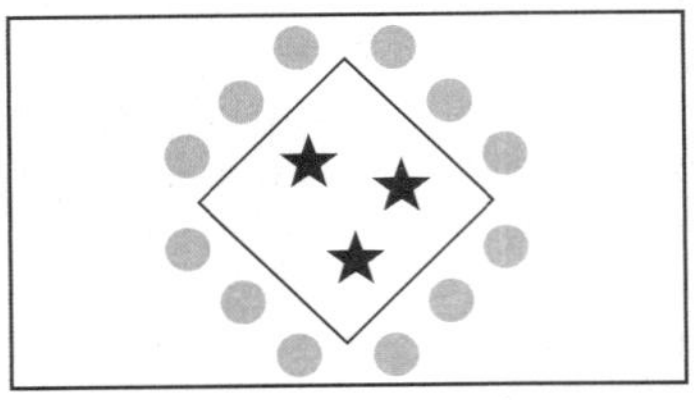

- Blickwinkel des einzelnen Rezipienten abhängig von Sitzplatzposition und somit eingeschränkt; dafür ganz besonderer Kontakt der Zuschauenden untereinander: Publikum als Teil des Spiels, Verstärkung des Gefühls eines Gemeinschaftserlebnisses (ähnlich wie im Sportstadion)
- je nach Raum eher für das (ggf. leise, intime) Spiel kleinerer Gruppen geeignet
- ggf. Verbildlichung des Stückinhalts/Themas durch hohe Symbolkraft der Bühnenform (Dreh-/Kreisbewegung bei Rundarena, vier Facetten/Seiten eines Themas bei Viereckarena)

Umlaufbühne

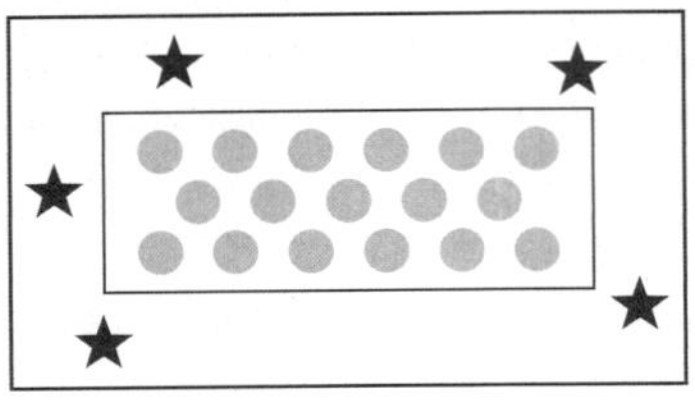

- wechselnde Blickrichtung des Publikums als besondere Herausforderung: ausreichend Bewegungsspielraum (z. B. über drehbare Stühle) vs. – ggf. nach Thema/Stückvorlage – bewusst eingeschränkte Perspektive bzw. gar Erzeugen von (bedrohlicher) Enge
- vielfältige Möglichkeiten des Anspielens des Publikums bis hin zu gleichzeitigem Agieren auf allen Seiten und damit „Erzwingen“ einer selektiven Wahrnehmung; hohe Präsenz der Akteure (notwendig)
- geeignet zur Darstellung langer „Wege“ (z. B. Heldenreise, Odyssee, Stationendrama)

Environmentalbühne bzw. (im öffentlichen Raum) Site-specific

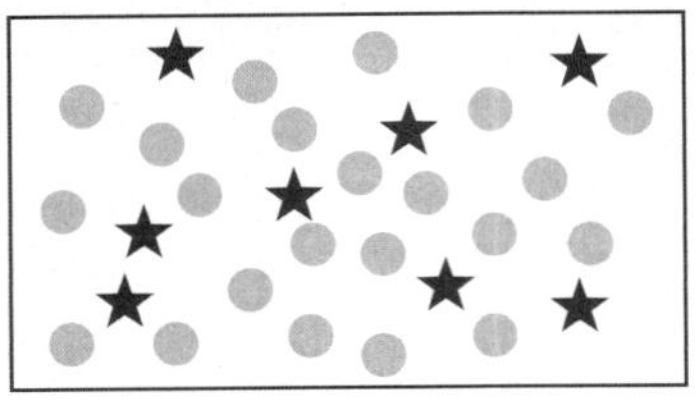

- bewusster Bruch mit klarer Trennung von Bühnen- und Zuschauerraum; gänzliche Aufhebung von „Hierarchie“
- Auflösung nicht nur vertrauter Theaterraumvorstellungen, sondern auch bekannter Strukturen und Rollen (vgl. freie Bewegung des Publikums im Raum, Zuschauende als Mitspielende); individuelles sowie kollektives Wahrnehmen und Erleben von Theater aus gänzlich neuer Perspektive (durch Wechsel von Positionen sowie Blickwinkeln, direkte Interaktion mit den Schauspielerinnen und Schauspielern)
- Entstehung flexibler Spielräume mit fließenden Grenzen (Fluktuationsbewegungen); besonders geeignet für Performances
- bei Spiel im öffentlichen Raum bewusster Einbezug des Ortes als „natürliche“ Kulisse und somit als Thema; Spielort als Ausgangspunkt des Theaterprojekts (z. B. ausgehend von architektonischen Besonderheiten, dem historischen, sozialen, urbanen Kontext; Verfremdung der vertrauten, alltäglichen Nutzung eines Ortes) und als Mitspielerinnen und Mitspieler; Verwandlung von Räumen für die Zeit der Theaterinszenierung und dadurch Eröffnung neuer Assoziationsmöglichkeiten in diesen

Seite 24

1 z. B.:
- eine Art Schwellenerfahrung; Schaffung einer außerordentlichen, nicht alltäglichen, emotional aufgeladenen Situation (vgl. Z. 30 ff.)
- gleichzeitige Anwesenheit der Agierenden und des Publikums zur selben Zeit am selben Ort (vgl. Z. 41 f.)
- soziale Begegnung bis hin zu Festcharakter mit ritualhaften Zügen und somit Formvorgaben; Festlegung und Einübung sozialer Verhaltensweisen (vgl. Z. 48 ff.)
- (zusammenfassend:) Formen gerahmter und genormter Begegnungen bestimmt durch besondere zeitliche und örtliche Verfasstheit, Teilnehmende sowie Ablauf und Anlass (kulturelle Aufführungen) (vgl. Z. 57 ff.)

Seite 25

3 **a** z. B.:

Kunstform Theater	andere (Kunst-)Formen
Kunst des Schauens und Hörens	**Film-/Videokunst:** Kunst des Schauens und Hörens **Bildende Kunst, Malerei und Fotografie**: Kunst des Schauens **Musik:** Kunst des Hörens und – z. B. in Musical, Oper und Ballett – auch Schauens **Literatur:** Kunst des stillen Lesens und in bestimmten Kontexten – z. B. Lesungen, Poetry-Slam-Veranstaltungen – auch des Hörens und ggf. sogar Schauens (vgl. auch Schnittmengen zur Kunst, z. B. konkrete/visuelle Poesie)

Kunstform Theater	andere (Kunst-)Formen
flüchtige, in jeder Aufführung „neu“ hervorgebrachte Kunstwerke; Rezeption als einmaliges Live-Erlebnis (Live-Präsenz der Spielenden und des Publikums, gemeinsame Hervorbringung der Aufführung)	**Film-/Videokunst:** dauerhafte Kunstwerke; Wiederholbarkeit der Rezeption **Bildende Kunst, Malerei und Fotografie:** dauerhafte Kunstwerke; Wiederholbarkeit der Rezeption (ggf. in wechselnden Kontexten) **Musik:** je nach Rezeption zwischen flüchtigen (z. B. Konzertbesuch) und dauerhaften Kunstwerken mit Wiederholbarkeit der Rezeption (z. B. Verfügbarkeit von Aufnahmen auf unterschiedlichen Medien) **Literatur:** üblicherweise dauerhafte Kunstwerke; Wiederholbarkeit der Rezeption

b z. B.: Die Unmittelbarkeit bzw. die Präsenz des Raumes, der Spielenden und die des Publikums fehlen. Die Aufführung ist somit weniger sinnlich und in erster Linie technisch reproduziert. Gleichzeitig erlauben Videoaufzeichnungen, sich immer wieder bestimmte Stellen auch durch Vor- und Rückspulen anzusehen und dementsprechend genauer zu analysieren. Allerdings muss man dabei der Perspektive folgen, die die Kamera vorgibt.

4 z. B.:
- Lesen und Besprechen des Stückes (als Ganzschrift bzw. in Ausschnitten); ggf. praktisch-spielerische Umsetzung von Schlüsselmomenten/Schlagworten (in Körperhaltungen/Standbildern, Stimm- und Sprechübungen bis hin zu Minidialogen/Kurzszenen)
- Recherchen zum Stück/Thema, z. B. auch auf der Website der jeweiligen Theaterinstitution (Sichtung und Auswertung von Kritiken, Bild-/Fotomaterial, ggf. auch von Trailern/Filmausschnitten); (Weiter-)Arbeit mit diesen Ergebnissen
- Annäherung an Text und/oder Thema über theatrale Unterrichtsmethoden (Szenisches Lernen) bis hin zu vorbereitenden Workshops (z. B. als Angebot der Theatervermittlung); ggf. auch Rückgriff auf bereitgestellte Materialmappen/-sammlungen
- Buchung einer Theater(haus)führung für eine Klasse / einen Kurs und dabei evtl. bereits Begehung/Erkundung des Bühnenbildes
- in Absprache mit der Theatervermittlung Besuch einer oder mehrerer Proben (mit anschließender Reflexion) im Vorfeld einer Premiere bis hin zur Übernahme einer Patenschaft für eine Produktion
- Erarbeitung/Bereitstellung von Beobachtungsaufgaben für den eigentlichen Aufführungsbesuch mit anschließender gezielter Reflexion
- Teilnahme an einem professionell moderierten Nachgespräch im Anschluss an die Aufführung und/oder Vorbereitung und Durchführung eigener (kleiner, auch zeitlich versetzter) Formate der Anschlusskommunikation (bis hin zu Nachgesprächen in virtuellen Räumen und/oder unter Nutzung von Social Media)
- verschiedene Formen der produktiv-kreativen Nachbereitung bzw. Dokumentation (wie Tagebucheintrag, Berichterstattung z. B. auf der Website der Schule, Artikel in der Schülerzeitung/im Jahresbericht, Durchführung von Interviews, Erinnerungsprotokoll als Ausgangspunkt für das Verfassen einer eigenen Theaterkritik)

Seite 26

1 **a** z. B.: Subventionsbühnen sind mit öffentlichen Geldern (meist Steuern) finanzierte Theater (vgl. Z. 4 ff.). Laut Text liegt ihr Vorteil darin, nicht allein auf Einnahmen angewiesen zu sein bzw. kostendeckend und gewinnorientiert arbeiten zu müssen (vgl. Z. 6 ff.). Auf diese Weise ist ihr Beitrag zum kulturellen Leben gewährleistet und es können auch aus künstlerischer Sicht Dinge gewagt werden, die evtl. zunächst nicht so gut beim Publikum ankommen (vgl. Z. 10 f.).

b Rationalität wird in diesem Kontext als eine Art Gegenentwurf zur kreativ-künstlerischen Arbeit gesehen, der auch die Theater dazu auffordert, die Kosten nicht aus dem Blick zu verlieren und so zu arbeiten, dass auch Publikum angezogen wird. Das kann insbesondere durch „gefälligere“ Produktionen geschehen oder durch ein Programm, das neben experimentelleren oder unbekannteren Stücken auch klassischere Aufführungen und beliebte Stücke anbietet. Viele Theater beachten auch die Lehrpläne der Schulen und welche Theaterstücke darin z. B. im Hinblick auf das Abitur behandelt werden, und richten ihr Angebot danach aus.

2 z. B.: Stück → (Bühnen)Verlag → Dramaturgie → Intendant/-in → Konzeptionsgespräche I: Regisseur/-in/ Dramaturg/-in/ Bühnenbildner/in → Bauprobe → Beginn der Probenarbeit → Konzeptionsgespräch II: Leseprobe → (Einzel-)Proben auf der Probebühne (markierte Dekoration) → Bühnenproben (markierte Dekoration) → Endproben mit Musik/Ton/Geräuschen → Statisterie-Proben → Durchläufe (ganzes Stück im Ablauf) → Technische Einrichtung: Dekoration und Beleuchtung → Hauptprobe (I+ II)/Fotoproben → Generalprobe → Premiere

Seite 27

1 **a** **Kritikpunkte:** „Männer sitzen in Führungspositionen, Frauen werden bei gleicher Leistung schlechter bezahlt“ (Z. 8 f.), „Über 70 Prozent der Regiearbeiten stammen von Männern und nur 20 Prozent der Intendanzen sind von Frauen besetzt“ (Z. 11 ff.), „Forderungen [werden] [...] in einem Schneckentempo in die Tat umgesetzt“ (Z. 21), „Kostüm und Maske seien Frauenbereiche, Intendanz, Regie und Bühne Männerdomäne. Ein Bühnenbildner bekäme 2/3 mehr Gage als eine Kostümbildnerin, das entspräche nicht dem Arbeitsaufwand.“ (Z. 39 ff.), „Alle künstlerischen Verträge am Theater sind prekäre Verträge, auch weil sie befristet sind.“ (Z. 51 f.)

Forderungen/Verbesserungsvorschläge: „Gehälter müssten sich endlich angleichen" (Z. 3 f.), „Frauen [müssten] aber auch mit mehr Selbstbewusstsein auftreten" (Z. 4 f.) „Weg durch die Institutionen [...] wandern und für mehr Frauenrechte [...] kämpfe[n]" (Z. 27 ff.), „bei der Auswahl der Stücke anfangen" (Z. 35), „Shakespeares ‚Richard III.' könne auch mal von einer Frau gespielt werden" (Z. 36 ff.), „Insgesamt müssten sich die Produktionsbedingungen ändern, und das gehe nur mit mehr Geld" (Z. 47 f.), prekäre bzw. befristete Vertragsverhältnisse angehen und verbessern (vgl. Z. 51 ff.)

2 **a** z. B.: Auch Frauen übernahmen, wie das Bild von Sarah Bernhardt als Hamlet zeigt, ab und an männliche Hauptrollen, doch dies ist keineswegs Normalität. Um dies selbstverständlicher werden zu lassen, müssten weitaus öfter als bisher Frauen Männer (und auch umgekehrt) spielen. Auch im jetzigen Genderdiskurs ist damit in der Regel verbunden, was mit einem solchen Tausch bezweckt werden soll, und die Frage bleibt, welche Intention das Stück verfolgen will bzw. ob es sich dazu eignet.

b z. B.: Einsatz von Schauspielerinnen und Schauspielern möglichst unabhängig von ihrer Geschlechtlichkeit oder geistigen und körperlichen Verfasstheit. Bewusste Wahl von Stücken über einen männlich dominierten Kanon hinaus. Entsprechende Themenabende am Theater und gleiche Bezahlung sowie gleiche Verteilung in den jeweiligen Hierarchie- und Arbeitsebenen.

Seite 28

3 **b** z. B.:
- Auseinandersetzung mit Architektur/bespieltem Raum (Verwandlung des deutschen Pavillons in einen Glaskasten mit Doppelboden, Podesten, Konsolen, Zaun, Rollladen, Türstehern, Hundekäfig)
- Auseinandersetzung mit dem Thema „Körper" und dessen Verhältnis zu seiner Umwelt (Einschreibung von Machtstrukturen in menschliche Körper; Kampf der/des Einzelnen unter ständigem Zwang sowie Wunsch zur Selbstoptimierung; Möglichkeiten einer Behauptung der eigenen Individualität gegen Objekt-/Warenwerdung)
- keine Abgeschlossenheit, keine klar definierte Narration und Zeitlichkeit, kein Drehbuch, keine festgelegten Handlungsanweisungen an die Darstellerinnen und Darsteller; stattdessen Unabhängigkeit der Elemente, kontinuierlich performative Sequenzen und besondere Wahrnehmungssituation für die sich bewegenden Zuschauerinnen und Zuschauer; Publikum als Teil der Aufführung (bis hin zur Verkehrung der Rollen)
- ständiges Fotografieren und Filmen der Performance durch die Zuschauerinnen und Zuschauer
- im Performance-Team Finden einer gemeinsamen, nonverbalen Sprache; Wichtigkeit des Entstehens von Bildern und Momentaufnahmen; dadurch Unabhängigkeit von der Verweildauer der Betrachtenden
- Titel „Faust" (neben Anspielung auf Johann Wolfgang Goethes Drama als deutsches Kulturgut) Ausdruck von gemeinsam entwickelter Schlagkraft; immer wieder Sichtbarkeit von geballten Fäusten in der Aufführung
- Unmittelbarkeit der Performance im Gegensatz zur heute stark medial vermittelten „Wirklichkeit"
- große Rolle des Einsatzes von Musik

c

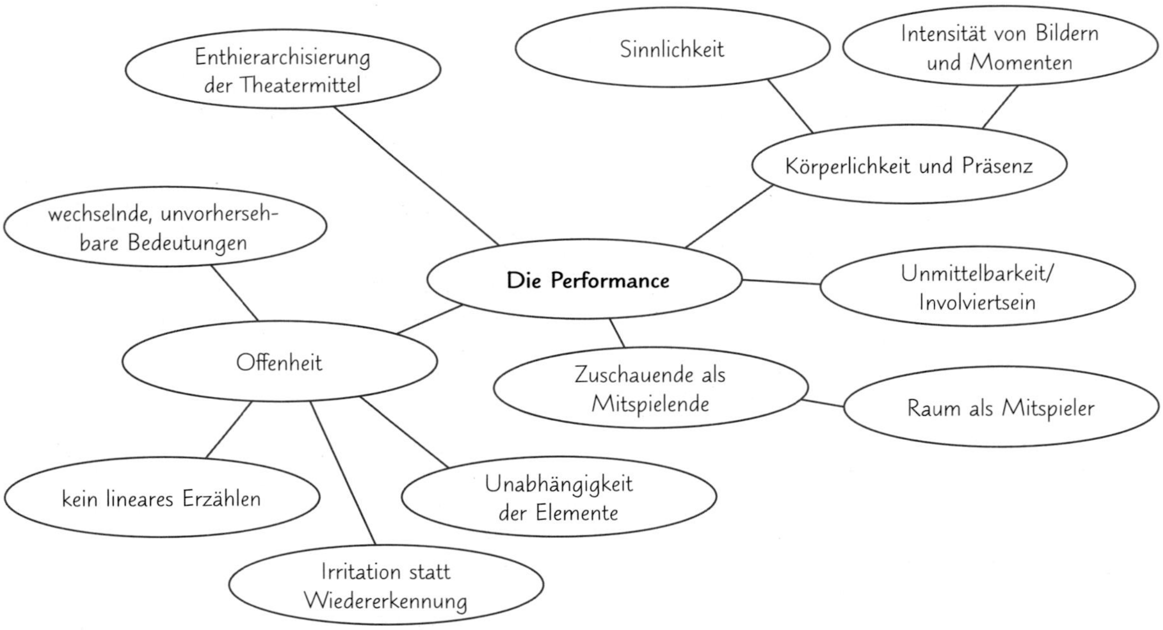

4 Die Performance ist eine situationsbezogene, handlungsbetonte künstlerische Vorstellung bzw. Darbietung, die zwar meist geplant, aber für den Moment geschaffen ist und nicht auf gleichförmige Wiederholbarkeit achtet, sondern oft – wenn nicht durch Filmaufnahmen o. Ä. dokumentiert – vergänglich ist. Mit einer Perfomance wird die Loslösung von Kunstschaffenden und Werk hinterfragt sowie eine Art und Weise, Kunst oft als Ware zu behandeln.

Seite 29

5 a z. B.:

Keine Wiedererkennung von etwas Bekanntem! • Kein lineares Erzählen! • Intensität nicht über Bedeutung entwickeln! • Kein kontrollierter Sinn, sondern körperliches Involviertsein! • Keine Identifikation als Bedingung der Anteilnahme! • Die künstlerische Erfahrung ins Zentrum! • Theater als Raum subjektiven Erfahrens und künstlerischen Erlebens und nicht als Ort der Mitteilung! • Rückeroberung der Qualität sinnlicher Wahrnehmungen! • Mediale Öffnung, Enthierarchisierung der Theatermittel: Alles kann zum Protagonisten werden – Licht, Film, Musik, Geräusche, Körper, Text! Ein kreatives Spiel mit Klängen, Bildern, Maschinen, Wasser und Nebel! • Bedeutungen wechseln, bleiben unvorhersehbar! Mehr Performance! Mehr „Live-Art"! • Bitte keiner (mehr), der dem Publikum sagt, „wo's langgeht"!

Seite 30

1 z. B.:

	Daniela Gregori	Ursula Drees
Inhalt	– Entrückt-Sein der Performenden (vgl. Z. 1) – Vollzug von Bewegungsabläufen, Einnahme von Posen (vgl. Z. 1 ff.) – Distanz zwischen Performenden und Publikum trotz räumlicher Verschränkung (vgl. Z. 9 ff.)	– Alltagskleidung der Performenden („Demonstrationsschick" und „Antifa-Mode", Z. 5 f.) – fehlende Farben, Einheitlichkeit in Kleidung und Maske bzw. Frisur (vgl. Z. 6 ff.)
Inhalt	– Schaffung einprägsamer Bilder, auch und gerade wegen der Präsenz und „Modelkörper" der Agierenden (vgl. Z. 10 [Gregori] u. Z. 14 f. [Drees])	
Sprache	– auffällige Passivkonstruktionen (vgl. Z. 1 ff.)	– bewusste Nennung von Markennamen (vgl. Z. 3)
Sprache	– expliziter Verweis auf Künstlerin Anne Imhof (vgl. Z. 9)	– Betonung der Farbgebung (Verwendung von Farbadjektiven) (vgl. Z. 6 ff.)
Sprache	– Aufzählungen; Parallelismen – mit Kommas aneinandergereihten Hauptsätze neben kurzen (konstatierenden) Satzkonstruktionen; Dominanz der Parataxe – Verwendung von Fremdwörtern – Markierung von Deutungshypothesen, z. B. durch Lexik („wirken", „geht ... aus", „seltsam", „strahlt ... aus", „manchmal", „möglicherweise", „bereit für"), Modus („als wären", „Würden") und rhetorische Frage	

2 a/b

Jens Roselt – Charakteristika Erinnerungsprotokoll	Daniela Gregori	Ursula Drees
– Erinnerung nicht sukzessiv, sondern diskontinuierlich-sprunghaft (vgl. Z. 4 ff.) – Wichtigkeit der qualitativen Dimension eigener Erinnerungen: Aufmerksamkeit für erinnerte markante Momente (und gleichzeitiges Akzeptieren von Lücken) (vgl. Z. 9 ff.) – Erinnerungsprotokoll als produktive und kreative kulturelle Praxis: Sammlung/Festlegung persönlicher Höhepunkte (vgl. Z. 14 ff.)	Wahrnehmung v. a. der Körperlichkeit der Performance und der physischen Präsenz der Agierenden (vgl. Z. 1 ff.); Beobachtung von grundlegenden („archaische[n]", Z. 45) Bewegungsabfolgen, Haltungen und Posen; Reflektieren des räumlichen wie emotionalen Verhältnisses zwischen Darstellenden und Zuschauenden (vgl. Z. 6 ff.)	Wahrnehmungen v. a. zu Kleidung („Kostüm"), Maske und Frisuren der Performenden (vgl. Z. 1 ff.); Beschreibung der Monotonie der Farben (vgl. Z. 6 ff.); Bewunderung und Charakterisierung der Körper der Agierenden (vgl. Z. 11 ff.)

Seite 31

4 b z. B.:

- Akzeptiere Lücken in deiner Erinnerung an die besuchte Aufführung.
- Richte deinen Blick auf ein, zwei Momente, die bei dir hängengeblieben sind, konzentriere dich auf ein, zwei Details, die dich interessiert haben.
- Stelle dir besonders wichtige Details in einem Erinnerungsprotokoll so genau und eingehend wie möglich dar und wähle dafür eine sorgfältige sowie wahrheitsliebende „Beschreibungssprache". Der Text soll deine ureigenen Wahrnehmungsinteressen spiegeln.

Seite 33

1
- Aktualität bzw. Zeitlosigkeit der Thematik
- Übertragung eines (ggf. im Unterricht behandelten) „Klassikers" in die Gegenwart und sich daraus ergebende Diskussionsmöglichkeiten
- Begegnung mit vielleicht unbekannten, irritierenden theatralen Formen und damit Reflexion sowie Erweiterung des persönlichen Theaterverständnisses

2 z. B. ein besonders markiertes theatrales Zeichen, der Raum, das Verhältnis von Spielenden und Zuschauenden, die körperliche Präsenz der Agierenden

3 Erwartung: Adressatenorientierung, interessanter Einstieg, klare Struktur, Arbeit mit Beispielen, Elemente des narrativen, argumentierenden und informierenden Schreibens

3 Die Kunst zu erzählen und zu dichten – Modul „Literarisches Schreiben"

Seite 34

1 **a** z. B.: Beginn einer Autobiografie, eine fiktive/faktische Geschichte, Beginn eines Romans
Die Schreibmaschine als inzwischen veraltetes oder unübliches Schreibinstrument verweist darauf, dass entweder ein älterer Mensch schreibt oder die Geschichte ein gutes Stück in der Vergangenheit liegt.

b/c z. B.: Ich heiße ...; geboren in ..., am ... als Kind von ..., aufgewachsen in ... Umständen, erstes einschneidendes Erlebnis: ...; Freundschaften, Abenteuer und Erlebnisse: ...; Dies formte mich zu ...; So bin ich ...

2 **a** z. B.: Arbeitsaufträge in Schule, Besuch von Poetry Slams, privates kreatives Schreiben, ...

b „Kreativität" leitet sich von lat. „creare" (erschaffen, gebären, erzeugen) ab. Kreatives Schreiben bezeichnet eine Form des Schreibens, die neue Texte erschafft. Dies kann frei oder nach Vorlagen geschehen, der Ideenfindung sind keine Grenzen gesetzt. Im Vordergrund stehen dabei Spielfreude und Spaß an Inhalten und der Sprache.

Seite 35

1 **a** z. B.: **Bild „Person in Natur":** kreative Texte (über sich selbst), Tagebucheinträge, Texte über die Natur. Brief, ...
Bild „Thomas Mann in seinem Büro": professionelle Texte, Schreiben als Beruf, konzipierte und überarbeitete Literatur, ...
Bild „Mann auf Parkbank": kreative Texte (über sich selbst), Tagebucheinträge, Texte über die Stadt, die Umgebung, ...
Bild „Frau am (privaten) Schreibtisch": Arbeitstexte wie Präsentationen, Berichte, ...

2 **a/b** / **3** **Hinweis:** Vermutlich beeinflusst die Schreibumgebung das Schreibprodukt, wenn man sich auf sie einlässt.

4 **a** Der Schriftsteller Peter Härtling schreibt zunächst mit Stift oder Schreibmaschine, aber nicht direkt mit einem Textverarbeitungsprogramm am Computer. Ersteres scheint für ihn der unmittelbarere Zugang beim Schreibprozess zu sein. Der Computer ist für ihn ein Instrument bzw. ein Hilfsmittel, das er für die Korrektur und Überarbeitung hinzuzieht. Dazu braucht es einen Abstand zum Text, den ihm offenbar die „Maschine" bietet.
Hinweis: Das Schreiben mit dem Computer oder anderen digitalen Mitteln ist den Schülerinnen und Schülern sicher geläufiger als dem aus einer anderen Generation stammenden Peter Härtling, weshalb sich die Erfahrungen hier wahrscheinlich unterscheiden werden.

5 z. B.: **Pro:**
- gibt Starthilfe für eigene Ideen
- schlägt Ideen vor, auf die man evtl. nicht selbst gekommen wäre

Kontra:
- nimmt eigene Ideen vorweg, schablonenhaft
- untergräbt eigene Ideen, da oft schon sehr gut formuliert

Seite 36

1 **a** z. B.: 27.01.2023, 9:20 Uhr: Mir kommen auf dem Radweg auf der rechten Seite Fußgängerinnen und Fußgänger entgegen. Einen Jogger, der links läuft, muss ich rechts überholen. Erste Unordnung an diesem Tag.

b z. B. (zum Beispiel oben): Die Verfasserin oder der Verfasser beobachtet genau, mag Ordnung, reagiert mit Humor und leichtem Unwohlsein auf Unordnung.

2 **a** Die Texte sind kurz bzw. bestehen nur aus einem oder zwei bis drei knappen Sätze. Eine Eigenart, Tätigkeit, Besonderheit wird bei den im Bus Mitfahrenden beobachtet und dann in Bezug zur eigenen Lebenswirklichkeit gesetzt. Dies geschieht meist pointiert.

b Klasse 10 b um 8:14 Uhr: Carolin gähnt. Benjamin gähnt. Lorenz gähnt. Elisabeth gähnt. Ich glaube, es handelt sich um eine Art verschlüsselte Kommunikation an der Lehrkraft vorbei.

Seite 37

1 **a** Strophe 1: (Fehlende Erinnerung an) Mein Leben vor dir; Strophe 2: Glückliche Gegenwart; Strophe 3: Farben der Erinnerung; Strophe 4: Angst vorm Verlassenwerden
Inhaltliche Überschrift: Mein glückliches Leben mit dir

b Reimschema: abba, cddc, efef, gg / Metrum: fünfhebiger Jambus / Kadenzen: In den ersten beiden Strophen umarmen die weiblichen die männlichen Kadenzen, in Strophe 3 wechseln sich weiblich und männlich ab, die letzten beiden Verse enden in männlichen Kadenzen.
Stilmittel: Alliterationen, Antithesen, Metaphern, Tempuswechsel, ...
Im ersten Quartett geht es um das lyrische Ich, das sich kaum an die (etwas negativ behaftete) Vergangenheit vor seiner glücklichen Beziehung erinnern kann. Im zweiten Quartett hebt das lyrische Ich seine freudige und strahlende Gegenwart auf Grund des Miteinanders mit dem/der Geliebten im Gegensatz zur kaum erinnerbaren Vergangenheit hervor. Im dritten Quartett beschreibt es die Erinnerung an die Vergangenheit als verengt, da nur die einsamen Momente in den Vordergrund treten, die positiven aber in den Hintergrund. In den beiden Abschlussversen betont das lyrische Ich seine Angst davor, verlassen zu werden und damit in Trostlosigkeit und Einsamkeit zu fallen.

4 **Kreatives Schreiben:** freies Schreiben ohne Strukturvorgaben
Literarisches Schreiben: Elemente des kreativen Schreibens, jedoch mit strukturellen und/oder inhaltlichen Vorgaben
Produktives Schreiben: texterschließendes Verfahren, das sich zu diesem Zweck kreativer bzw. nachgestaltender Elemente bedient

Seite 38

1 z. B.:
- Wolfsburg/ICE: 22-jährige junge Frau im ICE kann nicht aussteigen, fährt nach Italien und beginnt neues Leben (beendet dadurch Beziehung, Erleichterung, freies Gefühl des Neuanfangs, ...)
- 56-jähriger Mann steht am Bahnhof und möchte seine Familie verlassen, geht aber wieder heim, weil Zug nicht hält (Neuanfang mit Frau, Besuch beim erwachsenen Sohn, ...)

→ jeweils lebensverändernde Momente durch den nicht durchgeführten Halt des ICEs

2 **a** z. B.: Eine junge Frau trifft per Zufall auf eine der falschen Ordensschwestern und wird von ihnen aufgenommen.

Seite 39

1 **b** z. B. (zu „Prognosen für das Jahr 2000")
- 13 Der Wassermangel wird zum größten Problem auf der Erde werden, Kriege werden deshalb geführt.
- 14 In Kürze werden wir mit vollautomatischen Taxis zu jedem beliebigen Ort gefahren werden, eigene Autos werden überflüssig.
- 15 Drohnen werden umfassende Aufgaben im öffentlichen Bereich übernehmen, wie etwa Zustelldienste, Verkehrsüberwachung und automatische Notrufabsetzung etc.

3 **Hinweis:** Wigald Boning hat im Jahr 2013 ein Buch mit dem Titel „Butter, Brot und Läusespray" herausgebracht. Darin stellt er die von ihm gesammelten Einkaufszettel und -listen vor, kommentiert diese und entwickelt auf ihrer Grundlage Geschichten.

Seite 40

2 **(Mitte)** z. B.: das Entsetzen (Munch) und die Suche nach einem Ausweg, der aber wie ein Irrweg/Labyrinth erscheint (Piranesi) und in einer Traumlandschaft mit einer anderen Figur als Gegenüber mündet (Kahlo)

3 z. B.: **Äußeres:** Frau, heterosexuell, Anfang 30, aus gut bürgerlichem, reichem Hause in Deutschland, attraktiv, dunkle, lange Haare und grüne Augen, groß (etwa 1,75 m), hübsches und ausdrucksstarkes Gesicht, ...
Inneres: großer Freiheits- und Entdeckerdrang, kann und will sich nicht anpassen, glaubt an die Gleichheit der Geschlechter, Schwächen: Bindungsangst und mangelnde Hingabefähigkeit, schwieriger Umgang mit Emotionen (sperrt sie eher weg), Stärken: großer Mut, Entdeckerdrang, geht den Dingen auf den Grund, packt selbst mit an, freundlich und bestimmt, lässt sich nicht unterkriegen, ...
Kommunikation: hoher Bildungsstand, direkt in der Kommunikation, freundlich, setzt sich durch, ...
Hintergrundgeschichte: folgt zunächst dem ihrem Geschlecht und Stand vorgegebenem Weg (Hochzeit etc.), läuft dann aber in der Nacht vor der Hochzeit davon, bricht allein über den Seeweg in den Dschungel auf, ...
soziales Umfeld: sehr gebildet, reiche Familie, kaum Freunde, nur Gesellschafter/-innen, ...
Besonderheiten: nicht zugänglich für Musik, aber für das Zeichnen (hier anatomisch genau), Tick: raucht Zigarren, hält sich immer besonders gerade, ...
Konflikte: widersetzt sich den vorgegebenen Bahnen der Gesellschaft, reist allein als Frau, wird bedrängt und bedroht, Familie setzt ihr zu, sie verliebt sich in einen Künstler, ...

Seite 42

1 ein Jahr: Arbeit an der ersten Fassung von „Eragon"; ein Jahr: Feilen an Sprache, Charakteren, Dialogen, Beschreibungen; Präsentation des Buches (Eltern); Verlag/Veröffentlichung

Seite 43

1 Zweifel gehören zum Schreibprozess und müssen ihn nicht zwangsläufig stoppen oder das Ergebnis verwerfen. Man kann Zweifel nutzen, um die Qualität des Textes zu verbessern. Wer keine Zweifel in Bezug auf die eigenen Texte hegt, denkt ggf. zu wenig an die Adressatinnen und Adressaten.

2 a z. B.: an eine andere Stelle im Text springen, etwas Belangloses schreiben, den Schreibort wechseln

Seite 44

1 Während es beim literarischen Schreiben um die Textproduktion anhand bzw. auf der Grundlage eines Vorbilds z. B. im Hinblick auf Stil, Textsorte und Sprache geht, beruht das kreative Schreiben auf einem freien Umgang mit Sprache, Form und Inhalten.

2 In Gernhardts Gedicht thematisiert das lyrische Ich einen mangelhaften Zugang zur Literatur Heines, verursacht durch die Erfahrung eines schlechten Deutschunterrichts bzw. durch die vorgegebenen Urteile der damaligen Lehrkraft.

3 Es handelt sich um literarisches Schreiben, da das Gedicht Heines nicht nur als Idee, sondern als stilistische Vorlage für den produzierten Text verwendet wurde.

4 Was lesen Sie? – Modul „Literaturbetrieb und literarische Öffentlichkeit"

Seite 45

1 **Bild 1 (l. o.):** Messe mit verkleideter Leserin und verkleideten Leser (Cosplay), die Manga- oder Fantasyfiguren verkörpern und so Sparten und Fangemeinschaften nach außen darstellen
Bild 2 (r. o.): Schaufenster einer Buchhandlung zum Zweck der Empfehlung von Neuerscheinungen oder Angeboten und deren Verkauf
Bild 3 (l. u.): privates Aufnahmestudio für einen Podcast oder ein BookTube zum Zweck der Buchvorstellung und -empfehlung
Bild 4 (r. u.): Friedenspreis des Deutschen Buchhandels zum Zweck der (jährlich) öffentlichen Ehrung von Autorinnen und Autoren

2 **weitere Akteurinnen und Akteure,** z. B.: Autorinnen und Autoren, Verlage, Lektorinnen und Lektoren, Illustratorinnen und Illustratoren, Übersetzer und Übersetzerinnen
weitere Austauschmöglichkeiten, z. B.: Vermarktung und Bewertung: Buchrezensionen in Zeitungen, Literaturblogs, Buchsendungen im Fernsehen (literarisches Quartett), andere Literaturpreise wie Nobelpreis, Empfehlungen auf den Seiten von Onlinehändlern, Werbebroschüren von Buchgroßhändlern

Seite 46

1 a/b Mittelalter:
Autorschaft legitimiert sich durch Weitergabe von Wissensbeständen und tradiertem Material (Dichten ≠ kreativer Akt); teilweise anonym überlieferte Texte (z. B. Nibelungenlied); Autor legitimiert sein Schreiben, indem er ausdrücklich auf Vorbilder (hier: Thomas von Britanje) verweist → insgesamt geringe Sichtbarkeit der Autorschaft (vgl. Tristan, V. 17 ff.)
18. Jh. bis 20. Jh.:
- einerseits: Mäzenatentum: Dichter (immer noch) abhängig von Mäzenen; sind auf deren Unterstützung angewiesen (vgl. Goethe, V. 1 f. u. 6 ff.); langsames Lösen der Autoren von ihren Auftraggebern im 18. Jhd. (hier: Tasso, der zunächst noch die Abhängigkeit von einem Mäzen bejaht und Herzog Alfons ein Eigentumsrecht an der ihm gewidmeten Dichtung zuschreibt, dann aber alle Ansprüche der Hofgesellschaft auf seine Person und Dichtung zurückweist, vgl. Goethe, V. 5)
- andererseits: Professionalisierung und Individualisierung des Schreibens; Herausbilden eines neuen Autorbildes: Autor als Genie (vgl. Kant, Z. 1 ff.)
- mit dem Gedicht Kalékos wird deutlich, dass der Begriff „Autor" in erster Linie eine Kategorie war, die für Männer galt. Lange Zeit hat man Frauen nicht als ebenbürtige Kunstschaffende gesehen.

Seite 47

2 **a** – Kennzeichen: Neben dem Verfassen und Überarbeiten von Texten gehörten zum Beruf die Verlagssuche bzw. die Zuhilfenahme einer Literaturagentur, die Vertrags- und Honorarverhandlung sowie Auftritte bei Lesungen etc.
– Vor allem bekannte Autorinnen und Autoren stehen heute im Rampenlicht, z. B. durch Veranstaltungen wie Lesungen oder Fernsehauftritte und Interviews; ggf. Bestsellergarantie neuer Werke bekannter Autorinnen und Autoren (vgl. Juli Zeh); neue Arbeitsbereiche (vgl. Marc-Uwe Kling als Drehbuchautor). Bei Bestsellerautorinnen und -autoren steht deren Name meist groß und größer als der Titel auf dem Cover (allein der Name wirbt).

b Rönne drückt auf ironische Art und Weise aus, dass oft genug allein die Profession, eine Autorin / ein Autor zu sein, nicht mehr ausreicht. Um Geld zu verdienen bzw. um ihren Bekanntheitsgrad zu steigern, veröffentlichen z. B. auch Schauspielerinnen und Schauspieler Texte. Da könne sie als richtige Autorin ebenso schreiben und veröffentlichen.

3 **a** Juli Zeh drückt aus, dass eine Autorin / ein Autor stets nur eine Idee bzw. eine Vorstellung davon hat, wer die Leserin / der Leser ist. Umgekehrt konstruiert sich auch die Leserin / der Leser ein Bild von der Autorin / dem Autor.

b z. B.: Die KI ist nicht menschlich und negiert in dieser Hinsicht das Bewusstsein einer Autorin / eines Autors von der jeweiligen künstlerischen Arbeit und der mit dem Werk verbundenen Intention. Die Frage nach der Autorschaft berührt auch die Frage nach dem Urheberrecht. Wer ist die Autorin / der Autor, wenn dies kein Mensch mehr ist?

4 **a** Ein Literaturagent prüft zunächst im Auftrag von Autorinnen und Autoren Buchideen und Manuskripte. Er reagiert aber auch auf Empfehlungen und besucht Lesungen, um potenzielle Autorinnen und Autoren zu finden. Für die Autorin oder den Autor arbeitet er als Vermittler, indem er passende Verlage anspricht, dort für die Texte wirbt, mit den Verlagen Verträge und Honorare aushandelt oder deren Presseabteilung berät und auch für Fragen zur Buchgestaltung, z. B. das Cover, zur Verfügung steht. Die Autorinnen und Autoren können sich bei der Ausarbeitung eines Manuskripts an ihn wenden, während er darüber hinaus darauf achtet, dass diese Abgabefristen einhalten. Bei Sachbüchern entwickelt er Projektideen mit.

b **Verlag:** Auswahl von Autorinnen/Autoren und Werken; Veröffentlichen und Vermarktung literarischer Werke; Entwickeln weiterer Artikel, z. B. Hörbücher, E-Books, Podcasts, Videoformate, Merchandise-Artikel
Lektorat: Betreuung von Autorinnen/Autoren; Lesen und Prüfen von Manuskripten (z. B.: Könnte ein Manuskript veröffentlicht werden? Sind Erzählstränge logisch verknüpft?), Überarbeiten der Manuskripte; Lesen von Büchern, die bereits in anderen Ländern erschienen sind

Seite 48

5 **a** Selfpublisherinnen und Selfpublisher veröffentlichen ihre Bücher im Selbstverlag bzw. online, arbeiten demnach ohne Verlag, ohne Literatur- oder PR-Agentur und Layouterinnen oder Layouter.
Sie werden bei der literarischen Wertung (Literaturpreisen/Bestsellerlisten/Rezensionen) in der Regel nicht berücksichtigt.

b z. B.: größere Freiheiten hinsichtlich der Inhalte → Beleben des Buchmarkts; Veröffentlichungsmöglichkeit auch für unbekannte Nachwuchsautorinnen/-autoren; Gefahr von „Schundliteratur"; Überflutung des Markts und dadurch Überforderung der Leserschaft durch fehlenden Überblick
„Problem": geringe Sichtbarkeit, da keine Berücksichtigung bei Bestsellerlisten/Literaturpreisen, keine Rezensionen in Zeitungen/Zeitschriften mit Literaturkritik

1
- langweilig, da scheinbar träges Publikum (vgl. Z. 16 f. u. 30 f.)
- eintönig, frustrierend, da museales Mikrofon, Lesung in einer kleinen Gemeindebibliothek, leerer Saal (vgl. Z. 2, 18 ff., 27 ff.)
- enttäuschend, da Vorstellung von Leben als bekannter, champagnertrinkender, verehrter Autor wird nicht erfüllt (vgl. Z. 16 ff. u. 31 ff.)
- Autor sieht Lesung als lästige Aufgabe eines Autors an (vgl. Z. 35 f.)

2 z. B.: Merkmale wie Intonation, Akzente, Tempo, Lautstärke, Haltung geben Hinweise für Deutungshypothesen.
So können z. B. Ironie, Sarkasmus oder auch die Stimmung einer Figur ausgemacht werden.

3 **a** Der Ingeborg-Bachmann-Preis gilt als eine der bedeutendsten Literaturpreise im deutschsprachigen Raum. Seit 1977 wird er jährlich zum Andenken an diese Schriftstellerin in ihrer Geburtsstadt Klagenfurt vergeben. Nach einer Vorauswahl tragen die Bewerberinnen und Bewerber vor Publikum und vor einer Fachjury ihre noch nicht veröffentlichten und in deutscher Sprache verfassten Texte vor. Sie haben dazu ca. 25 Minuten Zeit. Der Preis ist seit 2006 mit 25 000 € dotiert.

b Zu beachten sind insbesondere: Intonation, Akzente, Sprechtempo, Lautstärke, Haltung, Deutlichkeit.

c Süffisante/ironische/gelangweilte/frustrierte Sprechweisen und Betonungen können verwendet werden, um die Haltung der Figur zu verdeutlichen.

4
- Wirkung eines Textes vor Publikum testen → Möglichkeit des direkten Feedbacks
- finanzielle Zusatzeinkommen für Autorinnen/Autoren: Honorare von Lesereisen sind ein fester Bestandteil des Einkommens
- Vermarktung des Werks: Werk wird einem breiten Publikum vorgestellt
- Erhöhen des Bekanntheitsgrades einer Autorin/eines Autors
- Unterhaltung

Seite 49

5 **a** Eine zerstörende Kritik ist nach Goethe nicht fundiert, da sie auf einem selbst gewählten, kleingeistigen Maßstab gründet (vgl. Z. 5 f.). Eine produktive Kritik dagegen ist tiefgründig und setzt sich bewusst und objektiv-sachlich mit einem Werk auseinander. Dabei wird auch versucht, die verfolgte Poetologie zu erschließen und als Maßstab anzulegen.

b Funktion: Autorin/Autor durch Kritik Möglichkeit zum Wachsen geben (vgl. Z. 7 ff.).

c Äste für die Mindmap:
- informierende Orientierungsfunktion: verschafft Überblick über eine zunehmend unüberschaubare Zahl von Neuerscheinungen
- Selektionsfunktion: einerseits durch Auswahl rezensionswürdiger Literatur, andererseits Entscheidungshilfe bei Kauf und Lektüre durch Bewertung
- sanktionierende Funktion für Literaturproduzenten: weist auf qualitative Schwächen und/oder Stärken hin, um zukünftige Buchproduktion zu verbessern
- Beitrag zur Kanonbildung
- Unterhaltungsfunktion, z. B. in Feuilletons

6 **a** **Printmedien:** Rezensionen in Tages- und Wochenzeitungen, Nachrichtenmagazinen und Illustrierten/Magazinen und Periodika (z. B.: Neue Rundschau, Deutsche Bücher. Forum für Literatur. Autorengespräche – Kritik – Interpretation, Literatur in Bayern. Vierteljahrsschrift für Literatur, Literaturkritik und Literaturwissenschaft; Griffel. Das Magazin für Literatur und Kritik)

Radio/Digitalfunk: Interviews, Literaturgespräche bzw. Buchsendungen und Podcasts (z. B.: Büchermarkt [Deutschlandfunk]; Literaturkritik – Der Podcast, eat.READ.sleep. Bücher für dich [NDR])

Fernsehen/Mediatheken: Literaturgespräche zwischen Buchsendungen, Interviews (z. B.: Das literarische Quartett [ZDF], Buchzeit [ZDF], Druckfrisch [ARD])

Internet: Buchwebsites, Blogs und BookTubes (z. B.: Perlentaucher. Das Kulturmagazin; Literaturkritik.de: Lass mal lesen!: zeilenverliebt, Liberiarium, KainUndAbel)

b Rezensionen in Printmedien und Hörfunk sind i. d. R. von Expertinnen und Experten verfasst; sie erlauben im Unterschied zu Radio, Fernsehen und Internet keinen direkten Austausch über Literatur. Das Internet bietet eine globale Verbreitungsmöglichkeit auch für Laien, die sich für andere kritisch mit Literatur auseinandersetzen wollen.

Seite 50

1 **a** Es gibt nicht die eine Liste, sondern verschiedene. Sie werden regelmäßig (wöchentlich) unabhängig von ihrer literarischen Qualität durch die Gesellschaft für Konsumforschung (GfK) und Media Control nach Maßgabe der jeweiligen Verkaufszahlen erstellt, wobei diese auf unterschiedliche Datensätze oder Stichproben zurückgreifen.

b **Risiken:**
- Ausschlaggebend ist nicht die Qualität, sondern die Quantität.
- Die Datenerhebung ist intransparent und damit nicht eindeutig nachvollziehbar bei der Erstellung der Listen.
- Namhafte Autorinnen und Autoren verkaufen i. d. R. automatisch mehr Bücher und schaffen es – unabhängig von der Qualität des neuen Werks – auf die Liste.

Chancen:
- Sie bieten den Leserinnen und Lesern eine einfache Orientierungsmöglichkeit.
- Sie erhöhen die Sichtbarkeit der Autorinnen und Autoren und ihrer Werke (prominente Platzierung in Buchhandlungen).
- Sie stellen den Autorinnen und Autoren eine gute Bewertung aus und vereinfachen damit die Vermarktung.

2 **a** „Deutscher Krimipreis“: Genre; „Lyrikpreis Meran“: einzelnes Buch; „Deutscher Buchpreis“: Gattung; „Open Mike“: Nachwuchswettbewerb

b **„Deutscher Krimipreis“:** Kriminalromane und Thriller (belletristische Großtexte), die im betreffenden Jahr erstmals in deutscher Sprache in Buchform veröffentlicht wurden → Wahl durch 29-köpfige Jury; keine Eigenbewerbung

„Deutscher Buchpreis“: deutschsprachiger Roman → Wahl durch eine 11-köpfige Jury, die jährlich wechselt und die Preisträgerin oder den Preisträger in mehreren Auswahlstufen bestimmt

„Lyrikpreis Meran“: deutschsprachiges Gedicht, das in Buchform bzw. in einer Anthologie oder in einem anderen Printmedium abgedruckt oder in elektronischer Form erschienen sein muss → Wahl durch 9-köpfige Jury

„Open Mike“: junge, deutschsprachige Literatur (Kategorien Prosa und Lyrik); Autorinnen und Autoren bis einschließlich 35 Jahre, die noch keine eigenständige Publikation vorweisen können → durch 3-köpfige Jury Wahl von drei Werken, davon mindestens ein Gedicht

3 Literaturpreise basieren stärker auf der literarischen „Qualität“. Bestsellerlisten stellen primär den Wert „Quantität“ dar. Sie geben wieder, was die „breite Masse“ gern liest. Dies kann, muss jedoch nicht zwingend den Ansichten einer Literatur-Jury entsprechen.

Seite 51

1 **a/b** – 8. August 1922: Julius Reiber fordert die Einrichtung eines Kulturpreises unter dem Namen Büchners
- Anfang 1923: Einrichtung des Preises für hessische Künstlerinnen und Künstler
- 1933–1944: Aussetzen der Verleihungen
- 1945: Wiederbegründung des Preises für hessische Künstlerinnen und Künstler
- ab 1951: Umwandlung des Preises in einen überregionalen Literaturpreis

b Ab 1951 erhalten ausschließlich Schriftstellerinnen und Schriftsteller bzw. Dichterinnen und Dichter den Preis und nicht mehr Künstlerinnen und Künstler aus anderen Bereichen wie Musik oder Bildhauerei.

2 **a** Die Werke müssen in deutscher Sprache verfasst, herausragend und für das aktuelle Kulturleben von Bedeutung bzw. einflussreich sein.

b Manche Leitlinien lassen Interpretationsspielraum, z. B.: Wann tritt ein Werk „in besonderem Maße" hervor? Wann hat ein Werk „an der Gestaltung des gegenwärtigen deutschen Kulturlebens wesentlichen Anteil"? Allerdings lässt sich literarisches Können nicht mit einer Checkliste in eins setzen. Daher sind die Leitlinien wahrscheinlich bewusst offen gestaltet.

Seite 53

3 **a** – Auseinandersetzung mit Georg Büchner bzw. einem Werk des Schriftstellers
- Auseinandersetzung mit der Frage nach der sozialen Verantwortung von Literatur im aktuellen politischen Kontext

→ Die Preisreden gelten als Dokumente für das poetologische und politische Selbstverständnis der jeweiligen Preisträgerin oder des jeweiligen Preisträgers.

b **Christa Wolf:** Literatur, die versöhnen/vereinen soll („Literatur muss Friedensforschung sein"); die Sprache der Literatur soll frei von inhaltsleeren Phrasen, dafür voller Emotionen sein.
Clemens J. Setz: Literatur muss verständlich sein („[...] auch an Außerirdische predigen können.")

c Die Forderungen spiegeln das jeweilige politische Zeitgeschehen wider, z. B.:
- 1980: deutsch-deutsche Kulturpolitik in Zeiten der Zweistaatlichkeit → Literatur, die versöhnen/vereinen soll
- 2021: u. a. Ukrainekrieg → Literatur, die für alle verständlich sein soll

4 **a/b** Büchner, bedeutender Autor der politischen Dichtung des Vormärz, setzte sich kritisch bis kämpferisch mit dem politischen Geschehen seiner Zeit auseinander. Seine Werke können als Spiegel seines politischen Selbstverständnisses und als Aufforderung an Autorinnen und Autoren gelesen werden, sich mit Werk und Leben für einen bessere Gesellschaft einzusetzen.

c **Christa Wolf:** Sie beeindruckt bei Büchner die „Verpflechtung von Schreiben und Leben, von Verantwortung und Schuld" (Z. 5 f.), was bedeutet, dass man sich „einmischen" und „aufbegehren" (Z. 14 f.) müsse, um etwas zu bewirken. Während Büchner jedoch noch die „drei Sprachen [...] von Politik, Wissenschaft und Literatur" für sich verwenden konnte, sei heute allein die Literatur die „Sprache [...], die der Wirklichkeit des Menschen heute am nächsten kommt" (Z. 23 ff.).
Clemens J. Setz: Er nimmt in assoziativer Weise Bezug auf „die Jahrmarktszene im *Woyzeck*" (Z. 7 f.), in der ein „dressiertes Pferd" (Z. 9) vorgestellt wird. Doch in Büchners Drama erfahre man nicht mehr über dieses Pferd (vgl. Z. 16 ff.). Es sei aber „eine Art Sinnbild" (Z. 19) für die Literatur. Denn wie solche Zirkuspferde auch für den Krieg eingezogen worden seien (vgl. Z. 42 ff.) und gar nicht wissen konnten, welches Schicksal sie damit ereile (vgl. Z. 52 ff.), so habe Literatur die Aufgabe, das scheinbar Unerklärliche in den Blick zu nehmen und zu erzählen (vgl. 66 ff.).

Seite 56

1 **a** Autoren/Selfpublisher (Z. 1 f., 4): Produktion (P); Verlag (vgl. Z. 2): Produktion (P), Vermarktung (V); (Online-)Buchhandel (Z. 15): Vermarktung (V); Leserschaft (Z. 26): Rezeption (R)

b z. B.:
- unbekannte Autorinnen und Autoren, die keinen Verlag finden, bekommen Möglichkeit zur Veröffentlichung von Werken
- Bereicherung für den Buchmarkt durch verschiedenste und ggf. „übersehene" Werke
- einfache und günstige Möglichkeit der Produktion und Rezeption

2 z. B. (PS = Poetry Slam; GBP = Georg-Büchner-Preis):
Jury: Laien (PS) vs. Experten (GBP)
Ablauf: Vorlesen des Textes (auch Vortrag Teil der Bewertung) (PS) vs. nur Einreichen des Textes (GBP)
Bewertung: direkte Bewertung durch Applaus ohne vorherige Kenntnis des Textes (PS) vs. Preisvergabe erst nach ausführlichen Besprechungen der Jury + Begründung der Vergabe (GBP); keine transparenten Bewertungskriterien (PS + GBP)

3 z. B.: Rezensionen können zu einem Problem für neue Werke werken, indem sie diese mal mehr, mal weniger treffen. Es kann z. B. sein, dass Werke von hoher Qualität zu kritisch bewertet werden, sodass sie durchfallen, während andere von minderer Qualität dennoch empfohlen werden. Manche aber werden gar nicht rezensiert, sodass sie evtl. weder wahrgenommen werden noch die Möglichkeit erhalten, an der Kritik zu wachsen.

5 Die Lehre von den Zeichen – Modul „Semiotik“

Seite 57

1 **Bild l. o.:** Nach Charles S. Peirce entstehen Zeichen erst dadurch, dass eine Empfängerin / ein Empfänger diese als solche erkennt und entschlüsseln kann.
Bild r. o.: René Magrittes Bild verweist mit der Textunterschrift darauf, dass tatsächlich keine reale Pfeife zu sehen ist, sondern eben nur die Darstellung von einer Pfeife, die man weder stopfen noch rauchen könnte. Man könnte auch formulieren: „Dies ist keine reale/richtige Pfeife.“)
Bild l. u.: Nach Gertrud von Le Fort sind Symbole als eine besondere Sprache zu verstehen, mit deren Hilfe wir Unsichtbares wie Abstraktes benennen und auch veranschaulichen können.
Bild r. u.: Nach Otl Aicher können Zeichen dazu dienen, eine gleichberechtigte Kommunikation über Nationalsprachen hinaus zu ermöglichen. Sie schaffen eine allgemein verständliche Sprache zum Nutzen der Adressatinnen und Adressaten.

2 **a** z. B.: Straßenverkehr (Schilder, Ampeln), Karten und Stadtpläne, Emojis und andere Piktogramme der digitalen Kommunikation, Handzeichen/Gesten, Wörter als sprachliche Zeichen, Satzzeichen etc.
b z. B.: visuelle, auditive bzw. haptische Wahrnehmbarkeit; Kenntnis kulturspezifischer Zeichen und ihrer Bedeutung; Eindeutigkeit der Zeichen, Wissen über den kulturell festgelegten Kontext ihrer Verwendung

Seite 58

2 **a** *(Bild A gehört zu B, Bild C zu D, Bild E zu F.)*
Zuordnung: „Zeichensache/Bezeichnendes“: A, C, E; „Zeichenobjekt/Bezeichnetes“: B, D, F
b **A/B (Rauch → Feuer)** = „Indexikalische Zeichen (Anzeichen)“; natürliches Zeichen, das Rückschlüsse auf den Grund zulässt; erfordert Weltwissen
C/D (Wort/Schrift → Bild eines Turms) = „Symbole (Arbitrarität & Konvention)“; künstliches Zeichen, dessen Bedeutung willkürlich bzw. qua Konvention erfolgt
E/F (Hinweisschild → Schließfach) = „Ikon (Ähnlichkeitsverhältnis)“; = optisches oder lautliches Zeichen, das auf einem Abbildverhältnis bzw. der Ähnlichkeit zum Bezeichneten beruht

Seite 59

3 **a** Vorstellung: 2
Lautbild: 1, 3
b das Bezeichnete (= signifié) = Vorstellung
die Bezeichnung (= signifiant) = Lautbild
→ Zeichen

4 **a** Die Vorstellung von „Schwester" ist durch keine direkte oder natürliche Beziehung mit dem Lautbild „Schwester“ verbunden bzw. motiviert. Daher sind auch andere Lautfolgen möglich, wie dies auch tatsächlich in anderen Sprachen der Fall ist, z. B.: dt. *Schwester*, frz. *sœur*, engl. *sister*.
b Onomatopoetika sind Lautmalereien, die auf den ersten Blick motiviert erscheinen, aber dennoch auch in verschiedenen Sprachen unterschiedliche lautliche Abbildungen und Aussprachen erfahren. Das bedeutet, es handelt sich um teilweise konventionelle Nachahmungen mit einer gewissen Ähnlichkeit.

Seite 60

5 In Peter Bichsels Geschichte beginnt ein Mann, Gegenständen andere Namen zu geben bzw. deren festgelegte Bezeichnungen auszutauschen. So sagt er z. B. fortan zum Bett Bild und zum Stuhl Wecker (vgl. Z. 11 ff.). Eine seiner Begründungen dafür lautet, dass in anderen Sprachen die Dinge auch anders genannt werden (vgl. Z. 5 ff.). Folgen dieses Umbenennens könnten sein, dass die Kommunikation mit Menschen der ursprünglichen Sprachgemeinschaft auf Grund von Verständigungsproblemen nicht mehr möglich und er am Ende sozial isoliert und „sprachlos“ ist.

6 **a** z. B.: **„§ 1 Unveränderlichkeit“:** Auch wenn die Beziehung zwischen Lautbild und Vorstellung nicht motiviert ist, müssen sich die Mitglieder einer Sprachgemeinschaft an diese gesellschaftlich festgelegte Konvention halten, da sonst eine Verständigung unmöglich ist.
„§ 2 Veränderlichkeit“: Dieser Paragraf spielt auf den Sprachwandel an und besagt, dass Sprache durchaus einer Veränderung unterworfen ist, die jedoch nie zu stark werden darf, sodass die Wörter nicht mehr wiederzuerkennen sind, und die von der Sprachgemeinschaft mitgetragen werden muss.
b Indem der Mann in Peter Bichsels Kurzgeschichte die allgemein verwendeten Bezeichnungen für Gegenstände unabhängig von der Sprachgemeinschaft austauscht und damit deren festgelegte Konventionen für sich auflöst, macht er eine weitere Verständigung unmöglich. Es ist eine eigenmächtige und zu starke Veränderung von Sprache, sodass er sowohl § 1 als auch § 2 verletzt. Die Konsequenzen sind Isolation bzw. Vereinsamung und Kommunikationsunfähigkeit.

Seite 61

1 **a** Smiley 1: Freude, Zufriedenheit, Glückseligkeit, verlegenes Lächeln; Smiley 2: Verliebtheit, Zuneigung; Smiley 3: Verzweiflung, Schmerz, Niederlage, Kränkung; Smiley 4: Nerd, Streber, Besserwisser, Intelligenz, Neugier (kann auch ironisch verwendet werden)

b **Zaras Text mit Tills Emoji:** Tränen werden im Kontext zu „Freudentränen", starke Emotionalität
Tills Text mit Zaras Emojis: Neugier (Smiley mit Brille) für das Treffen und Begeisterung (Smiley mit Herz) über das Single-Dasein als Alleinstellungsmerkmal statt Traurigkeit
Aros Text mit Zaras Emojis: Verliebtheit (Smiley mit Herz) als Steigerung für allgemeine Freude und Neugier (Smiley mit Brille) auf die Reaktion der anderen Mitglieder des Chats
Zaras Text mit Aros Emojis: Vorfreude auf das Treffen bzw. die weiteren Informationen (lächelnder Smiley) sowie Zuneigung (Smiley mit Herz) zu Aros neuer Bekanntschaft, die mitgebracht wird

Seite 62

3 *(zur Funktion s. u.; Stellungnahmen müssen individuell erfolgen)*
S. Lobo: Ausdruck von Gefühlen mit Hilfe der Zeichen leichter als mittels Worte
A. Stefanowitsch: Smileys als Ersatz für Mimik oder Tonfall, die sonst in mündlichen Äußerungen Gefühle transportieren
D. Hugendick: Hauptfunktion ist die Beschwichtigung des Gegenübers bei kritischen Äußerungen, um dennoch freundlich zu wirken, was sozial erwünscht ist
J. Adorján: kritisiert den häufigen Einsatz von Emoticons von Frauen als antifeministisch und schreibt ihnen eine ähnliche Funktion wie Hugendick zu, nämlich als Beschwichtigung des Gegenübers

4 **a** Emoticons ersetzen nicht einfach die Mimik und sind keine reinen Abbildungen (ikonische Zeichen), sondern durch Konvention in einer Sprachgemeinschaft verankert. Daher ist ihre genaue Ausgestaltung – wie bei Hieroglyphen – für das Verständnis der Schrift nicht nötig.

b Emoticons sind nach dieser Argumentation den Symbolen zuzuordnen, zumal sie eher Schriftzeichen ähneln.

Seite 63

1 **a** „Grundelemente einer jeden Kultur" (Z. 7 f.), „Ohne sie [...] keine Identität, keine Gemeinschaft und keine Gesellschaft" (Z. 8 ff.), „schaffen [...] Zugang zu den Realitäten, ordnen, deuten und regeln sie" (Z. 12 ff.), „Orientierungen und Regelungen einer Gesellschaft absichern oder auch ändern" (Z. 19 ff.), „andere Zeichensysteme [...] eine Haltung gegenüber der Gesellschaft" (Z. 23 ff.), „dass man sich einbringen will." (Z. 33 f.), „jeder sein Verhältnis zu etwas zum Ausdruck bringen" (Z. 47 f.)

Seite 64

1 **b** **ca. 1850–ca. 1950:** Dominanz der sogenannten „hundertjährigen Mode": Haute Couture und Konfektionsmode setzen sich durch und bestimmen die Modebranche, die die ersten „modernen" Kleidungsstücke auf den Markt bringt; Kleidung wird zum ersten Mal als Ausdruck der Persönlichkeit betrachtet
1950–1980: Wandel von der „hundertjährigen Mode" zur „offenen Mode"; Massenmode (v. a. für Jugendliche) ist treibende Kraft in der Modebranche
ab 1980: „vollendete Mode" durchdringt den Alltag der Menschen und setzt ständig neue Kaufanreize; „Mode nach der Mode" setzt sich mit dem Thema der Vergänglichkeit auseinander (Kleidung wurde nicht mehr geflickt)
2000–2020: Nachhaltigkeit und Wiederverwertung in der Mode werden zunehmend wichtig

2 **a** Unter Upcycling versteht man die Umnutzung und Weiterverwendung bereits existierender Kleidungsstücke und Stoffe, die neu miteinander vernäht werden. Statt immer neue Textilien zu verwenden, werden alte, bereits existierende Kleider als Zeichen eines ökologisch nachhaltigen und umweltfreundlichen Modebewusstseins zu neuen Kleidern.

b z. B.: Statement-Shirts (mit Schriftzug wie „Say no to racism"); zerrissene Jeans und Sicherheitsnadeln als Symbol für politisch linke Gesinnung und Systemkritik bei Punks; fair fashion als Zeichen für eine nachhaltigere Modebranche, die auf die Arbeitsbedingungen in der Herstellung achtet (Form von Kapitalismuskritik); nachhaltig produzierte Mode (z. B. aus recyceltem Polyester) als Zeichen für ein Umweltbewusstsein, das mit der Fridays-for-Future-Bewegung in den Fokus rückte

Seite 67

1 Im Textauszug wird vorgeführt, wie die Figur William von Baskerville allein anhand beobachtbarer bzw. zurückgelassener Zeichen wie der regelmäßigen Hufspuren im Schnee (vgl. Z. 126 f.) abliest und kombiniert, welches Pferd gesucht wird, obwohl er das Pferd selbst nicht gesehen hat.
Dazu passen William von Baskervilles Charaktereigenschaften wie, dass er ein aufmerksamer Beobachter und hochgebildet ist (vgl. z. B. Z. 87 ff. u. 115 ff.) und sich als weise in der Zeichendeutung versteht (vgl. Z. 175 ff.). Adson von Melk ist dagegen als Lehrling/Novize lernwillig (vgl. Z. 109 ff.), trotz seiner zeitweiligen „Eitelkeit" voller Bewunderung für seinen Meister und neugierig auch auf die Kunst der Zeichendeutung (vgl. Z. 99 ff.).

2 a/b z. B.:

künstliche Zeichen	natürliche Zeichen
– Bau der Abtei (vgl. Z. 9 ff.) → geschaffen, um die Ideen der Vollkommenheit, Konstanz und Macht Gottes zu repräsentieren – Zeichen des Cellerars zum Aufbruch (vgl. Z. 45) Spur von der Müllhalde von Menschen „künstlich“ verursacht (vgl. Z. 72 ff.) Name „Brunellus“ für das Pferd (vgl. Z. 85 ff.) → Verweis auf sein edles Wesen; vom Menschen bewusst gewählter Name	– menschliche Stimmen/Laute (vgl. Z. 48 ff.) – (mehr oder weniger bewusst) verlangsamter Schritt von William von Baskerville, von Adson von Melk → gedeutet als Versuch, den Mönchen Zeit für die Berichterstattung zu geben – „Zeichen, mit denen die Welt zu uns spricht wie ein großes Buch“ (Z. 59) – Spuren des Pferdes im Schnee, abgeknickter Zweig durch Pferd, schwarzes Pferdehaar in den Dornen (vgl. Z. 65 ff.)

Seite 68

1 a Pro: Die Zeichen ähneln sich sehr und selbst wenn man sie aus einer anderen Kultur kommend nicht kennt, ist ihre Bedeutung erschließbar. Insofern ist es möglich, sie als Zeichen zu betrachten, die sich nicht nur auf einen Kulturraum beschränken. Nichtsdestotrotz gibt es farbliche (gelb, rot, blau, weiß) und motivische Unterschiede (Darstellung des Fußgängerüberwegs), die die Zeichen in einem bestimmten Land verorten, weswegen sie zwar innerhalb der Kultur als Zeichen gelten können, aber nicht unbedingt universell sind.

Kontra: Die Zeichen unterscheiden sich hinsichtlich der Farbwahl und des Motivs so stark, dass sie von Mitgliedern einer anderen Kultur nur schwer entschlüsselt werden können. So kann der rote Rand von Fußgängern als Verbot, die Straße zu überqueren, gedeutet werden, und nicht auf ein Recht der Fußgänger schließen lassen. Um Zeichen, die international verständlich wären, handelt es sich nicht.

b Obwohl Eco die „Universalstruktur von Zeichen“ (Z. 8 f.) verneint, genügt es jedoch, wenn Zeichen „innerhalb einer Gruppe verstanden werden“ (Z. 4) können. Dementsprechend handelt es sich nach Eco bei den Verkehrsschildern durchaus um verständliche Zeichen, und zwar auf die Gruppe bzw. Kultur bezogen, in der sie verwendet werden.

2 a A: Der Autor rätselt über die Bedeutung des lächelnden Smileys hinter einer eigentlich ernst gemeinten und sinnvollen Botschaft und fragt sich, weshalb der Autor des Textes auf dieses Emoji zurückgegriffen hat. Mögliche Funktionen des Piktogramms könnten z. B. sein: nicht besserwisserisch wirken; verhindern, dass die Nachbarn sich bevormundet fühlen und trotzig reagieren, die Nachbarn mit einem freundlichen Lächeln motivieren etc.

B: Der Zwinkersmiley hinter vorwurfsvollen Äußerungen könnte z. B. verwendet werden, um Kritik zu relativieren, um das Gegenüber nicht bloßzustellen oder zu verärgern, um die gute Beziehung zu der kritisierten Person nicht zu gefährden und dennoch auf ihr Fehlverhalten hinzuweisen. Um keine Trotzreaktion zu provozieren, wird die Kritik charmant verpackt etc.

b z. B.:
- Schwierigkeit, wirklich ernste Kritik als solche zu erkennen
- Jeder kritische Satz, der ohne Smiley auskommt, wird als extremer und unhöflicher Affront betrachtet.
- Bei einer übertriebenen Verwendung kann der Einsatz von Smileys als unpassend und verhöhnend empfunden werden.

6 Sprache verändert sich – Modul „Sprachgeschichte konkret“

Seite 69

1 Bildunterschrift, z. B.: Ein unbeholfener/dreister Flirtversuch; Willst du was gelten, mach dich selten. Mach dich rar und du bist ein Star!; Annäherungsversuche auf offener Straße: Wie viel Erfolg hat man(n)?; „So allein unterwegs? Die Stadt kann gefährlich sein!“; „Begleiter unerwünscht! Oder doch nicht?“; „Wo kommt denn dieser hübsche Mann her? Nur nicht nach hinten sehen!“

Begründung: Das Bild zeigt einen jungen Mann, der einem Mädchen folgt. Während die junge Frau sich mit scheuem, verlegenem Blick abwendet, deutet die Gestik des Mannes in Form eines einladend nach vorn geschwungenen Arms an, dass er sie gern zum Innehalten und Stehenbleiben bewegen möchte, es wahrscheinlich sogar anspricht.

2 b z. B.: „Fräulein“, „Geleit“, „ungeleitet“; ungewöhnlich ist auch, dass das noch unbekannte Gegenüber gleich mit dem vereinnahmenden Possessivpronomen „[m]ein“ angesprochen wird, während Margarete ohne jegliches Personalpronomen von sich selbst spricht.

c Eine Wirkung des Dialoges auf die Schülerinnen und Schüler könnte sein, dass das Gespräch von Seiten Fausts zwar auf sprachlich hochgebildeter Ebene und dennoch direkte Weise, aber auch sehr formal und steif begonnen wird. Margarete hingegen erteilt ihrem Gegenüber eine schroffe Abfuhr, deren Ellipsen verdeutlichen, dass sie sich mit ihm gar nicht lange aufhalten möchte.

Seite 70

1 Sprache verändert sich unter dem Einfluss
- politischer Geschichte, z. B. Monarchie (→ mittelalterliche Hofkultur), militärische Besatzung (→ Sowjetunion und DDR), ...
- kultureller Gegebenheiten, z. B. die Bibelübersetzung Luthers, der Buchdruck durch Gutenberg, die Veröffentlichung des Duden, Dialekte, Mehrsprachigkeit, ...
- des gesellschaftlichen Wandels, z. B. fortschreitende Alphabetisierung, Säkularisierung, Urbanisierung, Globalisierung, Medienfortschritt und -vielfalt (→ Digitalisierung), Genderdebatte, ...
- territorialer Veränderungen, z. B. Völkerwanderungen, Kriegsemigration, ...

Veränderungen, die auftreten, äußern sich auf sprachlicher Ebene wie
- Lautung, z. B.: „wazzer" (ahd.) → Wasser
- Wortbildung, z. B.: „Maskenpflicht", „chillen" (Neologismen)
- Wort- und Satzgliedstellung, z. B.: „Kommst du mit Disco?" (Migrationseinflüsse)
- Bedeutung, z. B.: „juncfrouwe" (ahd.) → (junge) Dame edlen Standes (≠ sexuelle Konnotation)

Seite 72

2 **mögliche Unterstreichungen (Schaubild, z. B. als Flussdiagramm):**
„Deutsch ist heute mit über 100 Millionen Sprechenden die größte Sprache der EU" (Z. 1 ff.).
→ **Urgermanisch:** „[...] spaltete sich irgendwann zwischen 1000 und 450 v. Chr. durch die erste Lautverschiebung [...] von der indoeuropäischen Ursprache ab. [...] Ur- oder Protogermanisch [...] kann heute nur rekonstruiert werden [...]. Dennoch haben einige germanische Begriffe wie *brauda* (‚Brot') oder *grīpan* (‚greifen') in abgewandelter Form bis heute überlebt" (Z. 7 ff.).
→ **Ankunft der Römer im Jahr 55 v. Chr.:** „Zahlreiche lateinische Begriffe aus Handel, Krieg und Infrastruktur erweiterten den germanischen Wortschatz um Wörter wie *mura* (‚Mauer', von lateinisch *murus*) oder *strazza* (‚Straße', von lateinisch *via, strata*). [...] nicht ein einheitliches Germanisch, sondern jeder Stamm hatte seine eigene Mundart. [...] Gotisch [...] war die erste germanische Sprache, die zur Schriftsprache wurde – dank Bischof Wulfila [...] eine Schrift für eine gotische Bibelversion entwickelte [...]" (Z. 26 ff.).
→ **Althochdeutsch (600–1050 n. Chr.):** „Zur Zeit der germanischen Völkerwanderung und der Ausbreitung des Christentums begann um 600 n. Chr. die eigentliche Geschichte der deutschen Sprache. Eine Gruppe westgermanischer Sprachen spaltete sich mit der sogenannten zweiten Lautverschiebung von den anderen germanischen Mundarten ab und es entstand, was wir heute Althochdeutsch nennen [...]" (Z. 41 ff.).
→ **Mittelhochdeutsch (1050–1350 n. Chr.):** „[...]: Das Hochmittelalter war geprägt von wirtschaftlichem und kulturellem Aufschwung, aber auch von politischer Zersplitterung. [...]. Genauso vielfältig entwickelte sich auch die deutsche Sprache: Jedes Territorium hatte seinen eigenen Dialekt, jedes Herrscherhaus seine eigene höfische Dichtung. [...] Nibelungenlied, Parzival und Tristan. [...] Walther von der Vogelweide [...], Minnesang [...]. [...] Mittelhochdeutsch [...] keinen speziellen Dialekt, sondern fasst die verschiedenen Varietäten, die in dieser Epoche in Mittel- und Oberdeutschland gesprochen wurden, zusammen. [...] Einerseits kamen die Umlaute (ä, ö, ü) zu ihrer vollen Blüte, andererseits wurden unbetonte Silben nun abgeschwächt und Vokale in unbetonte Endsilben umgeformt [...]" (Z. 67 ff.).
→ **Frühneuhochdeutsch (1250–1550 n. Chr.):** „[...] bedeutende kulturelle Veränderungen im deutschen Sprachraum [...]. [...]. Bibelübersetzung von 1545 bereicherte Martin Luther den deutschen Wortschatz um unzählige Wortschöpfungen [...]. [...] vormals regionalen Ausdrücken [...] verhalf er zu Bekanntheit im ganzen deutschen Sprachgebiet. Vor allem aber legte er die Grundlage für eine einheitliche deutsche Sprache, [...] durch die Verbreitung des deutschen Bibeltextes [...]. [...] Buchdruck von Johannes Gutenberg [...] die deutsche Schriftsprache an Bedeutung gewann. [...] aufkommende Humanismus nochmals eine Reihe von lateinischen Lehnwörtern [...]" (Z. 96 f.).
→ **Neuhochdeutsch (ab dem 16. Jahrhundert):** „[...] ab ca. 1500 bis zum 18. Jahrhundert bildete sich aus den ober- und mitteldeutschen Mundarten eine einheitliche Schriftsprache: Neuhochdeutsch [...]" (Z. 129 ff.).
→ **Deutsch als Nationalsprache: 19. und 20. Jahrhundert:** „[...] Mehrheit der deutschsprachigen Gebiete 1871 zum Deutschen Reich [...] für die Sprache des neuen Nationalstaates [...] eine einheitliche Rechtschreibung [...]. [...] Konrad Duden 1880 das Vollständige orthografische Wörterbuch der deutschen Sprache [...]. [...] Im 19. Jahrhundert kamen mit der industriellen Revolution viele technische Fachwörter hinzu [...], im Bereich des gesellschaftlichen Lebens entlehnte man oft Wörter aus dem Englischen und Französischen [...]. Auch im 20. Jahrhundert sorgten neue Erfindungen und gesellschaftliche Veränderungen dafür, dass der deutsche Wortschatz um zahlreiche englische Lehnwörter wie „Computer", „Job" und „Team" ergänzt wurde. [...]" (Z. 139 ff.).

3 Generell versteht man laut Text unter „Lautverschiebung [...] einen Wandelprozess, bei dem sich gewisse Laute mit der Zeit verändern" (Z. 12 f.).
- **Die erste oder germanische Lautverschiebung** wird etwa von 1200/1000 v. Chr. bis etwa 500/300 v. Chr. datiert. Sie führte zur Ausdifferenzierung der germanischen Sprachen von den indoeuropäischen: Die stimmhaften Verschlusslaute b, d und g wurden zu den stimmlosen Verschlusslauten p, t und k, z. B.: *la**b**ium* → *Li**pp**e; **d**uo* → ***t**wai (zwei); a**g**er* → *A**ck**er*. Ferner veränderten sich die Verschlusslaute bh, dh und gh zu stimmhaften Reibelauten und danach zu den stimmhaften Verschlusslauten b, d und g, z. B.: *ná**bh**as* → *ne**b**ul (Nebel); **dh**ur* → ***d**oor; **gh**ostis* → ***G**ast.*

– **Die zweite Lautverschiebung** definiert den Übergang vom Germanischen zum Althochdeutschen. Sie betrifft v.a.: p, t, k werden zu pf/ff, (t)z/ss, (c)h, z.B.: *perd* → ***Pf**erd*, *o**p**an* → *o**ff**en; se**tt**ian* → *se**tz**en, e**t**an* → *e**ss**en; we**kk**ian* → *we**ck**en, ma**k**on* → *ma**ch**en.* b, d, g werden zu p, t, k, z.B.: ***b**arian* → ***p**eran (tragen); **d**aughter* → ***T**ochter; gi**b**an* → *ke**p**an (geben)*

4 Der Humanismus ist eine vom 14. bis zum 16. Jh. von Italien ausgehende, sich über West- und Mitteleuropa ausbreitende Bewegung. Auf der Grundlage literarischer, philologischer und wissenschaftlicher Entwicklungen sowie Neuentdeckungen ist für sie die Wiedererweckung der antiken Kultur, Sprache, Kunst und Philosophie charakteristisch. Dementsprechend wurden – wie in Waldmanns Text erwähnt – „eine Reihe von lateinischen Lehnwörtern wie ‚Dekret‘, ‚zitieren‘ und ‚Examen‘ ins Spiel“ gebracht bzw. übernommen (vgl. Z. 117ff.) und „die deutsche Grammatik [...] nach dem Vorbild des Lateinischen“ z.T. erweitert (Z. 119 ff.).

Seite 73

5 **a** **empfohlene Markierungen:** „[...] die Tatsache der geschichtlichen Entwicklung einer Sprache nachhaltig verdeutlichen (Z. 15ff.)“; „[...] ältere Texte, aber auch die Sprache der Gegenwart besser zu verstehen“ (Z. 17ff.); „[...] Distanz zu unserer eigenen Zeit [...] ältere Texte [...]“ (Z. 21ff.); „Wertvolles und Eigenständiges anzunehmen. Sprachgeschichtliche Kenntnisse helfen [...] diese älteren Texte – und damit die Gedanken und Konzepte vorangegangener Generationen – richtig einzuordnen“ (Z. 25ff.); „[...] mit den vielfältigen Möglichkeiten der Versprachlichung der Welt bekanntmachen, [...] nicht nur nach der sprachlichen Form und dem Sinn einzelner Texte, sondern sie will auch etwas über die Möglichkeiten und Grenzen der Kommunikation unter den jeweiligen historischen Bedingungen herausfinden“ (Z. 30ff.); „[...] bilden [...] außersprachliche Realität nicht einfach nur ab, so wie sie ‚wirklich‘ ist“ (Z. 40f.); „[...] unterschiedlichen Erfahrungen beruhenden Vorstellungen von der Welt [...]“ (Z. 42f.); „[...] Grundlagen des Textverständnisses, um ein Verständnis für den Wandel von Kommunikationsformen und um Einblicke in den historischen Wandel bei der Erfassung und Interpretation unserer Welt“ (Z. 49ff.); „[...] eine Vorstellung davon vermitteln, wann und unter welchen Bedingungen die Geschichte der deutschen Sprache begonnen hat, wie es zur Entstehung einer überregional verständlichen Schriftsprache gekommen ist und welche Etappen, also Sprachstadien, der Sprachgeschichte voneinander unterschieden werden können“ (Z. 64ff.); „[...] Die Geschichte des Alltags, die Entwicklung von Mentalitäten, der Wandel der menschlichen Kommunikationsformen und die Geschichte von Schlagwörtern und zentralen Begriffen [...]“ (Z. 94ff.).

Fakten im Mindmap zu den Zielen der Sprachgeschichtsschreibung:
- nachhaltige Verdeutlichung der geschichtlichen Entwicklung einer Sprache als Tatsache (vgl. Z. 15ff.)
- Hilfestellung zum besseren Verständnis älterer Texte, aber auch der Gegenwartssprache (vgl. Z. 17 ff.)
- Schaffung einer Distanz zu unserer eigenen Zeit, um auch ältere Texte als etwas Wertvolles und Eigenständiges anzusehen (vgl. Z. 19ff.)
- Verständnis älterer Texte als Sammlung von Gedanken und Konzepten früherer Generationen (vgl. Z. 26ff.)
- Bekanntmachen mit den vielfältigen Möglichkeiten der Versprachlichung der Welt (vgl. Z. 29ff.)
- Erforschung der sprachlichen Form und des Sinns einzelner Texte (vgl. Z. 33)
- Erforschung der Möglichkeiten und Grenzen der Kommunikation unter den jeweiligen historischen Bedingungen (vgl. Z. 34ff.)
- Betrachtung der jeweils nicht realitätsgetreu, sondern nach subjektiven Erfahrungen abgebildeten außersprachlichen Realität (vgl. Z. 39ff.)
  - Schaffen von Grundlagen des Textverständnisses
  - Vermitteln eines Verständnisses für den Wandel von Kommunikationsformen
  - Gewähren von Einblicken in den historischen Wandel bei der Erfassung und Interpretation unserer Welt (vgl. Z. 49ff.)
- Vermitteln einer Vorstellung, wann und unter welchen Bedingungen die Geschichte der deutschen Sprache begonnen hat, wie es zur Entstehung einer überregional verständlichen Schriftsprache gekommen ist und welche Etappen, also Sprachstadien, der Sprachgeschichte voneinander unterschieden werden können (vgl. Z. 64ff.)
- Gewähren eines Einblicks in die Geschichte des Alltags, die Entwicklung von Mentalitäten, den Wandel der menschlichen Kommunikationsformen und die Geschichte von Schlagwörtern und zentralen Begriffen (vgl. Z. 94ff.)

b Es geht in der Sprachgeschichte zwar zunächst darum „bereits vorgegebene Daten und Fakten in eine Ordnung zu bringen“ (Z. 54f.), doch besteht die wichtigste Arbeit in diesem Bereich vor allem darin, vorgefundenes Forschungsmaterial auszuwählen und zu interpretieren (vgl. Z. 55ff.).

6 **a** z.B.: Im neutralen Sinn ist „Kulturwissenschaften“ ein Sammelbegriff für die Wissenschaften, die sich mit den Entwicklungen und Ergebnissen menschlichen Handelns und Denkens beschäftigen.
Darüber hinaus gibt es eine Fülle von Definitionsversuchen, die entweder aus einzelnen kulturelleren Bereichen wie Bild-, Literatur-, Medien-, Kunst-, Gedächtnis- und Geschlechterwissenschaften sowie aus Wissenschaftsgeschichte und -theorie etc. stammen oder aber sich eher materiell auf die von Menschen hervorgebrachten Einrichtungen fokussieren, mit dem Schwerpunkt auf zwischenmenschliche, in erster Linie medial vermittelte Handlungs- und Konfliktformen, einschließlich der damit verbundenen Werte- und Normen.

b Die Sprachgeschichtsschreibung kann durchaus als eine Kulturwissenschaft begriffen werden, da sie mit Sprache einen Bereich erforscht, der prägend für jede Kultur ist. Außerdem gehört die Sprachgeschichte, da sie Schriftstücke und deren ganz individuellen geistigen Inhalt und Ausdruck behandelt und interpretiert (vgl. Riecke Z. 41ff. u. 57), zweifelsfrei zu den Wissenschaften, die sich mit den Ergebnissen menschlichen Handelns und Denkens beschäftigen.
Zudem zeigt die Sprachgeschichtsschreibung „Möglichkeiten und Grenzen der Kommunikation unter den jeweiligen historischen Bedingungen [auf]“ (Z. 35ff.), insbesondere in deren medial vermittelter Form.

Seite 74

2 a

Mittelhochdeutsch	Standarddeutsch
„wendet“ (V. 2)	wendet
„sîn“ (V. 2)	sein
„dem“ (V. 3)	dem
„volget“ (V. 3)	folgt
„êre“ (V. 3)	Ehre
„künec Artûs der guote“ (V. 5)	König Artus, der gute/vorbildliche
„der mit rîters muote“ (V. 6)	der mit dem Mut / der Gesinnung eines Ritters
„lobe“ (V. 7)	Lob
„er hât bî sînen zîten“ (V. 8)	er hat in seiner Zeit
„gelebet“ (V. 9)	gelebt
„daz er der êren krône [dô] truoc“ (V. 10 f.)	dass er eine Ehrenkrone [...] trug
„und noch sîn name“ (V. 11)	und noch sein Name
„er hât den lop erworben“ (V. 13)	er hat sich Lob erworben
„ist im der lîp erstorben“ (V. 14)	ist sein Körper (auch) verstorben
„sô lebet doch iemer sîn name“ (V. 15)	so lebt doch sein Name für immer

b z. B.:

Mittelhochdeutsch	Standarddeutsch
„swer“ (V. 1)	wer
„rehte“ (V. 1)	echt, wahr, wahrhaftig, aufrichtig
„güete“ (V. 1)	Vollkommenheit, Rechtschaffenheit, Tugendhaftigkeit
„gemüete“ (V. 2)	Sinn, Willen, Geist, Wesen, Gesinnung, Streben
„saelde“ (V. 3)	Glück
„des“ (V. 4)	das
„gît“ (V. 4)	sagt
„gewisse“ (V. 4)	gewiss, sicher, zuverlässig, verlässlich, vertrauenswürdig, bestimmt, verbürgt, bestätigt
„lêre“ (V. 4)	Lehre, Rat, Regel, Gebot, Ratschlag
„künec Artûs der guote“ (V. 5)	König Artus, der gute/vorbildliche (Ergänzung zu „guote“: gut, edel, würdig, ehrenhaft, gütig, tüchtig)
„der mit rîters muote“ (V. 6)	der mit dem Mut eines Ritters (Ergänzung zu „moute“: Seele, Herz, Geist, Gemüt, Gemütszustand, Gesinnung)
„kunde“ (V. 7)	können, es vermögen
„strîten nâch“ (V. 7)	kämpfen um, streben nach, sich eifrig bemühen
„lobe“ (V. 7)	Lob, Ruhm, Ehre
„alsô“ (V. 9)	so
„schône“ (V. 9)	schön, anständig, bescheiden, ordnungsgemäß, angemessen
„daz er der êren krône dô truoc“ (V. 10 f.)	dass er eine Ehrenkrone damals trug = eine Krone als Zeichen der Ehre
„er hât den lop erworben“ (V. 13)	er hat sich Lob (Ergänzung zu „lop“: Ruhm, Ehre) erworben

c z. B.: Während man einige Wörter sofort ins Deutsche übersetzen kann, ist dennoch Vorsicht geboten (z. B. „guote“ [V. 5] oder „muote“ [V. 6]), da bei genauerem Hinsehen deutlich wird, dass sie z. B. auf Grund eines Bedeutungswandels oder einer Bedeutungserweiterung in ihrer zunächst für richtig befundenen Übersetzung nicht ganz passen und wegen ihrer Bedeutungsvielfalt noch einmal durchdacht und nachgeschlagen werden müssen. Es gilt bei der Übertragung ins heutige Standarddeutsch, den Kontext des höfischen Lebens im Mittelalter zu beachten.

d Wer seinen Sinn der aufrichtigen Tugendhaftigkeit zuwendet,
dem folgt Glück und Ehre.
Dies lehrt uns zuverlässig
der vorbildliche König Artus,
der mit ritterlicher Gesinnung
um Ruhm (und Ehre) zu kämpfen vermochte.
Er hat seinerzeit so anständig gelebt,
dass er damals eine Krone als Zeichen der Ehre trug,
und sein Name trägt diese noch heute.
Er hat sich Ruhm erworben und
wenngleich sein Körper verstorben ist,
so lebt doch sein Name bis heute.

3 Kultur- und sprachgeschichtlich handelt es sich bei „Mittelhochdeutsch“ um einen Sammelbegriff. Auch Sarah Waldmann unterstützt diese These, da sie in ihrem Text (S. 70 f.) davon spricht, dass zeitgleich zur Entwicklung des Mittelhochdeutschen „der deutschsprachige Raum in einen Flickenteppich aus einzelnen Herrschaftsgebieten [zerfiel]“ (Z. 72 f.). „Jedes Territorium hatte seinen eigenen Dialekt“ (Z. 75) und das Mittelhochdeutsche fasste dementsprechend alle diese unterschiedlichen Sprachvarianten sozusagen als Oberbegriff zusammen (vgl. Z. 80 ff.). Auch im Internet findet man diese These in der Regel bestätigt.

4 Es kann attraktiv sein, mittelalterliche Texte heutzutage neu aufzubereiten und herauszugeben, da
- v. a. bei Kindern immer noch großes Interesse an Stoffen des Mittelalters herrscht: Burgen, Ritter, etc. → Förderung der Lesekompetenz durch intrinsische Motivation von Anfang an;
- wichtige Werte mit der Gegenwart verglichen und neu thematisiert werden können;
- veraltete Prinzipien, z. B. das Ständewesen, wiederaufgegriffen und diskutiert werden können;
- die Relevanz von Ruhm und Ehre auch in der heutigen Gesellschaft noch eine Rolle spielt;
- das Mittelalter in vielerlei Hinsicht wegweisend für die Moderne war, z. B. Gründung der ersten Universitäten, Aufblühen von Städten, der Aufstieg von Handel und Handwerk etc.

Seite 75

1 **a** mögliche Markierungen:
- hochgestellte Umlautbuchstaben bei Luther, z. B.: „hoere“ (Z. 1)
- Veränderung von Umlauten, z. B.: „ouch“ (Z. 1) zu „auch“
- Entwicklung vom „y“ zum standardsprachlichen „i“ (bzw. „ie“, Z. 1), vom „z“ zum „s“, z. B.: „daz“ statt „das“ (Z. 2)
- Verhärtung von „B“ aus „Babst“ (Z. 4) zu „P“ bei „Papst“
- Darstellung von „u“ als „v“
- Verschwinden mancher Umlaute, z. B.: „muss“ statt „mueß“ (Z. 5)
- Wegfall von Formulierungen, wie z. B.: jemandem „daz Maul [...] schmieren“ (Z. 4)

b/c

Text Luthers	heutiger Sprachgebrauch	Text Luthers	heutiger Sprachgebrauch
hoere (Z. 1)	hören	vnd (Z. 4)	und
Ouch (Z. 1)	**au**ch	geb für (Z. 4)	vorgeben
hab (Z. 1)	haben	Leüten (Z. 4)	die Leute
eyn (Z. 1)	eine	zu**o** (Z. 5)	zu
im (Z. 1)	ihm	schmiren (Z. 5)	schmieren
bracht (Z. 2)	gebracht	gl**ou**ben (Z. 5)	gl**au**ben
gl**i**ch (Z. 2)	gl**ei**ch	**B**abst (Z. 5)	der **P**apst
sey (Z. 2, 5)	sein	Werck (Z. 5)	das Werk
da**z** (Z. 2, 4)	da**ss**	s**oe**llen (Z. 5)	s**o**llen
sy (Z. 2, 5)	sie	L**uo**genspiel (Z. 6)	das L**ü**genspiel

sol (Z. 2)	sollen	laß (Z. 6)	lassen
moecht (Z. 3)	möchten	muoß (Z. 6)	müssen
heyssen (Z. 3)	heißen	goetlicher (Z. 8)	göttlicher
Irthumb (Z. 4)	der Irrtum	Rad (Z. 8)	der Rat

2 **a** Ich habe auch gehört, dass Doktor Eck eine Bulle, die sich gegen mich richtet, aus Rom mitgebracht hat, die ihm selbst so/derart gleicht/ähnlich ist, dass sie ebenfalls Doktor Eck heißen könnte. Sie soll (so) voller Lügen und Irrtümer sein, und er tut so, also ob er den Leuten schmeichelt, sodass sie glauben, die Bulle sei ein Werk des Papstes, obwohl sie seine eigene Intrige ist. Ich lasse das alles geschehen und muss in Gottes Namen dieses falsche Spiel ertragen; wer weiß, was der göttliche Plan für mich vorgesehen hat.

b Trotz Androhung der Verbannung ist Luther nicht bereit, seine Thesen zu revidieren. Vielmehr übergibt er sich und sein Schicksal dem Willen Gottes. Er erträgt die Umstände („[i]ch laß es alles geschehen, Z. 5) und seine Verleumdungen („Lügen und Irthumb", Z. 3), bis er weiß, was „goetlicher Rad" (Z. 6) mit ihm vorhat. Obwohl er also den Ablasshandel der katholischen Kirche stark kritisiert und somit zu einer theologischen Diskussion um Veränderung anregt, zeigt er Vertrauen in Gott und legt so den Grundstein der Reformation. Diese meint eine Erneuerungsbewegung der Kirche weg von starren, veralteten Strukturen (z. B. Ablasshandel) hin zu mehr Aufgeschlossenheit und Menschennähe, ohne dabei den Glauben an Gott in Frage zu stellen.

Seite 76

3 **a** Ein Rab hatte einen Kese gestolen / und satzte sich auff einen hohen Baum / und wolte zeren / Als er aber seiner art nach nicht schweigen kan / wenn er isset / hoeret jn ein Fuchs uber dem Kese kecken / und lieff zu / und sprach / O Rab / nu hab ich mein lebtag nicht schoener Vogel gesehen / von Feddern und Gestalt / denn du bist. Und wenn du auch so eine schoene Stimme hettest zu singen / so solt man dich zum Koenige kroenen / uber alle Voegel.
Den Raben kuetzelt solch Lob und Schmeicheln / fing an / wolt sein schoenen Gesang hoeren lassen und als er den Schnabel aufftheť / empfiel im der Kese / den nam der Fuchs behend / fras jn / und lachet des thoerichten Rabens. Huet dich wenn der Fuchs den Raben lobt / Huet dich fuer schmeichlern / so schinden und schaben etc.

Text Luthers	heutiger Sprachgebrauch	Text Luthers	heutiger Sprachgebrauch
Rab (Z. 1, 5)	der Rabe	hettest (Z. 7)	hättest
Kese (Z. 1, 12)	der Käse	solt (Z. 8)	sollen
gestolen (Z. 1)	gestohlen	Koenige (Z. 8)	der König
satzte (Z. 1)	sich setzen	kroenen (Z. 8)	krönen
auff (Z. 1)	auf	Voegel (Z. 9)	der Vogel
wolte (Z. 2, 11)	wollen	kuetzelt (Z. 10)	kitzeln
zeren (Z. 2)	verzehren	hoeren (Z. 11)	hören
kan (Z. 3)	können	auffthet (Z. 12)	auftun, aufmachen
isset (Z. 3)	essen	empfiel (Z. 12)	entfallen
hoeret (Z. 3)	hören	im (Z. 12)	ihm
jn (Z. 3, 13)	ihn	nam (Z. 12)	nehmen
uber (Z. 4, 8)	über	behend (Z. 13)	behände
kecken (Z. 4)	krächzen	fras (Z. 13)	fressen
lieff (Z. 4)	laufen	lachet (Z. 13)	lachen
nu (Z. 5)	nun	thoerichten (Z. 13)	dummen
hab (Z. 5)	habe	Huet (Z. 15)	hüten, in Acht nehmen
lebtag (Z. 5)	der Lebtag	fuer (Z. 16)	vor
schoener (Z. 5, 11)	schöner	schmeichlern (Z. 16)	der Schmeichler
Feddern (Z. 6)	die Feder		

4 **a** Der Rabe ist ein Dieb („Kese gestolen", Z. 1). Er kann selbst beim Essen nicht schweigen und lässt sich, da er zudem eitel hinsichtlich seiner „schoene[n] Stimme" (Z. 7) ist, vom Fuchs zu weiterem Krächzen verleiten, sodass er auf Grund seines „[K]ecken[s]“ (Z. 4) letztendlich den gestohlenen Käse fallen lässt, „[ge]kuetzelt [von] solch Lob und Schmeichelei“ (Z. 10). Der Fuchs hingegen ist auf seinen eigenen Vorteil bedacht. Klug wie er ist, erkennt er die Eitelkeit des Raben sofort „und lieff zu“ (Z. 4), um diese Schwäche auszunutzen und dem Vogel hinterlistig zu schmeicheln („Lob und Schmeichelei“, Z. 10), damit er selbst den Käse ergattert. Schadenfroh macht sich der Fuchs obendrein über sein Opfer lustig „und lachet des thoerichten Rabens“ (Z. 13 f.).

b Die Fabel soll die Lehre vermitteln, dass es Eitelkeit (siehe: Rabe) zu vermeiden gilt, da andere sonst diese Schwäche ausnutzen können. Hochmut kommt vor dem Fall.

5 **c/d**
- „Den Seinen gibt's der Herr im Schlaf“ (Psalm 127,2). → Dieser Ausspruch ist immer dann zu hören, wenn jemand glaubt, das Gegenüber hätte bei der Bewältigung einer Aufgabe eigentlich nur Glück gehabt, und das auch noch unverdient.
- „das eigene Licht unter den Scheffel stellen“ (Matthäus 5,15). → Die eigenen Leistungen oder guten Seiten werden aus Bescheidenheit verschwiegen, z. B. wenn jemand trotz Schießen zweier Tore den Sieg dem ganzen Fußballteam und nicht sich selbst zumisst.
- „Perlen vor die Säue werfen“ (Matthäus 7,6). → Wenn anderen etwas Wichtiges oder Wertvolles („Perlen“) angeboten wird, das sie jedoch nicht zu schätzen wissen, z. B. wenn eine Person eine Reise geschenkt bekommt und über diese flucht.
- „Der Geist ist willig, doch das Fleisch ist schwach“ (Matthäus 26,41). → Jemand hat gute Vorsätze, schafft es jedoch nicht, sie in die Tat umzusetzen, z. B. wenn jemand den eigenen Fleischkonsum zu Gunsten des Klimas vermeiden will und dann doch die Fastfoodkette aufsucht, um sich einen Burger zu kaufen.
- „Wer's glaubt, wird selig“ (Markus 16,16). → Ein Mensch, der sich lieber etwas vormacht, als eine Aussage kritisch zu prüfen oder (die eigenen) Handlungen zu hinterfragen, z. B. wenn jemand zum wiederholten Mal behauptet, er werde im neuen Jahr endlich zu rauchen aufhören.
- „ein Buch mit sieben Siegeln“ (Offenbarung 5,1) → Man kann etwas überhaupt nicht verstehen oder nachvollziehen, z. B. wenn man einen Lösungsweg oder eine Handlungsanweisung nicht versteht.
- „wie Schuppen von den Augen fallen“ (Apostelgeschichte 9,18) → Etwas, das einem plötzlich bzw. mit einem Schlag bewusst oder verständlich wird, z. B., wenn eine Person auf einmal einsieht, dass sie sich in einer guten Freundin/einem guten Freund getäuscht hat.

6 Laut Sarah Waldmanns Text „Die Geschichte der deutschen Sprache“ (S. 70 f.) schafft Luther mit seiner Bibelübersetzung (1545) in der Epoche des Frühneuhochdeutschen eine „bedeutende kulturelle Veränderung[...]“, da er mit dieser den „deutschen Wortschatz um unzählige Wortschöpfungen“ (Z. 101) bereicherte. Außerdem bewirkte er, dass bis zu diesem Zeitpunkt nur regional verwendete Begriffe nun „Bekanntheit im ganzen deutschen Sprachgebiet“ (Z. 105) erlangten. Vor allem aber legte er mit seiner Bibelübersetzung „die Grundlage für eine einheitliche deutsche Sprache“ (Z. 106 f.), da sich „durch die Verbreitung des deutschen Bibeltextes [...] das auf süd- und mittelhochdeutschen Dialekten basierende Neuhochdeutsch [...] zunehmend in Deutschland durch[setzte]“ (Z. 107 ff.). Darüber hinaus lag Luther am Herzen, dass auch das einfache Volk jenseits der Bildungssprachen Latein und Griechisch an einer gesamtheitlichen Sprache teilhat und das Gesagte (z. B. die Bibel) versteht.

Seite 77

1 **a** z. B.:
- Natureindrücke bei morgendlichem Regenwetter (Z. 1 ff.)
- Brief von der Dresdner Abendzeitung mit der Bitte um literarische Beiträge (Z. 10 ff.)
- Unbehagen über das angebotene Honorar mit der Angabe „mindestens“ (Z. 22 ff.)
- Gründe, um der Abendzeitung keine Beiträge zu senden (Z. 35 ff.)
- Einbezug Droste-Hülshoffs in das Team der Abendzeitung durch den Redakteur Steigmeier in hoffnungsvoller Vorfreude auf Beiträge ihrerseits (Z. 49 ff.)

b **Markierungen:** Sammtkleider (statt „Samtkleider“, Z. 4); fleckicht (statt „fleckig“, Z. 5); *Redacteur* (statt „Redakteur“, Z. 12); Beyträge (statt „Beiträge“, Z. 14); Reichthaler (statt „Reichtaler“, Z. 18, 21 f., 26); demüthig (statt „demütig“, Z. 19); „Unterthänigst“ (statt „untertänigst“, Z. 20); Rabat (statt „Rabatt“, Z. 22); kömmt (statt „kommt“, Z. 22); offeriren (statt „offerieren“, Z. 25); daß (statt „dass“, Z. 27); Redaction (statt „Redaktion“, Z. 27, 48); *Manuscript* (statt „Manuskript“, Z. 28); *Auctionen* (statt „Auktionen“, Z. 34); füerst (statt „vorerst“, Z. 36); wüßte (statt „wüsste“, Z. 36); „Bey (statt „bei“, Z. 40); Werth (statt „Wert“, Z. 44); halbwege (statt „halbswegs“, Z. 46); „Cölner (statt „Kölner“, Z. 46 f.); giebt (statt „gibt“, Z. 48); gebethen (statt „gebeten“, Z. 49); unsre (statt „unsere“, Z. 52); beyfällige (statt „beifällige“, Z. 53); gegentheiligen (statt „gegenteiligen“, Z. 54); liefre (statt „liefere“, Z. 57)

2 **a** *Pensée's* (richtig: pensée; Z. 3; französisch: „Gedanken“); *finançièlle* (richtig: financier; Z. 15; französisch: „finanzielle“); Vignette (Z. 18; aus dem Französischen: „Randverzierung“ oder „Abzeichen“); offeriren (Z. 25; aus dem Französischen: „anbieten“); Honorar (Z. 26; aus dem Lateinischen: „Entgelt für eine erbrachte Leistung“); *Manuscript* (Z. 28; aus dem Lateinischen: „handschriftliche Aufzeichnung“); *Etcet* (Z. 30 f.; aus dem Lateinischen: „usw“); *Auctionen* (Z. 34; aus dem Lateinischen: „Vermehrung“ i. S. v. „Versteigerung“); *Feuilleton* (Z. 47; französisch: literarischer und/oder kultureller Teil einer Zeitung“, hier: ein Name); *id est* (Z. 56; Latein: „das ist“, „das heißt“); *Qu'en dites vous?* (Z. 57 f.; Französisch: „Was sagen Sie dazu?“)

b Einfluss des Französischen z. B. durch ...
- Französisch als gesprochene Sprache an europäischen Höfen bereits im Mittelalter → kulturelle und gesellschaftliche Vormachtstellung Frankreichs in Europa;
- die in Frankreich ausgetragenen Hugenottenkriege, deren Flüchtlinge z. T. in Deutschland sesshaft wurden;
- die Übernahme französischer Begriffe in das Deutsche seit dem Dreißigjährigen Krieg und v. a. ab der Zeit der französischen Besatzung unter Napoleon;

Einfluss des Lateinischen z. B. durch ...
- das Aufeinandertreffen der germanischen und römischen Kultur, etwa durch kriegerische Auseinandersetzungen unter Cäsar, 55 v. Chr.
- die Christianisierung Europas
- die Übernahme des „Corpus Iuris Civilis“ (Kaiser Justitian I.), des im Heiligen Römischen Reich ausgeübten Reichsrechts, in Deutschland als gemeines Recht seit 1495
- die Auseinandersetzung deutscher Humanisten (z. B. Johannes Reuchlin, Philipp Melanchthon, ...) mit der Kultur und den Sprachen der Antike

Heute übliche Übernahmen aus dem Französischen sind z. B.: das Abonnement, die Adresse, das Accessoire, sich amüsieren, die Balance, das Bonbon, das Büro, der Charme, der Cousin, die Cousine, das Debüt, das Engagement, die Etage, die Farce, das Faible, die Garantie, der Gourmet, die Hommage, das Hotel, das Interieur, die Jalousie, jonglieren, das Kalkül, das Karussell, die Liaison, das Laissez-faire, das Malheur, die Massage, Merci, die Noblesse, die Nuance, Pardon!, das Pendant, der Queue (beim Billard), die Rage, das Rendezvous, der Salon, das Souvenir, der Teint, die Tour, die Visagistin, Voilà, der Waggon

Seite 78

1 **a** Die Bezeichnung „Podcast“ stellt ein Kunstwort dar, das sich aus „Pod“ für „play on demand“ (spielen auf Abruf) und „cast“, eine Abkürzung für „Broadcast“ (Rundfunk), zusammensetzt. Ein Podcast besteht in der Regel aus einer Serie von Audio- oder auch Videodateien zu einem bestimmten Thema, die meist kostenlos abonnierbar sind. Angeboten werden sie z. B. von Radio- und Fernsehsendern, aber auch durch verschiedene Webseitenbetreiberinnen und -betreiber.

b **mögliche Kriterien für gute Podcasts:** abwechslungsreich gestaltet und unterhaltsam bzw. bieten eine gute Mischung aus Informationen und Unterhaltung; auf einen Themenbereich fokussiert und übersichtlich; technisch verlässlich (gute Ton- und Bildqualität); die Podcasterinnen und Podcaster treten authentisch auf; adressatenorientiert; suchen und bieten die Interaktion mit dem Publikum

2 Grundsätzlich brauchen gelungene Podcasts eine gute Vorbereitung. Dies bedeutet, dass man sich z. B. zunächst darüber im Klaren sein muss, welchen Inhalt man dem Publikum präsentieren will. Daran schließt sich die Frage an, auf welche Weise man diese Inhalte vermittelt (z. B. Show- oder Episodenformat, Hintergrundmusik etc.) und wer die gewünschten Adressatinnen und Adressaten sind. Sollte man Interviewgäste einladen wollen, empfiehlt es sich, vorab Informationen über diese einzuholen, um von Vorneherein einen guten Kontakt zu pflegen, der sich letztendlich dann auch im Podcast-Interviewgespräch niederschlägt.
Wichtig sind darüber hinaus passende Aufnahmesoftware und -techniken sowie eine entsprechende technische Ausstattung, um Bild- und Tondefiziten vorzubeugen. Ist der Podcast auf der Grundlage eines zuvor gefertigten Skripts aufgenommen, bleibt die Frage zu klären, wie man ihn auf einer Online-Plattform veröffentlicht und an möglichst viele Zuhörerinnen und Zuhörer verbreitet. Zu überlegen sind evtl. Marketingmaßnahmen.

Seite 79

6 z. B.:
- Welche einzelnen Themenbereiche passen zusammen und können daher logisch aufeinanderfolgen?
- Welche Informationen sind ihrer Quelle nach zu komplex und müssen für ein Audioformat vereinfacht werden?
- Zu welchem Anteil mixt man Information und Unterhaltung?
- Wo passen Hintergrundgeräusche und Musikpassagen? Wo stören bzw. verwirren sie nur?

Seite 80

1 **a** **Zusammenfassung der Strophen**
V. 1–4: Der fahrende Sänger Rhapsod(i)us glaubt nicht, dass sich auch junge Frauen auf das Anfertigen von Gedichten verstehen. Er macht sich vielmehr über diese Vorstellung lustig: Das wäre für ihn so, als wenn man behaupten würde, dass seine eigene feierliche Lyrik nicht von ihm gemacht wäre.
V. 5–8: Es kommt die Frage auf, ob Rhapsod(i)us noch keine Kunst schaffende Frau gesehen hat, und ob Männer generell denken, dass die Befähigung zur Dichtkunst – personifiziert durch die Musen und Phoebus – nur ihrem eigenen Geschlecht (von den Göttern) zugeteilt worden ist.
V. 9–12: Doch darin besteht ein großer Irrtum, da Pallas als Göttin der Kunst auch jungen Mädchen Kunstverstand gegeben hat, obgleich sie noch nicht für sich beanspruchen, in ihrem Potenzial den Männern gleichzukommen.

V. 13–16: Diese nämlich verschaffen sich durch ihre künstlerische Tätigkeit Lob und Zierde, inspiriert von dem Gott der Künste Apollo, der das männliche Geschlecht schon von Jugend an zu den Künsten (metaphorisch: den Berg Parnass) lockt.
V. 17–20: Ansprache an die Männer, den Frauen doch ebenbürtiges künstlerisches Lob zu gönnen, da sie gleichermaßen von Gott und Natur zur Kunst befähigt sind. Nicht das diesbezügliche Potenzial fehlt ihnen, sondern oftmals nur die Zeit.
V. 21–24: Auch die nächsten Verse bestätigen, dass Frauen ebenfalls sowohl Humor und Kreativität zum Dichten innehaben. Die Gelegenheit zur Lyrik hingegen fehlt ihnen oft. Dies zu ändern, wird im Folgenden erbeten, um mit den Männern in der Dichtkunst vollends „gleichziehen“ zu können.

b

Schreibweise im Barock	Heutige Orthografie	Schreibweise im Barock	Heutige Orthografie
gläubt (V. 1)	glaubt	gewiß (V. 13)	gewiss
solte (V. 1)	sollte	läßt (V. 13)	lässt
nu (V. 1)	nun	wol (V. 13)	wohl
Meynung (V. 1)	Meinung	passiren (V. 13)	passieren
müglich (V. 5)	möglich	freye (V. 14)	freie
kan (V. 5, 14, 22)	kann	Anlaß (V. 15)	Anlass
denckt (V. 7)	denkt	giebt (V. 15)	gibt
seyd (V. 7)	seid	diß (V. 17)	diese
Bey (V. 8)	bei	gäntzlich (V. 17)	gänzlich
zeucht (V. 9)	zieht	GOtt (V. 18)	Gott
Künst (V. 10)	Künste	offtmahls (V. 19)	oftmals
Weißheit (V. 10)	Weisheit	Tichten (V. 20)	dichten
Nimphen (V. 10)	Nymphen	seyn (V. 24)	sein
Volck (V. 12)	Volk		

Charakteristika: Verwendung von y statt i sowie ß statt ss; Häufung von Buchstaben, insbesondere Konsonanten (z. B. „denckt“, „Volck“, „gäntzlich“, offtmahls“), Großschreibung von „heiligen“ Begriffen mit mehreren Majuskeln („GOtt“), lautliche Unterschiede bei bestimmten Umlauten oder Diphtongen („gläubt“, „müglich“, „zeucht“)

c Der Text ist typisch für das Frühneuhochdeutsche, da die Schreibungen noch variantenreich sind und dennoch auch ohne einheitliche Duden-Regelungen sehr nah an „unserem“ Deutsch.

2 z. B.: Sprache ist in vielerlei Hinsicht ein „Spiegel der Kulturen“. Zunächst ist sie in ihrer Funktion als Kommunikationsmedium Trägerin und Ausdruck von Kultur. Des Weiteren prägt jede Epoche ihre Sprache und ihren Wortschatz durch ihre spezifischen kulturellen Vorstellungen. Man denke z. B. an das Minnelied oder das Heldenepos im Mittelalter, an die von Völkerwanderungen beeinflussten Dialekte oder Sprachvarianten sowie an die von Anglizismen beeinflusste Gegenwartssprache des 21. Jahrhunderts. Darüber hinaus haben die Bibelübersetzung, der Buchdruck und die Herausgabe des Dudens die Kultur einer Gesellschaft maßgeblich beeinflusst und geben diese umgekehrt auch wieder. Dies trifft ebenso auf philosophische Strömungen zu, wie z. B. den Humanismus.

7 Gut gesagt! – Modul „Rhetorik“

Seite 81

1 **Bild 1 (l. o.):** M. L. King: Lebensbereich: Demonstration, politische Versammlung; Art: politische Rede, um gesellschaftspolitische Ziele zu erreichen (undatiert)
Bild 2 (r. o.): Tsitsi Dangarembga: Lebensbereich: Preisverleihung; Art: Dankesrede in der Frankfurter Paulskirche (2021)
Bild 3 (l. u.): Lebensbereich: schulisch-pädagogischer Kontext, Wettbewerb; Art: Redebeiträge in einer Debatte zu sehen beim Bundesfinale „Jugend debattiert“ (2021)
Bild 4 (r. u.): Maxi Schafroth: Lebensbereich: Unterhaltung, Belehrung; Art: (satirische) Rede bei Wiesnkrugvorstellung im Hacker-Festzelt (2017)

2 z. B.: **Beispiele:** Goethes Rede zum Shakespeares-Tag (1771), Rede des ehemaligen US-Präsidenten J. F. Kennedy vor dem Rathaus Schöneberg in Berlin (26. 06. 1963), Angela Merkels Rede(n) zur Flüchtlingskrise 2015 etc.
Redeanlässe: Ehrungen/Preisverleihungen, Feierlichkeiten (Geburtstage, Hochzeiten, Abiturverleihungen), Proteste/Demonstrationen/Streiks, parlamentarische Veranstaltungen etc.

3 z. B.: auf Familienfeiern, bei Referaten/Präsentationen in der Schule, bei Diskussionen/Debatten im Unterricht oder mit Eltern, in der SMV

Seite 82

1 **Haltung Gorgias':** Vertrauen in die Macht der Worte, die Kraft der Rhetorik → Rhetorik hier positiv konnotiert
Haltung Platons: Rhetorik als unethische Überredungskunst, die Wahrheiten verschleiert und unredliche Sieger hervorruft → Rhetorik hier negativ konnotiert

Seite 83

2 **Sinn und Zweck der Redekunst:** Andere Menschen von gewünschten Handlungen überzeugen, sodass sie diese ausführen (vgl. Z. 12 ff.); vor Wahlen um Stimmen werben (vgl. Z. 20 ff.); Verschleierung fehlender Fähigkeiten durch geschickte Rhetorik (vgl. Z. 14 ff. u. 23 ff.)
Grenzen der Redekunst: moralische Bedenken: Redekunst soll nur zum Wohle des Volkes nach Abwägung eingesetzt werden, der talentierte Redner muss sich seiner großen Verantwortung bewusst sein (vgl. Z. 28 ff.)

3 **a** **Beredsamkeit:** Gemeint ist hier die Technik, andere durch starke, ausgeschmückte Argumente weniger zu überzeugen als zu überreden, insbesondere im nichtliterarischen Bereich (vgl. Z. 1 ff.)
Dichtkunst: dient laut Kant im Vergleich zur Beredsamkeit, die nur vorgibt, der Vernunft zu dienen, insbesondere der Unterhaltung, belehrt gleichzeitig und wird daher positiv gesehen (vgl. Z. 37 ff.)
b Vor allem in Bereichen, in denen es um das Finden der Wahrheit gehe, z. B. vor Gericht, sei die Rhetorik irreführend und störe bei dem Versuch, wahrhaftiges Wissen zu erlangen (vgl. Z. 8 ff.). Dementsprechend sei die sprachliche Ausgestaltung überflüssig, wenn wichtige aufklärerische Gedankengänge, die vermittelt werden sollen, anschaulich dargestellt werden würden (vgl. Z. 25 ff.).

Seite 84

4 **a** vier Debattanten: zwei für die Pro- und zwei für die Kontra-Seite
b Es gibt zwei Qualifikationsrunden und ein Finale; dies in zwei getrennten Altersgruppen (z. B. für Gymnasium 9: Gruppe 1: Kl. 8 bis 10, Gruppe 2: Jgst. von 11 bis 13). In den Qualifikationsrunden debattieren alle Teilnehmenden zweimal. Beim zweiten Mal muss zu einem anderen Thema auf einer anderen Position (pro/kontra) vor einer anderen Jury argumentiert werden. Die vier Besten qualifizieren sich für das Finale. Die jeweilige Debatte ist in drei Teile unterteilt: 1 Eröffnungsrunde, 2 freie Aussprache, 3 Schlussrunde. In 1 nehmen alle Teilnehmenden auf die Streitfrage aus ihrer Sicht Stellung. In 2 werden weitere Argumente vorgebracht und gegeneinander abgewogen. Danach beantworten in 3 alle Teilnehmenden die Streitfrage ein zweites Mal.
c z. B.: In Zeiten von Social Media und Filterblasen droht eine sachliche und wertschätzende Debattenkultur verloren zu gehen; sie muss aber aufrechterhalten und trainiert werden. Darüber hinaus bereitet sie auf das Berufsleben vor, indem die Kompetenz erworben wird, andere von den eigenen Ideen und Positionen zu überzeugen.

5
- trägt zur Bildung der Debattanten und des Publikums bei
- schult die Fähigkeit, anderen konzentriert zuzuhören
- macht Schülerinnen und Schüler zu engagierten Bürgerinnen und Bürgern, die die Gesellschaft verändern wollen
- hilft dabei, eine bessere Streitkultur einzuüben und zur (inhaltlichen) Auseinandersetzung zu ermutigen
- reduziert verbale Angriffe durch inhaltliche Gespräche

Seite 85

1 **a** **Beratungsrede** *(genus deliberativum):* Zuspruch oder Warnung vor Zukünftigem
Gerichtsrede *(genus iudiciale):* Anklage und Verteidigung, Bezug zur Vergangenheit
Festrede *(genus demonstrativum):* Lob und Tadel, Gegenwartsbezug, allerdings auch Rückblick auf Vergangenes und Ausblick in die Zukunft
b **Pro:** Übersicht durch Klassifikation
Kontra: starke Vereinfachung bzw. Verallgemeinerung bei fehlender Spezifzierung weiterer Redegattungen, z. B. aktivistische/politische Reden, satirische Reden

Seite 86

2 **a/b** 1. inventio: Auffinden der Ideen; 2. dispositio: Strukturierung der Gedanken; 3. elocutio: sprachlich-stilistische Ausgestaltung der Rede; 4. memoria: Memorieren des Textes; 5. actio: Vortrag der Rede

Seite 87

3 **a** Ironie

b Sprachrichtigkeit *(puritas)*: fehlerfreies Sprechen; Deutlichkeit *(perspicuitas)*: deutliches Sprechen; Anpassung an den Inhalt *(aptum)* und das Publikum (allgemein verständlich und unterhaltsam); rhetorische Stilmittel *(ornatus)*; pointiert und prägnant formulieren (nicht weit ausholen); überraschen statt ausufernder Ankündigungen; freier Vortrag statt abgelesener Text; Interaktion mit dem Publikum; Anschaulichkeit, nur wenige ausgewählte Zahlen; kurz und bündig formulieren

c z. B.: Vergleich, z. B. um Zahlen zu veranschaulichen; weitere Tropen: Metaphern, Metonymien, Personifikationen zur Illustration des Gesagten; Wiederholungen (Repetitio) zur Verstärkung und Verinnerlichung von Argumenten bzw. Gedanken; Antithesen: Gegenüberstellung von Gegensätzen

4 Der Satz „Ich bin ein Berliner“ drückt die Solidarität der Vereinigten Staaten mit West-Berlin aus. Er betont, dass die Vereinigten Staaten West-Berlin nicht dem Kommunismus sowjetischer Prägung überlassen wollen, indem sie auch für die freie Rede stehen. Als geteilte Stadt lag Berlin wie Insel inmitten der DDR. Der Westteil unterlag nicht der DDR-Staatsmacht.

Seite 88

5 **a/b**

Gestaltungsmittel	Beispiel	Funktion
Repetitio (Wiederholung)	„ich bin stolz“ (Z. 1) / „Ich bin stolz“ / „Ich bin stolz“ (Z. 5 u. 11)	ehrt die Gastgeber, soll unterstreichen, dass das Deutschland/Berlin der Nachkriegszeit seine Würde zurückerlangt hat und wieder ein bedeutender Ort ist
Metapher	„Kampf- und Widerstandsgeist“ (Z. 4)	veranschaulicht die weltpolitische Schlüsselposition Berlins als „Bollwerk“ gegen den sowjetischen Sozialismus
Inversion	„bestimmt hat nach den Richtlinien der Demokratie, der Freiheit und des Fortschritts“ (Z. 9 f.)	hebt die Leistungen des Gastgebers hervor, die westlichen Werte zu stärken
Parallelismus	„Ich bin ein Bürger Roms.“ / „Ich bin ein Berliner“ (Z. 17 f. u. 19)	setzt Berlin mit dem römischen Weltreich gleich
Antithese	„freie Welt [...] Kommunismus“ (Z. 24)	beschreibt das Gegeneinander der westlichen Mächte und der UdSSR zur Zeit des Kalten Krieges

c Das Rathaus symbolisiert die Bürgerschaft Berlins, das Kennedy damit ehrt. Hinter, neben und vor ihm stehen Menschen; er ist somit „eingebettet“ in das Publikum und nimmt eine mittlere bzw. vermittelnde Position ein. Die US-Flagge am Rednerpodest symbolisiert die Staatsmacht, die er repräsentiert, und sie unterstreicht im Zusammenhang mit seiner Rede deren Bedeutung als Schutzmacht für Berlin nach der NS-Diktatur.

6 Der Satz „Das Abitur ist ein kurioses Zertifikat“ (Z. 6 f.) drückt die Ambivalenz des Abiturzeugnisses aus. Einerseits fasst es verknappt in Noten in aller Kürze zusammen, was eine Schülerin/ein Schüler in ihrer/seiner Schulzeit gelernt und auf welchem Niveau verstanden hat, andererseits stellt es eine Art Eintrittskarte für eine Zukunft dar, die ungewiss und ggf. gar nicht rosig ist.

7

Gestaltungsmittel	Beispiel	Funktion
Ironie (in der ganzen Rede)	„Nach allgemeiner Auffassung“, „das „sogenannte echte Leben“ (Z. 1 u. 3)	verdeutlicht die kritische Distanz der Autorin zu dieser Haltung
Antithese	„Zukunft/echtes Leben“ vs. „Vergangenheit/unechtes Leben“ (Z. 1 ff. u. 4 f.)	stellt die beiden unterschiedlich bewerteten Lebensabschnitte gegenüber: „echte[s] Leben“ (Z. 3) vs. „rückenschädliche Stühle [...]“ (Z. 20), „schlecht gelüftete [...] Räume [...]“ (Z. 20 f.)
Metapher	Abitur als „kürzeste[r] Entwicklungsroman der Welt“ (Z. 7 f.)	veranschaulicht die fehlende Aussagekraft des Abiturs in Bezug auf tatsächliche Entwicklungsstufen; Erklärung dieses Sprachbilds mit Hilfe einer paradox wirkenden **Ellipse:** „Ein menschliches Lebensjahrzehnt in einer Zahl zusammengefasst“, Z. 8 f.); Unterstreichung der Absurdität, die erworbenen Fähigkeiten und Kompetenzen durch eine Ziffer auszudrücken

Metonymie	„Gegen Vorlage dieser Urkunde wird dem Berechtigten, Ihnen, ein Stück Zukunft ausgehändigt" (Z. 13 ff.)	betont Zweifel, ob das Abitur automatisch eine gute Zukunft mit sich bringt
Klimax in **rhetorischer Frage**	„[...] was ist mit der Zukunft des Menschen, der Gesellschaft, der Welt?" (Z. 30 f.)	akzentuiert den Wechsel von belanglosen Gegenständen zu den wichtigen die Menschen und die Gesellschaft betreffenden Fragen

Seite 90

1 **a** Nach der Einteilung von Aristoteles: Festrede *(genus demonstrativum)*

b **Verabschiedung des Grundgesetzes am 23. Mai 1949** (vgl. Z. 46 f.): vorläufige verfassungsrechtliche Grundlage durch den Parlamentarischen Rat in Bonn

Edward Snowden/NSA-Affäre (vgl. Z. 117 ff.): 2013 enthüllte dieser US-amerikanische Whistleblower das Ausmaß der anlasslosen Überwachung von Telekommunikation und Internet durch den US-amerikanischen Geheimdienst NSA. Snowden sah sich daraufhin gezwungen, nach Russland zu emigrieren, nachdem kein anderes westliches Land ihm Asyl gewährte.

Flüchtlingskrise und gefährliche Migration über das Mittelmeer (vgl. Z. 120 ff.): Schon seit Langem, verstärkt seit 2014/2015 kommen Menschen aus Afrika und dem Nahen Osten über verschiedene Wege – oft in überfüllten Booten über das Mittelmeer – nach Europa, um in der EU Asyl zu beantragen. Durchqueren sie sogenannte „Drittstaaten" auf dem Weg nach Deutschland, sind sie hier (also in Deutschland) nicht asylberechtigt.

c **Grundintention:** Appell, den freiheitlich-demokratischen Geist des Grundgesetzes zu bewahren und die vorgenommenen Änderungen am Asylrecht wieder zurückzunehmen bzw. es wieder zu öffnen.

Aufbau: Erklärung und Verwendung des Stilmittels „Paradox" (vgl. Z. 1 ff.); Deutung des ersten Artikels im Grundgesetz als Paradox, da die Würde, obwohl unantastbar, eines gewissen Schutzes bedarf (vgl. Z. 10 ff.); Lob der sprachlich-literarischen Qualität der deutschen Verfassung als Garant ihrer Wirkungsmächtigkeit (vgl. Z. 28 ff.); Bekenntnis und Wirklichkeit der deutschen Verfassung zur Zeit ihrer Entstehung (vgl. Z. 51 ff.); Ausdruck des Bedauerns über das laut Umfragen verschwindend geringe Interesse an der neuen Verfassung in den ersten Jahren der Bundesrepublik (vgl. Z. 63 ff.); Verweis auf die Errungenschaften und zunehmenden Freiheiten in der Bundesrepublik anhand der eigenen Biografie (Z 79 ff.); Kritik an den häufigen Umformulierungen des Gesetzestextes, insbesondere der Aufweichung des Rechts auf Asyl = Artikel 16 (vgl. Z. 94 ff.); Nennung von Beispielen Asylsuchender, denen die Bundesrepublik die Hilfe versagt, obwohl dies gegen die Verfassung ist (Z. 115 ff.); Appell, die Veränderung des Asylartikels wieder zurückzunehmen (vgl. Z. 131 ff.)

2 u. a.:

Gestaltungsmittel	Beispiel	Funktion
Personifikation	„Staat [...] als Diener der Menschen" (Z. 25 f.)	betont die neue und menschlichere Auffassung vom Staat in der Nachkriegszeit
Parenthese und Correctio	„Sprachlich ist [...] vollkommen, nichts anderes." (Z. 28 ff.)	hebt das Sprachbewusstsein und die „literarische" Qualität des Grundgesetzes hervor
Paradoxon/ Antithese	„so einfach, so schwierig, auf Anhieb einleuchtend und doch von umso größerer Abgründigkeit" (Z. 40 f.)	unterstreicht die Ambivalenz des Grundgesetzes
Repetitio/ Correctio	„gemeinsam, nur gemeinsam" (Z. 44 f.)	betont die Schutzbedürftigkeit der Würde des Menschen, die durch den zweiten Satz in Artikel 1 hervorgehoben wird
Vergleich	„vielleicht nur mit der Luther-Bibel vergleichbar" (Z. 48 f.)	setzt die deutsche Verfassung mit der Bibel in Bezug auf den enormen Einfluss auf das gesellschaftliche Zusammenleben gleich
Metapher	„welche Wurzeln die Freiheit [...] geschlagen hat" (Z. 82 ff.)	veranschaulicht die unabdingbaren und unabänderlichen Freiheitsrechte, die inzwischen hierzulande selbstverständlich sind/sein sollten
Parallelismus	„Dem Recht auf Asyl wurde sein Inhalt, dem Artikel 16 seine Würde genommen" (Z. 135 f.)	verdeutlicht die Aushöhlung des Rechts auf Asyl, so wie es derzeit im Grundgesetz verankert ist (Art. 16)

3 **a** Dem festlichen Anlass gemäß spricht Kermani klar, deutlich und der Würde des Deutschen Bundestags angemessen. Er tritt staatsmännisch auf und gebraucht grundsätzlich keine auffälligen, ausladenden Geste. Er steht aufrecht hinter seinem Rednerpult und schaut immer wieder links, rechts und nach vorn ins dort sitzende Publikum, das sind die Mitglieder des Deutschen Bundestages und eingeladene Gäste auf den Tribünen, um es einbeziehen und um seine Reaktionen wahrzunehmen.

b/c z. B.: In allen Sätzen, in denen das Wort „Würde" auftaucht (z. B. Z. 17, 21, 38, 136) wird es besonders betont, da es ein Schlüsselwort in seiner Rede ist. Gleiches gilt für weitere Schlüsselwörter in ihrem Kontext wie „Diener [...] aller Menschen" (Z. 26 f.), „Meinungsfreiheit" (Z. 53), „Bekenntnisse" (Z. 56), „Appell" (Z. 60), „viele Menschen" (Z. 115). Zitate oder zusammenfassende Sätze werden entweder schnell gesprochen, um zu zeigen, dass die Schlussfolgerung klar sein sollte, oder betont langsam mit Pausen vorgetragen, um eindringlich deren Bedeutung zu vermitteln (vgl. Z. 12 ff., 21 ff., 43 ff., 185 ff.).

An bestimmten Stellen reagiert das Publikum mit Applaus (vgl. Z. 78, (Z. 79 auch mit Lachen), 104, 120, 127 u. 139), den Kermani ruhig und abwartend entgegennimmt. Im Bild sieht man, dass nicht alle Mitglieder des Deutschen Bundestags applaudieren, denn Kermani hält keine gefällige, sondern eine Rede mit klaren politischen Positionen, indem er insbesondere das überarbeitete Asylrecht kritisiert (vgl. Z. 109 ff.).

Seite 91

1 A **Festrede** *(genus demonstrativum):* Lob/Ehrung des Preisträgers Amartya Sen anlässlich der Verleihung des Friedenspreises des deutschen Buchhandels

B **Beratungsrede** *(genus deliberativum):* (wütende) Rede von Greta Thunberg bei der Eröffnung des UN-Klimagipfels 2019 mit dem Vorwurf der Ignoranz sowie der falschen Priorisierung. Sie enthält zugleich eine Warnung davor, den Status quo zu wahren.

sprachliche Besonderheiten Rede A, z. B.:
- Personifikation: „Die Suche nach Gerechtigkeit und Freiheit darf [...] keine Pause machen" (Z. 3 f.); Funktion: unterstreicht die Dynamik eines Bestrebens, das nur von Menschen ausgehen kann
- Metapher: Amartya Sen als „Expeditionsleiter" (Z. 4) auf dieser Suche; Funktion: hebt die führende Rolle hervor, die der Wissenschaftler bei der Bekämpfung von Armut einnimmt
- Klimax: „[...] einen Weltbürger, einen großen public intellectual, eine moralische Instanz" (Z. 5); Funktion: betont die Bedeutung von Sens Arbeit auch über den wissenschaftlichen Bereich hinaus

sprachliche Besonderheiten Rede B, z. B.:
- Repetitio + Exklamation: „Wie können Sie es wagen!" (Z. 2 u. 6); Funktion: unterstreicht den Vorwurf der Tatenlosigkeit angesichts des Klimawandels
- Anapher + Parallelismus: „Menschen leiden. Menschen sterben. Ganze Ökosysteme kollabieren" (Z. 4); Funktion: betont die fatalen Konsequenzen der Erderwärmung

2 **a**
- inventio (Auffinden der Ideen): „Habe beides [Natur und Kunst] stets vor Augen", „Lass sie [die Liebe] erst im Herzen leben [...], dir Feuer geben" (V. 1 f. u. 5 ff.)
- elocutio (Ausschmücken mit Worten) und actio (Vortrag): „Sprichst du von Natur und Kunst", „Eh du von der Liebe sprichst" (V. 1 u. 5)

b In dem Gedicht „Grundbedingung" fordert der lyrische Sprecher, dass man, bevor man einen Gedanken formuliert, sowohl auf die Erfahrung als auch auf die sprachliche Kunstfertigkeit zurückgreifen solle. Daher kann das Gedicht als Rhetorikanweisung verstanden werden.

8 Horror-Romanzen und Zukunftswestern – Modul „Filmgenres"

Seite 92

1 **a** Action, Spionage, Drama, Krieg, Musical, Fantasy, Geschichte, Abenteuer, Wissenschaft, Science-Fiction (Animation), Romanze, Thriller, Comedy, Horror, Sport, Biografie, Familie, Science-Fiction, Detektivgeschichte, Western

b z. B.: Genres sind durch spezifische Gemeinsamkeiten erkennbare Unterabteilungen von Formen der Kunst. So gibt es in der Musik, der Literatur oder eben dem Film unterschiedliche Genres. Filmgenres fasst man zum Beispiel angesichts des Themas (Kriminalfilm) oder des Handlungsortes (Western) zusammen.

Seite 93

1 **a/b** (**Hinweis:** Die Zuordnung der Beispiele ist nicht immer eindeutig; 1. weil für die Schülerinnen und Schüler nur ein Teil der Handlung angedeutet ist, 2. weil einzelne Elemente auch anderen Genres zugeordnet werden können.)

Time Bandits: Fantasy (Zeitreisen, Zwerge, Ritter); da die Ritter nicht in historischer Art dargestellt zu sein scheinen und die Zeitreisen im Zusammenhang mit dem Obersten Wesen nicht technisch genauer erläutert sind, kann es sich nicht um die Genres „Geschichte" oder „Science-Fiction" handeln.

Psycho: Horror, Thriller, Krimi (Diebstahl, Tod, Ermittlung); am Beginn steht das Verbrechen, ein Diebstahl, und es wird auch ermittelt. Dies deutet auf einen Thriller oder Krimi hin. Der Schlusssatz deutet aber an, dass es weniger um Aufklärung geht, sondern um ein beängstigendes Geheimnis, das Beteiligte bedroht.
High Noon: Western (Town Marshal, Bandit, Zug, Gesetzlose); hier ist abgesehen vom Ort die Typologie der Figuren kennzeichnend: der Marshal, der sich trotz seines privaten Glücks in den Dienst der Gerechtigkeit stellt, der Verbrecher, der – kaum aus dem Gefängnis entlassen – weiter Böses tut.
Jurassic Park: Action, Science-Fiction (Gentechnik, Dinosaurier, Lebensgefahr); die Wiedererschaffung der Saurier mit Hilfe der Gentechnik ist ein Element der Science-Fiction. Die Gefahr, die von den Sauriern ausgeht, und die Versuche, die Situation unter Kontrolle zu bekommen, versprechen jedoch Action.

2 z. B.: Ein Genre entsteht möglicherweise dadurch, dass eine bestimmte Handlung oder auch Stimmung den Geschmack des Publikums trifft, sodass immer mehr ähnliche Filme dieser Art gedreht werden, die schließlich auch begrifflich zu einem Genre zusammenfassbar sind. In diesem Sinne wären Genres stimmungs- und wohl auch zeitabhängig.

3 **a/b** Die vorgeschlagene Antwort bei Aufgabe 2 entspricht Janet Staigers Modell D. Es ist auch gut denkbar, dass Filmstudios nach einem großen Erfolg versuchen, diesen nachzuahmen, und dass hieraus ein Genre entsteht (Modell A). Modell B entspräche einer wissenschaftlichen Vorgehensweise, es ist aber durchaus fraglich, ob populäre Genres auf diesem Weg entstanden sind. Modell C definiert zunächst und sucht dann Belege, was nach einer eher künstlichen Vorstellung der Entstehung von Genres klingt.

Seite 94

4

Vorteil bekannter Filmgenres	Nachteil bekannter Filmgenres
– Werbewirksamkeit – berechenbare Erwartungen an Filmschaffende – Berechenbarkeit für Zuschauerinnen und Zuschauer – Investitionssicherheit bei Kinobesitzern und Investoren – Ausdifferenzierung eines Genres durch Konkurrenz	– weniger Innovation – Zwang zur Erfüllung von Publikumserwartungen – geringeres Interesse an Publikum mit anderen Interessen (Nischengenres o. Ä.) – Ablehnung von Filmproduktionen jenseits der Filmgenres durch Produzentinnen und Produzenten bzw. Investorinnen und Investoren

5 z. B.: Filmgenres erscheinen als fixe Größe, obwohl sie sich verändern. So können Filme eines Genres für eine gewisse Zeit beim Publikum sehr erfolgreich sein und viele Nachahmer finden. Mit der Wiederholung und nur leichten Variation des erfolgreichen Genre-Musters erlahmt jedoch nach und nach das Interesse, es sei denn, ein Genre kann sich durch Innovationen neu erfinden; ein Beispiel hierfür ist zumindest zeitweise das Genre „Western". Andere Genres rücken wegen neuer technischer Möglichkeiten in den Fokus, wie der Erfolg des Musicals eng mit der Durchsetzung des Tonfilms verbunden ist. Der Erfolg resultiert aber auch aus historisch-politischen Ereignissen: Der Kriegsfilm bringt während des Zweiten Weltkriegs das Publikum zusammen, in Zeiten des drohenden Krieges will den Kriegsfilm aber kaum jemand produzieren. Einige Entwicklungen sind aber auch Spekulation und wohl eher auf geniale Filmkunstwerke oder langfristige Trends zu beziehen. Warum will das Publikum offensichtlich immer mehr Thriller und anhaltend oft mit Comedys unterhalten werden?

Seite 95

6 **a** In einer Szenerie eines fremden Universums mit unterschiedlichen menschlichen, tierähnlichen und künstlichen Lebewesen ringen diese um die Herrschaft. Im Zentrum von „Star Wars" steht ursprünglich die Familie Skywalker, die wie einige andere Wesen des Universums über die „Macht" verfügt, eine Möglichkeit, Dinge und Gedanken mit übermenschlicher Kraft zu kontrollieren. Die Protagonisten ringen darum, ob diese Macht für das Böse oder das Gute eingesetzt wird.
Die überaus erfolgreiche Star-Wars-Saga wird inzwischen immer weiter ausdifferenziert; neben Episoden der Kerngeschichte haben viele Figuren des Star-Wars-Universums eigene Spin-offs (Serienableger) erhalten.

b **Space-Western:** „Star Wars" greift viele Elemente des Westerns auf, spielt aber im Weltall. So gibt es einsame Helden, die mit ihrer Waffe für Gerechtigkeit sorgen und gegen das Böse kämpfen müssen bzw. die Zivilisation verteidigen.
Science-Fiction: Die Eroberung fremder Welten im Universum, das Zusammentreffen mit außerirdischen Lebewesen, die technischen Möglichkeiten bei der Bewegung im All weisen klar auf Science-Fiction hin.
Fantasy: Die „Macht", eine Art von Magie, spielt eine zentrale Rolle und kann als Element der Fantasy angesehen werden. Auch der Kampf Gut gegen Böse sowie die Auseinandersetzung mit nichtmenschlichen Mächten weist in Richtung der Fantasy.
Action-Spektakel: Durch die vielen dargestellten gefährlichen Situationen und Kämpfe, den geringeren Anteil an innerlichen, psychischen Vorgängen und persönlichen Entwicklungen, aber auch die vielen Ortswechsel legt „Star Wars" den Schwerpunkt auf Action.

c z. B.: „Alien": Horror und Science-Fiction; „Inglourious Basterds": Western, Kriegsfilm, Thriller; „Spaceballs": Comedy, Science-Fiction
Eine Genremischung bricht eine „Genre-Schublade" mit ihren festen Regeln auf; sie kann so zur Innovation eines Genres beitragen, aber auch das Publikum wieder stärker überraschen. Zudem können auf diese Art und Weise Fans unterschiedlicher Genres angesprochen werden.

7 **a** 1 Ein Cowboy im Wilden Westen jagt einen Schmuggler und stellt die Gerechtigkeit wieder her. (Western);
2 Ein Zauberlehrling im Schloss will ein Dorf von einem Fluch befreien und erkennt dabei die dunkle Vergangenheit seiner Familie. (Fantasy);
3 Eine Anwältin in New York ermittelt gegen einen Serientäter und entkommt selbst nur knapp der Ermordung. (Action, Krimi, Thriller)

b z. B.:

	Protagonist/-in	Ort	Handlung	Ziel
4. Comedy	Ein Elektriker	in Berlin	wird für einen berühmten Schauspieler gehalten	und versucht dieses Missverständnis auszuräumen.
5. Drama	Eine Journalistin	in einer Hauptstadt	deckt einen politischen Skandal auf	und verliert alles.
6. Familie	Eine Tochter	aus reicher Familie	hat Hinweise darauf, aus einer anderen Familie zu stammen,	und will ihre eigentlichen Eltern finden.

Seite 96

1 **Gemeinsamkeiten:** Die Genres spielen mit den Grenzen der von uns erlebten Wirklichkeit. Sie erschaffen unbekannte Realitäten und setzen Dinge in konkrete Bilder um, die wir uns sonst nur vorstellen können. Zur Darstellung dieser nicht erlebbaren Wirklichkeit werden im Film häufig Spezialeffekte eingesetzt.
Unterschiede:
- Horror: Der Mensch sieht/erlebt Dinge, die er nicht wissen/erleben sollte/will. Moralische oder natürliche Grenzen werden überschritten. Inhaltlich geht es um Bedrohungen durch Verfall und Deformation des Körpers oder der Psyche. Horror spricht Affekte wie Angst oder Ekel und Instinkte wie Aggression oder Flucht an.
- Science-Fiction: Im Kern geht es um den Erkenntniswillen des Menschen, das Unbekannte zu sehen und/oder zu erfahren. Grenzen werden also neu festgelegt oder überschritten. Häufig ist Science-Fiction technisch und in die Zukunft orientiert; sie spielt mit der Neugier der Rezipientinnen und Rezipienten in Richtung Zukunft.
- Fantasy: In der Fantasy werden Grenzen (z. B. durch Zauberei) überschritten. Die Fantasy ist an Figuren mit besonderen Fähigkeiten orientiert. Damit erfüllt sie oft fantastische Wünsche der Rezipientinnen und Rezipienten.

2 **a** Independence Day (2); Terminator (3); Zurück in die Zukunft (6); Twelve Monkeys (1, 4); Mars Attacks! (2); Star Trek (1, 2, 3, 4, 5, 6); Alien (2, 5); Blade Runner (1, 3); 2001: Odyssee im Weltraum (2, 3, 5, 6); Uhrwerk Orange (1); District 9 (2, 5); Planet der Affen (1, 4); Men in Black (2); Ich bin dein Mensch (3); Mad Max (4); Elysium (1); Per Anhalter durch die Galaxis (1, 2, 3, 4, 5, 6), Arrival (2)

b z. B.: Das Science-Fiction-Genre scheint viele Aspekte zu vereinen, die in stereotyper Betrachtung dem männlichen Charakter zugeschrieben werden: Heldentum, Wagemut, Affinität für Technisches. In der Breite kann die Science-Fiction tendenziell als „männliches Genre" betrachtet werden; dennoch gibt es durchaus Filme (Sigourney Weaver als Ellen Ripley in „Alien"), in denen die genannten Eigenschaften mit einer weiblichen Protagonistin verbunden sind. Auch ist zu bedenken, dass z. B. die ersten Drehbücher zu „Star Wars" von der Autorin Leigh Douglass Brackett (1915–1978) stammen. Die Regisseure sind hingegen meistens Männer.

Seite 97

3 z. B.: Wie andere Genres auch durchlebt das Science-Fiction-Kino ein Auf und Ab, das wegen unterschiedlicher Gründe (historisch-gesellschaftliche Entwicklungen, Politik der Filmstudios, Marketing) nicht leicht zu erklären ist. Der Kalte Krieg und der Wettlauf ins All der Supermächte USA und UdSSR zeigen sich auch im Interesse an Science-Fiction-Filmen (Satellit Sputnik 1957). Danach flaut das Interesse aber deutlich ab. Ähnlich ist es mit der Mondlandung: Nach Erreichen dieses Ziels werden offensichtlich deutlich weniger Filme des Genres produziert, das von der Realität eingeholt wurde. Die Aufwärtstendenz der 1980er Jahre erklärt sich auch aus der Entwicklung, Reihen bzw. Fortsetzungen („Star Wars", „Zurück in die Zukunft") zu schaffen. Die 1990er Jahre sind die Jahre der für die Science-Fiction äußerst hilfreichen beginnenden Computeranimation.

4 z. B.: Das Genre Science-Fiction stellt oft Hypothesen über die Zukunft auf, geht damit über die Grenzen des aktuell Erfahrbaren hinaus und erforscht die Auswirkungen von wissenschaftlichem Fortschritt auf die Gesellschaft, die Menschheit und die individuelle Erfahrung. Aus diesem Ansatz heraus haben sich typische inhaltliche Schwerpunkte wie die Begegnung mit künstlichen Menschen, Zeitreisen oder die Erforschung des Weltalls entwickelt.

5 **a** **Prometheus:** Gestalt der griechischen Mythologie; nach einer Mythosvariante formt er Menschen mit Hilfe der Göttin Athene aus Lehm und bringt ihnen das Feuer. Dafür wird er von Zeus bestraft.
Golem: Figur aus der jüdischen Literatur und Mystik; in der bekanntesten Variante der jüdischen Golem-Sage erschafft der Rabbi Löw einen Golem, um der jüdischen Gemeinde in Prag zu helfen.
Frankenstein: Mary Shelleys (1797–1851) gleichnamiger Roman aus dem Jahr 1818 beruft sich mit seinem Untertitel ausdrücklich auf Prometheus. Darin gelingt es dem Wissenschaftler Victor Frankenstein, ein künstliches Wesen zum Leben zu erwecken, das jedoch furchtbare Taten begeht.
Olimpia: In E.T.A. Hoffmanns (1776–1822) Erzählung „Der Sandmann" (1816/1817) tritt eine junge Frane namens Olimpia auf, in die sich der Protagonist Nathanael verliebt. Er verfällt dem Wahnsinn, als sich herausstellt, dass Olimpia eine künstliche Puppe bzw. ein Automat ist.

b z.B.:
- Haben künstliche Menschen Menschenrechte? Oder handelt es sich bei ihnen um bloße Werkzeuge, obwohl sie hoch entwickelt sind?
- Können künstliche Menschen Emotionen haben? Oder sind dies nur Mechanismen, die ihnen einprogrammiert wurden?
- Können künstliche Menschen Verantwortung tragen? Oder müssen diese Verantwortung ihre „Schöpferinnen und Schöpfer" bzw. die Programmiererinnen und Programmierer übernehmen?
- Haben künstliche Menschen das Recht auf Selbstbestimmung? Kann ein künstliches Produkt das Recht auf Selbstbestimmung haben?
- Müssen wir uns, sofern nötig, um künstliche Menschen so kümmern wie um alle anderen Menschen auch?

Seite 98

6 **a/b** mögliche Weiterentwicklungen:
- Alma kann sich nicht auf Tom einlassen, da sie ihn schlicht für eine Maschine hält und über den Versuch mit ihm ja nur an Forschungsgelder kommen wollte. Es kommt zu dramatischen, unschönen Szenen des Paares / Alma lässt sich doch noch überzeugen.
- Alma erträgt Toms Überlegenheit nicht und verzweifelt als unzulänglicher Mensch.
- Alma langweilt sich angesichts des perfekten Partners und gibt damit die Suche nach der großen Liebe auf.
- Alma ist entsetzt, dass Tom genau das repräsentiert, was sie angeblich haben wollte. Aus dieser Erkenntnis heraus verändert sich Alma und passt nun gar nicht mehr zu Tom, den sie schließlich an die Firma zurückgibt.
- Alma erhält auf Grund ihres perfekten Partners, der ihr im Hintergrund so viel abnimmt, durch ihr Umfeld viel Zuspruch. Sie liebt Tom nicht, profitiert aber von ihm und ist auf diese Weise glücklich.

7 **Das linke Plakat** zeigt Alma entspannt und nah bei Tom; Tom ist ihr positiv, vielleicht sogar bewundernd zugewandt. Alma scheint sich wohlzufühlen. Gebrochen wird diese für Alma positive Szene dadurch, dass Tom in vielen identischen Kopien vorhanden ist – er ist also reproduzierbar, nicht menschlich, sondern künstlich.
Das rechte Plakat zeigt Tom und Alma in einer umarmenden, vielleicht tanzenden Haltung. Während Tom etwas belustigt und eher gelassen wirkt, ist Alma Teil dieses Paares (Position der Hand), sieht Tom aber kritisch und provozierend an. Das herausgerissene Dreieck, das eine Platine in Toms Kopf freigibt, steht für die Gedanken Almas, die die Künstlichkeit des möglichen Partners Tom nicht übersehen bzw. vergessen kann.

8 z.B.: Dass es sich bei Tom um einen künstlichen, von der Firma Terrareca hergestellten Menschen handelt, ist ein klarer Hinweis auf das Genre Science-Fiction. Das Zitat deutet aber auch an, dass die Erschaffung künstlicher, nach Voruntersuchungen genau passender Menschen ein isoliertes futuristisches Thema ist. Die Welt von Alma ist sonst keine der Science-Fiction-Welt.

Seite 99

10 **a**

Element	Beispiel
Szenenüberschrift (Großbuchstaben, linksbündig)	INT. BALLSAAL – NACHT
Sprecher/-in (Großbuchstaben, mittig)	TOM
Gesprochenes (normale Schreibung, eingerückt)	Du bist eine wunderschöne Frau, Alma.
Handlung (normale Schreibung, linksbündig)	Alma nickt, die Mitarbeiterin entfernt sich, mit einer Verbeugung. Tom sieht Alma tief in die Augen.

b Toms Sätze scheinen Standardsätze zu sein, sie sind kurz und floskelhaft. Er reagiert nicht deutlich darauf, dass Alma zunächst nicht verbal kommuniziert. Als er zu einem Kompliment übergeht („Bergseen"), wirkt das kitschig und auswendig gelernt, weswegen Alma ihn unterbricht.
Alma kommuniziert, überwältigt von dem technischen Wunderwerk Tom, zunächst nonverbal und passiv. Als sie Tom unterbricht, überspringt sie seine Floskeln, beginnt noch einmal mit seinem Namen und stellt eine Frage, von der sie annimmt, ein Roboter könne sie kaum beantworten – oder nur Automatisiertes abspulen.

c Beim sogenannten Turing-Test kommuniziert ein Mensch mit zwei Gesprächspartnern, einem Menschen und einer Maschine, die er nicht sehen und hören kann, mit Tastatur und Bildschirm. Sollte der Mensch nicht unterscheiden können, welcher der Gesprächspartner der Mensch und welcher die Maschine ist, müsste man nach Alan Turing der Maschine menschliches Denkvermögen zubilligen.
Manche Testerinnen oder Tester würden vielleicht zunächst mit Fragen beginnen, die die typischen Fähigkeiten einer Maschine bestätigen, z. B. eine großzahlige Multiplikationsaufgabe. Umgekehrt würde man, um die Maschine auszuschließen, philosophische Fragestellungen oder Fragen zum persönlich-emotionalen Empfinden stellen. In einer Besprechung kann man jedoch bei fast allen Fragen feststellen, dass man einer Maschine überzeugende Antworten antrainieren kann.

11
- **zum „Variety“-Zitat:** In der Tat bietet der Film sowohl witzige als auch philosophische Betrachtungsmöglichkeiten. So hat man den Eindruck, als ob Tom Almas Beruf sofort übernehmen könnte, Tom aber wird von Almas Chef als dummer Roboter diskriminiert. Dagegen kann Alma ihren Ex-Partner mit dem charmanten Tom beeindrucken.
- **zum „Reuters“-Zitat:** Wie zuvor angedeutet, hat der Film eine gewisse Leichtigkeit und Komik. Ihn jedoch generell als leichte Kost einzustufen, geht wohl zu weit. Alma ist letztendlich einsam, hegt einen Kinderwunsch und steht beruflich sowie privat unter Druck. Auch Tom kann diese Probleme höchstens teilweise lösen. Er verhilft ihr eher zu einer gelasseneren Betrachtungsweise.
- **zum „heute journal“-Zitat:** In der Tat ist Tom auf Almas Wünsche hin programmiert worden. Hieraus entstehen auch Szenen, in denen Alma Tom schlecht behandelt. Tom hat jedoch nicht die Programmierung, um entsetzt oder gekränkt zu sein. Er ist tatsächlich in jeder Hinsicht nur ein Objekt.

Seite 100

1 a/b Bedenkenswert ist, ob man sich in der Auswahl nicht etwas beschränken sollte, um überzeugende Resultate zu erzielen. Wie in der Serie „Black Mirror“ oder eben in Schraders „Ich bin dein Mensch“ lohnt es sich für den Überblick und das Ausloten philosophischer Überlegungen, nur mit einer in die Zukunft weisenden Grenzüberschreitung zu arbeiten, z. B. in Form einer App, die vorhersagt, wie lange eine gerade geschlossene Beziehung noch hält (Black Mirror, Staffel 4, Episode 4: „Hang the DJ“), oder eben nur mit der Erschaffung genau passender Partner.
Ähnliches gilt für die Kombination von Genres mit dem Genre Science-Fiction.

2 a/b *Zu weiteren Möglichkeiten und Fortführungen siehe das Diagramm auf der Seite 38 dieses Lösungsbeilegers.*

4 a/b

Medienvertreter/-in	Sie als Regisseur/-in	Bezug zum Werk	Metakommunikation
– In Ihren früheren Arbeiten ... – Wollten Sie damit zeigen/sagen, dass ...? – Als Motiv zieht sich durch den Film ... – Die Figur ... zeigt ... – Wieso haben Sie ...? – Gab es das nicht schon in Filmen wie ...?	– Mich hat es immer gestört, dass ... – Das sehe ich nicht so ... – Ich bin meinem Publikum schuldig, dass ... – Ich wollte endlich einmal zeigen, ... – Kritikerinnen und Kritiker sagen immer wieder zu mir ...	– Das sieht man ja auch an ... – Aufgefallen ist mir ... – Zuerst denkt man ..., dann aber bemerkt man ... – Typisch für das europäische Kino ist, dass ... – Die beste Szene ist für mich ...	– Lassen Sie mich an dieser Stelle nachhaken: ... – Wenn ich Sie kurz unterbrechen darf. ... – Um auf Ihre Äußerung vorhin zurückzukommen, ... – Sie klingen da ziemlich begeistert: ... – Habe ich Sie da richtig verstanden, dass Sie ...?

Seite 101

1 a
- Das Genre Science-Fiction erfordert viel Geld, weshalb deutsche Produzentinnen und Produzenten die Konkurrenz zum reichen Hollywood und zu erfolgreichen Produktionen der letzten Jahre scheuen (vgl. Z. 1 ff.).
- Das Genre Krimi, in dem eine durch Verbrechen gestörte Welt durch Ermittler wieder in Ordnung gebracht wird, ist dem deutschen Publikum lieber als das tendenziell Bedrohliche der Science-Fiction (vgl. Z. 6 ff.).
- Das Film- und Serien-Programm ist durch das Streaming jedoch internationaler geworden, sodass der Zuspruch zur Science-Fiction, zur Darstellung von Zukunft und Zukunftsängsten, der sich nicht zuletzt auch aus aktuellen technischen Entwicklungen speist, auch das deutsche Publikum erfassen könnte (vgl. Z. 15 ff.).

b z. B.: Tatsächlich gibt es bei der Filmfinanzierung die Tendenz, risikoarm zu investieren, sodass eher der etablierte Krimi und nicht die gewagte Science-Fiction produziert wird. Allerdings müssen überzeugende Science-Fiction-Ideen auch wegen ihres möglichen philosophischen Gehalts nicht unbedingt nur in teuren Produktionen umgesetzt werden. Zudem sagt die biologistische Perspektive (► S. 94, M 1), dass sich Genres erschöpfen oder aber anhand leuchtender Vorbilder erneut nachgefragt werden können. Die Thesen stellen also höchstwahrscheinlich eine Momentaufnahme dar.

2 **a** z. B.: „Near-Future-Geschichten" sind Science-Fiction-Geschichten, die uns die aktuelle Realität vor Augen stellen, sie aber in einem oder in wenigen Punkten weiter in die Zukunft denken und mögliche Konsequenzen ausleuchten. Neben dem mechanischen Wunschpartner Tom und der Firma, die ihn produziert, gibt es im Film nichts Spekulativ-Futuristisches.

b z. B.: Die neue Genre-Bezeichnung eröffnet ein sehr eng begrenztes Sub-Genre. Dies kann den Vorteil haben, dass Publikum und Filmschaffende genauer wissen, worauf sie sich einlassen. Es kann aber auch den Nachteil haben, dass es als Sub-Genre zu begrenzt ist, um hilfreich zu sein, wobei Elemente des Kern-Genres sehr stark zurückgefahren werden: „Near-Future-Geschichten" schließen z. B. die inhaltlichen Science-Fiction-Schwerpunkte „Leben nach der Apokalypse" und „Utopische/Dystopische Gesellschaften" eher aus, da die Darstellung dieser Inhalte zu viele Veränderungen zum Hier und Heute bedeuten.

3 Genres sind durchaus ortsgebunden, da sie auch an die Kultur eines jeweiligen Landes anschließen. Am fassbarsten ist dies vielleicht bei Filmen, die dem Western oder dem Bollywood-Kino zugeordnet werden. Abgesehen davon sind einige Genres an prägende Studios und damit lokal gebunden. Auf Grund der gegenwärtig überlegenen Animationstechnik sind die meisten Superhelden-Filme US-amerikanische Produktionen.

4 z. B.: Inhaltlich gibt es grundsätzlich keine Gründe dafür, warum es ein Genre zum Beispiel im Film, nicht aber in einem Buch geben sollte. Manchmal sind Genres aber tatsächlich an technische Gegebenheiten geknüpft und können nur teilweise oder nicht auf jedes Medium übertragen werden (Musical; Anime-Filme/Manga-Comics). Einige Genres sind auch stärker an bestimmte Medien gebunden, sei es, weil sich Eigenheiten eines Mediums besser eignen (Bildgewalt beim Film – Film Noir; Reflexionsmöglichkeiten von Erzähler/-in und Figuren beim Roman) oder weil es eine stärkere Tradition eines Genres in einem Roman gibt.

5 z. B.: Man könnte argumentieren, dass Science-Fiction zeitgebunden ist, dass sie sich also überleben kann. Dennoch spekulieren Science-Fiction-Filme über die Zukunft, die in den allermeisten Fällen nicht in jedem Punkt so eintreten wird. In diesem Sinne bleiben Science-Fiction-Filme Science-Fiction – das Hoverboard aus „Zurück in die Zukunft" ist zwar inzwischen als Fortbewegungsmittel verfügbar, die anpassungsfähige Kleidung zum Teil auch, die Zeitreisen des Films jedoch nicht. Darüber hinaus gibt es die Theorie, dass Science-Fiction durch ihre konkrete Darstellung von Zukunft durchaus unsere Visionen von Zukunft oder zukünftigen Erfindungen prägen, z. B. Reisen zum Mond oder zum Mars.

Graham Wilsons gesamtes Diagramm sieht wie folgt aus:

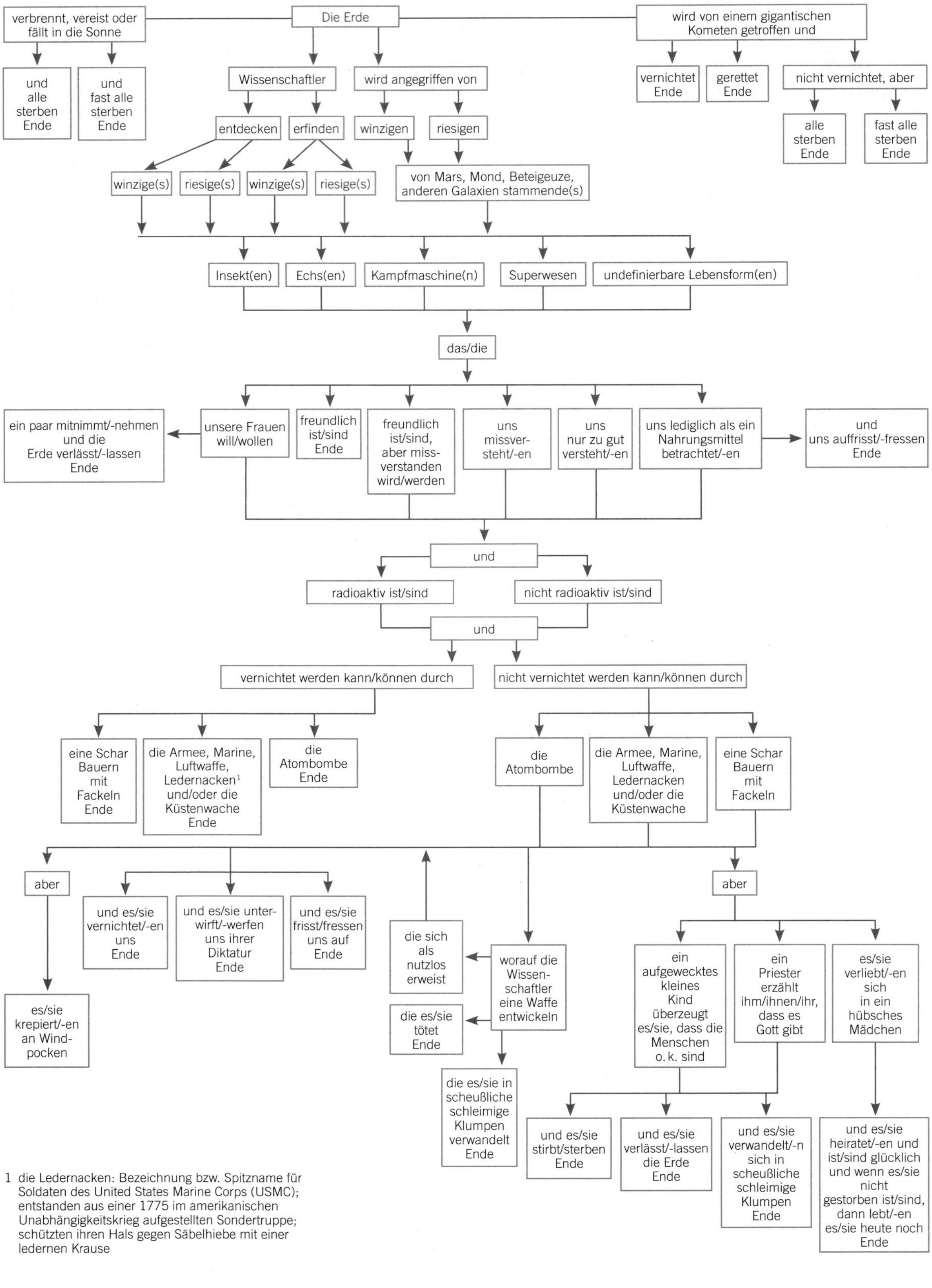

1 die Ledernacken: Bezeichnung bzw. Spitzname für Soldaten des United States Marine Corps (USMC); entstanden aus einer 1775 im amerikanischen Unabhängigkeitskrieg aufgestellten Sondertruppe; schützten ihren Hals gegen Säbelhiebe mit einer ledernen Krause

Deutschbuch

Gymnasium Bayern

Oberstufe

Arbeitsheft

Vertiefungskurs

12

Herausgegeben von
Kurt Finkenzeller und Konrad Wieland

Erarbeitet von
Christian Albert (Ingolstadt)
Tanita Hahn (München)
Silke Maier (Bayreuth)
Christian Rühle (Weilheim i. OB)
Simone Schönwetter (Ingolstadt)
Andrea Wachtel (München)
Teresa Wolf (Passau)

Cornelsen

Korb 1: Aspekte der Literatur

Kompetenzschwerpunkte

Die Schülerinnen und Schüler ...
- lesen ein Werk der Weltliteratur aus dem nicht-deutschsprachigen Raum und finden individuelle Zugänge dazu.
- vertiefen ihr Verständnis des Textes, indem sie Kontextualisierungen, Rezensionen und Interpretationen hinzuziehen.
- reflektieren die Einordnung des Textes in die Weltliteratur, ggf. auch im Vergleich zu anderen Werken der (auch deutschsprachigen) Weltliteratur und führen ein literarisches Gespräch zum ausgewählten Werk.

Kompetenzschwerpunkte

Die Schülerinnen und Schüler ...
- setzen sich mit Produktionsbedingungen und Gestaltungsmitteln von Theaterinszenierungen auseinander.
- rezipieren eine Theateraufführung und erläutern und vergleichen ihre individuellen Wahrnehmungen und Einschätzungen.
- analysieren und reflektieren diese Theaterinszenierung, z. B. in Bezug auf ausgewählte Gestaltungsmittel, die Textgrundlage, Rezensionen oder andere Inszenierungen. Sie gelangen so zu einer Bewertung der Theaterinszenierung.

Kompetenzschwerpunkte

Die Schülerinnen und Schüler ...
- setzen sich mit Grundlagen, Techniken und Arbeitsweisen des kreativen Schreibens auseinander.
- entwickeln Schreibideen, konzipieren Schreibpläne und gestalten diese zu literarischen Texten aus. Sie geben sich dazu gegenseitig kriteriengeleitete Rückmeldungen und überarbeiten ihre Textentwürfe.
- präsentieren ihre Texte. Sie reflektieren und kommentieren ihren Schreibprozess (z. B. Ideenfindung, stilistische Entscheidungen) und ihr Schreibprodukt und die gewählte Präsentationsform.

Kompetenzschwerpunkte

Die Schülerinnen und Schüler ...
- unterscheiden und beschreiben verschiedene Aspekte des literarischen Lebens, insbesondere Akteure im Literaturbetrieb (z. B. Autorinnen und Autoren, Agenturen, Verlage, Leserschaft), Formen des literarischen Austauschs (z. B. Lesung, Diskussion mit der Autorin / dem Autor, Rezension) sowie der Vermarktung und Wertung in unterschiedlichem medialen und organisatorischen Rahmen (z. B. Buchmessen, Buchhandel, Literaturpreise).
- setzen sich mit einem ausgewählten Aspekt aus diesen Bereichen vertieft auseinander und reflektieren dessen Bedeutung für das literarische Leben.
- konzipieren eine konkrete Aktivität (z. B. Autorinnen-/Autorenlesung, literarischer Abend, Buchtrailer, Bücherschau) als Beitrag zum literarischen Leben und führen diese ggf. durch.

Korb 2: Sprache und weitere Medien

Kompetenzschwerpunkte

Die Schülerinnen und Schüler ...
- beschäftigen sich mit Zeichentheorie(n) und lernen so Grundzüge der Semiotik kennen (z. B. de Saussure, Eco).
- setzen sich mit verschiedenen Zeichensystemen und deren Besonderheiten auseinander (z. B. Schriften, Sprachen, Piktogramme, Formen der Bildlichkeit, Karten, Zeichen im öffentlichen Raum, jugendspezifische und subkulturelle Zeichen, Mode als Sprache).
- analysieren auf der Basis ihrer semiotischen Erkenntnisse einen ausgewählten Untersuchungsgegenstand und reflektieren dessen kommunikative Wirkung.

Kompetenzschwerpunkte

Die Schülerinnen und Schüler ...
- beschäftigen sich mit Grundzügen der Sprachgeschichte, auch im kulturgeschichtlichen Kontext.
- untersuchen ausgewählte sprachliche Phänomene (z. B. in literarischen Texten, in amtlichen Dokumenten, in privaten Schriftstücken, bei Orts- und Personennamen) unter sprachgeschichtlicher Perspektive (Sprachwandel, Etymologie, regionale Varietäten) und berücksichtigen dabei ggf. den kulturgeschichtlichen Kontext.
- dokumentieren und präsentieren ihre Ergebnisse (z. B. in einer Sprachkarte, in einem Podcast).

Kompetenzschwerpunkte

Die Schülerinnen und Schüler ...
- lernen die Rhetorik als historische und wissenschaftliche Disziplin kennen und setzen sich mit bedeutenden Reden sowie Redeformaten auseinander (z. B. Debatte, politische Rede, wissenschaftlicher Vortrag, Podiumsdiskussion).
- arbeiten aus ausgewählten Theorien und Reden (auch in Auszügen) Prinzipien der Rhetorik (z. B. Aufbau, Stil, Wirkungsabsicht, Stimmmodulation, Gestik) heraus. Sie reflektieren dabei Möglichkeiten der Beeinflussung durch Rhetorik.
- verfertigen und halten einen Kurzvortrag bzw. eine kurze Rede oder analysieren eine vollständige (publizierte) Rede und ihren Vortrag.

Kompetenzschwerpunkte

Die Schülerinnen und Schüler ...
- setzen sich mit dem Begriff des Genres vor dem Hintergrund der Filmgeschichte auseinander.
- rezipieren und analysieren mindestens drei exemplarische Filme eines Genres und erschließen dieses genauer (z. B. Historie/Entwicklung, Merkmale, strukturelle Besonderheiten, typische Motive, ggf. Subgenres, Varianten).
- reflektieren ausgewählte Aspekte dieses Filmgenres, indem sie handlungs- oder produktionsorientiert Beiträge (Texte, Plakate, Storyboard, Trailer) konzipieren sowie ggf. entwickeln und diese präsentieren.

1 Werke und Widersprüche – Modul „Weltliteratur aus dem nicht-deutschsprachigen Raum“

1 Beschreiben Sie die Abbildung und setzen Sie sie in Zusammenhang mit dem Begriff „Weltliteratur“.

2 Notieren Sie Ihnen bekannte Werke der Weltliteratur und stellen Sie sich diese anschließend gegenseitig vor. Erklären Sie auch, warum diesen Werken ein weltliterarischer Rang zugesprochen wird.

3 Diskutieren Sie, inwiefern der Akt des Übersetzens für das Feld der Weltliteratur relevant ist.

In diesem Kapitel ...

- setzen Sie sich mit dem Inhalt und der Erzählweise von Knut Hamsuns einflussreichem Roman „Hunger“ auseinander,
- diskutieren Sie den Roman im Hinblick auf seine literaturgeschichtliche Einordnung, seinen Autor und seine Rezeption gestern und heute,
- führen Sie ein literarisches Gespräch zu der Frage, weshalb der Roman zur Weltliteratur gezählt wird, und argumentieren für oder gegen diese Bestimmung.

1.1 Knut Hamsuns „Hunger“ – Ein Roman aus Norwegen

Knut Hamsun (1859–1952) **Hunger** (1890; Auszug 1, erstes Stück)

Es war in jener Zeit, als ich in Kristiania [dem heutigen Oslo] umherging und hungerte, in jener Stadt, die keiner verlässt, ehe er von ihr gezeichnet worden ist. [...]

Wie war es mit mir die ganze Zeit beständig bergab gegangen! Ich war schließlich so seltsam entblößt von allem Erdenklichen, ich hatte nicht einmal mehr einen Kamm oder ein Buch, um darin zu lesen, wenn es mir zu freudlos wurde. Den ganzen Sommer über war ich auf die Friedhöfe hinausgezogen oder hinauf in den Schlosspark, wo ich dann saß und Artikel für die Zeitungen abfasste, Spalte um Spalte, über die unterschiedlichen Dinge, eigenartige Ideen, Launen, Einfälle meines rastlosen Hirns [...].

Ich erhob mich wieder vom Fenster, ging zu dem Stuhl mit dem Waschwasser und spritzte ein bisschen Wasser auf meine blanken Hosenknie, um sie zu schwärzen und neuer aussehen zu lassen. Als ich das getan hatte, steckte ich wie üblich Papier und Bleistift in die Tasche und ging hinaus. Ich schlich die Treppen sehr leise hinunter, um nicht die Aufmerksamkeit meiner Wirtin zu erregen; es waren ein paar Tage vergangen, seit meine Miete fällig gewesen war, und ich hatte jetzt nichts mehr, um sie zu bezahlen.

Es war neun Uhr. Wagengerassel und Stimmen füllten die Luft, ein ungeheurer Morgenchor, vermischt mit den Schritten der Fußgänger und dem Knallen der Kutscherpeitschen. Dieses lärmende Treiben überall munterte mich sofort auf, und ich fühlte mich allmählich immer zufriedener. Nichts lag meinen Gedanken ferner, als nur einen Morgenspaziergang an der frischen Luft zu machen. Was kümmerte meine Lungen die Luft? Ich war stark wie ein Riese und konnte mit meiner Schulter einen Wagen zum Stehen bringen. Eine zarte, seltsame Stimmung, das Gefühl heiterer Gleichgültigkeit, hatte sich meiner bemächtigt. Ich fing an, die Menschen zu beobachten, die mir entgegenkamen und an denen ich vorbeiging, las die Plakate an den Wänden, nahm den Eindruck eines Blicks auf, der mir aus einer vorbeifahrenden Straßenbahn zugeworfen wurde, ließ jede Bagatelle auf mich eindrängen, all die kleinen Zufälligkeiten, die meinen Weg kreuzten und verschwanden.

Wenn man nur etwas zu essen hätte an einem solch heiteren Tag! Der Eindruck des frohen Morgens überwältigte mich, ich wurde unbändig zufrieden und fing an, ohne bestimmten Grund vor Freude zu summen. Vor einem Metzgerladen stand eine Frau mit einem Korb am Arm und spekulierte auf Würste zum Mittag; als ich an ihr vorbeiging, sah sie mich an. Vorne im Mund hatte sie bloß einen Zahn. Nervös und hochempfindlich, wie ich in den letzten Tagen geworden war, hatte ich vom Gesicht der Frau sofort einen ekelhaften Eindruck; der lange gelbe Zahn sah aus wie ein kleiner Finger, der aus dem Kiefer ragte, und ihr Blick war noch voll von Wurst, als sie ihn auf mich richtete. Ich verlor auf der Stelle den Appetit und fühlte Brechreiz. Als ich zu den Markthallen kam, ging ich zum Wasserhahn und trank ein wenig; ich schaute nach oben – die Kirchturmuhr der Erlöserkirche zeigte zehn Uhr.

1 Gleich zu Beginn lernen Sie den Ich-Erzähler, die namenlose Hauptfigur, kennen. Charakterisieren Sie ihn anhand des ersten Textauszugs. Notieren Sie Ihre Ergebnisse stichpunktartig, z. B. in Form einer Mindmap.
Tipp: Ergänzen und prüfen Sie Ihre Ergebnisse nach Bearbeitung der folgenden Romanauszüge.

Martin Ernstsen (*1982) **Hunger – nach dem Roman von Knut Hamsun** (2019; Auszug)

2 Beschreiben und vergleichen Sie, wie in den vier Panels einer Graphic Novel zum Roman die Textzeilen 24 bis 58 zeichnerisch in Szene gesetzt werden und die Figur charakterisiert wird.

Hunger (1890; Auszug 2, erstes Stück, mit Blick auf Auszug 1 um einige Ereignisse später)

Da sitze ich auf der Bank und schreibe Dutzende Male 1848, schreibe diese Zahl kreuz und quer in jeder möglichen Fasson und warte darauf, dass mir eine brauchbare Idee kommen möge. Ein Schwarm loser Gedanken durchflattert meinen Kopf, die Stimmung des schwindenden Tages macht mich missmutig und sentimental. Der Herbst ist gekommen und hat schon angefangen, alles in den Winterschlaf zu schicken, Fliegen und Kleingetier haben den ersten Knacks bekommen, oben in den Bäumen und unten auf der Erde hört man den Laut des kämpfenden Lebens, raschelnd, unruhig rauschend, arbeitend, um nicht zu vergehen. Alle Geschöpfe der Krabbelwelt rühren sich noch einmal, strecken ihre gelben Köpfe aus dem Moos, heben ihre Beine, tasten sich mit langen Fäden vor und sacken dann plötzlich zusammen, kippen um und kehren den Bauch nach oben. Jedes Gewächs hat sein eignes Gepräge erhalten, einen zarten Hauch der ersten Kälte; die Halme sträuben sich bleich der Sonne entgegen, und das gefallene Laub zischelt über die Erde mit einem Laut wie von wandernden Seidenraupen. Es ist die Zeit des Herbstes, mitten im Karneval der Vergänglichkeit; die Röte der Rosen hat sich krankhaft entzündet, mit einem hektischen, wunderschönen Schimmer über der blutroten Farbe.
Ich fühlte mich selbst wie ein zugrunde gehender Wurm, von der Zerstörung ergriffen, mitten in diesem schlafbereiten All. Ich erhob mich, von seltsamen Schrecken gepackt, und machte ein paar ungestüme Schritte den Weg entlang. Nein!, schrie ich und ballte beide Fäuste, damit muss Schluss sein! Und ich setzte mich wieder, nahm nochmals den Bleistift in die Hand und wollte mit diesem Artikel ernst machen. Es wäre doch ganz und gar unnütz, mit der unbezahlten Miete direkt vor Augen aufzugeben.
Langsam begannen sich meine Gedanken zu sammeln. Ich gab Obacht und schrieb ruhig und besonnen ein paar Seiten als Einleitung zu irgendetwas; das konnte ein Anfang zu allem Möglichen sein, einer Reiseschilderung, einem politischen Artikel, ganz nach meinem Gutdünken. Es war ein ganz vortrefflicher Anfang für das eine oder andere.
Dann fing ich an, nach einer bestimmten Frage zu suchen, die ich behandeln konnte, einen Mann, eine Sache, auf die ich mich stürzen konnte, und ich fand nichts. Während dieser fruchtlosen Anstrengungen begann wieder Unordnung in meine Gedanken zu kommen, ich spürte, wie mein Hirn förmlich aussetzte, mein Kopf wurde leerer und leerer, und zuletzt blieb er leicht und ohne Inhalt auf meinen Schultern zurück. Ich empfand diese starrende Leere in meinem Kopf mit dem ganzen Körper, ich kam mir wie von ganz oben bis ganz unten ausgehöhlt vor.

3 Stellen Sie dar, inwiefern in der Fortsetzung des Romans die Darstellung des Herbstes genutzt wird, um die Hauptfigur näher zu beschreiben.

4 Gestalten Sie zum zweiten Auszug eine Illustration. Berücksichtigen Sie die darin verwendeten Bilder.

Hunger (1890; Auszug 3, erstes Stück)

Kurz vor dem in Auszug 2 Geschildertem ist Folgendes geschehen:

Ein kleiner Mann kam und nahm das andere Ende meiner Bank ein; während er sich setzte, atmete er nach dem Gehen schwer aus und sagte: Ja ja ja ja ja ja ja ja ja, fürwahr!
[...] Ich fing an, mir den Alten anzuschauen.
Was ging er mich an, dieser kleine Mann? Nichts, nicht das Geringste. [...]
Der Mann sah mich an. Die kranken Augen hatten ein Häutchen, das sie glasartig erscheinen ließ, sein Blick war weiß und machte einen widerlichen Eindruck.
Sie sind fremd hier?, sagte er.
Ja. – Ob er nicht einmal den Titel der Zeitung lesen könne, die er in der Hand halte?
Kaum. – Übrigens hätte er sofort gehört, dass ich fremd sei; es sei etwas in meinem Tonfall, was es ihm verrate. Dazu brauche es wenig; er höre so gut; in der Nacht, wenn alle schliefen, könne er die Menschen im Neben-

zimmer atmen hören ... Was ich sagen wollte, wo wohnen Sie denn?
In meinem Kopf stand sofort eine Lüge bereit. Ich log unfreiwillig, ohne Vorsatz und ohne Hintergedanken, ich antwortete: Am St. Olafs Plass 2.
Tatsächlich? Der Mann kannte jeden Pflasterstein des St. Olafs Plass. Dort gebe es einen Springbrunnen, einige Gaslaternen, ein paar Bäume, er erinnere sich an all das ... In welcher Nummer wohnen Sie? [...] Hausnummer 2, glaube ich, sagten Sie?, fuhr der Mann fort, ohne meine Unruhe zu beachten. Ich kannte seinerzeit alle Leute in diesem Haus. Wie heißt Ihr Vermieter?
Ich erfand in aller Eile einen Namen, um ihn loszuwerden, legte mir diesen Namen augenblicklich zurecht und schleuderte ihn hinaus, um meinen Plagegeist ruhigzustellen.
Happolati, sagte ich.
Happolati, ja, nickte der Mann, und er ließ keine einzige Silbe dieses schwierigen Namens aus.
Ich sah ihn erstaunt an; sehr ernst saß er da und hatte eine gedankenvolle Miene. Kaum, dass ich diesen dummen Namen, der mir eingefallen war, ausgesprochen hatte, fand der Mann sich damit zurecht und tat, als habe er ihn schon früher gehört. [...]
Die Situation entglitt meiner Kontrolle, und eine Lüge nach der anderen nahm in meinen Kopf Gestalt an. [...]
Die Unbedarftheit des kleinen Gnoms ließ mich dummdreist werden, ich wollte ihm die Hucke volllügen, ihn grandios aus dem Feld schlagen.
Ob er von dem elektrischen Gesangbuch gehört habe, das Happolati erfunden hatte?
Was, elek...?
Mit elektrischen Buchstaben, die im Dunkeln leuchteten! Eine Unternehmung ganz großen Stils, Millionen von Kronen im Umlauf, Gießereien und Druckereien an der Arbeit, Scharen von festbesoldeten Mechanikern beschäftigt, ich hätte etwas von siebenhundert Mann gehört.
Ja, was ich nicht immer sage!, erwiderte der Mann leise. Mehr sagte er nicht; er glaubte mir jedes Wort und geriet trotzdem nicht aus dem Häuschen. Das enttäuschte mich ein bisschen, ich hatte erwartet, ihn durch mein Geflunker verblüfft zu sehen.
Ich dachte mir noch ein paar desperate Lügen aus, spielte va banque[1], murmelte etwas davon, dass Happolati neun Jahre lang Minister in Persien gewesen sei. [...]
Ich war ganz eingenommen von meinen eigenen Geschichten, an meinen Augen vorbei zogen sonderbare Vision, das Blut stieg mir zu Kopf, und ich lachte aus vollem Halse.
In diesem Augenblick schien der Mann gehen zu wollen. Er erhob sich und fragte, um nicht schroff abzubrechen: Er soll ungeheure Besitzungen haben, dieser Happolati?
Wie konnte sich dieser blinde, widerwärtige Greis erdreisten, mit einem Namen, den ich frei erfunden hatte, umzuspringen, als sei es ein gewöhnlicher Name und stehe auf jedem Krämerschild auf der Stadt? Nie stolperte er über einen Buchstaben und ließ keine Silbe aus; dieser Name hatte sich festgebissen und augenblicklich Wurzeln geschlagen. [...]
Sie sollten mal seine Frau sehen, sagte ich wütend; einen dickeren Menschen .... Ja, Sie glauben vielleicht gar nicht, dass sie so besonders dick ist?
Doch, das glaube er schon – ein solcher Mann –
Der Opa antwortete auf jeden meiner Ausfälle sanftmütig und still und suchte nach Worten, als fürchte er, sich ungefällig zu zeigen und mich zu erzürnen.
Himmeldonnerwetter, Mann, glauben Sie etwa, dass ich Sie hier die ganze Zeit nach Strich und Faden belüge?, schrie ich außer mir. Glauben Sie vielleicht nicht einmal, dass es einem Mann namens Happolati gibt? Noch nie ist mir so viel Trotz und Niedertracht bei einem alten Mann untergekommen! Was zum Teufel ist mit Ihnen los?

1 va banque: alles aufs Spiel setzen

5 **a** Erzählen Sie schriftlich das Geschehen entweder neutral beobachtend nach (externe Fokalisierung) oder aus der Perspektive des alten Mannes (interne Fokalisierung).
b Vergleichen Sie Ihre Texte und beschreiben Sie, wie sich die Darstellung ändert.

6 Beurteilen Sie das Verhalten des Ich-Erzählers. Beziehen Sie seinen Hungerzustand ein (► Auszüge 1 u. 2, S. 6 f.).

Hunger (1890; Auszug 4, zweites Stück)

Der Ich-Erzähler meldet bei der Polizei, dass er, obwohl von Beruf Journalist, gerade kein Geld für ein Hotel habe und kurzfristig obdachlos sei. Er verbringt daraufhin freiwillig und unter einem falschen Namen eine Nacht in einer Gefängniszelle.

Ich setzte mich aufs Bett und hörte, wie der Schlüssel umgedreht wurde. Die helle Zelle sah freundlich aus; ich fühlte mich heimelig geborgen und hörte dem Regen draußen mit Wohlbehagen zu. Ich konnte mir nichts Besseres wünschen als solch eine behagliche Zelle! Meine Zufriedenheit wuchs; auf dem Bett sitzend, den Hut in der Hand und die Augen auf die Gasflamme an der Wand geheftet, machte ich mich daran, die einzelnen Schritte meiner ersten Verstrickung mit der Polizei nachzuzeichnen. Dies war die erste gewesen, und welche Schnippchen hatte ich ihnen nicht geschlagen! Journalist Tangen, wie bitte? [...] Bis zwei Uhr im Stiftsgarden beim Galadiner gegessen, den Türschlüssel und ein Portemonnaie mit ein paar Tausendern zu Hause vergessen! Führen Sie den Herren in die reservierte Abteilung hinauf …

Da verlischt plötzlich das Gas, so merkwürdig plötzlich, ohne abzuklingen, ohne dahinzuschwinden; ich sitze in tiefem Dunkel, ich kann meine Hand nicht sehen, nicht die weißen Wände um mich her, nichts. Da blieb nichts weiter übrig, als schlafen zu gehen. Und ich zog mich aus.

Aber ich war nicht schläfrig und konnte nicht schlafen. Ich lag da und starrte eine Zeitlang ins Dunkel, dieses dicke Massedunkel, das keinen Boden hatte und das ich nicht begreifen konnte. Mein Denken konnte es nicht fassen. Es war für mich über alle Maßen dunkel, und ich spürte den Druck seiner Gegenwart auf mir. Ich schloss die Augen, fing an, halblaut zu singen, und warf mich auf der Pritsche hin und her, um mich abzulenken; doch ohne Erfolg. Das Dunkel hatte mein Denken ergriffen und ließ mich keinen Augenblick in Frieden. Was, wenn ich selbst zu Dunkel verflossen, mit ihm verschmolzen war? Ich richte mich im Bett auf und schlage mit den Armen um mich.

Mein nervöser Zustand hatte völlig die Oberhand gewonnen, und wie sehr ich auch dagegen anzugehen versuchte, es half nichts. Da saß ich, eine Beute der absonderlichsten Fantasien, mir zuwispernd, Wiegenlieder summend, schwitzend von der Anstrengung, mich zu beruhigen. Ich starrte ins Dunkel, und ich hatte nie im Leben ein solches Dunkel gesehen. Es bestand kein Zweifel, dass ich mich hier einer besonderen Art Dunkel ausgesetzt fand, einem desparaten Element, auf das niemand zuvor gestoßen war. Die lächerlichsten Gedanken bewegten mich, und alles machte mir Angst. Das kleine Loch in der Wand bei meinem Bett beschäftigte mich sehr, ein Nagelloch, das ich entdeckte, ein Zeichen im Mauerwerk. Ich tastete es ab, pustete hinein und versuchte, seine Tiefe auszumachen. Das war nicht irgendein unschuldiges Loch, ganz und gar nicht: das war ein heikles und geheimnisvolles Loch, vor dem ich mich hüten musste. Und von dem Gedanken an dieses Loch besessen, ganz außer mir vor Neugier und Furcht, musste ich zuletzt vom Bett aufstehen und mein halbes Taschenmesser hervorsuchen, um die Tiefe auszumessen und mich zu vergewissern, dass es nicht ganz bis in die Nebenzelle reichte.

Ich legte mich wieder hin, um zu versuchen einzuschlafen, doch in Wahrheit, um erneut mit dem Dunkel zu kämpfen. Der Regen draußen hatte aufgehört, und ich hörte keinen Laut. Eine Zeitlang machte ich damit weiter, nach Schritten auf der Straße zu horchen, und ich gab mich nicht zufrieden, ehe ich nicht einen Fußgänger vorbeigehen gehört hatte, einen Wachtmeister, dem Klang nach zu urteilen. Plötzlich schnippe ich mehrmals mit den Fingern und lache. Zum Teufel noch mal! Ha! – Ich bildete mir ein, ein neues Wort gefunden zu haben. Ich richte mich im Bett auf und sage: Das gibt es in der Sprache nicht, ich habe es erfunden, *Kuboaa*. Es hat Buchstaben wie ein Wort, beim lieblichsten Gott, Mann du hast ein Wort erfunden … *Kuboaa* … von großer grammatikalischer Bedeutung.

Das Wort stand so deutlich vor mir im Dunkel.

Ich sitze da, mit offenen Augen, erstaunt über meinen Fund, und lache vor Freude. Dann beginne ich zu flüstern; man konnte mich bespitzeln, und ich gedachte meine Erfindung geheim zu halten. Ich war in des Hungers glücklichen Wahnsinn geraten; ich war leer und schmerzfrei, und mein Denken war zügellos.

7 Markieren Sie den Satz oder den Ausdruck, der für Sie die Kernstelle dieses Auszugs darstellt, und begründen Sie Ihre Entscheidung.

8 Erschließen Sie anhand der bisherigen Textauszüge (▶ S. 6 ff.), inwiefern das Verhalten der Hauptfigur als ambivalent, d. h. als widersprüchlich, charakterisiert werden kann, z. B.:

Verhaltensweisen der Hauptfigur
↔ *Euphorie beim Hinausgehen (vgl. Z. …)*

9 **a** Untersuchen Sie, wie der Hunger in den Textauszügen (▶ S. 6 ff.) erzählerisch dargestellt wird und markieren Sie zentrale Textstellen. Beachten Sie insbesondere die Erzählinstanz und Fokalisierung, die Zeitgestaltung und das Erzähltempus.
Tipp: Berücksichtigen Sie bei der Zeitgestaltung den Begriff des Sekundenstils. Recherchieren Sie diesen ggf.

b Beurteilen Sie auf der Grundlage Ihrer Ergebnisse, ob der Ich-Erzähler als ein unzuverlässiger Erzähler zu bezeichnen ist, d. h. als ein Erzähler, der ein Geschehen darstellt, das so nicht stattgefunden hat, weil er es nur erträumte, im Rausch erlebt oder nur erfunden hat.

Hunger (1890; Auszug 5, drittes Stück)

Am Stortingsplass traf ich ein Mädchen, das mich unverblümt anstierte, als ich mit ihm auf gleicher Höhe war.

Guten Abend!, sagte ich.

Guten Abend! Sie blieb stehen.

Hm. Ob sie so spät noch draußen sei? Sei es denn nicht ein wenig gewagt für eine junge Dame, um diese Tageszeit auf der Karl Johan zu sein! Nicht? Ja, aber werde sie denn niemals angesprochen, belästigt, ich meine, geradeheraus gesagt, mit aufs Zimmer zu gehen?

Sie starrte mich verwundert an, forschte in meinem Gesicht, was ich wohl damit meinen könnte. Dann schob sie plötzlich die Hand unter meinen Arm und sagte: Also gehen wir!

Hans Baluschek (1870–1935): Straßendirne (1923)

Ich ging mit. Als wir einige Schritte an den Droschken vorbei waren, hielt ich an, machte meinen Arm frei und sagte: Hören Sie, meine Liebe, ich besitze keine Öre. Und ich schickte mich an, mich davonzumachen.

Zuerst wollte sie mir nicht glauben; aber nachdem sie alle meine Taschen abgeklopft und nichts gefunden hatte, wurde sie ärgerlich, warf den Kopf zurück und nannte mich einen Stockfisch.

Gute Nacht, sagte ich.

Warten Sie doch, rief sie. Ist das eine Goldbrille, die Sie aufhaben?

Nein.

Dann scheren Sie sich zum Teufel.

Und ich ging.

Kurz darauf kam sie mir nachgelaufen und rief mich wieder.

Sie können trotzdem mit mir kommen, sagte sie.

Ich fühlte mich durch dieses Angebot einer armen Straßendirne gedemütigt und sagte nein. Es sei außerdem spät nachts, und ich müsse noch wohin; sie könne sich eine solche Aufopferung auch nicht erlauben.

Doch, jetzt *will* ich Sie mit mir haben.

Aber ich lasse mich auf diese Tour nicht ein.

Sie wollen natürlich zu einer anderen, sagte sie.

Nein, antwortete ich.

Ach, ich hatte nicht mehr das richtige Zeug in mir, Mädchen waren für mich beinahe wie Männer geworden, die Not hatte mich ausgedörrt. Und ich hatte das Gefühl, dass ich mich dieser aparten Dirne gegenüber in einer jämmerlichen Lage befand, und entschloss mich, den Schein zu wahren.

Wie heißen Sie?, fragte ich. Marie? Aha! Hören Sie mal zu, Marie! Und ich machte mich daran, ihr mein Verhalten zu erklären. Das Erstaunen des Mädchens wuchs zunehmend. Ob sie also geglaubt habe, dass auch ich einer von denen sei, die abends auf den Straßen dauernd kleine Mädchen kaperten? Ob sie wirklich so etwas Schlechtes von mir glaube? Hatte ich etwa eingangs etwas Unartiges zu ihr gesagt? Benahm man sich so wie ich, wenn man etwas Böses vorhatte? Kurz und gut. Ich habe sie angesprochen und sie ein paar Schritte begleitet, um zu sehen, wie weit sie es treiben würde. Übrigens sei mein Name der und der, Pastor Soundso. Gute Nacht! Gehe hin und sündige nicht mehr.

Damit ging ich dann.

10 **a** Vergleichen Sie das Verhalten des Ich-Erzählers in diesem Textauszug mit dem, das er dem alten Mann gegenüber gezeigt hat (► Auszug 3, S. 7 f.). Beziehen Sie dabei auch Ihre Ergebnisse bezüglich der Ambivalenz seines Charakters ein (► S. 9, Aufgabe 8).

b Diskutieren Sie mögliche Gründe für sein Verhalten im Kontext der Situation der „Straßendirne“ (Z. 36). Erläutern Sie in diesem Zusammenhang auch die Begründung des Ich-Erzählers, dass er den Schein wahren wolle (vgl. Z. 53).

11 Begründen Sie, welche von den folgenden Adjektiven und Partizipien am besten Ihren Leseeindruck von den Textauszügen aus „Hunger“ benennen. Ergänzen Sie bei Bedarf die Liste mit weiteren Adjektiven oder Partizipien:

gruselig • ästhetisch • eklig • brutal • mitfühlend • verwirrend • ergreifend • langweilig • bizarr • schön • überflüssig • humorvoll • unnahbar • teilnehmend • schonungslos • monoton • gefühlvoll

12 Sein Erstlingswerk, in dem er eigene Armutserfahrungen verarbeitete, machte Hamsun schlagartig über die Grenzen seines Landes berühmt. Er wurde u. a. als „Urvater der Literatur des 20. Jahrhunderts“ bezeichnet. Erläutern Sie auf Grund Ihres Wissens zur Geschichte und zur Literatur um 1900 (► Wissen und können, S. 11), was Ihres Erachtens die Leserinnen und Leser um 1900 an dem Roman in inhaltlicher und sprachlich-stilistischer Hinsicht fasziniert haben könnte und ob das auf heutige Leserinnen und Leser zu übertragen ist.

13 Diskutieren Sie unter Rückgriff auf den Ihnen bekannten Inhalt, inwieweit sich Spitzwegs Gemälde als Coverbild zu Hamsuns „Hunger" eignet.

Carl Spitzweg (1808–1885): „Der arme Poet" (1839)

Ringvorlesung „Europäische Romane", Knut Hamsuns „Hunger" (2015; Auszug)

Knut Hamsuns [...] Prosatext *Hunger* erschien im Jahre 1890 und handelt bei äußerer Handlungsarmut in erster Linie von den Fantasien und Hirngespinsten eines namenlos bleibenden Ich-Erzählers, dessen Reflexionen, Assoziationen und Beobachtungen in Form von inneren Monologen und erlebter Rede in den Vordergrund treten. Der von Hunger gequälte Held läuft durch die norwegische Hauptstadt Christiania (das heutige Oslo [...]), begegnet Menschen, denen er erfundene Geschichten erzählt, erfindet Namen und Wörter, deren Sinn sich nur in seinem Privatuniversum offenbart, verschenkt sein letztes Geld an einen vermeintlich noch ärmeren Bettler und betäubt seinen Hunger durch Holz und Sägespäne. Neben den physischen Hunger tritt ein seelischer nach Anerkennung und Ansehen als Schriftsteller sowie nach Liebe.

Die vier Stücke, in die das Buch aufgeteilt ist, erzählen immer von den Tiefpunkten des Helden. Zwar wird er jedes Mal kurzfristig durch ein unerwartetes Honorar oder eine Leihgabe aus existentiellen Krisensituationen gerettet, diese Hochphasen verbleiben aber Leerstellen im Text und werden nicht geschildert. Die Rettung am Ende des vierten Stückes erfolgt in Form der Aufnahme auf ein Schiff, das nach Leeds in England fährt – eine Stadt, die keinen Hafen hat.

Quelle: www.literaturwissenschaft-online.uni-kiel.de

14 **a** Vergleichen Sie die im Text gemachten Angaben zu Inhalt und Form mit Ihren Ergebnissen zu den Aufgaben 8 bis 10 (► S. 9 f.) und ergänzen Sie diese.
b Beziehen Sie die obigen Informationen zu Inhalt und Aufbau des Romans auf Ihre bisherige Diskussion zum Coverbild (► Aufgabe 13).

15 **a** Gestalten Sie ein eigenes Coverbild zu Hamsuns „Hunger", das Sie entweder zeichnen oder digital erstellen, z. B. in Form einer Collage.
b Stellen Sie sich Ihre Ergebnisse gegenseitig vor und begründen Sie Ihre Gestaltungen.

Wissen und können | **Knut Hamsuns „Hunger"**

- Mit seinem anonym bleibenden Ich-Erzähler thematisiert der Roman in **drastischer Weise das Schicksal eines Antihelden,** der teils selbst verschuldet, teils durch das Leben in einer Großstadt wie Oslo (Kristiania) Ende des 19. Jahrhunderts bedingt, ein erbärmliches Dasein fristet. **Armut und Hunger** bestimmen seine Existenz als erfolgloser Schriftsteller.
- Dargeboten wird die Geschichte in Form der **internen Fokalisierung,** d. h., die Erzählinstanz ist **Teil der erzählten Welt** und weiß auch nur das, was die Figur weiß.
- In einer **Mischung aus erlebter Rede und innerem Monolog,** von **Präsens und Erzählpräteritum** und passagenweise in einer **Deckung von Erzählzeit und erzählter Zeit (Sekundenstil)** erfährt das Lesepublikum von seinem Schicksal allein durch die **subjektive Wahrnehmung** der Hauptfigur.

1.2 Hamsuns Roman im Spiegel der Zeit – Aspekte einer vertiefenden Auseinandersetzung und Einordnung

psychologische Studie	zivilisationskritische Prosa

1 Mit diesen beiden Bezeichnungen wird Hamsuns Roman in der Sekundärliteratur oft umschrieben. Stellen Sie anhand der Auszüge (► S. 6 ff.) in knapper Form gegenüber, inwieweit Sie jene als zutreffend erachten.

Walter Baumgartner (*1941) Zum 150. Geburtstag von Knut Hamsun (2009; Interviewauszug)

Kulturhus Berlin: Als einer der Begründer der literarischen Moderne begeisterte und beeinflusste Knut Hamsun Schriftstellerkollegen wie Franz Kafka, Thomas Mann oder Samuel Beckett. Ernest Hemingway meinte, Hamsun habe ihn das Schreiben gelehrt. Was war damals das Bahnbrechende an seiner Literatur?

Baumgartner: […] Hamsun hat von Dostojewski und Strindberg[1] gelernt. In „Hunger" […] wendet er den sog. stream of consciousness an, für den später James Joyce[2] berühmt geworden ist. Auch in seinen Heimatromanen bleibt er Modernist, seine Erzählweise ist ironisch und offen, sie fordert ständiges Mitdenken. Die Komposition seiner Romane scheint nachlässig, chaotisch zu sein, und doch ist genau dies der adäquate Ausdruck seiner Sicht auf die Welt. Seine Witze sind bösartig, man merkt oft erst, wenn man lacht, dass man über sich selbst lacht oder über Opfer der Romanhandlung, die eigentlich schon gestraft genug sind […]. Jedes Mal, wenn man ein Buch von ihm wieder liest, treten wie im Entwicklerbad[3] neue, raffiniert versteckte Zusammenhänge hervor, entfaltet sich ein anderer, neuer Sinn.

1 Fjodor M. Dostojewski (1821–1881), August Strindberg (1849–1912): einflussreiche Schriftsteller aus Russland und Schweden

2 James Joyce (1882–1941): bedeutender irischer Schriftsteller

3 Entwicklerbad: Bad mit Lösung zur Entwicklung einer Filmrolle, um die noch unsichtbaren Bilder sichtbar zu machen

2 Recherchieren Sie den im Interview genannten Begriff „stream of consciousness" (Z. 9), klären Sie seine Bedeutung und markieren Sie, wo in den Auszügen aus Hamsuns Roman (► S. 6 ff.) diese Darstellungsweise angewendet wird.

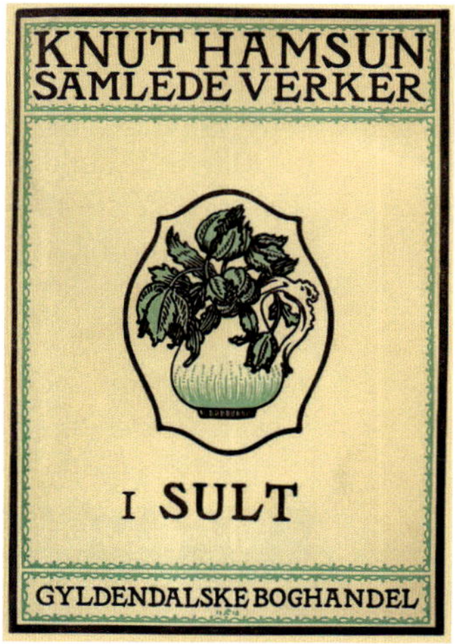

Cover der norwegischen Werkausgabe von 1921

3 „Hunger" wird auch als Gründungstext des Modernismus gesehen. Erläutern Sie anhand der Aussagen Baumgartners und unter Einbezug der beiden folgenden Epochenbegriffe diese Einordnung.

Naturalismus (ca. 1880–1900)
Der Naturalismus war eine radikale oppositionelle Bewegung in der Kunst, die sich gegen die als wertlos und unecht bewertete bürgerliche Kunst wendete und damit nicht mehr verklärt die Realität beschrieb, sondern offen und genau Missstände kritisierte.

Décadence (ca. 1890–1914)
Die Décadence war eine Form der Literatur, die die Auflösung bürgerlicher Werte und den als „mal du siécle" (frz. für *Krankheit des Jahrhunderts*) empfundenen „ennui" (frz. für *Langeweile, Überdruss*) thematisierte. Sie wendete sich dem Innenleben der Menschen, ihren Ängsten und Krisenerfahrungen zu und entwickelte eine Ästhetik des Morbiden und Skandalösen.

1 Ich träume von einer Literatur, bei deren Menschen die Inkonsequenz ein Grundzug ist. Ich werde meinen Helden lachen lassen, wenn rationale Menschen meinen, er müsste weinen. Und warum? Weil mein Held kein Charakter ist, kein „Typ", der nach den Theorien irgendeiner Schule lacht und weint, sondern ein komplexes, modernes Wesen.

2 Ich habe versucht, keinen Roman, sondern ein Buch zu schreiben; ohne Heirat, Landpartien und Bälle beim Großkaufmann; ein Buch über die feinen Schwingungen einer empfindsamen Menschenseele, über das besondere, eigenartige Gemütsleben, die Mysterien der Nerven in einem ausgehungerten Körper.

Knut Hamsun:
1 zitiert nach Arnold Thünkler: Irrwege durch Kristiania (02.08.2009); www.deutschlandfunk.de
2 zitiert nach Wolfgang Schneider: Unberechenbar wie seine Figuren (29.05.2011); www.deutschlandfunk.de

Knut Hamsun (um 1914)

4 Mit „Hunger" erfolgt eine Abwendung vom Weg des Naturalismus und ein Übergang zur Literatur der Décadence. Prüfen Sie diese These anhand der beiden Epochenbegriffe (▶ S. 12) und der Selbstaussagen Hamsuns oben, indem Sie diese mit Ihrer Kenntnis des Romaninhalts in Beziehung setzen. Schreiben Sie in Ihr Heft, z. B.:
In „Hunger" wird durch den Ich-Erzähler in erster Linie das Innenleben ... Zwar wird auch ..., aber ...

Jochen Pohlandt (*1941) 100 Jahre Nobelpreis für Knut Hamsun – Ohne Segen der Erde (12.02.2020; Auszug)

Vor hundert Jahren wurde Knut Hamsun der Nobelpreis für Literatur zuerkannt: eine fragwürdige und folgenreiche Ehrung?

Am 12. November 1920 meldeten die Zeitungen die Entscheidung der Schwedischen Akademie: Knut Hamsun wurde der Nobelpreis für Literatur zuerkannt. Dass seine deutschen Schriftstellerkollegen die Nachricht positiv aufnahmen, ist eine Untertreibung. Thomas Mann fand, die Wahl sei „nie auf einen Würdigeren" gefallen, und auch Hermann Hesse, Stefan Zweig, Kurt Tucholsky äußerten ihre große Zufriedenheit. Tucholsky bekannte, Hamsun sei für ihn „wirklich der Allergrößte".
Heute klingt das seltsam fern, und nicht nur, weil hundert Jahre vergangen sind. Es ist in Deutschland um Hamsun, der einst zu den am meisten gelesenen ausländischen Autoren gehörte, seit Langem still geworden. Die wissenschaftliche Beschäftigung mit seinem Werk geht weiter, aber dem lesenden Publikum scheint Knut Hamsun fremd geworden zu sein.
Sehr deutlich wurde das 2009, dem Jahr seines 150. Geburtstags. Die Buchhandlungen verzeichneten keine verstärkte Nachfrage nach Hamsuns Werken, und auch in der deutschen Verlagswelt konnte von einem Hamsun-Jahr keine Rede sein. [Zwei Verlage] brachten immerhin den Erstlingsroman „Hunger" neu heraus [...]. Die neue zweibändige Hamsun-Biografie von Ingar Sletten Kolloen fand, für den ausländischen Markt um die Hälfte gekürzt, in Deutschland erst einen Verlag, als sie schon in acht andere europäische Länder verkauft war. Einige große Tageszeitungen erinnerten am 4. August an den Jubilar, die „Zeit" dagegen fand ihn nicht erwähnenswert. Von etwa 250 Studierenden einer Fachhochschule, die in den vergangenen fünfzehn Jahren an norwegischen Sprachkursen teilnahmen, hatte niemand den Namen Hamsun je gehört.
Dieses Desinteresse fiel vor allem dem auf, der das Hamsun-Jahr in Norwegen verfolgte. Die Büchereien liehen doppelt so viele Hamsun-Bücher aus wie sonst. Die erwähnte Hamsun-Biografie war ein großer Erfolg. Und mit einer Fülle von Veranstaltungen gedachte das Land seines größten Erzählers, wobei Hamsuns Lebensorte im Mittelpunkt standen. In der Inselgemeinde Hamarøy am Polarkreis, wo er [als Knud Pedersen] prägende Kindheits- und Jugendjahre verbrachte und in seinen Fünfzigern einige Jahre lang einen Hof führte, wurde am 4. August ein „Hamsunsenter" eröffnet, das künftig Mittelpunkt der Pflege des Hamsun-Erbes sein soll.
Aber zugleich legte das Gedenkjahr offen, wie Hamsun die Nation immer noch spaltet. Die Zeitung „Aftenposten" erinnerte an „die zentrale Verräterrolle, die er während der Besatzungszeit sich selbst zuwies und die immer mit seinem Namen verbunden bleiben wird". Der Intendant des Trondheimer Theaters erklärte sein Haus zur hamsunfreien Zone und empfahl, vor jedweder Hamsun-Feier noch einmal des Dichters Nekrolog[1] auf

1 der Nekrolog: Nachruf; Hamsun verehrte in seinem Nekrolog Hitler ehrfürchtig

Knut Hamsun Centre in Hamarøy; Blick ins ehemalige Elternhaus

Hitler nachzulesen, von dem er sich eine immunisierende Wirkung versprach.

Dies nachzuvollziehen fällt nicht schwer. Hamsun pries Hitler als einen „Verkünder des Evangeliums vom Recht aller Nationen", als eine „reformatorische Gestalt höchsten Ranges". Dass der König das Hamsun-Zentrum eröffnen könnte, war allein wegen dieser monströsesten Manifestation der politischen Verirrung des Dichters unvorstellbar [...]. Aber es gab auch den Literaturwissenschaftler, der betonte, Hamsuns Eintreten für Hitler und das Naziregime habe sich nur in seinen politischen Artikeln niedergeschlagen und „nichts in Hamsuns Romanen" berechtige dazu, ihn „als Nazi abzustempeln".

So kontrastierten im Gedenkjahr Engagement und Streit in Norwegen mit dem lauen Interesse der Deutschen. Ein Versuch, dieses zu erklären, muss bis ins Jahr 1920 zurückgehen und die Umstände der Preisverleihung genauer betrachten.

Hamsun war schon vor 1920 ein Kandidat gewesen. Der Rang von „Hunger", „Mysterien", „Victoria" und „Pan" war unstrittig. Aber einer Ehrung stand im Wege, dass der Preisstifter Alfred Nobel verfügt hatte, es solle ausgezeichnet werden, wer „das Vorzüglichste in idealistischer Richtung geschaffen hat". Hamsun war der Akademie nicht idealistisch genug. Der 1917 erschienene Roman „Segen der Erde" hingegen genügte nun endlich Nobels Forderung. Die Erzählung von Isak, der in der Einöde Land urbar macht und es mit den Seinen im Laufe von Jahrzehnten durch seiner Hände Arbeit zu bescheidenem Wohlstand bringt, führte eine Welt vor, in der „ein Zusammenhang und ein Ziel" sichtbar wurde. Die Ehrung gerade dieses einen Werks bedeutete in der noch jungen Geschichte des Preises zugleich ein Novum, denn alle bisher Geehrten waren für ihr Gesamtwerk oder jedenfalls große Teile des Werks ausgezeichnet worden. Zudem, folgenreich für die Hamsun-Rezeption, war es die Hervorhebung des einzigen seiner Romane, der eine „positive" Botschaft vermittelt.

Hamsun verdankte seinem deutschen Publikum den internationalen Durchbruch – was sicher weitgehend seine Haltung zu Deutschland erklärt, an der er über die politischen Umbrüche hinweg unbeirrt festhielt. Seit der Übersetzung von „Hunger" 1891 war sein Name den literarisch Interessierten ein Begriff. Mit „Segen der Erde" wurde er nun einem größeren Publikum bekannt, aber das bewirkte zugleich eine folgenreiche Unwucht der Rezeption. Kritik und Literaturwissenschaft nahmen durchaus das ganze Werk wahr, aber am populärsten wurde nun der untypischste seiner Romane. Dass Knut Hamsun zu Recht den Nobelpreis erhielt, ist keine Frage. Fragwürdig ist, dass er ihn für „Segen der Erde" erhielt.

An der Erde zu arbeiten, ihr etwas abzuringen, ist im Roman etwas Gutes. Im deutschen Sprachraum wurde diese Botschaft verstärkt durch die Übersetzung des Titels. Sie schreibt ihm eine religiöse Dimension zu, die im Original fehlt. Das norwegische Wort „grøde" hat mit Segen nichts zu tun, es meint einfach den Ertrag, die Feldfrüchte. Dem Lob der Landarbeit steht die negative Sicht auf die Stadt gegenüber. Wer sich der Stadt anheimgibt, verfehlt das richtige Leben. Mit diesem doppelten Signal beeinflusste „Segen der Erde" die rechtsgewirkte, industrie- und zivilisationskritische deutsche Heimatliteratur der 20er und 30er Jahre.

Dabei gilt: Nur wer oberflächlich liest, kann in „Segen der Erde" eine heile Welt finden; er verkennt das Hintergründige des Romans, die Komplexität der Charaktere, die raffinierte, den Leser immer wieder verunsichernde Handlungsführung. Aber selektives Lesen machte den Roman für die nazistische Ideologie anschlussfähig. NS-Literaturkritiker sahen in ihm ein idealtypisches Werk der Blut-und-Boden-Literatur[1]. [...]

Die Hamsun-Verehrung in Deutschland endete mit dem Jahr 1945 keineswegs. Der Hitler-Nekrolog, soweit er überhaupt zur Kenntnis genommen worden war, konnte

1 Blut- und Boden-Literatur: Literatur, die die nationalsozialistischen Leitbegriffe und Ideale vermitteln will, z. B. Heimatliebe, Volksgemeinschaft, Rolle der Frau als Mutter, Rolle des Mannes als Ernährer, Soldat etc.

das Bild des Dichters bei den Deutschen nicht nachhaltig verdunkeln […].

Die Literaturwissenschaftlerin Gabriele Schulte legte 1986 eine umfangreiche Arbeit zu „Hamsun im Spiegel der deutschen Literaturkritik 1890 bis 1975“ vor. Sie sah am Ende des untersuchten Zeitraums eine „Renaissance der Werke Hamsuns“ heraufkommen und schlussfolgerte, Hamsun erfreue sich „heute“ in der BRD „offenbar steigender Beliebtheit“. Sie hätte nicht krasser irren können.

Haben wir es einfach mit einer Generationenfrage zu tun? Die Jahrgänge, die Hamsun schätzten – noch um 1970 wurde er viel gelesen – sind nicht mehr da, aber warum kam so wenig nach? Ist die Hamsun-Abstinenz der Deutschen eine verspätete Distanzierung von der Dominanz des Nobelpreis-Romans in der Rezeption, von einem Dichter, der vielen nun einfach als „rechts“ erschien? Haben die 68er ihn nur als Nazi wahrgenommen und gar nicht erst begonnen, den Schriftsteller zu lesen? Sollte es je zu einer Neuentdeckung kommen, so müsste am Anfang eine Emanzipation vom „Segen der Erde“ stehen und ein neues Lesen der frühen Werke von „Hunger“ bis „Pan“, die Hamsuns Ruhm als Wegbereiter der literarischen Moderne begründeten. Vielleicht war die Neuausgabe von „Hunger“ 2009 ein erster Schritt. Stellen wir uns vor, Knut Hamsun hätte schon 1918 oder 1919 den Literaturnobelpreis bekommen (was tatsächlich diskutiert wurde). Dann hätte „Segen der Erde“ nicht die beherrschende Stellung erlangt. Vielleicht hätte die Vereinnahmung durch die NS-Kulturpolitik nicht so extreme Blüten getrieben, das Hamsun-Bild wäre differenzierter, und es gäbe keinen Grund, von einer fragwürdigen Ehrung zu sprechen.

Quelle: www.fr.de

5 Geben Sie mit eigenen Worten wieder, warum sich laut Pohlandts Text Hamsuns späteres Leben und Wirken negativ auf die heutige Rezeption von „Hunger“ auswirkte.

6 Stellen Sie vor dem Hintergrund der Informationen zur Person Knut Hamsun dar, inwieweit die Bezeichnung der eigentlich namenlosen Hauptfigur aus „Hunger“ als Knud Pedersen (Z. 43) in der Graphic Novel (► S. 6 f. und nebenstehend) problematisch ist.

zur Abbildung rechts: Nachdem der Ich-Erzähler seine Miete nicht mehr zahlen kann, kündigt ihm die Vermieterin. Er bestätigt ihr die Kündigung und verspricht mit einem Dank an die gute Zeit, das Zimmer nun zu verlassen und evtl. noch 5 Kronen nachzuzahlen.

7 Diskutieren Sie die Frage, inwieweit die Biografie bzw. umstrittene Aussagen eines Autors / einer Autorin bei der Bewertung eines seiner/ihrer Werke eine Rolle spielen müssen. Gehen Sie so vor:

a Recherchieren Sie im Internet nach Fällen, bei denen diskutiert wurde oder wird, ob man die Werke dieser Autorin oder dieses Autors noch lesen bzw. rezipieren soll, z. B. J. K. Rowling, Wolfgang Koeppen etc.
Tipp: Sie müssen die Diskussion nicht nur auf Schriftstellerinnen und Schriftsteller beschränken, sondern können auch Kunstschaffende aus der Musik oder der bildenden Kunst einbeziehen, z. B. Richard Wagner, Roger Waters, Emil Nolde, Leni Riefenstahl etc.

b Sammeln Sie auf Basis Ihrer Recherche stichpunktartig Pro- und Kontra-Argumente für oder gegen die Rezeption der Werke.

Pro Rezeption trotz Biografie/Aussagen	Kontra Rezeption trotz Biografie/Aussagen

c Führen Sie die Diskussion und fassen Sie Ihr Ergebnis zusammen.

1.3 Ein Werk der Weltliteratur? – Ein literarisches Gespräch führen

F. Kafka „Ein Hungerkünstler"	V. Woolf „Die Wellen"	J. Joyce „Ulysses"

1 In der Sekundärliteratur zu Hamsuns Roman wird festgestellt, dass u. a. die drei oben genannten Autorinnen und Autoren von diesem beeinflusst worden seien (vgl. z. B. S. 12, Z. 3 u. 9).
Recherchieren Sie Informationen zu diesen Werken unter besonderer Berücksichtigung dieser These.

Felicitas Hoppe (*1960) Der ungeheuerliche Herr Happolati[1] (2023; Auszug)

Nicht der Sinn, sondern die Not macht das Wort, und ein Wort gibt das andere.
Aber wie übersetzt man das neu? Einen Autor, der, so rücksichtslos wie souverän, ständig zwischen Präsens und Präteritum wechselt? Der uns durch seine scheinbare Einfachheit nicht weniger blendet als durch seine Rhetorik; und uns unter der Hand mit einer übermenschlichen Philosophie drangsaliert, weil sie so unerbittlich durch alle Ritzen dringt, dass man durchaus dazu verführt werden könnte, den Text als jenen Hartz-4-Roman zu lesen, auf den wir bis heute vergeblich warten. […]

Emilio Longoni (1859–1932): Soziale Gegensätze (1894)

Hamsun bleibt Hamsun, der Text bleibt Geschichte, obwohl er permanent die Gegenwart aufruft, die uns auf bedrückende Weise bekannt vorkommt.
Nicht zuletzt, weil uns Hamsun das Elend eines prekären Alltags in einer Sprache vorführt, die auf fast verstörende Weise zeitlos erscheint und sich nicht „modernisieren" lässt […].
Andere haben Hansum anders gelesen, […] Joseph Goebbels zum Beispiel: „Ein wirklich großer Epiker (…) Ein Riese unter all dem schreibenden Gerinnsel." Er ist mit seiner Begeisterung nicht allein, auch wenn sie sich, wie unter Künstlern üblich, im Understatement verstecken muss, wenn Gottfried Benn so herablassend wie freundlich bemerkt: „Menschenfreundlichkeit und gleichzeitig zynisch, ganz ernst kann man keinen seiner Sätze nehmen, und er selber nimmt sie offenbar nicht ernst."
Etwas deutlicher äußert sich der erklärte Ex-Fan Tucholsky nach Hamsuns Parteinahme für die Nationalsozialisten: „Konnte er nicht den Mund halten? (…) Himmelarsch- und zwirn. Viele Enttäuschungen können mir hinieden nicht mehr begegnen (…), aber das war eine, und sie hat gesessen."
Das Maul über Hamsun zu halten, ist keine Alternative. Nicht nur Hunger, bis heute sein bestes Werk, ist der schönste Beweis dafür, dass große Literatur zwar gnadenlos das Leben beleuchtet, über unser moralisches Vorankommen in der hiesigen Welt allerdings keine verlässliche Auskunft gibt. […]
Schließlich träumen wir davon, unsere Erniedrigungen in literarische Triumphe zu verwandeln. Hamsun hat es uns meisterhaft vorgemacht. Mit allen Risiken und Nebenwirkungen.

1 Zum Namen vgl. S. 7 f. (▶ Auszug 3)

Knut Hamsun (1859–1952) Hunger (1890; Auszug 6, drittes Stück)

Der Erzähler befindet sich abends hungrig in seinem Zimmer. Seine Schreibversuche sind misslungen.

Die Zeit verging. Ich hörte den Verkehr auf der Straße, den Lärm von Wagen und Pferden. […] Ich war völlig abgestumpft, ich ließ meinen Mund ein bisschen vor sich hin schmatzen, doch sonst machte ich nichts. Meine Brust war in kläglicher Verfassung.
Es begann zu dämmern, ich fiel immer mehr in mich zusammen, wurde müde und legte mich aufs Bett. Um meine Hände etwas aufzuwärmen, strich ich mit den Fingern durchs Haar, nach vorn und hinten, kreuz und quer; es kamen kleine Büschel mit, ausgegangene Strähnen, die zwischen den Fingern hängeblieben und sich übers Kopfkissen verbreiteten. Ich dachte mir zu dem Zeitpunkt nichts dabei, es war, als ginge es mich nichts an, ich hatte noch Haare genug. Ich versuchte, mich wieder aufzurütteln aus diesem seltsamen Dämmerzustand, der wie ein Nebel durch alle meine Glieder schwoll; ich setzte mich aufrecht, schlug mir mit der flachen Hand aufs Knie, hustete, so fest es meine Brust zuließ – und ich fiel erneut zurück. Nichts half; ich ent-

schlief hilflos, die Augen offen, geradewegs zur Decke starrend. Zuletzt steckte ich den Zeigefinger in den Mund und nuckelte an ihm. In meinem Hirn begann sich etwas zu regen, ein Gedanke, der sich da drinnen hervorwühlte, ein vollkommen verrückter Einfall: Was, wenn ich zubiss? Und ohne einen Augenblick zu überlegen, kniff ich die Augen zu und schlug die Zähne aufeinander.

Ich sprang auf. Endlich war ich wach geworden. Es sickerte ein bisschen Blut aus dem Finger, und ich leckte es ab. Es tat nicht weh, die Wunde war auch nichts weiter; aber ich war schlagartig wieder zu mir gekommen; ich schüttelte den Kopf, ging zum Fenster und holte mir einen Lappen für die Wunde. Während ich mich mit ihr beschäftigte, füllten sich meine Augen mit Wasser, ich weinte leise vor mich hin. Dieser magre, zerbissne Finger sah so traurig aus. Gott im Himmel, wie weit es jetzt mit mir gekommen war.

2 Führen Sie ein literarisches Gespräch zu Knut Hamsuns Roman „Hunger" unter der folgenden Fragestellung:

> Wie ist die Bedeutung von Knut Hamsuns Roman „Hunger" vor seiner Hinwendung zum Nationalsozialismus im Vergleich zu heute einzuschätzen?
> Aus welchen Gründen sollte er weiterhin empfohlen oder nicht empfohlen werden?

Beziehen Sie über Ihre bisherigen Diskussionen (► S. 5, Aufgabe 1, S. 15, Aufgabe 7) und erworbenen Kenntnisse hinaus auch Ihre Recherche (► S. 16, Aufgabe 1), die nachstehende Definition von Weltliteratur, Hoppes Text (► S. 16) sowie den sechsten Auszug aus „Hunger" (► S. 16 f.) ein und gehen Sie wie folgt vor:

a Bilden Sie einen Sitzkreis in zugewandter und von Interesse und Respekt geprägter Atmosphäre, um offen und wertschätzend über den Roman zu sprechen.

b Bestimmen Sie eine Moderation, die darauf achtet, dass Gesprächsregeln wie Sachlichkeit, Respekt, gegenseitiges Zuhören, klares Formulieren und Aufeinandereingehen eingehalten werden. Sie kann auch Beiträge bündeln, neue Aspekte einbringen und den Schluss einläuten (► Aufgabe e).

c Lesen Sie Hoppes Text (► S. 16) sowie den sechsten Textauszug aus „Hunger" (► S. 16 f.) und äußern Sie nacheinander Ihre ersten Leseeindrücke, z. B.: *Mich hat überrascht/irritiert, dass ...; Mir ist aufgefallen, dass ...; Die Aussagen erinnern mich an ...*

d Führen Sie eine offene Diskussion zur oben formulierten Fragestellung. Alle Beteiligten sollen dabei ihre Einschätzungen und Argumente frei äußern können, z. B.: *Nach meiner Überzeugung sollte der Roman ...; Ich verstehe nicht, warum ... Ich würde anstelle von Hamsuns Roman eher ...; Wir sollten eher Werke von Frauen ...* (► S. 5, Aufgabe 2).

e Leiten Sie durch die Moderation nach Ablauf der Zeit eine Schlussrunde ein, in der Sie Ihre wichtigsten Erkenntnisse und weiterführende Fragen formulieren.
Tipp: Nutzen Sie folgende Leitfragen und protokollieren Sie Ihre Ergebnisse.
– Worüber haben wir gesprochen?
– Wie lauten unsere Ergebnisse?
– Worüber würden wir gern noch weitersprechen?

3 Reflektieren Sie im Anschluss Ihres literarischen Gesprächs, wie Sie es wahrgenommen haben und wie es abgelaufen ist. Formulieren Sie sachlich und wertschätzend Ihre Eindrücke und Beobachtungen.
Tipp: Leitfragen können sein:
– Was ist uns gut gelungen?
– Was könnten wir auf welche Weise besser machen?

Wissen und können | **Weltliteratur**

- Als **Weltliteratur** gelten Werke, die **auf Grund** ihres **Themas,** ihrer **gesellschaftspolitischen** Aussagen, ihrer **Machart** (Ästhetik) **über** ihre **Entstehungszeit sowie nationalen Grenzen hinweg** als ebenso **einflussreich wie vorbildhaft** bewertet werden.
- Welche Werke zur Weltliteratur gezählt werden, ist durchaus umstritten und zeitabhängig.

Prüfungsmöglichkeiten – Testen Sie Ihr Wissen und Können

Annemarie Stoltenberg (*1957) „Hunger“: Knut Hamsuns Roman neu übersetzt (17.01.2023; Auszug)

Mit seinem Roman „Hunger“ gilt Knut Hamsun als ein Vorreiter des modernen psychologischen Romans im 20. Jahrhundert. Er erreicht hier mit seinem praktisch nur aus Selbstreflexionen bestehenden Text einen Sekundenstil, in dem die Erzählzeit größer als die erzählte Zeit ist. Die erste Fassung des Romans ist die radikalste. Hamsun, der im Laufe seines Lebens immer stärker eine reaktionäre, nationalchauvinistische Gesinnung vertrat, hat sein Werk in Selbstzensur bis 1934 immer wieder von als blasphemisch oder zu erotisch empfundenen Passagen bereinigt. [...]

Es ist ein schwieriger Text. So stur und stachelig wie der Ich-Erzähler, den sein bohrender, nagender Hunger nicht nur an Kienspänen lutschen lässt, sondern in einen Zustand psychosomatischer Debilität versetzt. Einmal wird er aufgegriffen und über Nacht in eine Zelle gesperrt: *Einfach so! (...) „Name?“, fragt der Wachhabende. „Tangen – Andreas Tangen.“ Ich weiß nicht, warum ich log. Meine Gedanken flatterten mir durch den Kopf.* Und sie flattern auch in den Kopf der Leserschaft. Er ist ein typischer Selbstsaboteur, dieser anonyme Ich-Erzähler. Bei Gelegenheiten, die seine Rettung sein könnten, verweigert er sich aus Stolz, läuft aber in jede Falle von schwerer Demütigung. Er kommt an den äußersten Punkt der Existenzmöglichkeit, an den Rand des Todes und des Wahnsinns. Unterdessen versucht er wie besessen Artikel zu schreiben, um von dem ersehnten Honorar Essen kaufen und eine Unterkunft bezahlen zu können. Selbst die Knöpfe an seinem Rock versucht er zu versetzen.

Die Geschichte hat offenbar stark autobiografische Züge. Hamsun konnte sich 1886 nur mühsam mit Artikelschreiben über Wasser halten, bis er nach Amerika abreiste. Die Rettung per Schiff ist es auch, die er seinem Hungerkünstler gönnt. Er heuert zum Schluss auf einer Barke Richtung England an. [...] *Draußen am Fjord richtete ich mich, nass vor Fieber und Erschöpfung, noch einmal auf, sah hinüber ans Land und verabschiedete mich für dieses Mal von der Stadt, von Kristiania, in der die Fenster aller Häuser so hell leuchteten.*

So verschmilzt das Assoziationsvermögen des Helden zu einem ersehnten glücklichen Ende, an das man nicht so recht glauben mag, nachdem man eingetaucht war in das selbstzerstörerische Psychogramm dieses modernen Antihelden. Was man mit Bestimmtheit über ihn sagen kann, ist: Er ist eine der großen Figuren der Weltliteratur.

Quelle: www.ndr.de

1 a Benennen Sie die Position, die Annemarie Stoltenberg in ihrer Rezension zu „Hunger“ formuliert.
b Erklären Sie Stoltenbergs Sichtweise vor dem Hintergrund Ihres Wissens über Inhalt und Erzählweise des Romans.
c Beurteilen Sie anhand von mindestens zwei Aspekten, ob Sie „Hunger“ nach Ihrer Auffassung als einen „schwierige[n] Text“ (Z. 12) bezeichnen würden, dessen Figur zu den „großen [...] der Weltliteratur“ (Z. 46 f.) zu zählen sei.

Katja Iken (*1972) Hungern als Show. Ich will so leiden, wie ich bin (05.10.2011; Auszug)

Mager, aber berühmt: Im 20. Jahrhundert boomte in Europa eine äußerst merkwürdige Jahrmarktsattraktion. Wochenlang hungerten Menschen in Schaukästen – und das Volk bejubelte sie dafür. Für viele der Fastenfreaks begann mit dem künstlichen Kostverzicht eine steile Karriere. [...] Hohlwangig, aber glücklich [siehe Bild rechts] nahm Fastenkönig „Jolly“ im März 1926 in Berlin die Blumen entgegen, die ihm am Ende seiner freiwilligen Hungerkur überreicht wurden. „Jolly“ hungerte 44 Tage lang, stellte einen neuen Weltrekord auf – und löste einen wahren Boom aus.

Quelle: www.spiegel.de

2 a Erklären Sie anhand der Nachrichtennotiz den Begriff „Hungerkünstler“.
b Legen Sie begründet dar, ob Sie die Hauptfigur in Hamsuns Roman „Hunger“ als „Hungerkünstler“ bezeichnen würden. Führen Sie mindestens zwei Gründe an.

2 Vorhang auf! – Modul „Theaterinszenierungen"

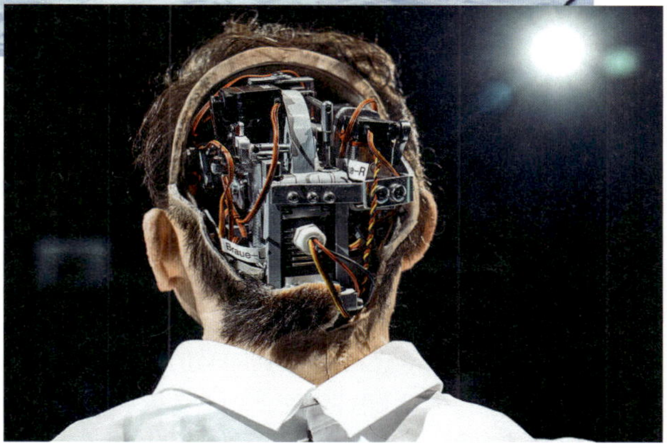

1 Formulieren Sie Ihren ersten Seheindruck und beschreiben Sie die Szenenfotos aus der Inszenierung *Unheimliches Tal/ Uncanny Valley* (2018) des Künstlerkollektivs Rimini Protokoll.

2 **a** Recherchieren Sie Informationen zu diesem Projekt. Sehen Sie sich v. a. weiteres Bild- sowie Filmmaterial zu dieser Inszenierung an.

b Stellen Sie sich quer durch Ihren Kursraum eine Skala nach dem folgenden Muster vor. Verteilen Sie sich zwischen den beiden Eckpunkten und begründen Sie Ihre Position.

JA: *Unheimliches Tal* **ist Theater.** ——|——|——|——|——|——|——|——|—— **NEIN:** *Unheimliches Tal* **ist nicht Theater.**

3 Beschreiben Sie auf der Grundlage Ihrer Ergebnisse zu Aufgabe 2 weitere Erfahrungen oder auch persönliche Irritationen bei Aufführungsbesuchen, an die Sie sich erinnern, z. B. in Hinblick auf das Bühnenbild, die Einbindung des Publikums, die Raumkonzeption bzw. die Wahl des Spielortes etc.

In diesem Kapitel ...

- erweitern Sie Ihr Wissen über Gestaltungsmittel und Produktionsbedingungen der Kunstform Theater,
- unterscheiden und charakterisieren Sie grundlegende Theater- und Spielformen,
- setzen Sie sich mit Beispielen der Theaterkunst und Theaterkritik auseinander,
- bereiten Sie einen Aufführungsbesuch vor und nach, reflektieren Ihre Wahrnehmungen und gelangen zu einer Bewertung der von Ihnen erlebten Inszenierung.

2.1 Was heißt „Theater (spielen)"? – Merkmale einer Kunstform

Das Theater als Zeichensystem beschreiben

Erika Fischer-Lichte (*1943) **Semiotik[1] des Theaters** (1983; Auszüge 1 bis 4)

Auszug 1 Theater erfüllt seine allgemeine Funktion, Bedeutung zu erzeugen, nicht nur unter ganz spezifischen Bedingungen, die es in Opposition zu allen anderen kulturellen Systemen treten lassen, sondern auch – wie alle anderen kulturellen Systeme – auf eine ganz spezifische Weise: auf der Grundlage eines besonderen, nur ihm eigenen Codes, des internen Codes des Theaters. [...]
Wenn wir untersuchen wollen, wie das Theater als ein spezifisches bedeutungserzeugendes System funktioniert, müssen wir daher seinen Code beschreiben und analysieren, also seine Zeichen und ihre möglichen Kombinationen und Bedeutungen. [...]
Von allen möglichen nur denkbaren Zeichen, Kombinationen und Bedeutungen werden im Theater einer Kultur, einer Epoche, einer sozialen Schicht, einer Gattung jeweils nur ganz bestimmte realisiert.

1 die Semiotik: Zeichentheorie oder die Lehre von den Zeichen, z. B. von Bilderschriften, Gesten, der Sprache oder auch Verkehrszeichen etc. (▶ Kap. 5, S. 57 ff.)

1 Die Theaterwissenschaftlerin Erika Fischer-Lichte spricht im Text vom „internen Code[...] des Theaters" (Z. 7), d. h. von für diese Kunstform spezifischen Zeichen wie z. B. Kostümen. Sammeln Sie weitere Zeichen, die für die Kunstform Theater charakteristisch sind.

____

____

Auszug 2 Theater ereignet sich [...], wenn es eine Person A gibt, die X verkörpert, während S zuschaut. [...] Damit A vor S X verkörpern kann, agiert A auf bestimmte Weise (1) mit spezifischem Äußeren (2) in einem besonderen Raum (3). Aus jedem der drei konstitutiven Faktoren lassen sich eine ganze Reihe möglicher beteiligter Zeichen ableiten. [...]
(1) A *agiert* auf bestimmte Weise: A's Agieren kann sich in bestimmten Bewegungen realisieren. Dies können Bewegungen 1. des Gesichtes und 2. des Körpers sein. Die von Bewegungen hervorgebrachten Zeichen nennen wir *kinesische* Zeichen. [...] Die kinesischen Zeichen der Gesichtsbewegung qualifizieren wir im engeren Sinne als *mimische* Zeichen. [...] Wir differenzieren die *kinesischen* Zeichen, die der übrige Körper hervorbringt, in *gestische*, welche aus Körperbewegung ohne Positionswechsel bestehen, und in *proxemische*, welche von der Bewegung durch den Raum erzeugt werden.

2 **a** Erklären Sie, wofür die Kürzel A, S und X stehen.
b Veranschaulichen Sie Auszug 2 (Z. 17–34), indem Sie in der folgenden Mindmap weitere Beispiele für kinesische Zeichen auf der Bühne ergänzen:

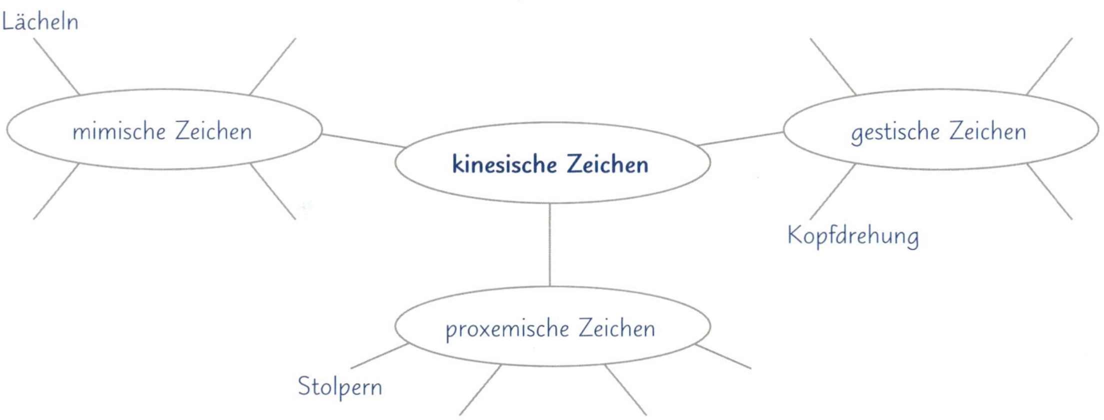

Auszug 3 Das Agieren des Schauspielers kann außer den *visuellen* kinesischen Zeichen – den mimischen, gestischen, proxemischen – auch *akustische* Zeichen hervorbringen: A kann *sprechen, singen, Musik* und *Geräusche* machen. Im Unterschied zu den visuellen Zeichen, die durch das Agieren des Schauspielers an seiner Körperlichkeit produziert werden, lassen sich die akustischen Zeichen auch losgelöst von der Körperlichkeit des Schauspielers wahrnehmen [...].

Wenn der Schauspieler spricht oder singt, erzeugt er Bedeutung nicht mit Hilfe eines Zeichensystems, sondern es müssen jeweils zumindest zwei Zeichensysteme voneinander unterschieden werden, die in spezifischer Weise aufeinander bezogen sind: Er bringt in beiden Fällen zunächst einmal *sprachliche* Zeichen hervor [...]. Wenn er diese Zeichen als Sprechlaute hervorbringt, wird er sie mit einer spezifischen Stimme, bestimmter Betonung, Tonhöhe, Lautstärke, Stimmfärbung etc. aussprechen. Die auf diese Weise produzierten Zeichen wollen wir *paralinguistische* Zeichen nennen. Werden die sprachlichen Zeichen dagegen im Gesang hervorgebracht, müssen neben ihnen *musikalische* Zeichen unterschieden werden. Agieren des Schauspielers als Sprechen produziert also *linguistische* und *paralinguistische* Zeichen, als Singen *linguistische* und *musikalische* Zeichen.

Das Agieren des Schauspielers kann, wenn wir unsere bisherigen Ausführungen zusammenfassen, ganz allgemein folgende Zeichen hervorbringen: mimische, gestische, proxemische, linguistische, paralinguistische, musikalische Zeichen und Geräusche aller Art als Zeichen.

(2) A agiert *mit spezifischem Äußeren:* [...] Zur Darstellung von X nimmt A eine bestimmte Gestalt an – er ist bzw. macht sich groß oder klein, dick oder dünn, breit oder schmal, gerade oder bucklig – und ein bestimmtes Gesicht – er schminkt sich gar nicht oder „natürlich", schminkt sich weiß oder rotbackig, setzt sich eine Maske auf oder nicht. Beides, Aussehen der Gestalt und des Gesichtes, fassen wir unter dem Begriff der *Maske* zusammen. Außer Gestalt und Gesicht muss A als weiteren Teil des „natürlichen" Aussehens von X sein Haar auf spezifische Weise herrichten: Er trägt eine bestimmte *Frisur.*

Zur weiteren Ausgestaltung seiner äußeren Erscheinung zieht A besondere Kleider an, er trägt ein bestimmtes *Kostüm.*

Das Äußere des Schauspielers wird also vermittels folgender Zeichen als ein spezifisches hergerichtet: durch Maske, Frisur, Kostüm.

3 Entwickeln Sie schrittweise (▶ Aufgaben 3 a/b u. 4) zum Thema „Das Theater als Zeichensystem" eine Mindmap. Gehen Sie so vor:

a Legen Sie für jedes theatrale Zeichen, das Erika Fischer-Lichte in den Textauszügen 2 und 3 beschreibt, einen eigenen Zettel an.

b Ordnen Sie Ihre Zettel den beiden folgenden Oberbegriffen zu:

Das Theater als Zeichensystem

akustische Zeichen

visuelle Zeichen

Auszug 4 A agiert *in einem besonderen Raum:* Die erste Unterscheidung, die wir hinsichtlich der Zeichen des theatralischen Raumes treffen müssen, ist diejenige zwischen der spezifischen Raumaufteilung in die Zonen der Schauspieler und der Zuschauer auf der einen Seite und des besonderen Aussehens des Raumabschnittes, in dem die Schauspieler agieren, auf der anderen Seite. Die Raumaufteilung, welche vorschreibt, wie Zuschauer und Schauspieler einander zugeordnet sind, ob also die Zuschauer sich zu allen Seiten der Schauspieler befinden sollen oder im Halbrund um die Schauspieler herum oder an drei, an zwei oder nur an einer Seite der Schauspieler, bezeichnen wir als *Raumkonzeption.*

Das Aussehen des Raumabschnittes, in dem die Schauspieler agieren, wird vor allem durch Objekte bewirkt, die über einen längeren Zeitraum in ihm vorhanden

sind und unverändert bleiben. Ihre Gesamtheit wollen wir das Bühnenbild oder besser: die *Dekoration* nennen. Neben diesen Objekten können andere im Raum anwesend sein, deren Lage, Gestalt, Aussehen etc. von den

Schauspielern im Prozess des Agierens verändert werden können, die *Requisiten*.
Das Aussehen des Raumes wird jedoch nicht nur durch die Anwesenheit bestimmter Objekte, sondern auch durch die spezifischen Lichtverhältnisse bestimmt. Wir wollen hierbei die natürlich gegebenen Lichtverhältnisse außer Acht lassen und nur diejenigen als Zeichen des Theaters in Betracht ziehen, die künstlich als Zeichen hergestellt sind, die *Beleuchtung*.
Die Spezifität des Raumes wird also durch Raumkonzeption, Dekoration, Requisiten und Beleuchtung hervorgebracht.

4 **a** Ergänzen Sie Ihre Mindmap (► Aufgabe 3, S. 21) um die in Auszug 4 genannten theatralen Zeichen.
b Fügen Sie zusätzlich die zwei nebenstehenden Oberbegriffe hinzu und gestalten Sie auf der Basis Ihrer Vorarbeiten Ihre Mindmap.
Tipp: Einige Zettel (Abzweigungen) werden mehrfach benötigt.

schauspielerbezogene Zeichen

raumbezogene Zeichen

c Vergleichen Sie Ihre Ergebnisse, überarbeiten Sie diese ggf. und fixieren Sie sie, indem Sie die einzelnen Begriffe aufkleben oder in ein digitales Format übertragen.

Den Theaterraum genauer untersuchen

A Ich kann jeden leeren Raum nehmen und ihn eine nackte Bühne nennen. Ein Mann geht durch den Raum, während ihm ein anderer zusieht; das ist alles, was zur Theaterhandlung notwendig ist.

Peter Brook (1925–2022): Der leere Raum. Berlin/Köln [11]1983, S. 9

B Das Abbilden von Realität interessiert mich nicht, mich interessieren leichte Veränderungen des Gegebenen, die plötzlich ganz viel bedeuten können und einen Hinweis darauf geben, dass die Bühne eben nicht echt, sondern eine andere Welt ist.

*Anna Viebrock (*1951): zitiert nach: Hilliger, Dorothea: Theaterpädagogische Inszenierung. Berlin/Milow/Strasburg [2]2009, S. 158*

C Nie in meinem Leben habe ich je meinen Fuß auf eine Bühne gesetzt, ohne an ihre Magie und an meine Bestimmung zu denken.

Ruth St. Denis (1879–1968): zitiert nach: Humphrey, Doris: Die Kunst, Tänze zu machen. Wilhelmshaven [4]2010, S. 101

D *Wie gehen Sie Ihre Choreografien an?* **SASHA WALTZ** Das hängt sehr vom Stück ab. Ich recherchiere viel. Nicht selten sind es einzelne innere Bilder oder körperliche Aufgaben, die mich umtreiben. Oft beginne ich mit der Konzeption des Orts, das Zusammenspiel von Bild, Körper und Raum ist wichtig. Bühnenräume, Elemente wie Wände oder Schrägen wirken sich auf die Choreografie aus. Dann kommt die Musik hinzu. Für mich sind Räume die Essenz. Sie wirken sich auf Menschen aus. Sie sind emotional geladen, zwar abstrakt, müssen aber dennoch Idee, Atmosphäre und den gefühlsmäßigen Rahmen des Stückes tragen.
Nennen Sie bitte ein Beispiel! **SASHA WALTZ** In „Impromptus" […] habe ich mich mit Schubert und seinen Kompositionen auseinandergesetzt. Die Bühne ist gekippt, instabil – von der Fragilität seiner Musik getrieben. Im Raum erfährt das Unglück in Schuberts Leben seinen Spiegel.

*Sasha Waltz (*1963) u. Mostbacher-Dix, Petra: Die Befreiung durch den Tanz. Interview mit Regisseurin Sasha Waltz (28. 09. 2013). www.stuttgarter-zeitung.de*

E Wenn man etwas versprochen bekommt, erwartet man dann nicht zu Recht, dass es eingehalten wird? Genauso ist es mit dem ersten Blick auf die Bühne, wenn der Vorhang aufgeht. Alles, was man in dem Moment zu sehen bekommt, ist ein Versprechen. Dieses Versprechen resultiert aus der Grundvereinbarung, dass nichts auf der Bühne „normaler Alltag" ist, sondern immer ein nicht-alltäglicher Vorgang, der es wert ist, auf einer Bühne gezeigt zu werden. Das Versprechen heißt also: Alles, was man hier sieht, wird eine besondere Bedeutung bekommen.

*Christian Schidlowsky (*1965): Die sprechende Bühne. In: Schultheater 11 (Bühnenbild), 2021, S. 12*

F Theater kann man überall spielen: auf, in Hinterzimmern oder in großen und kleinen Häusern. Das Phänomen Raum ist dabei nicht auf Dekorationen oder Kulissen reduziert. Der Raum des Theaters ist weiter als eine Bühne. Er umfasst das Publikum und die Spieler. Der Raum organisiert grundlegend das Verhältnis von Akteuren und Zuschauern, macht sie gar erst zu solchen, indem er ihnen einen Ort zuweist und sie so zueinander ins Verhältnis setzt. Er organisiert die Blicke, macht sichtbar oder verstellt die Perspektive. Mit der Anwesenheit im Raum beginnt das Theater, noch bevor der erste Satz gesprochen und der erste Scheinwerfer erhellt ist.

*Jens Roselt (*1968): Der Wandel des Theaterraums. In: Schultheater 5 (Raum), 2011, S. 40*

1 Geben Sie in eine Suchmaschine den Begriff „Bühnenräume" ein und sehen Sie sich einige Bilder an. Wiederholen Sie die Suche mit dem Begriff „Bühnenbilder". Tauschen Sie sich anschließend über das Gesehene aus.

2 Markieren Sie in den Äußerungen A bis F (▶ S. 22) Aussagen über Aussehen, Funktion und Wirkung des Raums im Theater. Nutzen Sie unterschiedliche Farben, um die Aussagen zu kategorisieren.

3 *„Der Raum organisiert grundlegend das Verhältnis von Akteuren und Zuschauern" (Jens Roselt).*

a Skizzieren Sie, ausgehend vom folgenden Beispiel, weitere Typologien von Theaterräumen bzw. Verhältnisse von Agierenden und Zuschauenden in einem Raum.

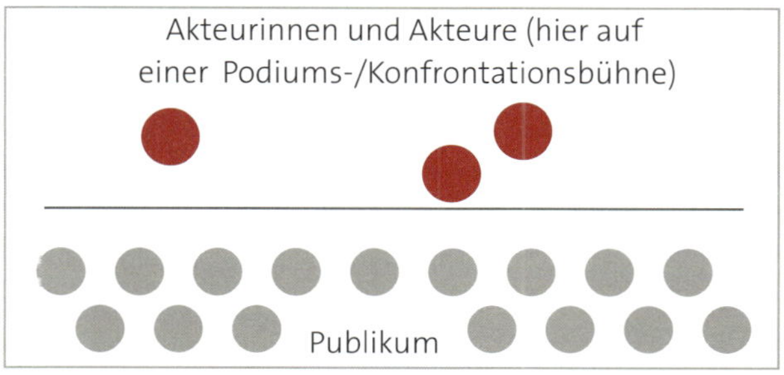

b Stellen Sie Ihre Raumkonzepte im Klassenzimmer/Flur mit verteilten Rollen nach und charakterisieren Sie deren (Aus-)Wirkungen auf das Spiel einerseits und dessen Rezeption andererseits.

Das Theater als Ereignis untersuchen

Jens Roselt (*1968) **Die Kunst des Ereignisses** (2010; Auszüge 1 u. 2)

Auszug 1 „Worum geht es eigentlich in dem Stück?", fragt ein Gymnasiast seine Mitschüler im Foyer des Schauspielhauses Hannover vor einer Aufführung von Nicolas Stemanns Hamlet-Inszenierung. Es klingelt gerade zum ersten Mal. Die Türen zum Parkett werden geöffnet und während sich der Zuschauerstrom gemächlich in den Saal begibt, nimmt der Schüler den Weckruf zum Anlass, sich kurzfristig für das nun anstehende Theaterereignis zu wappnen. Zur selben Zeit steht sein Lehrer vor dem Haupteingang des Theaters und blickt auf eine Uhr. [...] Zwei fehlen noch. Immer dieselben. [...] Sie sind fröhlich und unpünktlich. Doch pflichtschuldigst weicht ihr Lächeln ernster Mimik, als sie das Theater betreten. [...] Es klingelt zum dritten Mal. *Hamlet* kann beginnen.

Torben Kessler als Hamlet in William Shakespeares (1564–1616) gleichnamigem Stück; Staatsschauspiel Hannover; Regie: Lisa Nielebock (2022)

Diese kurze Erzählung ist erfunden, aber wahrscheinlich kann jeder, der schon einmal mit einer Schülergruppe im Theater war, an ihrem Fortgang durch eigenen Bericht mitspinnen. Man kann den Eindruck haben, dass jeder Theaterbesuch eine aufregende Sache ist, noch bevor der erste Satz auf der Bühne gesprochen wurde. Schon der Gang ins Theater scheint für alle Beteiligten eine Art Schwellenerfahrung zu sein, die eine außerordentliche und nicht alltägliche Situation schafft, bei der Aufregung, Vorfreude und Vorbereitung ineinander spielen. Schnell mag man diese Aspekte für unbedeutende Nebeneffekte halten, die mit *Hamlet* nichts zu tun haben. Doch [...] der wartende Lehrer und seine beiden Schüler haben nichts anderes erfahren als eine Grundbedingung von Theater schlechthin. Die Rede ist von der gleichzeitigen Anwesenheit der Akteure und Zuschauer zur selben Zeit am selben Ort, die durch die Wendung *hic et nunc* verdeutlicht wird. Es handelt sich um die entscheidende Voraussetzung von

Theater, aus der jede Art ästhetischer Erfahrung im Theater abgeleitet werden kann.
Theater ist damit nicht in erster Linie nur die Repräsentation eines Theaterstücks, sondern eine soziale Begegnung, die den Charakter eines Festes annehmen kann. Damit wird ein weiter Bogen geschlagen, der *Hamlet* im Stadttheater unversehens in die Nähe von solch illustren Veranstaltungen wie Gottesdiensten, Sportwettkämpfen, Popkonzerten oder einem Schützenfest rückt. Es handelt sich dabei um kulturelle Aufführungen, für die der amerikanische Ethnologe Milton Singer bereits in den 1950er Jahren den Begriff *cultural performance* eingeführt hat. Gemeint sind damit unterschiedliche Formen gerahmter und genormter Begegnungen, die durch ihre besondere zeitliche und örtliche Verfasstheit, die Teilnehmer sowie ihren Ablauf und Anlass bestimmt werden können. Das Theaterbeispiel zeigt, dass der Ablauf kultureller Aufführungen ritualhafte Züge annehmen kann [...]. Rituale setzen Formvorgaben, denen man sich schwerlich entziehen kann. Sie legen soziale Verhaltensweisen fest, die eingeübt werden. Die Frage, was man am Abend anziehen soll, die vor dem Theaterbesuch die Schüler und ihre Computer erhitzt hat, erscheint so in einem anderen Licht. Es ist dann nicht nur eine eitle oder pubertäre Nebensache, sondern hier zeigt sich auch ein kulturelles Verständnis dafür, wie man sich herrichtet, um mit anderen gemeinsam etwas zu sehen. In einer Zeit, in der alltägliche Interaktion selbstverständlich über Medien wie das Internet oder das Handy abgewickelt wird, ist es eben dennoch keine Nebensache, sensibel dafür zu sein, wie man einander körperlich präsent begegnet. [...].

1 Für den Theaterwissenschaftler Jens Roselt trifft auf eine Theateraufführung der Begriff *„cultural performance“* (Z. 56) zu. Schreiben Sie die im Text genannten Charakteristika eines solchen kulturellen Ereignisses heraus.

2 Diskutieren Sie aus Ihrer Erfahrung, inwiefern die in den Zeilen 62 bis 75 beschriebene kulturelle Praxis für Ihre Generation weiterhin Gültigkeit besitzt.

Auszug 2 Die Bezeichnung Theater leitet sich vom griechischen Wort *théa* ab, was so viel wie Schau bedeutet. Das *Theatrum* ist ein Schauraum und das deutsche Wortfeld lehnt sich mit Bezeichnungen wie Schauspiel oder Schauspieler dieser Bedeutung an. Die Etymologie legt nahe, dass eine Inszenierung – sei sie noch so perfekt erarbeitet – erst dann zum Theater wird, wenn sie ein Publikum findet, das sich ihrer annimmt. Es braucht Menschen, die kommen, um zu schauen und zu hören, die sich mit der Inszenierung auseinandersetzen und das geprobte Bühnengeschehen in ihrer Perspektive und durch ihre Teilnahme zum Theater machen. Diese spezifische Medialität kennzeichnet Theater gegenüber anderen medialen Formen [...]. Aufführungen sind gefährlich, weil ihr Ablauf nicht vollständig kalkulierbar ist. Für Aufführungen gibt es keine Gelingensgarantie. Die Potenzialität einer Aufführung ist eben dadurch ausgezeichnet, dass etwas schiefgehen kann, dass ein Ton nicht getroffen wird, der Text hängt, ein anderer Zuschauer oder man selbst sich danebenbenimmt. [...]
Das unmittelbare Erleben des Gegenübers, die Erfahrung der Präsenz des anwesenden Anderen ist für viele Theaterenthusiasten das Signum ästhetischer Erfahrung. Wenn man nun die gleichzeitige Anwesenheit, das Live-Erlebnis, für das Kennzeichen von Theateraufführungen hält, dann kann man dies bei deren Analyse beziehungsweise bei der Thematisierung von Inszenierungen und der Integration von Aufführungsbesuchen in den Unterricht nicht als Nebeneffekt abtun. Zur Kunst würde Theater demnach nicht allein durch die perfekte Inszenierung, [...] sondern auch durch die Art und Weise, wie das flüchtige Ereignis der Aufführung gemeinsam mit den Zuschauern hervorgebracht und gestaltet wird.

griechisches Theater in Hierapolis (heute Türkei)

Eine Aufführung von ihrer Ereignishaftigkeit her zu denken, bedeutet, in der gleichzeitigen Anwesenheit nicht lediglich die mediale Bedingung der Rezeption zu erkennen, sondern im Vollzug des Ereignisses etwas entstehen zu sehen, was nicht vorgefertigt oder lediglich zur Kenntnis zu nehmen wäre. Es geht damit um den Spielraum, der zwischen Akteuren und Zuschauern geschaffen wird. Diese interaktive Dimension kann gerade dann deutlich werden, wenn Zuschauer Krisensituationen durchmachen, weil die für sie gültigen Parameter in Frage gestellt werden und Erwartungen enttäuscht werden.

3 a Jens Roselt umreißt in Auszug 2 (► S. 24 f.) die spezifische Medialität der Kunstform Theater. Markieren Sie die wichtigsten Aussagen dazu und stellen Sie diese anderen Kunstformen gegenüber, indem Sie Berührungspunkte sowie vor allem Unterschiede erläutern.

b Wenn die „gleichzeitige Anwesenheit, das Live-Erlebnis" (Z. 99 f.) die Kunstform Theater ausmacht, wie sind dann Videoaufzeichnungen oder rein digitale Aufführungen zu bewerten? Begründen Sie Ihre Meinung, indem Sie auch eigene Erfahrungen mit solchen Formaten einbeziehen.

4 Der Besuch einer Theateraufführung lässt sich (im Unterricht) auf vielfältige Weise vor- und nachbereiten. Skizzieren und bewerten Sie Methoden, die Sie bislang kennen gelernt haben, und ergänzen Sie neue Ideen.

5 *„Wenn man zu viel weiß, stirbt die Poesie." (Jean Cocteau, frz. Schriftsteller, Filmregisseur und Maler)*
Folgt man dieser Aussage Jean Cocteaus (1889–1963), dann müsste man Theater, damit es wirklich zu einem Ereignis wird, unvoreingenommen erleben. Diskutieren Sie, ob vor diesem Hintergrund Ihre Ideensammlung (► Aufgabe 4) zu revidieren oder sogar zu verwerfen ist.

Wissen und können Merkmale der Kunstform Theater

Der **Begriff „Theater"** wird heutzutage sehr **weit gefasst.** Die Kunstform „Theater" vereint und kombiniert unterschiedliche Zeichensysteme. Als **charakteristisch** für diese gelten:

- Eine Schauspielerin oder ein Schauspieler **(A) verkörpert eine Figur (X),** während eine Zuschauerin oder ein Zuschauer **(S) zusieht.**
- Die Spielerin oder der Spieler ist hervorgehoben durch **visuelle Zeichen** (z. B. Mimik, Gestik, Proxemik, Maske, Frisur, Kostüm) und **akustische Zeichen** (z. B. Sprache, Geräusche, Gesang, Musik).
- Das Spiel findet in einem **zeitlichen Rahmen** und in einem **besonderen Raum** statt. Dessen Konzeption umfasst **Bühnenbild** (Dekoration), **Requisiten** und **Beleuchtung** sowie die Aufteilung in die **Zonen** der Spielenden sowie des Publikums **(Bühnenform).**
- Theaterinszenierungen bringen nicht nur etwas zur Darstellung, sondern wollen auch gesehen sowie in ihrer sinnlichen Präsenz wahrgenommen und erlebt werden. Jede theatrale Situation zeichnet sich durch ihre **Ereignishaftigkeit** und **Einmaligkeit** aus.
- Die Schauspielerinnen und Schauspieler sowie das Publikum lassen sich (bewusst) ein auf die flüchtige Welt der Darstellung und Imagination. Sie bringen die Aufführung durch ihre **leibliche Ko-Präsenz** gemeinsam hervor.

Einblicke in die Produktionsbedingungen des Theaters

Franziska Schößler (*1964) **Einführung in die Dramenanalyse** (2017; Auszug)

Nach der Inflation 1929, die eine Vielzahl der Privattheater in den Bankrott trieb, kristallisierte sich die Struktur der deutschen Bühnenlandschaft des 20. Jahrhunderts heraus: Es entstanden Subventionsbühnen, wie sie bis heute vorherrschen und weltweit als einzigartig gelten können. Die subventionierten Stadt- und Staatstheater sind nicht primär auf die Einkünfte bzw. Auslastungen angewiesen, obgleich sie sich nach 1989 zunehmend dem „Rationalitätsmythos der Effizienz“ beugen müssen, und können sich deshalb in stärkerem Maß ästhetische Experimente leisten.

1 **a** Erläutern Sie nach der Lektüre des Textauszugs, was Sie unter „Subventionsbühnen“ (Z. 4) verstehen und worin deren Vorteil gesehen wird.

b Besprechen Sie, was mit Blick auf ein Theaterhaus der „Rationalitätsmythos der Effizienz“ bedeuten könnte.
Tipp: Recherchieren Sie das aktuelle Programm eines Theaters in Ihrer Nähe und prüfen Sie, an welches Publikum es sich richtet, z. B. Abiturientinnen und Abiturienten, Abonnentinnen und Abonnenten etc.

Durchläufe (ganzes Stück im Ablauf) **Stück** *Premiere* *Bühnenbildner/-in*
Hauptprobe (I + II) / Fotoproben *Bühnenproben (markierte Dekoration)* *Statisterie-Proben*
Endproben mit Musik/Ton/Geräuschen *Konzeptionsgespräch II: Leseprobe*
Bauprobe Intendant/-in Beginn der Probenarbeit **Dramaturgie**
Technische Einrichtung: Dekoration und Beleuchtung
Konzeptionsgespräche I: Regisseur/-in, Dramaturg/-in/Bühnenbildner/-in Generalprobe
(Bühnen-)Verlag (Einzel-)Proben auf der Probebühne (markierte Dekoration)

2 In einem Inszenierungsprozess spielen unterschiedliche Personen eine Rolle und es folgen verschiedene Arbeitsphasen aufeinander.

a Bringen Sie in Teamarbeit die Begriffe auch anhand Ihrer eigenen Theatererfahrungen in eine sinnvolle Reihenfolge, z. B. in Form eines Flussdiagramms.
Tipp: Recherchieren Sie die Bezeichnungen, die Ihnen unbekannt sind.

b Diskutieren Sie Ihre Ergebnisse im Plenum.

Theater-Leseprobe

3 Versetzen Sie sich in eine der beteiligten Personen und spielen Sie diese, indem Sie wie folgt beginnen, z. B.:
- Ich bin der/die Intendant/-in. Ich bin die/der Wichtigste bei der Produktion, weil …
- Ich bin für die Beleuchtung zuständig. Ich bin die/der Wichtigste bei der Produktion, weil …

Wissen und können **Produktionsbedingungen des Theaters**

- Unter **Produktionsbedingungen** sind allgemein die **Aspekte und Faktoren** zu verstehen, die in einem Theater die **Entscheidung für eine Inszenierung, deren Probenprozess und deren Aufführungen ermöglichen.**
- Neben der grundsätzlichen **Finanzierung** gehören auch **Standort und künstlerisch-programmatische Ausrichtung** zu den Produktionsbedingungen eines Theaters.
- **Hauptverantwortlich** für ein Theater ist **die Intendanz.** Sie stellt nicht nur die Spitze der **Theaterverwaltung** dar, indem sie die **Dienstaufsicht** über alle Mitarbeiterinnen und Mitarbeiter innehat, sondern ist in der Regel auch selbst **inhaltlich-künstlerisch** aktiv, z. B. bei der **Wahl der Regisseurinnen und Regisseure** und der **Gestaltung des Spielplans.**
- Unterstützt wird sie dabei von der **Dramaturgie.** Diese begleitet auf vielfältige Weise den Probenprozess, steuert die Öffentlichkeitsarbeit, versetzt sich in die Rolle des Publikums und bindet dieses ein, z. B. in Nachgesprächen.

Anja Reinhardt **Geschlechtergerechtigkeit am Theater** (12.03.2018)

Die Konferenz „Burning Issues" in Bonn fragte gestern nach den Arbeitsbedingungen für Frauen am Theater. 350 Theaterfrauen sprachen über notwendige Veränderungen. Die Gehälter müssten sich endlich angleichen, dafür müssten Frauen aber auch mit mehr Selbstbewusstsein auftreten, sagte Initiatorin Nicola Bramkamp im Deutschlandfunk.

Was für die Filmbranche gilt, das gilt auch für Theaterbühnen. Die Männer sitzen in Führungspositionen, Frauen werden bei gleicher Leistung schlechter bezahlt und es gibt immer wieder Beschwerden über Machtmissbrauch. Über 70 Prozent der Regiearbeiten stammen von Männern und nur 20 Prozent der Intendanzen sind von Frauen besetzt. Die Bonner Schauspieldirektorin Nicola Bramkamp und die Mitgründerin des Ensemble Netzwerks, Lisa Jopt, organisierten gestern in Bonn die Tagung „Burning Issues", auf der diese Tatsachen diskutiert und Möglichkeiten für Veränderungen besprochen wurden.

„Wir müssen aktiv werden!"

„Seit über 20 Jahren gibt es ganz konkrete Forderungen, die aber in einem Schneckentempo in die Tat umgesetzt werden. Schnell, haben wir alle das Gefühl, passiert da nichts", so Nicola Bramkamp. Umso dringender sei der Handlungsbedarf: „Das war gestern ganz deutlich zu spüren, dass die Frauen alle, weil sie eben auch aus ganz unterschiedlichen Berufssparten kommen, jetzt ihren Beitrag dazu leisten – den mühsamen Weg durch die Institutionen zu wandern und für mehr Frauenrechte zu kämpfen." Was das Thema Gender Pay Gap angeht, ist Deutschland im Kulturbereich in Europa Schlusslicht– so das Ergebnis einer Studie.

Viele Fräuleins und kaum Königinnen

„Das ist nicht nur eine politische Debatte, sondern auch eine ästhetische", meint Nicola Bramkamp. Man müsse auch bei der Auswahl der Stücke anfangen. Es gebe viele Fräuleins und kaum Königinnen. Aber Shakespeares „Richard III." könne auch mal von einer Frau gespielt werden. Was auf der Bühne gelte, das sei auch dahinter immer noch eine archaische Kultur: Kostüm und Maske seien Frauenbereiche, Intendanz, Regie und Bühne Männerdomäne. Ein Bühnenbildner bekäme 2/3 mehr Gage als eine Kostümbildnerin, das entspräche nicht dem Arbeitsaufwand. Auch das müsse sich dringend ändern, dafür müssten Frauen aber auch selbstbewusster auftreten.

Im Jahr 1899 spielte die berühmte Schauspielerin Sarah Bernhardt (1844–1923) die Figur Hamlet in William Shakespeares (1564–1616) gleichnamigem Drama.

Die meisten sind bereit, sich ausbeuten zu lassen

Insgesamt müssten sich die Produktionsbedingungen ändern, und das gehe nur mit mehr Geld, sagte Bramkamp. Das Einkommen von freischaffenden Regisseurinnen beträgt laut Pro Quote Bühne 10.000 Euro im Jahr. Alle künstlerischen Verträge am Theater sind prekäre Verträge, auch weil sie befristet sind. „Trotzdem sind die meisten bereit, sich ausbeuten zu lassen, weil sie ihren Beruf lieben. Aber das sind krasse neoliberale Strukturen, in denen wir uns bewegen."

Quelle: www.deutschlandfunk.de

1 **a** Markieren Sie im Text mit verschiedenen Farben die Kritikpunkte zum Thema „Geschlechtergerechtigkeit am Theater" und die daraus resultierenden Forderungen bzw. Verbesserungsvorschläge.
b Der Artikel stammt aus dem Jahr 2018. Recherchieren Sie die aktuellen Bedingungen an einem Theater in Ihrer Nähe und stellen Sie Ihre Ergebnisse vor.

2 **a** Diskutieren Sie Nicola Bramkamps Aussage, dass eine männliche Figur wie König Richard III. aus Shakespeares gleichnamigem Stück „auch mal von einer Frau gespielt werden [könne]" (Z. 37 f.).
b Formulieren Sie selbst Verbesserungsvorschläge, um Geschlechtergerechtigkeit am Theater zu erreichen. Beziehen Sie Menschen in jeglicher Diversität ein.

2.2 Auch so wird heute Theater gespielt! – Die Performance

Stephanie Eidt (l.) u. Valery Tscheplanowa (r.) in „Maria Stuart“; Schauspiel Frankfurt; Regie: Michael Thalheimer (2011)

„Faust“; Biennale Venedig; Regie: Anne Imhof (2017)

1 Begründen Sie in einer Blitzlichtrunde, d. h. reihum, schnell und knapp, welches der beiden Szenenbilder Sie auf den ersten Blick mehr anspricht.

2 **a** Stellen Sie die beiden Szenenbilder in Ihrem Kursraum nach.
b Tauschen Sie sich in Zweierteams über Ihre Erfahrungen als Darstellende bzw. Zuschauende aus.
c Charakterisieren und vergleichen Sie die Figuren, die Situationen, in denen sich diese befinden, sowie die jeweils vorherrschende Atmosphäre.
Tipp: Berücksichtigen Sie Ihre Erfahrungen (▶ Aufgabe a/b) sowie die zu erkennenden theatralen Zeichen (▶ S. 20 f., Aufgaben 3 u. 4).

3 **a** Recherchieren Sie Theaterkritiken zu Anne Imhofs „Faust“-Performance (Foto o. r.) und verschaffen Sie sich einen schnellen Überblick über diese.
b Notieren Sie Besonderheiten, die in den Kritiken benannt werden. Achten Sie vor allem auf Aspekte, die Anne Imhofs „Faust“ von einer Aufführung wie z. B. der Tragödie „Maria Stuart“ unter der Regie von Michael Thalheimer (Foto o. l.) unterscheiden, z. B. Rolle des Publikums, der Bühnenraum etc.
c Was ist eine Performance in Abgrenzung zu einer herkömmlichen Inszenierung? Recherchieren Sie weitere Filmausschnitte zur „Faust“-Performance und erstellen Sie unter Rückgriff auf diese Erkenntnisse und Ihre bisherigen Ergebnisse (▶ Aufgaben 1, 2, 3 a/b) ein Schaubild zum Begriff.

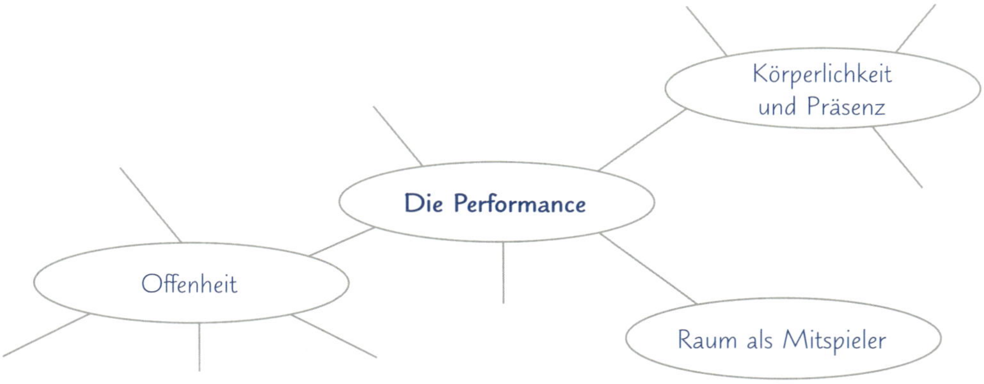

4 Tauschen Sie sich über Ihre Schaubilder aus und prüfen Sie Ihre Begriffsdarstellung, indem Sie die Definition des Begriffs recherchieren und Ihre Schaubilder ggf. ergänzen.

Heiner Goebbels (*1952) **Anything which is not a story could be a play** (2009; Auszug)

Gertrude Stein[1] hat uns [...] einen anderen Begriff von Verstehen vermittelt bzw. es zumindest versucht: ein Verstehen, das sich nicht auf das Wiedererkennen von etwas Bekanntem reduzieren lässt und das sich auch nicht im Verstehen einer linearen Erzählung erschöpft. In ihren „Lectures in America" schreibt sie 1935: „Anything which is not a story could be a play." Denn: „What is the use of telling stories, since there are so many and everybody knows so many and tells so many. [...] [S]o why tell another one. There is always a story going on." [...]

Dieser Gedanke hilft uns, Intensität nicht über Bedeutung zu entwickeln, körperliche Involviertheit nicht über den kontrollierten Sinn, Anteilnahme nicht über Identifikation. Er hilft uns, die künstlerische Erfahrung ins Zentrum zu stellen. Theater also nicht als Mitteilung, sondern als Raum für eigene Erfahrungen der Zuschauer auf der Grundlage eines künstlerischen Erlebnisses: dem Sehen eines Bildes/dem Berühren einer Skulptur/dem Hören einer Komposition nicht unähnlich. Diese Qualität muss sich das Theater zurückerobern. [...]

Wenn ich das Nebeneinander von Text und Geräusch, Raum und Aktion, Musik und Licht, Bild und Sprache in meinen eigenen Inszenierungen zu beschreiben versucht habe, sprach ich früher oft von einer „Balance der Mittel". Das war natürlich Unsinn – diese „Balance" gibt es nie. Damit eines der Mittel überhaupt greifen und erfahren werden kann, müssen jeweils andere zurücktreten. Aber gemeint ist eine Enthierarchisierung der Mittel. Und eine unvorhersehbar wechselnde Bedeutung all der Register, die Theater bzw. Musiktheater ausmachen: Szenen, in denen das Licht zum Protagonisten wird oder der Film oder die Musik oder die Geräusche oder die Körper oder der Text. All das macht Theater aus. „Anything which is not a story could be a play." [...]

Was ist das Theaterbild, das den Schülern vermittelt wird? [...] Welchen Begriff von „Kunst" haben die Schüler? Und warum hat der so wenig mit Performance und „Live-art" zu tun – also dem, was wir früher Theater genannt haben? [...] Warum finde ich in den zahlreichen Schultheatervideos [...] so selten die mediale Öffnung, eine Enthierarchisierung der Theatermittel, bei denen nicht mehr der Text im Zentrum steht, nicht einmal notwendigerweise das „Spielen", nicht ein Darstellungs- oder Vermittlungswunsch, der sich vor allem übers Geschichtenerzählen definiert? Wieso entstehen nicht gerade dort szenische Arbeiten, bei denen niemand mehr vorne steht und uns, den Zuschauern, sagen will, wo's langgeht? Wo doch kaum jemand so antiautoritär auf Sinnvermittlung reagiert wie die Schülerinnen und Schüler. Stattdessen vielleicht ein kreatives Spiel mit Klängen, Bildern, Maschinen, Wasser und Nebel? „Anything which is not a story could be a play."

Heiner Goebbels (*1952): „Everything That Happened and Would Happen"; Manchester (2018)

1 Gertrude Stein (1874–1946): US-amerikanische Schriftstellerin, Verlegerin und Kunstsammlerin

5 **a** Charakterisieren Sie mit Hilfe von Schlagwörtern die Form des Spiels / der Darstellung, die Heiner Goebbels für das professionelle und nicht-professionelle Theater fordert. Sprechen Sie nach einem Startzeichen Ihrer Lehrkraft, ohne sich zu melden, frei und sich wiederholend in den Raum.

b Ergänzen Sie Ihr Schaubild (► S. 28) um weitere Merkmale der Performancekunst, wie sie der Text vorstellt.

> Im Theater ist das Blut Ketchup, bei der Performance ist es echt.
>
> *Marina Abramović (*1946): zitiert nach Kippenberger, Susanne: Interview mit Marina Abramović (08.11.2016). www.tagesspiegel.de*

6 Diskutieren Sie, inwiefern Sie die Aussage der Performance-Künstlerin Marina Abramović mit Blick auf Ihr inzwischen erweitertes Verständnis von Theater und Performance zutreffend finden.

7 Heiner Goebbels befürwortet mit Rückgriff auf Gertrude Stein ein Theater, das nicht vorrangig lineare Geschichten erzählt (vgl. Z. 1 ff.). Nehmen Sie begründet Stellung zu dieser Auffassung.

Sich an Aufführungen erinnern und über diese schreiben

Daniela Gregori (*1969) Anne Imhof – Widerständige Körper und Bildgewalt (August 2017; Auszug)

Die Darsteller wirken entrückt, es wird viel gegangen, Körper arretierten sich zu einem Konglomerat, Köpfe werden völlig unbeteiligt an Wände gedrückt, Bewegungsabläufe zu Posen eingefroren. Von all diesen Bildern geht eine archaische Selbstverständlichkeit aus, als wären sie immer schon da gewesen. Obwohl die Performance über, unter und um den Betrachter stattfindet, bleibt dieser seltsam unbeteiligt, ist nicht in das Geschehen einbezogen. Für Anne Imhof ist eben diese Distanz wichtig. Würden sonst diese einprägsamen Bilder entstehen?

Quelle: www.goethe.de

Ursula Drees „Faust“ von Anne Imhof auf der Biennale Venedig 2017, der Deutsche Pavillon (05.07.2018; Auszug)

Die Tänzer tragen Alltagskleidung, Streetwear: T-Shirts von Trigema, weiße Tennissocken, Jogginghose von Adidas, weite Sweater, Hoodies, Bergfällerhemden, zerrissene Jeans, Sportschuhe, Sportshorts. Die Kleidung strahlt Demonstrationsschick aus, Antifa-Mode. Es gibt keine farbenprächtige Palette: schwarz, ausgewaschenes Blau, Weiß, Blau, Grautöne beherrschen das Bild. Keiner ist geschminkt oder auffällig dekoriert. Die Haare werden offen getragen oder als Pferdeschwanz zurückgebunden, die Männer haben manchmal einen Dreitagebart. Niemand hat nur ein Gramm Fett zu viel, es sind junge, schöne, natürliche, muskulöse und möglicherweise selbstoptimierte Menschen. Diese Körper sind Modelkörper, bereit für die Werbewelt, für Ökonomie, der Körper als Konsumgegenstand des freien Marktes.

Quelle: https://plusinsight.de

1 Vergleichen Sie die beiden Ausschnitte aus den Rezensionen von Daniela Gregori und Ursula Drees zu Anne Imhofs „Faust“-Performance. Berücksichtigen Sie inhaltliche und sprachliche Aspekte.

Jens Roselt (*1968) Die Kunst des Ereignisses (2010; Auszug)

Wer versucht, sich an eine Aufführung zu erinnern, die er gestern Abend gesehen hat, wird feststellen, dass der Erinnerungsprozess grundsätzlich anders strukturiert ist als der Wahrnehmungsvorgang. [...] Die Erinnerung an eine Aufführung verläuft nicht sukzessiv, sondern diskontinuierlich. [...] Sprunghaft werden nur noch einzelne Augenblicke erinnert und schließlich kann man die „richtige“ Reihenfolge dieser markanten Momente nicht mehr ermitteln. [...] Gewinnbringend erscheint es [...], die qualitative Dimension dieser eigenen Erinnerungen zu beachten, Lücken zuzulassen und aufmerksam zu werden für das, was hängen geblieben ist. Aus dieser Perspektive bleibt das Gedächtnis ein löchriges Sieb, die Erinnerung aber erweist sich als eine produktive und kreative kulturelle Praxis. Man kann sich die Erinnerung vorstellen wie einen internen Regisseur oder Dramaturgen, der selbst Höhepunkte festlegt, der entscheidet, worum es geht, und vernachlässigt, was er für unwesentlich hält. [...] Als hilfreich haben sich sogenannte Erinnerungsprotokolle erwiesen.

2 **a** Legen Sie dar, was Jens Roselt unter einem Erinnerungsprotokoll versteht. Was sind seine Merkmale?
b Untersuchen Sie, inwiefern die Kritiken von Daniela Gregori und Ursula Drees Merkmale eines solchen Erinnerungsprotokolls aufweisen.

Wissen und können | **Die Performance**

- **Performances** als Spielform und Kunstpraxis sind aus dem Erscheinungsbild des Gegenwartstheaters nicht mehr wegzudenken. Sie bringen eine **Veränderung und Entgrenzung des dramatischen Theaterverständnisses** und der Theaterpraxis mit sich.
- In einer Performance stehen nicht mehr ein dramatischer Text und die Geschichte der Figuren dieses Werks im Zentrum, sondern das **Ereignis** der Aufführung. Performances betonen die **Präsenz** des Darstellungsakts und verweisen darauf, dass die Theaterkunst im Kern eine **Körperkunst** ist.
- Damit verbunden ist eine **intensive sinnliche Erfahrung** der Zuschauenden, zumal die räumliche Trennung zwischen Spielenden und Publikum (oft) aufgehoben wird.

2.3 Projekt – Eine Theateraufführung besuchen und reflektieren

Projektaufgabe: Bereiten Sie gemeinsam einen Aufführungsbesuch vor, führen Sie diesen durch und reflektieren Sie Ihr Theatererlebnis. Bilden Sie dazu vier Teams:
Team A (► Aufgaben 1a/b): Mögliche Aufführungen vorschlagen
Team B (► Aufgaben 4a/b, 7a): Materialien und Hintergrundinformationen recherchieren und aufbereiten
Team C (► Aufgaben 5, 7b): Theater kontaktieren und Begleitprogramm sichten
Team D (► Aufgabe 9): Feedbackrunde organisieren und durchführen
Wählen Sie in Ihren Teams jeweils ein gemeinsam genutztes digitales Tool zum Sammeln, Sichten und Bearbeiten Ihrer Ergebnisse.

Schritt 1: Eine Inszenierung auswählen

1 **a** **Team A:** Sichten Sie den Spielplan eines Theaters vor Ort bzw. in Ihrer Nähe und wählen Sie aus dem aktuellen Programm zwei Inszenierungen aus, die Ihrer Meinung nach sehenswert sind.
b Stellen Sie diese dem Plenum in kurzen Präsentationen vor und begründen Sie Ihre Auswahl.

2 Diskutieren Sie im Plenum auf der Grundlage Ihres erworbenen Wissens über die Kunstform Theater die Vorschläge und treffen Sie eine Entscheidung für eine Inszenierung sowie einen Abendtermin.

Schritt 2: Den Aufführungsbesuch vorbereiten

3 Bestimmen Sie, wer die Theaterkarten bucht sowie das Geld einsammelt und verwaltet.

4 **a** **Team B:** Recherchieren Sie nach Möglichkeit Materialien und Informationen zu folgenden Aspekten:

	erledigt
■ Inhalt und Thematik des Stücks/der Inszenierung	☐
■ Regiekonzept	☐
■ Öffentlichkeitsarbeit, z. B. Plakat, Flyer, Trailer, Szenenfotos etc.	☐
■ Rezeption bereits erfolgter Aufführungen, z. B. Theaterkritiken/Rezensionen, Blogeinträge etc.	☐

b Erarbeiten Sie anhand Ihres recherchierten Materials Beobachtungsaufgaben für den Theaterbesuch und formulieren Sie diese als Vorinformationen aus, z. B. auf kleinen Karten.

5 **Team C:** Nehmen Sie Kontakt zum Theater auf und fragen Sie nach einem möglichen pädagogischen Begleitprogramm, z. B.:

erledigt

■ Buchung eines vor- oder nachbereitenden Workshops (während der Unterrichtszeit) ☐

– Termin: Am ____________ um ________ Uhr; Ort: ____________

Mit wem? ____________ Kontaktdaten: ____________

■ Buchung eines Nachgesprächs (unmittelbar nach der Aufführung oder an einem der Folgetage) ☐

☐ Im Anschluss an die Aufführung ☐ An einem Folgetag

– Termin: Am ____________ um ________ Uhr; Ort: ____________

Mit wem? ____________ Kontaktdaten: ____________

Schritt 3: Den Aufführungsbesuch durchführen

6 Besuchen Sie gemeinsam die Aufführung – bewusst ohne Zettel und Stift.

7 **a** **Team B:** Verteilen Sie kurz vor Beginn der Aufführung Ihre Karten mit den Beobachtungsaufgaben nur an die Teams A und C.
Achtung: Team D besucht die Vorstellung ohne weiterführende Vorinformationen (► S. 31, Aufgabe 4).

b **Team C:** Laden Sie, sofern gebucht, zum Nachgespräch entweder unmittelbar nach der Aufführung oder zum anderweitig vereinbarten Termin ein.

Schritt 4: Ein Erinnerungsprotokoll schreiben und eine Kritik in Teilen ausformulieren

8 **a** Erstellen Sie am besten am Folgetag des Aufführungsbesuchs ein persönliches handschriftliches Erinnerungsprotokoll. Berücksichtigen Sie Ihre Beobachtungen (► Aufgabe 7 a), die Tipps von Jens Roselt (► S. 30) sowie den folgenden **Tipp:** Konzentrieren Sie sich auf das Detail einer Aufführung, das Sie persönlich besonders interessiert hat bzw. in Erinnerung geblieben ist, und beschreiben Sie es so genau wie möglich, z. B.

- die Raumgestaltung,
- das Bühnenbild,
- die Spielweise einer Darstellerin/eines Darstellers etc.

b Verfassen Sie – mit einem Textverarbeitungsprogramm – zu einem späteren Zeitpunkt auf der Grundlage Ihres Protokolls und des dort gewählten Schwerpunkts eine kritische Betrachtung der von Ihnen erlebten Inszenierung. Gelangen Sie in dieser zu einer begründeten Bewertung der besuchten Theateraufführung. (Umfang: ca. 500 Wörter)

Schritt 5: Austausch und Diskussion

9 **Team D:** Planen Sie die Feedbackrunde wie folgt:

	erledigt
■ Entwerfen Sie einen motivierenden Einstieg.	☐
■ Strukturieren Sie den Gesprächsverlauf, indem Sie eine Gliederung vorgeben.	☐
■ Bestimmen Sie eine Moderation. Notieren Sie Fragen, die sicherstellen, dass einerseits persönliche Beobachtungen artikuliert und erläutert werden, andererseits durch deren Vergleich Gemeinsamkeiten sowie Unterschiede in der Wahrnehmung herausgearbeitet werden.	☐
■ Legen Sie einen Schwerpunkt auf die Frage, inwiefern Sie als das einzige Team ohne Vorinformationen den Theaterbesuch anders erlebt haben (► Aufgabe 7 a).	☐
■ Halten Sie auch mit Blick auf eine Gesamtbewertung wichtige Ergebnisse fest.	☐
■ Berichten Sie über Ihr Projekt ggf. auf der Website Ihrer Schule, in der Schülerzeitung etc.	☐

Checkliste **Planung, Durchführung und Reflexion eines Aufführungsbesuchs**

- Haben Sie die **organisatorischen Rahmenbedingungen** geklärt: Auswahl und Termin für eine Inszenierung, Information an Ihre Eltern sowie die Schulleitung, Buchung und Bezahlung der Karten?
- Haben Sie vorab **Materialien und weitere Informationen zur Inszenierung** recherchiert? Wurden daraus **Beobachtungsaufgaben** (Aufträge auf Karten) erarbeitet?
- Haben Sie ggf. ein **pädagogisches Begleitprogramm** des **Theaters** buchen können, z. B. Workshopangebot zur Vor- oder Nachbereitung, Begleitmaterial, Nachgesprächsformate?
- Haben Sie mit Hilfe eines **individuellen Erinnerungsprotokolls** Details aus der Inszenierung näher beschrieben und in Form einer **kritischen Betrachtung** verschriftlicht?
- Haben Sie in einer **moderierten Feedbackrunde** den Besuch und die Inszenierung reflektiert?

Prüfungsmöglichkeiten – Testen Sie Ihr Wissen und Können

Lesen Sie die folgenden Aufgaben, bevor Sie sich die Aufnahme eines Ausschnitts aus einer Theateraufführung ansehen. Sammeln Sie bereits während des Zuschauens auf einem Stichpunktzettel Notizen und Gedanken.

1 Nennen Sie Aspekte dieser Inszenierung, die dafür sprechen, diese mit Mitschülerinnen und Mitschülern der Oberstufe zu besuchen.

2 Wählen Sie einen Aspekt der Aufführung, der Ihnen besonders aufgefallen ist, beschreiben und erläutern Sie diesen und dessen Wirkung auf Sie. Berücksichtigen Sie dabei das von Ihnen erworbene Fachvokabular sowie die Tipps von Jens Roselt (► S. 30).

3 Erstellen Sie für die Website Ihrer Schule entweder eine begründete Einschätzung der Aufführung oder, sofern darauf ein Theater-Blog vorhanden ist, einen entsprechenden Eintrag, in dem Sie Ihren Mitschülerinnen und Mitschülern einen Besuch dieser Inszenierung begründet empfehlen oder nicht empfehlen.
Tipp: Nutzen Sie die folgenden Schreiblinien, um einen Schreibplan zu erstellen, und prüfen Sie, welche Ihrer Beobachtungen in den Eintrag einfließen sollten, um Ihre Bewertung überzeugend vorzubringen.

3 Die Kunst zu erzählen und zu dichten – Modul „Literarisches Schreiben“

1 **a** Beschreiben Sie Ihre spontanen Emotionen, Gedanken und Assoziationen zu Bild und Aussage.
b Beziehen Sie den Satz auf sich und notieren Sie in Stichpunkten, was Sie als Ihre Geschichte verstehen.

c Nehmen Sie die Textzeile aus dem Foto als Überschrift und erzählen Sie Ihre Geschichte in fünf Zeilen. Präsentieren Sie sich danach gegenseitig Ihre Ergebnisse.

2 **a** Reflektieren und beschreiben Sie, in welchen Bereichen Ihres Lebens Sie bereits mit kreativem bzw. literarischem Schreiben sowohl passiv als auch aktiv in Berührung gekommen sind.
b Recherchieren Sie die Herkunft des Wortes „Kreativität“ und versuchen Sie eine Begriffsbestimmung des Ausdrucks „kreatives Schreiben“.

In diesem Kapitel ...

- lernen Sie Grundlagen, Techniken und Arbeitsweisen des kreativen Schreibens kennen,
- entwickeln Sie Schreibideen und konzipieren Sie Schreibpläne, um diese zu eigenen literarischen Texten auszugestalten,
- überarbeiten Sie Textentwürfe und reflektieren Ihren Schreibprozess.

3.1 Schreiborte, Schreibmaterial und Schreibanlässe – Kreatives und literarisches Schreiben anwenden und unterscheiden

1 **a** Versetzen Sie sich jeweils in die Lage der schreibenden Person auf den Bildern und begründen Sie, welcher Ort für welche Art Text stehen könnte.
b Tauschen Sie sich darüber aus, an welchem dieser Orte Sie am liebsten schreiben würden und ob das von der Textsorte abhängig ist.

2 **a** Starten Sie ein Schreibexperiment und suchen Sie folgende gegensätzliche Schreiborte A, B oder C oder auch mehrere davon auf.

A ☐ aufgeräumt *und dann* chaotisch, B ☐ innen *und dann* außen, C ☐ in der Stadt *und dann* in der Natur.

b Verfassen Sie je Ort kleinere Texte, indem Sie sich ganz von Ihrer Umgebung leiten lassen und Ihre Beobachtungen niederschreiben.

3 Vergleichen Sie Ihre Schreibprodukte: Inwieweit stellen Sie Unterschiede fest?

> Der Computer schreibt für mich erst, wenn ich geschrieben habe – so halte ich ihn mir auf Distanz.
> *Peter Härtling (1933–2017): Marbacher Magazin 69/1994, S. 75*

4 **a** Erläutern Sie Ihr Verständnis von Peter Härtlings Aussage und tauschen Sie sich darüber aus, auf welche Weise Sie welche Sorte von Texten produzieren.
b Schreiben Sie einen kurzen eigenen Text, z. B. ein Gedicht zum Thema „Ich und du", einmal am Tablet/Computer und einmal handschriftlich mit einem bewusst gewählten Schreibwerkzeug, z. B. Bleistift, Füller, Filzstift etc.
c Lesen Sie Ihre Ergebnisse vor und tauschen Sie sich darüber aus, ob das Schreibwerkzeug Ihr Schreiben veränderte.

5 Für das kreative Schreiben kann man auch auf KI-basierte Dialogsysteme zurückgreifen. Notieren Sie knapp Argumente pro und kontra und diskutieren Sie diesen Rückgriff.

Pro	Kontra

Anregungen zum kreativen Schreiben

Stefanie Sargnagel (*1986) Statusmeldungen (2017; Auszug)

10.7.2015 Wenn ich genug Geld verdient habe, ziehe ich in den Wald und eröffne eine kleine Lebensberatungspraxis.
10.7.2015 Erfolg ist so billig.
[...]
11.7.2015 Impulsgesteuert taumle ich durch die Welt.
[...]
13.7.2015 Ich check nicht, wie die Welt funktioniert.
13.7.2015 Ich bin heute zu sensibel für die Welt. Nasenbussi, weiche Decke. Kakao, Kakao.
[...]
13.7.2015 Gute Menschen mögen kühles Wetter. Schlechte Menschen mögen heißes Wetter, weil sie aus der Hölle kommen und Reinkarnationen des Teufels sind.
13.7.2015 Wenn ich traurig bin, esse ich einfach ganz viele Sachen.

1 **a** Lesen Sie die Einträge zum 13.7.2015 und verfassen Sie anschließend selbst Statusmeldungen über Ihren heutigen Tag, Ihre gegenwärtige Stimmung oder die Menschen um Sie herum.
b Tauschen Sie Ihre Statusmeldungen untereinander aus und deuten Sie, was diese jeweils z. B. über Stimmungen, Ereignisse und Einstellungen aussagen.

Claudia Vamvas (*1968) Sitze im Bus (2016; Auszug)

Nummer 28
Eine Frau zählt einer anderen lautstark auf, was sie heute alles erledigen muss. Wir sind alle schon fix und fertig.
Nummer 44
Vor mir sitzen zwei Frauen, deren Jacken sich farblich derart schlecht vertragen, dass ich sie umplatzieren möchte.
Nummer 65
Zwei Männer überlegen, woher sie sich kennen. Arbeit, Militär, Schule – nichts. Die Miss Marple[1] in mir beobachtet: derselbe Friseur.
Nummer 104
Ein Mann mit Bierdose versichert am Telefon, er trinke seit Tagen nicht. Wir wollen nicht petzen und nicken alle stumm.

1 Miss Marple: Detektivin in zahlreichen Kriminalromanen und -erzählungen Agatha Christies (1890–1976)

2 **a** Claudia Vamvas hat Beobachtungen aus ihren zahlreichen Busfahrten niedergeschrieben und im Internet veröffentlicht. Untersuchen Sie, was diese Texte kennzeichnet.
b Verfassen Sie nach dem Vorbild dieser Texte pointierte Beobachtungen und Reflexionen über Ihre Schule.
Tipp: Hängen Sie diese, sofern dies erlaubt wird, an verschiedenen Orten im Schulhaus aus und ermuntern Sie Ihre Mitschülerinnen und Mitschüler mit Hilfe beigefügter Platzhalter, Kommentare dazu zu hinterlassen. Bringen Sie einen Vermerk an, dass die Beobachtungen nicht auf eine konkrete Person bezogen werden oder als verletzend verstanden werden dürfen.

Wissen und können | **Kreatives Schreiben**

- Unter **kreativem Schreiben** versteht man das Verfassen eigener Texte, die **frei entwickelt werden.** Eine Inspirationsquelle (ein anderer Text, ein Bild etc.) kann hinzugezogen werden. Die entstandenen Texte **folgen** dabei im Unterschied zum literarischen Schreiben (► S. 37) **keinen festen literarischen Vorbildern und Vorlagen.** Oftmals steht das einfache Spiel mit Sprache oder die Reflexion der eigenen sozialen bzw. individuellen Rolle im Vordergrund.
- Der **Schreibort sowie das Schreibmaterial** können einen **Einfluss** auf den entstehenden Text haben. Dementsprechend lassen sich diese von der Autorin oder von dem Autor **bewusst einsetzen,** um sich z. B. durch eine damit verbundene Stimmung anregen zu lassen.

Anregungen zum literarischen Schreiben

Mascha Kaléko (1907–1975)
Sonett in Dur (1945)

Ich frage mich in meinen stillen Stunden,
Was war das Leben, Liebster, eh du kamst
Und mir die Schatten von der Seele nahmst.
Was suchte ich, bevor ich dich gefunden?

Wie war mein Gestern, such ich zu ergründen,
Und sieh, ich weiß es nur noch ungefähr.
So ganz umbrandet mich das Jetzt, dies Meer,
In das die besten meiner Träume münden.

Vergaß ich doch, wie süß die Vögel sangen,
Noch eh du warst, der Jahre buntes Kleid.
Mir blieb nur dies von Zeiten, die vergangen:
Die weißen Winter und die Einsamkeit.

Sie warten meiner, lässt du mich allein.
Und niemals wieder wird es Frühling sein.

Reimschema: ____________________

Metrum: ____________________

Stilmittel: ____________________

____

____

____

Inhaltliches: Im 1. Quartett geht es ____________________

____

____

____

1 **a** Notieren Sie passende Zwischenüberschriften für die einzelnen Strophen, geben Sie dem Gedicht eine inhaltliche Überschrift und diskutieren Sie anschließend Ihre Formulierungen.
b Notieren Sie inhaltliche, sprachliche und formale Besonderheiten im Kasten neben dem Sonett.
Tipp: Recherchieren Sie Informationen zu Form und Aufbau eines Shakespeare-Sonetts.

2 **a** Entscheiden Sie sich für ein Thema, das Sie bewegt, und sammeln Sie dazu spontan auf einem eigenen Blatt in einem Cluster inhaltliche Aspekte.
b Markieren Sie in Ihrem Cluster die Aspekte, die Sie weiter vertiefen wollen, und finden Sie zu diesen passende Verben, Adjektive, Partizipien, sprachliche Wendungen und Sprachbilder (insbesondere gegensätzliche).

3 Gestalten Sie ein Sonett zu Ihrem Thema. Wenn Sie sich unsicher sind, dann können Sie Kalékos Sonett als Vorlage wählen und darin einzelne Wörter sinnvoll austauschen. Achten Sie darauf, dass Ihr Sonett die Form nicht verändert.
Tipp: Reimlexika aus dem Internet oder aus einer Bibliothek können hilfreich sein.

4 Erläutern Sie mit Hilfe der Informationen im „Wissen und können" (► S. 36 u. 37) und anhand der gezeigten Grafik, worin sich die beiden Schreibformen kreatives und literarisches Schreiben im Hinblick auf den Sinn und Zweck einer Textproduktion (produktives Schreiben) voneinander unterscheiden.

Wissen und können | **Literarisches Schreiben**

- **Literarisches Schreiben** besitzt **Anteile des kreativen Schreibens,** z. B. bei der Ideenfindung, **folgt** aber maßgeblicher **literarischem Strukturwissen bzw. vorgegebenen Textformen.**
- Um literarisches Schreiben vorzubereiten, setzt man sich zunächst konzentriert mit einer ausgewählten literarischen Form auseinander, die das eigene Produkt später haben soll, und überträgt dieses Wissen dann auf den entstehenden Text.

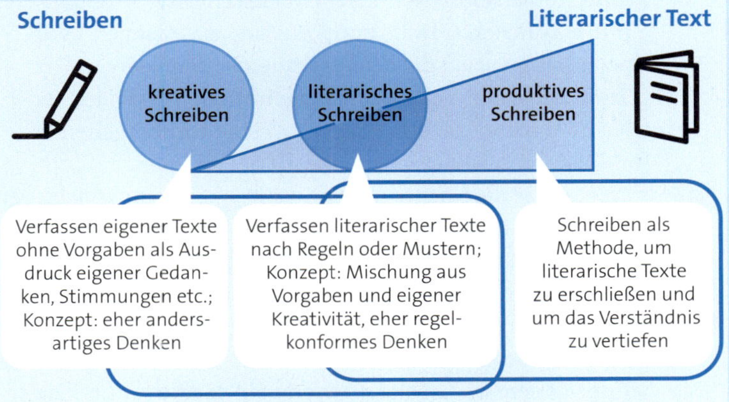

3.2 Fundstücke – Ideen für Schreibimpulse nutzen

Wunderliche Zeitungsmeldungen

Anna Fischhaber u. Moritz Geier **Kommt ein Pony in den Supermarkt** (31. 12. 2022; Auszüge)

Rom – Ein Mann ist mit einem Maserati die Spanische Treppe in Rom hinuntergefahren und soll dabei drei Stufen beschädigt haben. Mit Hilfe von Passanten kam der 37-Jährige wieder von der Treppe und fuhr davon. Später wurde er am Mailänder Flughafen gefasst, als er den Wagen bei einer Autovermietung zurückgeben wollte, teilte die Polizei mit. Er habe falsch rangiert und sei bereit, die Verantwortung zu übernehmen, zitierten ihn die Zeitungen *Corriere della Sera* und *La Repubblica*.

Wolfsburg – Um 23:04 Uhr sollte der ICE am Montagabend, 7. November, in Wolfsburg halten – doch er fuhr einfach weiter. Erneut hat ein Zug damit auf der Strecke Köln und Berlin den Halt in der niedersächsischen Stadt übergangen. Laut einem Bericht der *Wolfsburger Nachrichten* passierte das seit 2011 mindestens achtmal.

Neapel – In Neapel hat ein bewaffneter Raubüberfall eine überraschende Wendung genommen. Der Vorfall vom 17. Juli wurde von den Überwachungskameras des Cafés „Monidee" an der Piazza Trieste e Trento aufgezeichnet. Opfer des Überfalls sind zwei Schweizer Touristen. Einem der beiden wird von einem untersetzten jungen Mann eine Pistole an die Schläfe gehalten, blitzschnell reißt der Bewaffnete dem verdutzten Urlauber die Uhr vom Handgelenk und läuft davon. Rund sieben Minuten später kommt ein anderer junger Mann vorbei, hebt entschuldigend die Arme und gibt dem beraubten Touristen seine Armbanduhr zurück. Die schaut nämlich nur aus wie eine echte Richard Mille im Wert von rund 300 000 Euro, ist aber ein billiges Duplikat.

Rom – Seit zehn Jahre besetzen zwei falsche Ordensfrauen ein Pfarrhaus in Italien und weigern sich auszuziehen. Mittlerweile seien Strom und Wasser in dem Gebäude abgeschaltet worden, jedoch ohne das gewünschte Ergebnis, berichtet *La Repubblica*. Der zuständige Bischof hat den Pfarrer der Gemeinde nun aufgefordert, die selbsternannten Ordensschwestern notfalls mit staatlicher Gewalt zum Auszug zu zwingen. Vor zehn Jahren seien die beiden Frauen in dem kleinen Ort Trevi nel Lazio nahe Rom eingetroffen. Verkleidet als Nonnen hätten sie den Pfarrer um eine vorübergehende Unterkunft gebeten. Seitdem lebten sie in dem Pfarrhaus – und das nicht allein: Eine der falschen Ordensfrauen habe inzwischen ihre Mutter dort untergebracht.

Essen – Weil sein Auto gefährlich vollgemüllt war, hat die Polizei in Essen einem Autofahrer eine „Aufräumfrist" gesetzt. Der Mann müsse in der festgesetzten Zeit dringend Ordnung schaffen. Der Wagen war aufgefallen, weil der Fahrer ungewöhnlich nah am Lenkrad saß.

Attendorn – In Nordrhein-Westfalen ist die Polizei zu einem kuriosen Einsatz ausgerückt: Ein Mädchen war mit seinem Pony in einen Supermarkt in Attendorn im Kreis Olpe geritten. Laut Mitteilung habe die 15-Jährige gefragt, ob es erlaubt sei, ein Pferd mitzubringen. Diesen kurzen Moment habe das Pony genutzt, um sich zu erleichtern. Es „äpfelte im Bereich der Waage in der Obst- und Gemüseabteilung", schreibt die Polizei. Eine Waage wurde beschädigt. Die Beamten nahmen die Personalien des Mädchens auf und informierten dessen Eltern. Diese seien „überrascht" gewesen.

Quelle: www.sueddeutsche.de

1 Wählen Sie die Nachricht, die Sie am meisten anspricht, versetzen Sie sich in eine der Personen und beschreiben Sie mögliche Handlungen und Umstände, die zu der Zeitungsnachricht geführt haben könnten. Notieren Sie außerdem Gedanken, Gefühle, Hintergründe, weitere Akteurinnen und Akteure etc.

2 Entscheiden Sie sich für eine weitere (oder mehrere) der obigen Nachrichten und verknüpfen Sie diese mit einer Person, die Sie dazuerfinden. Notieren Sie eine mögliche Handlung.
Tipp: Gehen Sie zu Seite 40, wenn Sie angeregt durch diese Meldungen eine fiktionale Geschichte verfassen möchten.

Seltsame Voraussagen und Regeln in Listen

Robert Heinlein (1907–1988) Prognosen für das Jahr 2000* (1949; Auszug)

1 Interplanetare Reisen sind an jeder Ecke zu haben. Wer bezahlt, ist dabei – eine Praxis, die der Staat zumindest versuchsweise eingeführt hat. […]
5 In fünfzehn Jahren wird ein technologischer Durchbruch, der jedes heute stehende Haus so überflüssig macht wie eine Außentoilette, den Wohnraummangel beseitigen. Die Wohnungsprobleme werden damit obsolet.
6 Wir alle werden hin und wieder ein wenig Hunger leiden […].
10 Krebs, Erkältungen, Karies werden besiegt. Die […] Herausforderung der medizinischen Forschung ist die „vollständige Regeneration“, d. h. es einem Menschen zu ermöglichen, sich ein neues Bein wachsen zu lassen […].
12 Auf dem Mars wird intelligentes Leben entdeckt.

Susan Sontag (1933–2004) Regeln für die Kindererziehung (nach 1952; im Hinblick auf ihren Sohn)

1 Sei konsequent.
2 Sprich nicht in seiner Gegenwart über ihn (z. B. über irgendetwas Peinliches). Bring ihn nicht in Verlegenheit.
3 Lobe ihn nicht für etwas, das du auch sonst gutheißen würdest.
4 Tadele ihn nicht scharf für etwas, das du ihm erlaubt hast.
5 Tagesablauf: Essen, Hausaufgaben, Baden, Zähne, Zimmer, Geschichte, Bett.
6 Lass dich nicht von ihm vereinnahmen, wenn andere Leute dabei sind.
7 Sprich gut über seinen Vater. (Keine Grimassen, Seufzer, Ungeduld usw.)
8 Behindere nicht die kindliche Fantasie.
9 Mache ihm bewusst, dass es eine Erwachsenenwelt gibt, die ihn nichts angeht.
10 Gehe nicht davon aus, dass er ebenfalls nicht mag, was du nicht magst (baden, Haare waschen).

1 **a** Begründen Sie, welche der beiden Listen Sie mehr anspricht.
b Führen Sie die von Ihnen favorisierte Liste um drei bis vier Punkte fort.

2 Wählen Sie einen der Vorschläge für Überschriften aus und verfassen Sie damit eine eigene Liste:
– Regeln für ein glückliches Leben
– Projekte, die ich mir vornehme
– Wenn ich in Rente bin
– Was ich liebe – Was ich nicht liebe
– Themen, die bei Gesprächen mit Lehrkräften zu vermeiden sind

3 Alltagslisten werden oft achtlos weggeworfen und finden sich z. B. in abgestellten Einkaufswagen. Sammeln Sie solche Listen und nutzen Sie diese zu Ihrer Inspiration unter folgenden Fragestellungen:
– Wer genau könnte die Liste und unter welchen Umständen geschrieben haben?
– Welche Vorgeschichte könnte zu dieser Liste geführt haben? Welche Ereignisse folgten ihr?
– Lassen sich verschiedene Fundstücke bzw. Listen zu einer Geschichte verknüpfen?

Tipp: Gehen Sie zu Seite 40 (► Geschichten planen und gestalten), wenn Sie aus einer Liste eine Geschichte entwickeln möchten.

Anregungen durch Bilder

Edvard Munch (1863–1944): Der Schrei (1893)

Giovanni Battista Piranesi (1720–1778): Zugbrücke (ca. 1761)

Frida Kahlo (1907–1954): Selbstbildnis mit Dornenhalsband und Kolibri (1940)

1 **a** Wählen Sie eine der auf den Kunstwerken dargestellten Figuren und Szenerien aus und versetzen Sie sich in diese hinein.

b Formulieren Sie für die gewählte Figur einen Gedankenstrom. Lassen Sie die Gedanken frei fließen, z. B.:
Uferloses Entsetzen schwappt in mich hinein, aus mir heraus – und es biegt den Himmel, der Himmel wirft rot-gelbe Wellen, und ich werde Himmel, während die Leute hinter mir …

c Tragen Sie Ihre Ergebnisse vor und geben Sie sich gegenseitig Feedback, z. B.:
- Passen die Gedanken zur abgebildeten Figur und zum Hintergrund?
- Steckt in diesen bereits eine Geschichte?
- Wie könnte sie fortgeführt werden?

2 Prüfen Sie, ob sich die Kunstwerke zueinander in Beziehung setzen lassen. Notieren Sie in Ihrem Heft mögliche Verbindungen bzw. Überleitungen.

Geschichten planen und gestalten

1 Entscheiden Sie sich für einen der Schreibimpulse (▶ Wunderliche Zeitungsmeldungen, S. 38; ▶ Seltsame Voraussagen und Regeln in Listen, S. 39; ▶ Anregungen durch Bilder, S. 40) und gestalten Sie Ihre Vorarbeiten zu einer Geschichte mit einem Umfang von ca. 800 Wörtern. Bearbeiten Sie dazu die folgenden Aufgaben 2 bis 7.

2 **a** Legen Sie fest, sofern nicht bereits geschehen, in welcher Zeit und an welchem Ort Ihre Erzählung spielen soll.

b Recherchieren Sie je nach Festlegung wie z. B. von Ort und Zeit damit verbundene Kategorien wie Alltag, Politik und Gesellschaft, Wissenschaft und Fortschritt, Kunst und Kultur.
Tipp: Legen Sie eine Collage oder wie im folgenden Beispiel ein sogenanntes Moodboard an, um die Rechercheergebnisse in Form von Bildern, Zitaten, Zeitungsausschnitten, geografischen Karten etc. zu sammeln.

3 Gestalten Sie Ihre Haupt- und Nebenfiguren unter Berücksichtigung Ihrer bisherigen Festlegungen zu Ort und Zeit etc. weiter aus, indem Sie z. B. in Form von Steckbriefen die Fragen auf der folgenden Seite beantworten.
Tipp: Gestalten Sie Ihre Figuren mit Tiefe, indem Sie sie nicht nur positiv oder negativ erscheinen lassen.

Figuren ausgestalten

- **Äußeres** (Aussehen/Alter/Geschlecht): Welche Statur hat die Figur? Wie sehen ihre Haare aus, wie ihr Gesicht? Wie alt ist sie? Ist sie männlich/weiblich/divers?
- **Inneres** (Charakter/Eigenschaften/Werte/Gefühlswelt): Welche Stärken und Schwächen hat die Figur? Wie geht sie mit anderen Figuren um? Was ist ihr wichtig, was nicht? An was glaubt die Figur? Welche Gefühle herrschen bei der Figur vor?
- **Kommunikation** (sprachlicher Ausdruck / Art der Kommunikation mit anderen Figuren): Spricht die Figur gehoben/einfach / in Fachsprache / in Umgangssprache/derb / mit Sprachfehlern? Wie tritt die Figur mit anderen in Kontakt?
- **Hintergrundgeschichte:** Wie war das Leben der Figur bisher? Welche Meilensteine gab es, welche positiven und welche negativen Ereignisse?
- **soziales Umfeld:** Wie lebt die Figur? Hat sie viele Freundinnen und Freunde? Wer ist der Figur am nächsten und warum? Ist sie arm oder reich? Wie ist ihr Bildungsstand?
- **Spezifikation** (Angewohnheiten/Ticks/Lieblingsessen/Hobbys): Welche Besonderheiten zeichnen die Figur aus? Was mag sie besonders, was nicht? Welche Geste passt zur Figur? Gibt es Ausdrücke, die die Figur wiederholt? Welche Musik hört die Figur? Was liebt und was hasst sie?
- **Konfliktpotenzial** (Probleme/Ängste/Ärger mit anderen): Welchem Problemfeld sieht sich die Figur gegenüber? Mit welchen anderen Figuren gibt es Konflikte? Wie geht die Figur diese an? Wo steht sie diesbezüglich im Augenblick?

4 Entwickeln Sie auf der Grundlage Ihrer Vorarbeiten zum ausgewählten Schreibimpuls einen ausführlicheren Handlungsverlauf, indem Sie ihn z. B. mit Puzzleteilen skizzieren. Setzen Sie pro Puzzleteil nur ein Handlungselement ein und achten Sie darauf, nur wenige Handlungselemente kohärent bzw. logisch aneinanderzureihen, damit der Plot überschaubar bleibt.

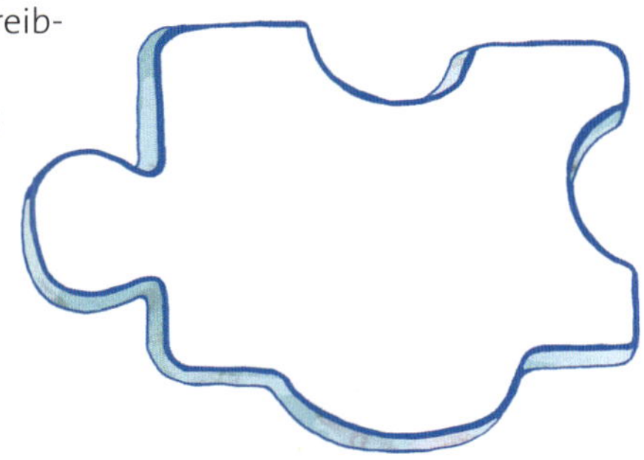

5 Entscheiden Sie sich für eine passende Fokalisierung (die Erzählerin / der Erzähler weiß genauso viel/mehr/weniger als die Figur/-en), und die Erzählhaltung (z. B. wohlwollend, kritisch, neutral etc.).

Kriterien für Minuspunkte

41 Vorkommen von *alles durchdringend, ausgerechnet* (außer bei Rechenaufgaben), *befindlich, im Begriff sein, etwas zu tun, betont* (sowohl in *betonte sie* als auch in *betont gleichgültig*), *jemand/etwas wird eines/keines Blickes gewürdigt,* […] *etwas fristen, fassungslos, grinsen, es gibt kein Halten mehr, heillos, heiße Köpfe, hektisch, Herz rutscht in die Hose* […]
43 unvollständiger Satzbau als Konzept
44 Zur Beschreibung etwaiger Gefühlswelten wird der Ausdruck von Augen oder die Beschaffenheit von Händen bemüht. Auch: sich verfärbende Gesichter, weiß werdende Fingerknöchel, zitternde Hände […]
47 Überlegungen des Erzählers („Doch wie beginnen?") […]
49 Figuren heißen Leander, Muriel, Luna, Leda, Lea, Zeno (Ausnahme: Kinder) […]
63 Synonyme für *sagen*, Zusatz-Minuspunkt für Wendungen wie *gähnte Leander*
64 Es wird danach gefragt, wer oder was *Ich* sei. […]
75 etwas findet *wie in Zeitlupe statt, wie im Film, wie in einem schlechten Film, wie im Traum*

6 Im Jahr 2006 wurde im Rahmen der Vergabe des Ingeborg-Bachmann-Preises in Klagenfurt eine sogenannte „Automatische Literaturkritik" in Form einer Liste mit 114 Plus- und Minuspunkten für gutes Erzählen veröffentlicht. Diskutieren Sie die oben angeführten Kriterien für Minuspunkte.

7 Verfassen Sie auf der Grundlage Ihrer gesamten Vorarbeiten Ihre Geschichte und versuchen Sie, je nach Ihrer Diskussion (► Aufgabe 6) die Kriterien für Minuspunkte zu vermeiden.

Die eigene Geschichte lektorieren und überarbeiten

Beatrice Uerlings **Akademisch übt sich, wer ein großer Autor werden will** (17.04.2004; Auszug)

Wenn es in der zeitgenössischen US-Literatur ein Wunderkind gibt, dann ist das Christopher Paolini. Sein Abenteuerroman „Eragon" wurde monatelang von den Kritikern gelobt und verkaufte sich besser als die letzten vier Harry-Potter-Bücher. Paolini war erst 15 Jahre alt, als er sein Werk schrieb, und ist nie zur Schule gegangen: Lesen und Schreiben brachten ihm die Eltern bei, die atemberaubenden Landschaften von Montana taten den Rest. „Die Berge vor meinem Schlafzimmerfenster, die Sonnenuntergänge, wenn der Schnee wie Gold auf den Gletschern glitzert – damit bin ich aufgewachsen, das hat mich inspiriert. Ich habe ein Jahr lang an der ersten Fassung meines Buches gearbeitet. Dann habe ich noch einmal ein ganzes Jahr an der Sprache gefeilt, Charaktere, Dialoge und Beschreibungen herausgearbeitet. Erst als ich mit allem zufrieden war, habe ich es meinen Eltern gezeigt.

Quelle: www.deutschlandfunk.de

Christopher Paolini (2012); Paolini ist bis heute ein erfolgreicher Schriftsteller

1 Schreiben Sie die unterschiedlichen Schritte im Überarbeitungsprozess von Paolini heraus.

2 **a** Besprechen Sie Ihre Erstfassungen (► S. 41, Aufgabe 7) in einer Schreibkonferenz und halten Sie Verbesserungsvorschläge fest, z. B. zu: Handeln die Figuren glaubwürdig? Sind Ort und Zeit stringent gewählt und gestaltet? Ist der Plot schlüssig und glaubwürdig? Gibt es Lücken, die noch gefüllt, oder Widersprüche, die getilgt werden müssen? Dienen die Fokalisierung und die Erzählhaltung dem Text inhaltlich und intentional?

Werkzeugkasten – erzählerische Mittel und mögliche Wirkungen

- **Zeitdehnung** (Zeitlupe): für besonders intensive Wahrnehmung, Eintauchen ins Geschehen
- **Zeitraffung:** für sich wiederholende Elemente oder Orts- und Zeitwechsel; auch um Geheimnisse und Lücken bewusst zu schaffen
- **Schilderung:** nimmt die Leserinnen und Leser mit allen Sinnen ins Geschehen hinein
- **szenisches Gespräch:** entwickelt die innere und äußere Konstellation / Beziehung zwischen Figuren
- **innere Handlung** (Gefühle und Gedanken der Figur): lässt das Gefühlsleben der Figur verständlich und transparent werden
- **schnelle äußere Handlungsabfolge:** bringt Geschwindigkeit ins Geschehen, kann Spannung erzeugen

b Markieren Sie Stellen in Ihrem Text, die mit den verschiedenen Werkzeugen des Erzählens ausgearbeitet oder gekürzt werden sollten.

c Untersuchen Sie die Sprache in Ihren Geschichten, indem Sie folgende Fragen beantworten:
- Passt das Sprachniveau jeweils zur Erzählerin / zum Erzähler sowie den Figuren?
- Braucht es an bestimmten Stellen den Einbezug z. B. von Umgangs-, Fach- oder Jugendsprache, von Dialekt oder von Anglizismen?
- Können sprachliche Gestaltungsmittel eingesetzt werden, die die Intention / die Aussage des Textes unterstützen?
- Stimmen im Text Grammatik, Rechtschreibung und Zeichensetzung, es sei denn, ein Verstoß ist z. B. für die wörtliche Rede einer Figur bewusst gesetzt?

3 Überarbeiten Sie Ihren Text, indem Sie die Verbesserungsvorschläge (► Aufgabe 2) berücksichtigen.

3.3 Hergehört! – Den eigenen Schreibprozess reflektieren und selbst verfasste Texte präsentieren

> Wer keinen Zweifel daran hat, dass er gut schreibt, schreibt nicht gut. Wenn es eine Wahrheit gibt im Geschäft des Schreibens, dann ist es diese: Schreiben kann man nicht, man lernt es ein Leben lang.
>
> *Andreas Eschbach (*1959): www.andreaseschbach.de*

1 Erläutern Sie das Zitat des Bestsellerautors Andreas Eschbach und beziehen Sie es mit Hilfe folgender Fragen auf Ihre eigene Schreiberfahrung:
- Kamen Ihnen während der Planung und während des Schreibens Zweifel an der Qualität Ihres Textes?
- Welche Arbeitsschritte empfanden Sie als besonders leicht oder schwierig, anregend oder anstrengend?
- Sind Sie an einen Punkt gekommen, an dem Sie das Gefühl hatten, nicht weiterschreiben zu können? Warum?
- Sind Sie mit Ihrem fertigen literarischen Produkt zufrieden?

2 **a** Im Internet gibt es vielfältige Tipps zum Umgang mit Schreibblockaden. Recherchieren Sie diese und notieren Sie die Methoden, die Sie für sich als fruchtbar erachten.

____

____

____

____

____

b Stellen Sie sich gegenseitig Ihre Rechercheergebnisse vor und kommentieren Sie diese.

3 Entscheiden Sie, wie und wo Sie Ihre Texte einer größeren Öffentlichkeit vorstellen wollen. Sie können z. B. eine Lesung organisieren, dazu ein Publikum einladen und zusätzlich die Texte veröffentlichen. Gehen Sie für eine Lesung und Veröffentlichung wie folgt vor:

Schritt 1: Die Lesung organisieren

a Legen Sie fest, wann, wo und für welches Publikum Sie die Lesung stattfinden lassen wollen. Wen müssen Sie um Erlaubnis und ggf. um Unterstützung bitten, z. B. Hausmeister/-in, Tontechniker/-in?

b Verteilen Sie Aufgaben für:
- Gestaltung der Einladungen und deren Verteilung: Plakate, Handzettel, Aufruf auf der Schulwebsite etc.
- Moderation und Gestaltung der Programmzettel,
- Gestaltung des Raumes: Sitzordnung, Technik, Licht, evtl. Musik,
- ggf. parallele Veröffentlichung Ihrer Texte, z. B. auf der Schulwebsite oder in Form eines ausgedruckten Buchs. Wann und wo soll dieses durch wen verteilt werden?

c Bestimmen Sie Termine, zu denen Sie sich vor Ihrer Lesung möglichst regelmäßig treffen, um Ihre jeweiligen Arbeitsstände vorzustellen.
Tipp: Recherchieren Sie, ob in Ihrer Umgebung literarische Lesungen stattfinden, besuchen Sie diese und lassen Sie sich ggf. mit Blick auf Ihre Veranstaltung anregen: Wie sind diese gestaltet und aufgebaut?

Schritt 2: Die eigenen Texte präsentieren

d Diskutieren Sie, ob jeder Text durch eine Person vorgelesen werden soll oder auch ein Text durch mehrere.

e Proben Sie die Lesung Ihrer Texte mehrmals und geben Sie sich gegenseitig sachlich und wertschätzend Feedback.
Tipp: Sie können auch ausprobieren, die einzelnen Texte von unterschiedlichen Stellen des Raums aus vorzulesen, um so evtl. den Textinhalt zu unterstützen.

f Planen Sie das Ende Ihrer Lesung: Wollen Sie das Publikum durch eine eigene Fragerunde einbeziehen oder ein Gespräch zu Ihren Schreiberfahrungen an den Schluss setzen?

Prüfungsmöglichkeiten – Testen Sie Ihr Wissen und Können

Heinrich Heine (1797–1856) Die Lorelei* (1822/23)

Ich weiß nicht, was soll es bedeuten,
Dass ich so traurig bin;
Ein Märchen aus alten Zeiten,
Das kommt mir nicht aus dem Sinn.

Die Luft ist kühl und es dunkelt,
Und ruhig fließt der Rhein;
Der Gipfel des Berges funkelt
Im Abendsonnenschein.

Die schönste Jungfrau sitzet
Dort oben wunderbar;
Ihr goldnes Geschmeide blitzet,
Sie kämmt ihr goldenes Haar.

Sie kämmt es mit goldenem Kamme
Und singt ein Lied dabei;
Das hat eine wundersame,
Gewaltige Melodei.

Den Schiffer im kleinen Schiffe
Ergreift es mit wildem Weh;
Er schaut nicht die Felsenriffe,
Er schaut nur hinauf in die Höh.

Ich glaube, die Wellen verschlingen
Am Ende Schiffer und Kahn;
Und das hat mit ihrem Singen
Die Lore-Ley getan.

Robert Gernhardt (1937–2006) Zögern (2005)

Ich weiß nicht, was soll es bedeuten,
Dass ich so unschlüssig bin.
Ein Urteil aus Urschülerzeiten,
Das will mir nicht aus dem Sinn.

„Der Heine? Ein Blender, kein Dichter.
Ein Journalist, kein Poet.
Nie schluchzt er, nie singt er, stets spricht er.
Ein Feuerwerk. Kein Komet.“

Der Heine scheint's nicht zu bringen,
Hat sich da der Schüler gesagt.
Das hat mit seinem Singen
Der Studienrat Kraus gemacht.

1 Erläutern Sie knapp die Begriffe kreatives und literarisches Schreiben und grenzen Sie diese voneinander ab.

2 Formulieren Sie in einem Satz, was das lyrische Ich in Gernhardts Gedicht kritisiert.

3 Begründen Sie, ob es sich bei Gernhardts Gedicht in Bezug auf Heines Text um literarisches Schreiben handelt.

4 Verfassen Sie im Sinne des literarischen Schreibens ein eigenes zweistrophiges Gedicht nach Heines Vorlage zur Feststellung „Ich weiß nicht, was soll es bedeuten“ (V. 1). Beachten Sie insbesondere Reimschema und Metrum.

4 Was lesen Sie? – Modul „Literaturbetrieb und literarische Öffentlichkeit“

1

2

3

4

1 Benennen Sie anhand der Abbildungen knapp, welche Personen in ihrer Funktion, welche Orte und welche Aktionen zum Literaturbetrieb dazugehören.

Bild 1: ______________________

Bild 2: ______________________

Bild 3: ______________________

Bild 4: ______________________

2 Notieren Sie weitere Akteurinnen und Akteure sowie Formen des literarischen Austauschs, der Vermarktung und Bewertung, die Ihres Erachtens zum Literaturbetrieb gehören.

____

____

____

3 Beschreiben Sie, inwiefern Sie bereits mit verschiedenen Beteiligten und/oder Bereichen des Literaturbetriebs in Kontakt gekommen sind.

In diesem Kapitel ...

- unterscheiden und beschreiben Sie verschiedene Aspekte des literarischen Lebens,
- setzen Sie sich mit dem Georg-Büchner-Preis auseinander und reflektieren seine Bedeutung für das literarische Leben,
- recherchieren Sie literarische Werke und präsentieren diese in Form einer Buchmesse mit Lesungen.

4.1 Schreiben und veröffentlichen – Der Literaturbetrieb im Überblick

Was ist eine Autorin / ein Autor?

Gottfried von Straßburg († um 1215) **Tristan** (ca. 1200; Auszug)

Ich weiz wol, ir ist vil gewesen,
die von Tristande hânt gelesen;
und ist ir doch niht vil gewesen,
die von im rehte haben gelesen.
[...]
sîne sprâchen in der rihte niht,
als Thômas von Britanje giht,
der âventiure meister was
und an britûnschen buochen las
aller der lanthêrren leben
und ez uns ze künde hât gegeben.
Als der von Tristande seit,
die rihte und die wârheit
begunde ich sêre suochen
in beider hande buochen
walschen und latînen
und begunde mich des pînen,
daz ich in sîner rihte
rihte dise tihte.

Ich weiß wohl, dass es viele gab,
die schon von Tristan erzählt haben.
Es gab jedoch nicht viele,
die richtig von ihm erzählt haben.
[...]
sie haben nicht in der rechten Weise berichtet,
so wie es Thomas von Britanje tat,
der ein Meister der Erzählkunst war
und in bretonischen Büchern
das Leben aller Fürsten nachgelesen
und uns davon berichtet hat.
Auf Grund dessen, was er über Tristan erzählt,
begann ich, intensiv nach der richtigen Fassung
zu suchen,
und zwar in Büchern
sowohl romanischer als auch lateinischer Herkunft.
Und ich bemühte mich eifrig darum,
nach seinem korrekten Vorbild
diese Dichtung abzufassen.

Johann Wolfgang Goethe (1749–1832)
Torquato Tasso
(1790; Auszug 1. Aufzug, 3. Auftritt)

Der Dichter Torquato Tasso spricht mit dem Mäzen Herzog Alfons über sein Werk.

TASSO Wenn Ihr zufrieden seid, so ist's vollkommen;
Denn Euch gehört es zu in jedem Sinn.
Betrachtet ich den Fleiß den ich verwendet,
Sah ich die Züge meiner Feder an,
So konnt ich sagen: Dieses Werk ist mein.
Doch seh ich näher an, was dieser Dichtung
Den innren Wert und ihre Würde gibt,
Erkenn ich wohl, ich hab es nur von Euch.

Immanuel Kant (1724–1804)
Schöne Kunst ist Kunst des Genies
(1798; Auszug)

Genie ist das Talent (Naturgabe), welches der Kunst die Regel gibt. Da das Talent als angeborenes, produktives Vermögen des Künstlers selbst zur Natur gehört, so könnte man sich auch so ausdrücken: Genie ist die angeborene Gemütsanlage *(ingenium)*, durch welche die Natur der Kunst die Regel gibt.

Mascha Kaléko (1907–1975)
Die Leistung der Frau in der Kultur (auf eine Rundfrage) (postum 1977, Auszug)

Die Herren vom Fach haben allemal
Einen vorwiegend weiblichen Schatz.
Was uns Frauen fehlt, ist „Des Künstlers Frau“
Oder gleichwertiger Ersatz.
[...]
Doch muss ich, wie stets, unterbrechen
Mich ruft mein Gemahl.
Er wünscht, mit mir
Sein nächstes Konzert
Zu besprechen

1 **a** Unterstreichen Sie in den vier Textauszügen zentrale Aussagen zur Frage, was eine Autorin / ein Autor leistet und verkörpert.
b Fassen Sie z. B. in einem Schaubild zusammen, worin sich nach diesen Auszügen das Bild vom Autor / einer Autorin vom Mittelalter über die Zeit hinweg gewandelt hat.

2 **a** Recherchieren Sie, was heute den Beruf der Schriftstellerin / des Schriftstellers kennzeichnet und wie Autorinnen und Autoren vermarktet werden.
Tipp: Beachten Sie z. B., wie der Name der Autorin / des Autors auf dem Cover platziert ist, und denken Sie auch an mediale Umsetzungen literarischer Werke (siehe Foto rechts) und die damit z. T. verbundene Rolle der Autorin / des Autors.

b Die Schriftstellerin und Moderatorin Ronja von Rönne (*1992) sagt: „Mittlerweile schreiben alle Schauspieler Bücher, da kann ich denen auch die Jobs wegnehmen." Erläutern Sie diesen Satz im Hinblick auf die Bedeutung des Berufs „Autorin/Autor".

r.: Marc-Uwe-Kling (*1982), Autor der „Känguru-Chroniken", neben dem Schauspieler Dimitrij Schaad (*1985) bei der Premiere zur Verfilmung der „Känguru-Verschwörung", für die er auch das Drehbuch schrieb. (2022)

3 **a** In ihrer Poetikvorlesung aus dem Jahr 2013 äußert die Schriftstellerin Juli Zeh (*1974), dass fiktive Leserinnen und Leser die Bücher fiktiver Autorinnen und Autoren lesen würden. Erläutern Sie diese Aussage.

b Diskutieren Sie, ob die neuesten KI-Entwicklungen Auswirkungen auf den Autorbegriff haben werden.

Jörg Steinleitner (*1971) Von der Idee bis zum verkaufsfertigen Buch* (07. 10. 2009; Auszug)

Bis ein Buch gekauft werden kann, durchläuft es verschiedene Stationen wie unter anderem eine Literaturagentur. Im Interview erklärt Thomas Schmidt, Literaturagent, […], seine spannende Arbeit.

Steinleitner Herr Schmidt, Sie sind Literaturagent […]. Ihre Agentur vertritt namhafte Schriftstellerinnen und Schriftsteller […]. Was genau ist Ihre Aufgabe als Literaturagent?

Schmidt Als Literaturagent werde ich von Autorinnen und Autoren beauftragt, ihre Buchideen oder Manuskripte zu prüfen und im Anschluss an Verlage zu vermitteln. Wir verhandeln die Verlagsverträge und bleiben auch im Anschluss weiterhin Ansprechpartner in sämtlichen Fragen und Verhandlungen rund um das Buch, verwalten die Honorarzahlungen für unsere Autorinnen und Autoren und achten auf die Einhaltung der Vertragskonditionen. Zudem geben wir Empfehlungen während des Schreibprozesses, kommunizieren besonders mit Verlagsleitung, Lektorat und Presseabteilung, stimmen die Titel- und Coverwahl mit dem Verlag ab und kümmern uns um die Einhaltung der Abgabefristen. Während ein Romanmanuskript zumeist schon vorliegt, entwickeln wir im Sachbuchbereich gemeinsam mit den Autorinnen und Autoren Buchprojekte zu verschiedenen gesellschaftlichen, politischen und kulturellen Themen […].

Steinleitner Wie kommen Sie mit den Schriftstellerinnen und Schriftstellern zusammen? Kommen Sie zu denen oder kommen die zu Ihnen?

Schmidt Durch den großen Stamm von Autorinnen und Autoren, die wir bereits vertreten, erhalten wir immer wieder Empfehlungen. Man lernt sich auf Veranstaltungen, auf Lesungen kennen oder schreibt manchmal nach der Lektüre eines Zeitungsartikels die Journalistin oder den Journalisten direkt an. Natürlich bewerben sich auch Autorinnen oder Autoren direkt bei uns […].

Steinleitner Nehmen wir an, ein unbekannter Autor oder eine unbekannte Autorin würde gerne von Ihnen vertreten werden. Was muss sie tun? Was wollen Sie von ihm oder ihr sehen oder wissen?

Schmidt Der Fokus der Öffentlichkeit als auch der Verlage liegt inzwischen immer mehr auf den Personen hinter den Büchern. Oft beziehen sich die ersten Fragen, die uns Verlage stellen, wenn wir ihnen neue Projekte vorstellen, auf die Sichtbarkeit der potenziellen Autorinnen oder Autoren in Social Media. Gibt es einen Blog […] oder Podcast, der vom Verlag zur Vermarktung genutzt werden kann? Im Sachbuch ist das nachvollziehbar, bekommt in der Belletristik inzwischen aber auch immer mehr Relevanz. Wenn dabei allerdings die Texte, die Geschichten zu sehr aus dem Blick rutschen, empfinde ich das als problematisch. Wer am lautesten trommelt, schreibt nicht immer die besten Bücher. Hier würde ich mir mehr Mut von den Verlagen wünschen, auch auf Autorinnen und Autoren zu setzen, die einfach nur eine gute Geschichte erzählen wollen. Als Literaturagent muss ich mich zwar auf diese Situation einstellen, bin jedoch keinem Verlag verpflichtet. Im Optimalfall können wir sehr viele Häuser ansprechen und brauchen am Ende nur eines, das sich traut. Für potenzielle Autorinnen und Autoren ist das eine große Chance, durch unsere Vermittlung auch einen passenden Verlag zu finden.

Quelle: https://buchszene.de

4 **a** Unterstreichen Sie die von Thomas Schmidt im Interview genannten Aufgaben eines Literaturagenten und geben Sie die Arbeit eines Literaturagenten mit eigenen Worten wieder.

b Recherchieren Sie, welche Aufgaben Verlage und Lektorat bei der Entstehung eines Buches haben.

Bernd Graff Self Publishing – Der ungebundene Autor (13.08.2018; Auszug)

Sie sind Buchautoren, sie veröffentlichen, sie haben Erfolg, sie werden gelesen und verdienen Geld, manchmal so viel, dass sie selbst Größen der Branche in den Schatten stellen. Doch sie haben keinen Verlag, keinen Verleger, keinen Agenten, sie tauchen auf fast keinen Bestsellerlisten auf, sie werden vom klassischen Buch- und Rezensionsmarkt ignoriert, obwohl sie Millionen Leser haben. Sie sind „Selfpublisher". Autoren, die digitale Bücher veröffentlichen und außerdem all das sind, was den regulären Buchhandel ausmacht: Verlag, Verleger, Agent, Preisgestalter, Layouter, PR-Agentur.

Quelle: www.sueddeutsche.de

5 **a** Erläutern Sie, inwiefern sich Selfpublisher von herkömmlichen Buchautorinnen und -autoren unterscheiden.
b Stellen Sie Vermutungen darüber an, welche Auswirkungen das „Self Publishing" auf den Buchmarkt haben kann.

Eine Autorin / ein Autor und das Publikum

Benjamin von Stuckrad-Barre (*1975) Livealbum (1999; Auszug)

In der Erzählung geht es um einen Autor auf Lesereise.

Benjamin von Stuckrad-Barre bei einer Lesung in Göttingen (2018)

– Guten Abend, sprach ich in das museale Mikrofon hinein. Und – ein Wunder, dass sie nicht salutierend aufsprangen – und im Chor scholl es zurück: Guten Aaaabend!
Mit einem Finger musste ich die ganze Zeit auf den Mikrofonknopf drücken, mit der anderen Hand das Buch aufhalten, denn noch stellten sich die Seiten auf, wenn man es aufgeklappt auf den Tisch legte. Am Ende meiner Lesereise würde das bestimmt nicht mehr so sein. Da wäre dann der Lack ab, der Leim auch, und das Papier gewellt, weil so viel Champagner draufgeflossen war. Rascheln, Husten, Lachen, Ratlosigkeit. Andere begannen ihre Welttournee in einem überfüllten Stadion in San Diego, ich in der Kinderbuchecke einer Samtgemeinden-Bibliothek in Bad Irgendwas. Etwas war schiefgelaufen, Koordinationsmängel, keine Ahnung. Ich wünschte meine in solch ausweglosen Situationen ganz bestimmt patent reagierende Agentin herbei. Sie würde mit einem einzigen Anruf aus Holland einen Bus Rentner herbeikommandieren, die den Saal vollmachten, also mit sich. Ich wollte ein Applausband! Und Bonbons für gute Stimmung. Ich wünschte, Jostein Gaarder[1] zu sein, nur einen Abend lang, und solche Situationen zu lieben und für meine Arbeit zu benötigen, auf jeden Fall, das stand fest, mochte ich nicht mehr dort sitzen.

1 Jostein Gaarder (*1952): norwegischer Autor; wurde 1991 mit seinem Roman „Sofies Welt" weltbekannt

1 Beschreiben Sie, wie der Ich-Erzähler seine Lesungen wahrnimmt. Arbeiten Sie anschließend die Ursachen für seine Einstellung heraus.

2 Nehmen Sie begründet Stellung zur folgenden Äußerung des Literaturkritikers und Journalisten Steffen Richter:

> Die Stimme des Autors aktualisiert den geschriebenen Text und stößt oft bereits eine Interpretation an.
> *Steffen Richter (*1969): Der Literaturbetrieb, 2011, S. 114*

3 **a** Recherchieren Sie die Bedeutung des Ingeborg-Bachmann-Preises und auf welche Art und Weise er verliehen wird.
b Schauen Sie sich auf der Internetseite des Ingeborg-Bachmann-Preises eine Lesung an und notieren Sie Merkmale des sinngestaltenden Vorlesens, derer sich die Autorin / der Autor bedient. Beachten Sie auch die Wirkung.
c Wie würden Sie den Auszug aus Stuckrad-Barres Erzählung vorlesen? Tragen Sie unter Beachtung Ihrer Ergebnisse zu Aufgabe 1 im Auszug Betonungszeichen ein und lesen Sie den Text anschließend ausdrucksstark vor.

4 Diskutieren Sie, welche weiteren Funktionen Lesungen über die von Steffen Richter formulierte These (► Aufgabe 2) hinaus haben können.

Johann Wolfgang Goethe (1749–1832) , Auseinandersetzung um Alessandro Manzonis Tragödie „Il Conte di Carmagnola“ (1821; Auszug)

Es gibt eine zerstörende Kritik und eine produktive. Jene ist sehr leicht, denn man darf sich nur irgendeinen Maßstab, irgendein Musterbild, so borniert sie auch seien, in Gedanken aufstellen, sodann aber kühnlich versichern: vorliegendes Kunstwerk passe nicht dazu, tauge deswegen nichts […]. Die produktive Kritik ist um ein gutes Theil schwerer; Sie fragt: Was hat sich der Autor vorgesetzt? Ist dieser Vorsatz vernünftig und verständig? Und inwiefern ist es gelungen, ihn auszuführen? Werden diese Fragen einsichtig und liebevoll beantwortet, so helfen wir dem Verfasser nach, welcher bei seinen ersten Arbeiten gewiss schon Fortschritte getan und sich unserer Kritik entgegengehoben hat.

5 **a** Er äutern Sie den von Goethe aufgestellten Unterschied zwischen einer „zerstörenden“ und einer „produktiven“ Kritik.

b Arbeiten Sie die Funktion(en) der „produktive[n] Kritik“ (Z. 6) heraus.

c Sichern Sie Ihre Ergebnisse in einer Mindmap und sammeln Sie weitere Funktionen und Aufgaben der Literaturkr tik, z. B.:

6 **a** Benennen Sie im Folgenden Medien und literaturkritische Formate, in denen über Literatur geschrieben und gesprochen wird. Geben Sie nach Möglichkeit auch Ihnen bekannte Beispiele an.

b Vergleichen Sie Ihre Beispiele und erklären Sie, inwiefern sich diese voneinander unterscheiden.

Vermarktung und Ehrungen

Thomas Andre (*1978) Wie entsteht eigentlich die Bestsellerliste? (07.12.2017; Auszug)

Auf nichts warten der Schriftsteller und die Schriftstellerin sehnsüchtiger als auf die wöchentliche Hitparade für literarische Gutverdiener. In ihrer Branche heißt sie „Bestsellerliste", und man darf darauf wetten, dass besonders die Garanten und Dauergäste immer genau wissen, auf welchem Platz sie gerade stehen. Die Bestsellerliste ist auch für die Suters, Zehs und Fitzeks Beleg ihrer Popularität, Arbeitszeugnis und Hinweis auf den Kontostand – und für Verlage eine Richtlinie, wie viele Bücher sie denn drucken müssen.

Aber wie entsteht die Bestsellerliste eigentlich? Zunächst einmal: Man kann gar nicht von der einen Liste sprechen, wobei die „Spiegel"-Bestseller durchaus die bekannteste Verkaufstabelle sind. Aber eben nicht die einzige: Es gibt auch noch die Bestsellerliste des „Börsenblatts". [...]

Grundlage aller Listen ist der Verkauf von Büchern – nicht zwingend deren Qualität. Mit dem Scannen des Barcodes an der Kasse wird jeder Kauf eines Titels gezählt. Dennoch arbeiten die Gesellschaft für Konsumforschung (GfK) – die Erstellerin der „Börsenblatt"-Liste – und Media Control – der Ersteller der „Spiegel"-Liste – mit Stichproben. Und weil die Datensammler dabei auf unterschiedliche Pools zurückgreifen, unterscheiden sich die Bestsellerlisten teilweise erheblich.

Quelle: www.abendblatt.de

1 **a** Fassen Sie mit eigenen Worten zusammen, wie Bestsellerlisten entstehen.
b Bestsellerlisten als Indikator für literarische Qualität? Diskutieren Sie die Chancen und Risiken solcher Listen.

2 **a** Die folgenden vier abgebildeten Literaturpreise verdeutlichen die facettenreichen Bereiche, in denen Literaturschaffende ausgezeichnet werden können. Ordnen Sie den Literaturpreisen die folgenden Kategorien zu: *Gattung, einzelnes Buch, Nachwuchswettbewerb, Genre.*

Deutscher Krimipreis ______________

deutscher buch preis ______________

LYRIKPREISMERAN ______________

open mike ______________

b Recherchieren und notieren Sie in Ihr Heft, welche inhaltlichen Kriterien mit den Preisvergaben verbunden sind.
c Recherchieren Sie die letzten fünf Gewinnerinnen und Gewinner des Ingeborg-Bachmann-Preises sowie die fünf Autorinnen und Autoren, die aktuell eine Bestsellerliste in der Rubrik „Taschenbuch Belletristik" anführen.

3 Vergleichen Sie Ihre Ergebnisse und stellen Sie Vermutungen über mögliche Ursachen für Gemeinsamkeiten und Unterschiede an. Welche Kriterien spielen bei Literaturpreisen, welche bei Bestsellerlisten eine Rolle?

Wissen und können | **Der Literaturbetrieb im Überblick**

Der **Literaturbetrieb** umfasst die **Produktion, Vermarktung** und **Rezeption** von Literatur:

- Neben den **Autorinnen/Autoren** zählen **Literaturagenturen, Verlage** und **Lektorinnen/Lektoren** zu den wichtigsten **Akteurinnen/Akteuren,** die am Entstehungsprozess eines literarischen Werks beteiligt sind. Demgegenüber veröffentlichen **Selfpublisherinnen/Selfpublisher** ihre Werke zumeist ohne fremde Hilfe **im Selbstverlag** und zunächst **online** auf **Self-Publishing-Plattformen.**
- **Lesungen, Diskussionen** mit der Autorin/dem Autor oder auch **Rezensionen** schaffen die Möglichkeit des **Austauschs** und damit eine Verbindung zwischen Textproduzentin/Textproduzent und dem Publikum. Während bei Lesungen und Diskussionen **Unterhaltung** und **Deutungshypothesen** im Vordergrund stehen, ermöglichen Rezensionen u. a. einen **ersten Einblick** in eine Neuerscheinung.
- **Buchmessen** und **Literaturpreise** gehören zu den wichtigsten Möglichkeiten der **Vermarktung und Bewertung** von Büchern. Buchmessen verbinden Autorinnen/Autoren mit Leserinnen/Lesern und Verlagen, wohingegen Literaturpreise einen Gradmesser für aktuelle Vorstellungen von Literatur und damit auch eine **öffentlichkeitswirksame Form der Literaturkritik** darstellen.

4.2 Deutschlands wichtigste literarische Auszeichnung – Der Georg-Büchner-Preis

Der Georg-Büchner-Preis – Geschichte und Gegenwart* (o. J.; Auszug)

Preisträgerin im Jahr 2022: die Schriftstellerin Emine Sevgi Özdamar (*1946)

Die Geschichte des Georg-Büchner-Preises geht zurück bis in die zwanziger Jahre des vergangenen Jahrhunderts. Am Anfang stand die Initiative des hessischen Landtagsabgeordneten Julius Reiber, der am 8. August 1922 die Einrichtung eines Kulturpreises unter dem Namen Büchners forderte: „Ich will dokumentiert wissen, dass der Volksstaat den Künstlern verpflichtet ist, dass der Volksstaat anerkennt, dass die Kunst und die Künstler eine Angelegenheit der Allgemeinheit sind.“ Die im Sitzungsprotokoll dokumentierten Zwischenrufe („Hört! Hört!“) deuten bereits auf die nun einsetzenden, langen und teilweise erbitterten Auseinandersetzungen voraus, aber schließlich wurde am 19. Juni 1923 die Einrichtung des Georg-Büchner-Preises als Staatspreis des Volksstaates Hessen für alle Künste beschlossen. Die erste Verleihung fand am 11. August 1923 statt, dem Verfassungstag der Weimarer Republik, geehrt wurden der Komponist Arnold Mendelssohn und der Schriftsteller Adam Karillon.

Die eng mit den Geschicken der Weimarer Demokratie verbundene frühe Geschichte des Preises endete 1933. Ferdinand Werner, bei der Preisgründung entschiedener Widersacher von Julius Reiber, konnte nun als erster Staatspräsident unter den Nationalsozialisten seine Ablehnung eines nach Georg Büchner benannten Staatspreises politisch umsetzen.

Kurz nach dem Ende des Zweiten Weltkriegs war es erneut Julius Reiber, nun Bürgermeister in Darmstadt, der anregte, an die Vorkriegstradition eines hessischen Kulturpreises anzuknüpfen. Mit wohlwollender Unterstützung der amerikanischen Besatzungsmacht wurde 1945 durch die Stadt Darmstadt und das Hessische Regierungspräsidium Darmstadt als Vertreterin des Landes der Georg-Büchner-Preis wiederbegründet. [...]

Der am 15. März 1951 zwischen dem Hessischen Minister für Erziehung und Volksbildung, dem Magistrat der Stadt Darmstadt und der Deutschen Akademie für Sprache und Dichtung geschlossene Vertrag legte fest: „Zur Verleihung können Schriftsteller und Dichter vorgeschlagen werden, die in deutscher Sprache schreiben, durch ihre Arbeiten und Werke in besonderem Maße hervortreten und an der Gestaltung des gegenwärtigen deutschen Kulturlebens wesentlichen Anteil haben.“ Diese Leitlinien für die Vergabe des Preises sind bis heute gültig geblieben.

Quelle: www.buechnerpreis.de

1 **a** Markieren Sie im Text die wichtigsten Etappen des Georg-Büchner-Preises und stellen Sie seine Entstehungsgeschichte mit Hilfe einer Zeitleiste dar.

1922

b Arbeiten Sie heraus, inwiefern sich der Preis verändert hat.

2 **a** Geben Sie mit eigenen Worten wieder, welche Voraussetzungen potenzielle Preisträgerinnen oder Preisträger erfüllen müssen.

b Setzen Sie sich kritisch mit diesen Voraussetzungen bzw. Leitlinien auseinander.

Christa Wolf (1929–2011) **Dankrede** (1980; Auszug)

Ich danke der Deutschen Akademie für Sprache und Dichtung Darmstadt für die Zuerkennung des Georg-Büchner-Preises in diesem Jahr. [...] Büchners Beispiel vor Augen, beunruhigen mich mehr denn je die untergründigen Verflechtungen von Schreiben und Leben, von Verantwortung und Schuld, welche die Person, die schreibend lebt, lebend schreibt, hervorbringen und im gleichen Arbeitsgang zu zerreißen drohen. Die, glaube ich heute, nicht nur ausgehalten, sondern angenommen werden müssen. Unschuldig und ohne Verantwortung sein – dies mag als Wunschbild in Zeiten der Schwäche aufkommen; es ist ein Fluchtbild. In den konkreten Verhältnissen, in denen wir leben und schreiben, erwachsen werden – was auch heißt: sehend –, uns einmischen, versagen, wieder aufbegehren und auf neue Erfahrung süchtig sind: In diesen konkreten Verhältnissen ist ein

Zustand verantwortungsloser Unschuld nicht vorgesehen. […]
Wenn die drei Sprachen, die Büchner noch unter Überanspannung von Körper und Geist in seiner Person zusammenhielt – die Sprachen von Politik, Wissenschaft und Literatur – inzwischen unrettbar weit voneinander weggetrieben sind: Die Sprache der Literatur scheint es merkwürdigerweise zu sein, die der Wirklichkeit des Menschen heute am nächsten kommt; die den Menschen am besten kennt, wie immer Statistiken, Zahlenspiegel, Normierungs- und Leistungstabellen dagegen angehen mögen. Vielleicht weil immer moralischer Mut des Autors – der zur Selbstkenntnis – in Literatur eingeht. Vielleicht, weil Übereinkünfte in ihr festgeschrieben sind, die – mühselig genug, gefährdet genug und immer wieder verletzt – doch über die Jahrhunderte hin jenes Gewebe schufen, das wir „Gesittung" nennen. Unser Befremden vor diesem überholten Wort mag uns bewußt machen wie bedroht der Bestand dessen ist, wofür es steht. Und doch hat dieses Wort, anders als die Termini von Politik und Wissenschaft, einen Hof, eine Aura, so wie die zufällig in mir auftauchenden Wörter „Frieden", „Mond", „Stadt", „Wiese", „Leben", „Tod". Wollen wir sie wirklich fallen lassen? An ihre Stelle die Begriffe „nukleares Patt", „Erdsatellit", „Siedlungsgroßraum", „Grünland", „Bewegungsform der Materie" und „Exitus" setzen?

Nach Ingeborg Bachmann (1926–1973) im Jahr 1964 erhielt nach 16 Jahren mit Christa Wolf (1929–2011) zum ersten Mal wieder eine Frau den Preis. Zudem ging dieser erstmals an eine in der DDR lebende Schriftstellerin.

Die Naturwissenschaftler haben ihre Erfindungen mit Hilfe einer Spezialsprache vor ihren eignen Gefühlen in Sicherheit gebracht; scheinlogische Sprachkonstruktionen stützen die fixe Idee von Politikern, die Rettung der Menschheit liege in der Möglichkeit, sie mehrfach zu vernichten.
Literatur heute muß Friedensforschung sein. R

Quelle: www.deutscheakademie.de

Clemens J. Setz (*1982) **Dankrede*** (2021; Auszug)

[D]ie preisverleihungsähnlichste Szene in dem Werk des jungverstorbenen Dichters, in dessen Namen wir hier versammelt sind, ist zufällig auch jene Szene, die mir immer als Erstes einfällt, wenn ich an ihn denke. Darin soll sich ein Wesen vor versammelter Menge ausdrücken, es soll seine Verwandtschaft beweisen, soll vortragen, verkündigen. Es ist die Jahrmarktszene im *Woyzeck*[1], in der der Ausrufer uns Zuschauern wie auch dem „Volk" im Theaterstück sein dressiertes Pferd vorstellt: „Meine Herren", ruft er, „hier sind zu sehn das astronomische Pferd und die kleine Kanaillevögele, sind Liebling von alle Potentate Europas und Mitglied von alle gelehrte Sozietät; weissage de Leute Alles, wie alt, wie viel Kinder, was für Krankheit, schießt Pistol los, stellt sich auf ein Bein." […]
Jedes Mal, wenn ich den *Woyzeck* lese, erwarte ich, dass ich gleich etwas mehr über das Schicksal dieses astronomischen Pferdes erfahren werde. Aber es ist, wie so viele Tiere in der Literatur, hier nur eine Art Sinnbild, eine Vergleichsgröße für das, was gleich dem Soldaten Woyzeck widerfahren wird. Aber natürlich gab es solche astronomischen Pferde wirklich. Sie waren durchaus zahlreich, in bestimmten Regionen sogar allgegenwärtig, und ihre Aufgabe, abgesehen vom späteren Sinnbild-Werden, war es, auf Zuruf und in Erwartung einer Belohnung den Menschen irgendwelche Fragen durch Klopfzeichen zu beantworten. […]
Im Sommer 2018 stieß ich in einem alten Buch mit dem

Der österreichische Schriftsteller Clemens J. Setz (*1982) bei der Verleihung des Georg-Büchner-Preises im Jahr 2021

Titel *Denkende Tiere* endlich auf die von mir ersehnte Fortsetzung der Jahrmarktsszene bei Büchner. Der Verfasser war der deutsche „Pionier der Tierpsychologie" Karl Krall (1863–1929), der uns auf Hunderten von Seiten von seinen Versuchen berichtet, Pferde zu sprechenden, denkenden Mitmenschen zu erziehen. […] Er konzentrierte sich in seinen Dressuren vor allem auf das Buchstabieren. Er sprach deutsche Wörter vor, und das Pferd konnte nach einer Weile das Gehörte nachklopfen. […]
Und so könnte man annehmen, dass die Literatur sich am Leitbild dieser Pferde in immer neue interessante

Bereiche vortastete. Aber dazu kam es nicht. Wikipedia informiert uns: „Kralls Pferde […] wurden zum Kriegsdienst eingezogen; über ihr weiteres Schicksal ist nichts bekannt.“

[…] Wir wollen uns besser nicht vorstellen, wie die in Klopfsprache trainierten Hengste im Feld, nachts, oder sogar während ohrenbetäubender, desorientierender Gefechte, immer noch hilflos ihre Zeichen aussandten. Was wir uns aber imaginieren dürfen, ist die Szene, in der unser armer Freund Krall, seit heute Morgen den Requirierungsbescheid in der Tasche, sich zu den Pferden begibt. […] Vielleicht fragte er sich, ob er die Tiere nun, bis zum endgültigen Abtransport, wirklich bloß weiter Äpfel zählen und deutsche Wörter in torkelnder Lautschrift nachklopfen lassen sollte. Oder musste er ihnen, an denen sein Herz zweifellos mehr hing als an irgendwelchen Mitmenschen, nicht vielleicht doch den Krieg zu erklären versuchen? […]

Sagen wir also: Eines Tages setzte sich Krall zu ihnen in den Stall, als eine Art über Nacht stark gealterter Geschichtslehrer, und begann ihnen das vollkommen Unbegreifliche zu beschreiben. Wo aber beginnt man, wenn man Pferden erklärt, was Krieg ist? Las er ihnen aus historischen Quellen über Krieg und Kavallerie vor, aus Zeitungsartikeln, zeitgenössischen Polemiken? […]

Den Zählpferden erklären, was Krieg ist. Das ist für mich das geheime Herz aller Erzählkunst. Jeder Mensch, der Geschichten erzählen will, muss auch an Außerirdische predigen können. Er muss sich, trotz aller von ihm selbst zufällig mitgebrachten Universalität, eine kompetente und furchtlose Vertrauensperson außerhalb unserer Zeit oder unserer Spezies ersinnen können, eine Art Muse, eine in unserem Namen in ein aphasisches[2], menschenfeindliches Jenseits ausgeschickte sprachfähige Sonde, die möglicherweise irgendwann, randvoll mit Erkenntnis, zu uns zurückkehren darf.

Quelle: www.deutscheakademie.de

1 Woyzeck: Dramenfragment Büchners, entstanden zwischen 1836 und 1837. Hauptfigur ist der einfache Soldat Franz Woyzeck, der aus Eifersucht seine Freundin Marie ermordet.

2 aphasisch: sprachlos

3 **a** Untersuchen und beschreiben Sie, welche Gemeinsamkeiten die Dankesreden inhaltlich aufweisen.

b Wie soll Literatur sein? Arbeiten Sie heraus, welche Forderungen Christa Wolf und Clemens Setz jeweils formulieren.

Wolf: ______________________________

____

Setz: ______________________________

____

c Erklären Sie, inwiefern diese Forderungen zum jeweiligen politischen Zeitgeschehen passen, und begründen Sie, welcher Forderung Sie sich eher anschließen würden.

August Hoffmann (1810–1872): Georg Büchner (o. J.)

4 **a** Tauschen Sie sich darüber aus, was Sie bereits über Georg Büchner wissen.

b Recherchieren Sie weitere Informationen zu seiner Person und weshalb er der Namensgeber des Preises ist.

c Stellen Sie dar, in welcher Weise Christa Wolf (► S. 51 f.) und Clemens J. Setz (► S. 52 f.) auf Büchner Bezug nehmen.

Wissen und können | **Der Georg-Büchner-Preis**

- Der nach dem Schriftsteller **Georg Büchner** (1813–1837) benannte Preis wird seit dem Jahr 1923 verliehen. Zunächst als ein Kulturpreis ausgelobt, der z. B. auch an Musikschaffende, Maler und Bildhauer ging – bis 1946 waren die Preisträger aus diesen Sparten ausschließlich Männer –, wird er seit 1951 von der Deutschen Akademie für Sprache und Dichtung ausschließlich als **Literaturpreis** an Autorinnen und Autoren vergeben.
- Ausgezeichnet werden dabei laut Satzung Autorinnen und Autoren, die in **deutscher Sprache** schreiben, durch ihre Arbeiten und Werke in **besonderem Maße hervortreten** und die an der Gestaltung des **gegenwärtigen deutschen Kulturlebens** wesentlichen Anteil haben. Die Vergabe des Preises verschafft den Preisträgerinnen und -trägern ein besonderes **Ansehen.**
- Die **Preisreden,** in denen sich die Ausgezeichneten stets mit Georg Büchner auseinandersetzen und damit die soziale Verantwortung von Literatur in den aktuellen politischen Kontext neu und teils provozierend einordnen, gelten als **Dokument für das Poetologie- und Politikverständnis** der Preisträgerinnen und -träger.

4.3 Projekt – Eine eigene Buchmesse mit Lesungen gestalten

Projektaufgabe: Gestalten Sie eine eigene Buchmesse mit Messeständen und Lesungen zu aus Ihrer Sicht empfehlenswerten literarischen Werken.

Schritt 1: Ideen für die Buchmesse sammeln

1 Sammeln Sie gemeinsam Möglichkeiten für die Ausgestaltung des Projekts, z. B.:

Schritt 2: Die Buchmesse vorbereiten

2 Finden Sie einen geeigneten Termin (Datum, Uhrzeit) für Ihre Buchmesse:

Datum: ______________________ Uhrzeit (von/bis): ______________________

3 Bilden Sie Gruppen zu den folgenden vier Teams und ergänzen Sie dazu nötige Aufgaben:

Team 1: Rahmenbedingungen abklären und Moderation planen

Aufgaben	erledigt bis
▪ Genehmigung des Projekts durch die Schulleitung	______
▪ Absprachen mit anderen Teams	______
▪ Absprachen mit Hausmeister (Raum, Tische, Stellwände, ...)	______
▪ Entwurf einer Anmoderation zur Begrüßung des Messepublikums	______
▪ Übernahme der Moderation vor/nach Lesungen	______
▪ ______________________	______
▪ ______________________	______

Team 2: Werbung planen und Veranstaltung organisieren

Aufgaben	erledigt bis
▪ Erstellung eines Informationstextes für die Schulwebesite vor/nach der Veranstaltung	______
▪ Gestaltung von Werbeplakaten für das Schulhaus	______
▪ Entwurf eines Ablaufplans	______
▪ ______________________	______
▪ ______________________	______
▪ ______________________	______

Team 3: Messestände mit ausgewählten literarischen Werken gestalten

Aufgaben	erledigt bis
■ Begründete Auswahl literarischer Werke	______
■ Sammeln von Informationen über die Autorinnen / die Autoren	______
■ Gestalten von Messestandplakaten zu den Werken und Autorinnen/Autoren	______
■ ______	______
■ ______	______
■ ______	______

Team 4: Buchlesungen planen und proben

Aufgaben	erledigt bis
■ Auswahl interessanter Textpassagen aus ausgewählten Werken (► Team 3)	______
■ Einüben des sinngestaltenden Vorlesens der Textpassage/-n	______
■ Moderation: Kurzvorstellung des Werks und Zusammenfassung wichtiger Informationen zur Handlung und Einordnen der vorzulesenden Stelle in den Textzusammenhang	______
■ ______	______
■ ______	______
■ ______	______

4 Legen Sie in den Teams fest, bis wann die Aufgaben erledigt sein sollen.

Schritt 4: Das Feinkonzept besprechen

5 **a** Tauschen Sie sich mit den anderen Teams über deren Ziele, Termine und Ergebnisse aus und geben Sie sich gegenseitig ein Feedback: Was könnte problematisch sein? Was muss noch geplant werden?
b Bearbeiten Sie fehlende bzw. zu überarbeitende Aufgaben.

Schritt 5: Die Buchmesse durchführen und bewerten

6 **a** Führen Sie die Buchmesse durch.
b Bewerten Sie sachlich, begründet und wertschätzend die Leistung des eigenen Teams und die der anderen Teams. Was ist gut gelaufen? Was sollte verbessert werden?

Checkliste **Eine Buchmesse planen und gestalten**

- Sind die **organisatorischen Rahmenbedingungen** geklärt: Genehmigung durch die Schulleitung, Festlegung von Datum und Raum, Auswahl von Medien und Materialien?
- Wurden die **Anmoderationen** eingeübt?
- Haben Sie einen **Ablaufplan erstellt und besprochen?**
- Haben Sie Ihre **Buchmesse beworben:** Plakate im Schulhaus, Information auf der Schulwebsite?
- Haben Sie **literarische Werke,** die Sie vorstellen wollen, **begründet ausgewählt?**
- Ist der **Messeraum vorbereitet:** Messestände mit Stellwänden, Plakaten und Büchern; Lesebühne mit Tisch und Stuhl?
- Haben Sie die **Lesungen vorbereitet:** Zusammenfassen des Inhalts und Einordnen der Textpassage in den Zusammenhang, Vorbereiten der Textpassage mit Betonungszeichen, sinngestaltendes Vorlesen ausgewählter Textpassagen?

Prüfungsmöglichkeiten – Testen Sie Ihr Wissen und Können

Julian Dörr (*1988) Selfpublishing: „Es gibt jedes Jahr mehr Autoren, die von ihrer Arbeit leben können“ (09. 10. 2018; Interviewauszug)

Matthias Matting ist einer der erfolgreichsten deutschen Selfpublisher. Ohne die Unterstützung eines Verlages veröffentlicht der Journalist und Physiker digitale Bücher […].

SZ Sie sind seit Jahren als Selfpublisher aktiv. Wie hat sich der Markt entwickelt?

Matting Am Anfang wurde viel ausprobiert, es gab sehr viele Autoren, auch Verlagsautoren, die Manuskripte in der Schublade liegen hatten und die ihre Arbeit bei einem Anbieter hochgeladen haben, um zu schauen, was dann daraus wird. Dieses anfängliche Herumprobieren ist vorbei. […] Die, die nach wie vor Spaß daran haben, arbeiten immer professioneller. Es gibt jedes Jahr mehr Autoren, die von ihrer Arbeit leben können. Und die auch besser davon leben können, als sie es bei einem Verlag könnten. […]

SZ Wenn man bei [(Online-)Buchhandlungen] nach politischen Büchern sucht, findet man E-Books von Verschwörungstheoretikern, die gleichberechtigt neben seriösen Sachbüchern stehen. Ist das eine Gefahr beim Selfpublishing, dass durch den Verlag eine Instanz zur Qualitätssicherung wegfällt, die auswählt und aussiebt?

Matting Da sehe ich keine Gefahr. […] Solche Bücher gibt es auch im normalen Buchhandel, das ist kein spezifisches Selfpublishing-Problem. Es ist wie mit dem Internet im Allgemeinen. Jeder kann alles veröffentlichen, solange es nicht gegen Gesetze verstößt. Eine Nische wie die der Verschwörungstheoretiker findet ihre Leser. Auf Blogs […] und natürlich auch als E-Books, klar.

Quelle: www.sueddeutsche.de

1 **a** Unterstreichen Sie die im Text genannten Akteurinnen und Akteure des Literaturbetriebs und ordnen Sie diese den Bereichen *Produktion (P), Vermarktung (V), Rezeption (R)* zu.

b Begründen Sie knapp, inwieweit Selfpublishing einen Gewinn für den Literaturbetrieb darstellt.

2 Vergleichen Sie die Kriterien zur Vergabe des Georg-Büchner-Preises (► Wissen und können, S. 53) mit der folgenden Definition für einen „Poetry Slam“ und stellen Sie stichpunktartig die beiden Formen der Preisvergabe unter Berücksichtigung der Aspekte Jury, Ablauf und Bewertung gegenüber.

> **Poetry-Slam:** Wettbewerbe, bei dem auf einer Bühne vor Publikum selbst verfasste Texte aller Art ohne thematische Vorgaben vorgetragen werden. Das Publikum ist dabei in der Regel gleichzeitig die Jury, indem es mit dem lautesten Applaus die Siegerin oder den Sieger kürt.

3 Erklären Sie knapp und mit eigenen Worten, was der Aufklärer G. C. Lichtenberg mit seiner Aussage über den literarischen Betrieb meint.

> Ich sehe die Rezension als eine Art von Kinderkrankheit an, die die neugeborenen Bücher mehr oder weniger befällt. Man hat Exempel, dass die gesündesten daran sterben, und die schwächlichen oft durchkommen. Manche bekommen sie gar nicht. *Georg Christoph Lichtenberg (1742–1799): Schriften und Briefe ³1994, Bd. 1, S. 771*

5 Die Lehre von den Zeichen – Modul „Semiotik“

Nichts ist ein Zeichen, wenn es nicht als Zeichen interpretiert wird.
Charles S. Peirce (1839–1914)

Dies ist keine Pfeife.
René Magritte (1898–1967)

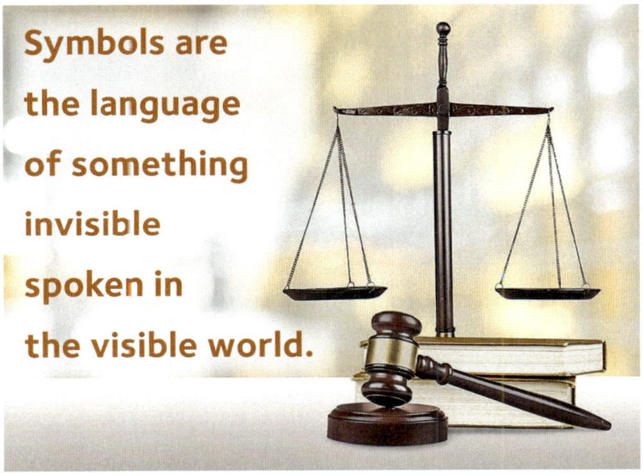

Symbole sind die Sprache von etwas Unsichtbarem, das in der sichtbaren Welt gesprochen wird.
Gertrud von le Fort (1876–1971)

Denn man wollte [auf der Olympiade] 1972 der Welt zeigen, dass man sich ihr anpasst und sie nicht beherrscht, z. B. mit einer Sprache.
Otl Aicher (1922–1991)

1 Formulieren Sie mit eigenen Worten, welche Eigenschaften von Zeichen in den Aussagen jeweils ausgedrückt werden, z. B.: Nach Charles S. Peirce entstehen Zeichen entstehen erst dadurch, dass eine Empfängerin/ein …,

2 **a** Nennen Sie Bereiche des alltäglichen Lebens, in denen Zeichen eine Rolle spielen.

b Tauschen Sie sich darüber aus, auf Grund welcher Voraussetzungen die von Ihnen genannten Zeichen erkannt und verstanden werden. Wie können Sie diese wahrnehmen? Wann fällt es Ihnen schwer?

In diesem Kapitel …

- lernen Sie verschiedene Zeichentheorien kennen,
- befassen Sie sich mit Formen von Zeichen im alltäglichen Leben,
- interpretieren Sie einen Auszug aus Umberto Ecos Roman „Der Name der Rose“ in semiotischer Hinsicht.

5.1 Der klassische Zeichenbegriff – Was ist ein Zeichen?

Winfried Nöth (*1944) **Handbuch der Semiotik** (2000; Auszug)

Die Semiotik befasst sich [laut Umberto Eco (1932–2016)] mit allem, was als Zeichen *aufgefasst* werden kann. Ein Zeichen ist alles, was in signifikanter[1] Weise als stellvertretend für etwas anderes gelten kann. Dieses andere Etwas muss nicht notwendigerweise existieren oder in dem Moment, in dem ein Zeichen für dieses Etwas steht, auch wirklich irgendwo vorhanden sein.

1 signifikant: hier i. S. v. *charakteristisch, typisch*

1 Vergleichen Sie die Definition der Semiotik und der des Zeichens mit Ihrem bisherigen Verständnis eines Zeichens. Was ist ggf. neu oder noch unverständlich für Sie?

Dieter Mersch (*1951) **Semiotik und Grundlagen der Wissenschaft** (2001; Auszug)

Es liegt nahe, den Begriff des Zeichens am Modell der Namensgebung oder der „Spur“ zu erläutern. Ein Name „steht für“ eine Person oder ein Phänomen, wie eine Spur stets auf etwas „verweist“: Ein Kratzer auf einem Tisch auf einen spitzen Gegenstand, eine Fährte auf ein Tier. Die klassischen Zeichenbestimmungen setzen hier an: ein Zeichen „steht für“ oder „verweist auf“ etwas Anderes, das es „ersetzt“ oder „repräsentiert“. Dann handelt es sich um die Struktur einer Zuordnung, deren Relationsschema binär oder „zweiwertig“ verläuft […]. Vorausgesetzt wird also eine „Zeichensache“, zum Beispiel ein Laut, eine Markierung oder dergleichen, die das „Bezeichnende“ genannt wird, und ein „Zeichenobjekt“, worauf dieses verweist oder wofür es steht und die das „Bezeichnete“ heißt. Dabei lässt sich die Zuordnung selber auf unterschiedliche Weise herstellen: Sie zeigt etwas an, etwa ein Werkzeug intelligentes Leben; sie substituiert ein „Abwesendes“ durch eine „Anwesenheit“, zum Beispiel eine geliebte Person durch eine Haarlocke; sie repräsentiert einen abstrakten Inhalt durch einen sinnlichen Gegenstand, etwa eine Erinnerung durch ein Denkmal. Das heißt, das Bezeichnete kann jeweils unbestimmt, räumlich entfernt oder zeitlich vergangen sein: Immer aber ist das Bezeichnende gegenwärtig, das Bezeichnete absent. […] Mit Verweisung, Substitution und Repräsentation sind drei klassische Formen von Zeichenrelationen genannt, die sich demselben Schema fügen, aber Unterschiedliches nuancieren: Die Verweisung stellt eine Beziehung her, ohne dass klar sein muss, worauf sie sich bezieht: Sie gleicht einem Schlussschema der Logik oder einem „Fingerzeig“. Bei der Substitution sind Bezeichnendes und Bezeichnetes gleichermaßen bekannt und gegeben, nur entweder räumlich oder zeitlich entfernt […]. Die Repräsentation wiederum vergegenwärtigt ein Immaterielles: Sie verleiht einem Unkörperlichen einen Körper, einer Idee einen plastischen Ausdruck. Sie kann darum erkenntnistheoretisch heißen, weil die Verbindung, die das Zeichen stiftet, differenten Sphären wie dem Geistigen und dem Sinnlichen entstammt.

2 **a** Ordnen Sie die folgenden Bilder den im Text genannten Begriffen zu: „Zeichensache/Bezeichnendes“ (Z. 11, 12 f.) sowie „Zeichenobjekt/Bezeichnetes“ (Z. 13, 14 f.) und erläutern Sie Ihre Entscheidung.

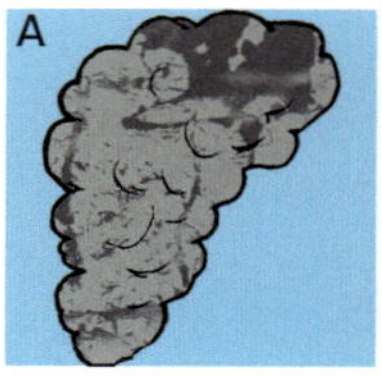

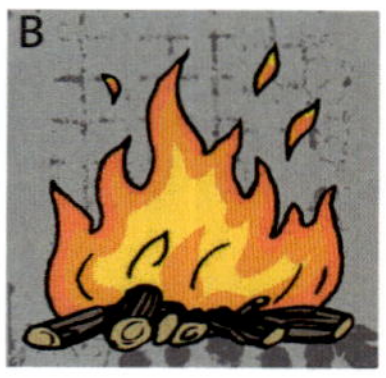

b Die Bilder veranschaulichen auch die drei Zeichenarten, die Peirce (► S. 57) wie folgt benennt. Ordnen Sie den Bildern einen der drei Fachbegriffe zu und erläutern Sie Ihre Entscheidung.

indexikalisches Zeichen (Anzeichen)	Symbol (Arbitrarität & Konvention)	Ikon (Ähnlichkeitsverhältnis)

A/B = ____________________

C/D = ____________________

E/F = ____________________

Ferdinand de Saussure (1857–1913) u. a. **Grundfragen der allgemeinen Sprachwissenschaft** (postum 1916; Auszug)

Das sprachliche Zeichen vereinigt in sich nicht einen Namen und eine Sache, sondern eine Vorstellung und ein Lautbild. Dieses Letztere ist nicht der tatsächliche Laut, der lediglich etwas Physikalisches ist, sondern der psychische Eindruck dieses Lautes, die Vergegenwärtigung desselben auf Grund unserer Empfindungswahrnehmungen; es ist sensorisch, und wenn wir es etwa gelegentlich „materiell" nennen, so ist damit eben das Sensorische gemeint im Gegensatz zu dem andern Glied der assoziativen Verbindung, der Vorstellung, die im Allgemeinen mehr abstrakt ist. Der psychische Charakter unserer Lautbilder wird ganz klar, wenn wir uns selbst beobachten. Ohne die Lippen oder die Zunge zu bewegen, können wir mit uns selbst sprechen oder uns im Geist ein Gedicht vorsagen. [...]

Das Lautbild ist in erster Linie die natürliche Vergegenwärtigung des Wortes als Sprachbestandteil ohne Rücksicht auf die Verwirklichung durch das Sprechen. Die motorische Seite kann also mit inbegriffen sein oder allenfalls eine untergeordnete Stellung im Vergleich zum Lautbild haben. Das sprachliche Zeichen ist also etwas im Geist tatsächlich Vorhandenes, das zwei Seiten hat [...]. Mit dieser Definition wird eine wichtige terminologische Frage aufgeworfen. Ich nenne die Verbindung der Vorstellung mit dem Lautbild das Zeichen; dem üblichen Gebrauch nach aber bezeichnet dieser Terminus im Allgemeinen das Lautbild allein, z. B. ein Wort (*arbor* usw.). Man vergisst dabei, dass, wenn *arbor* Zeichen genannt wird, dies nur insofern gilt, als es Träger der Vorstellung „Baum" ist, sodass also diese Bezeichnung außer dem Gedanken an den sensorischen Teil den an das Ganze einschließt. Die Mehrdeutigkeit dieses Ausdrucks verschwindet, wenn man die drei hier in Rede stehenden Begriffe durch Namen bezeichnet, die unter sich in Zusammenhang und zugleich in Gegensatz stehen. Ich schlage also vor, dass man das Wort Zeichen beibehält für das Ganze, und Vorstellung bzw. Lautbild durch Bezeichnetes und Bezeichnung (Bezeichnendes) ersetzt; die beiden letzteren Ausdrücke haben den Vorzug, den Gegensatz hervorzuheben, der sie voneinander trennt und von dem Ganzen, dessen Teile sie sind.

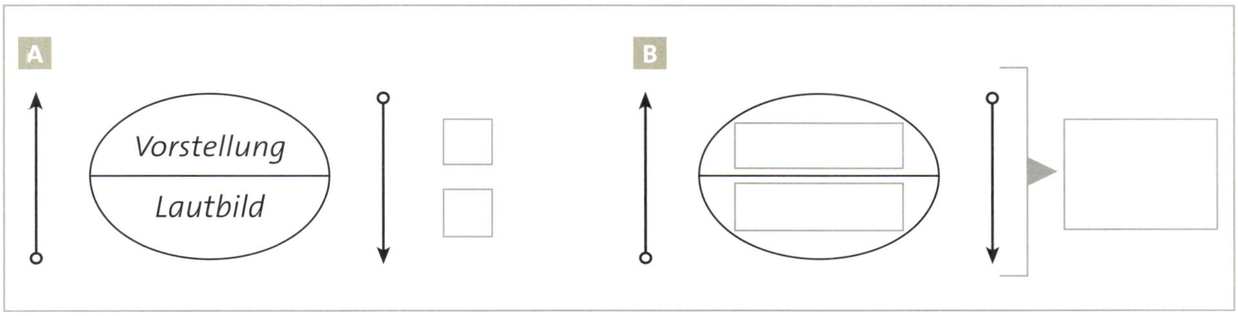

3 **a** Ordnen Sie den beiden Ebenen im linken Zeichenmodell Saussures (A) die folgenden Ziffern zu:

(1) BAUM **(2)**  **(3)** ARBOR

b Ergänzen Sie im Modell rechts (B) die im Text (Z. 35 ff.) genannten Begriffe zum Aufbau eines Zeichens.

> Das Band, welches das Bezeichnete mit der Bezeichnung verknüpft, ist beliebig; und da wir unter Zeichen das durch die assoziative Verbindung einer Bezeichnung mit einem Bezeichneten erzeugte Ganze verstehen, so können wir dafür auch einfacher sagen: Das sprachliche Zeichen ist beliebig.
>
> *Ferdinand de Saussure: Grundfragen der allgemeinen Sprachwissenschaft, 1916, S. 79*

4 **a** Erklären Sie de Saussures These anhand des Wortes „Schwester".

b Diskutieren Sie am Beispiel von Onomatopoetika (Lautmalereien), ob de Saussures These weiterhin zutrifft.
Denken Sie z. B. an das Krähen eines Hahns:
„Kikeriki" im Deutschen, „cocorico" im Französischen oder „cock-a-doodle-doo" im Englischen.

Peter Bichsel (1935) **Ein Tisch ist ein Tisch** (1969; Auszug)

„Immer derselbe Tisch“, sagte der Mann, „dieselben Stühle, das Bett, das Bild. Und zu dem Tisch sage ich Tisch, zu dem Bild sage ich Bild, das Bett heißt Bett, und den Stuhl nennt man Stuhl. Warum denn eigentlich?“ Die Franzosen sagen zu dem Bett „li“, zu dem Tisch „tabl“, nennen das Bild „tablo“ und den Stuhl „schäs“, und sie verstehen sich. Und die Chinesen verstehen sich auch. „Warum heißt das Bett nicht Bild“, dachte der Mann und lächelte, dann lachte er, lachte, bis die Nachbarn an die Wand klopften und „Ruhe“ riefen. „Jetzt ändert es sich“, rief er, und er sagte von nun an zu dem Bett „Bild“. „Ich bin müde, ich will ins Bild“, sagte er, und morgens blieb er oft lange im Bild liegen und überlegte, wie er nun zu dem Stuhl sagen wolle, und er nannte den Stuhl „Wecker“.

Er stand also auf, zog sich an, setzte sich auf den Wecker und stützte die Arme auf den Tisch. Aber der Tisch hieß jetzt nicht mehr Tisch, sondern Teppich.

Am Morgen verließ also der Mann das Bild, zog sich an, setzte sich an den Teppich auf den Wecker und überlegte, wem er wie sagen könnte.

5 Beschreiben Sie, was in der Geschichte geschieht, und erläutern Sie, welche Konsequenzen die Handlung des Mannes auf sein Leben haben könnte.

Ferdinand de Saussure (1857–1913) u. a. **Die Unveränderlichkeit und die Veränderlichkeit von Zeichen*** (postum 1916; Auszüge)

§1 Unveränderlichkeit

Wenn die Bezeichnung hinsichtlich der Vorstellung, die sie vertritt, als frei gewählt erscheint, so ist sie dagegen in Beziehung auf die Sprachgemeinschaft, in der sie gebraucht wird, nicht frei, sondern ihr auferlegt. Die Masse der Sprachgenossen wird in der Wahl der Bezeichnung nicht zu Rate gezogen, und die von der Sprache gewählte Bezeichnung könnte nicht durch eine andere ersetzt werden. Dieser Sachverhalt scheint einen Widerspruch zu enthalten, und es ist daher, als ob zu der Sprache gesagt würde: „Wähle!“ – sogleich aber beigefügt: „Dies Zeichen soll es sein und kein anderes.“ Nicht nur ein Individuum wäre außerstande, wenn es wollte, die vollzogene Wahl nur im Geringsten zu ändern, sondern auch die Masse selbst kann keine Herrschaft nur über ein einziges Wort ausüben; sie ist gebunden an die Sprache so wie sie ist.

§2 Veränderlichkeit

Die Zeit, welche die Kontinuität der Sprache gewährleistet, hat noch eine andere Wirkung, die anscheinend der vorigen widerspricht: nämlich dass die sprachlichen Zeichen mehr oder weniger schnell umgestaltet werden, und in einem gewissen Sinn kann man zu gleicher Zeit von der Unveränderlichkeit und von der Veränderlichkeit des Zeichens sprechen. Im letzten Grunde bedingen sich diese beiden Tatsachen gegenseitig: Das Zeichen wird umgestaltet, weil es sich ununterbrochen in der Zeit fortpflanzt. Das Vorherrschende bei einer jeden Umgestaltung ist aber, dass die ursprüngliche Materie dabei fortbesteht; die Abweichung vom Vergangenen ist nur relativ. Insofern also beruht die Umgestaltung auf der ununterbrochenen Fortpflanzung.

6 **a** Stellen Sie die beiden scheinbar widersprüchlichen Phänomene zur Unveränderlichkeit und Veränderlichkeit von Zeichen mit eigenen Worten dar. Sie können Ihre Kenntnis zum Thema „Sprachwandel“ einbeziehen.

b Setzen Sie Ihre Aussagen zu Bichsels Geschichte mit de Saussures Beschreibungen in Beziehung. Gegen welche Gesetzmäßigkeiten verstößt der Mann?

Wissen und können | Die Semiotik

- Die **Semiotik** (oder auch Semiologie) ist eine **fachwissenschaftliche Disziplin,** die sich mit Zeichen, ihrem Zusammenwirken sowie ihrer Bedeutung befasst.
- Unter **Zeichen** versteht man alles, was auf etwas anderes verweist.
  Das, worauf es verweist, so der italienischer Semiotiker Umberto Eco (1932–2016), muss nicht unbedingt tatsächlich existieren.
- In der klassischen Zeichentheorie wird zwischen einer **Zeichensache / dem Bezeichnenden** und dem **Zeichenobjekt / dem Bezeichneten** unterschieden.
  Ein Zeichen kann auf etwas **Vermutetes verweisen** (z. B. Fährte auf ein Tier), etwas **Abwesendes substituieren** (z. B. Haarlocke für eine Person), etwas **Abstraktes repräsentieren** (z. B. Denkmal für ein Ereignis).
- Nach Ferdinand de Saussure (1857–1913) ist die in einem Zeichen vorgenommene **Verbindung zwischen Bezeichnendem (Lautbild) und Bezeichnetem (Vorstellung) beliebig (arbiträr).**

5.2 Verstehe ich das Zeichen richtig? – Piktogramme in der Kommunikation und Zeichen im öffentlichen Raum

Emojis als Zeichen in der digitalen Kommunikation

Aro
Ich würde euch gerne jemanden vorstellen … 19:04

Zara
Whaaaat, wo kommt das denn her? Wie, wann, wo …?!
Ich freu mich so für dich 19:09

Aro
Wir kennen uns noch nicht lange. Aber sie ist einfach toll 19:16

Till
Oh hallo, schön zu hören! Aber bin ich jetzt der einzige Single unter uns? 19:23

Till
Wegen Treffen: Ich muss die Woche leider einige Nachtschichten übernehmen, weil es auf unserer Station super viele Krankheitsfälle gibt … Spontan morgen Abend? 19:24

Zara
Passt! Ich würde auch Tessa mitnehmen, wenn das okay ist? Und Aro, gib uns mal bitte noch Infos über sie! 19:46

Quelle: www.sueddeutsche.de

1 **a** Lesen Sie den Chat von Aro, Zara und Till und notieren Sie die Bedeutung der verwendeten Emojis.

b Ersetzen Sie Tills Emojis gegen Zaras und umgekehrt sowie Aros gegen Zaras und beschreiben Sie, ob bzw. wie sich der Sinn der vier Textnachrichten dadurch jeweils verändert.

2 Setzen Sie den Chat fort. Unterstreichen Sie die Intention der Äußerungen durch den Einsatz geeigneter Emojis.

Die Magie der Emojis liegt auch darin, dass ein Satz wie „Ich bin traurig" oder „Ich mag dich" oft schwer über die Lippen geht. Ein weinendes Emoji oder eine der vielen Herzvarianten dagegen ist für viele Menschen die niedrigschwelligste und zugleich präziseste emotionale Kommunikation, die heute verfügbar ist.

*Sascha Lobo (*1975), Autor und Blogger: www.spiegel.de (27.12.2017)*

Smiley-Emojis haben vor allem die Funktion, einen bestimmten Gefühlszustand zu signalisieren, was in einer direkten Konversation beispielsweise durch den Tonfall oder das Hochziehen der Augenbrauen ausgedrückt wird.

*Anatol Stefanowitsch (*1970), Professor für Sprachwissenschaft an der FU Berlin: www.stuttgarter-nachrichten.de (16.10.2016)*

Doch ob Befehl, Kritik, zweifelndes Wort, pedantische Nachfrage, es geht meist nicht mehr ohne 😊, falls man nicht als Wüstling gelten will, als Flegel oder mindestens als Sonderling, was bekanntlich karrierehemmend ist, wo doch alle um einen herum so dringend etwas werden wollen, oft ohne zu wissen, was genau. Deshalb 😊.

*David Hugendick (*1980), Journalist: www.zeit.de/zeit-magazin (30.04.2022)*

Ich fürchte, dass Emoticons[1] das digitale Äquivalent zu Kopf-Schräglegen sind. Ein linguistischer Weichzeichner. Eine Konvention, die Frauen sich angewöhnt haben, weil sie es nicht aushalten wollen, für etwas anderes gehalten zu werden als lieb.

*Johanna Adorján (*1971), Journalistin: www.faz.de (25.06.2015)*

1 Emoticons: im Unterschied zu Emojis aus Satzzeichen bestehend, z. B. ;-) oder :-(

3 Beziehen Sie in einem Kurzkommentar Stellung zu einer der Aussagen über die Funktion von Emojis bzw. Emoticons und legen Sie begründet Ihre eigene Meinung zu deren Nutzung dar.

Georg Albert **Semiotik und Syntax von Emotionen** (2015; Auszug)

Nach landläufiger Meinung handelt es sich bei Emoticons um abstrakt bildliche Darstellungen menschlicher Gesichtsausdrücke, also um ikonische Zeichen im Sinne der Typologie von Peirce (vgl. Peirce 1983: 124). Aus der Form wird in der Regel auch unmittelbar auf die Funktion geschlossen, Emoticons leisteten demnach in analoger Weise für schriftsprachliche Äußerungen eben das, was die Mimik in einem Gespräch leiste. Dieser einfachen Funktionszuschreibung wurde bereits in Abschnitt 1.2 widersprochen. [...]

Die Ähnlichkeit des Emoticons mit einem Gesichtsausdruck ist weder stark genug noch per se ausreichend, um zwischen Lächeln und Grinsen unterscheiden zu können, oder, auf einer anderen Ebene, zwischen Freude, Zufriedenheit, Ironie, Häme, Zustimmung, etc. „Die Interpretation eines Ikons ist in hohem Maße kontextabhängig" (Keller 1995: 127). [...]

Die Emoticons eröffnen einerseits ein Feld für Kreativität und Spielerei. So werden ständig neue Formen entwickelt, die auf witzige Weise die Grundformen variieren und klar eine ikonische Interpretation nahelegen. Andererseits wurden die relevanten Grundformen von Anfang an konventionalisiert, sodass ebenso wie bei den weiterentwickelten Hieroglyphen die ikonische Interpretierbarkeit irrelevant wird.

Quelle: Zeitschrift für Linguistik 62 (1), S. 10 f.

4 **a** Im Text wird der landläufigen Zuordnung widersprochen, dass Emoticons einfach nur ikonische Zeichen nach der Begrifflichkeit von Charles S. Peirce seien (vgl. Z. 3 f. u. S. 58). Geben Sie wieder, aus welchen Gründen dem widersprochen wird.

b Begründen Sie, welcher Zeichenart nach Peirce Emoticons dann zuzuordnen wären: indexikalisches Zeichen, Symbol oder Ikon (▶ S. 58)?

5 Diskutieren Sie auf Grund Ihrer Erfahrungen die Aussage, dass Emoticons Gesichtsausdrücken nicht ähnlich genug seien, um kontextunabhängig verständlich zu sein (vgl. Z. 11 f.).

Subversive Zeichen

Jan Kixmüller **Wie Fresken in einer Kirche – Interview mit der Semiotikexpertin Eva Kimminich*** (19.10.2011; Auszug)

Kixmüller Werbebanner, Graffiti, Tätowierungen und Schmuck – unsere Welt steckt voller Zeichen. Wozu brauchen wir sie?

Kimminich Zeichen sind etwas, ohne das die Kultur nicht zu denken wäre. Sie sind die Grundelemente einer jeden Kultur. Ohne sie können wir unsere Umwelt nicht verstehen, ohne sie können wir keine Identität, keine Gemeinschaft und keine Gesellschaft bilden. Mit Zeichen schaffen wir uns einen Zugang zu den Realitäten, ordnen, deuten und regeln sie. Kultur ist eine Art Zwischenzone, über die verschiedene Generationen, Völker und Menschen ihre Beziehung zu ihrer Umwelt und ihren Umgang mit Welt zum Ausdruck bringen und kommunizieren. Durch Weitergabe dieses Zeichengewebes lassen sich diese Beziehungen als Orientierungen und Regelungen einer Gesellschaft absichern oder auch ändern.

Urbaner Gartenbau

Kixmüller Dazu haben wir die Schriftsprache.

Kimminich Es gibt aber auch andere Zeichensysteme, etwa Graffiti oder Sticker. Diese Form des Zeichengebrauchs versteht sich neben dem künstlerischen Anspruch auch als eine Haltung gegenüber der Gesellschaft. Der öffentliche Raum ist voller Zeichen, die meisten davon regeln das Zusammenleben oder kommen aus der Werbung. Graffiti und Street Art reagieren darauf, indem sie sagen: Wir wollen den öffentlichen Raum für uns zurückerobern, er ist für alle da, nicht nur für das Marketing. Hinter den verschiedenen Ausdrucksarten der Street Art steckt auch das Anliegen, dass man sich einbringen will.

Kixmüller Auch das wilde Gärtnern in der Stadt – das sogenannte Guerilla Gardening – zählen Sie dazu.

Kimminich Diese Form der Zeichensetzung macht deutlich, dass es zu wenig Grün in der Stadt gibt. Einzelne wollen ihr Mitspracherecht geltend machen, ob wieder ein betonierter Parkplatz gebaut wird oder eben ein grüner Park; und sie reagieren darauf, begrünen den Parkplatz mit Samenbomben.

Kixmüller Die Zeichen schaffen also einen Zusammenhang.

Kimminich Über Zeichen kann jeder sein Verhältnis zu etwas zum Ausdruck bringen. Die urbanen Formen subkultureller Kunst spielen mit Zeichen, die die Gesellschaft vorgibt. Es sind sozusagen Stellungnahmen zu Zeichen, die es bereits gibt.

Kixmüller Ein Beispiel bitte.

Kimminich Nehmen Sie etwa die Sticker auf der Rückseite von Verkehrsschildern. Diese Schilder geben eine klare Vorgabe, hier darf man nicht hineinfahren oder parken. Wenn man nun einen kleinen Aufkleber anbringt, ist das eine subversive Stellungnahme, eine Reaktion eines lebendigen Individuums auf ein Zeichen, das die Gesellschaft reguliert. Die Rückseiten der Verkehrsschilder sind für die Stickerart eine wichtige museale Fläche. Das wird oft übersehen, es ist aber eine spannende Sache zu beobachten, wie in der Stadt sozusagen eigene Ausstellungsflächen entstehen, die nur bei den Subkulturen selbst bekannt sind. Oder nehmen Sie die Strick-Guerilla, ein noch junges Phänomen: Leute, die zuhause etwas gestrickt haben, finden sich zusammen, um dies in der Stadt zu applizieren. So wurde zum Beispiel das Innere eines U-Bahnwagons in Berlin eingestrickt. Ziel solcher Aktionen ist es, städtische Aufenthaltsorte gemütlicher und lebenswerter zu machen, ihnen Wärme zu geben und dadurch die Hektik des Alltags zu unterbrechen.

Quelle: www.tagesspiegel.net

1 a Markieren Sie Textstellen, in denen Kimminich den Wert und die Funktion von Zeichen formuliert.

b Diskutieren Sie die Rückeroberung des öffentlichen Raums (vgl. Z. 30 ff.) anhand der im Interview genannten Beispiele. Ist diese berechtigt?
Tipp: Beachten Sie, dass Graffitis als Sachbeschädigung gelten und urbanes Gärtnern einer offiziellen Genehmigung bedarf.

2 Recherchieren Sie weitere Beispiele für subversive Zeichen und deren Bedeutung, z. B. „Shoe Tossing".

Mode als Sprache

Barbara Schrödl (*1965) „Water to Wine“. Upcycling und das Setzen von Zeichen zwischen Mode und Kunst (2020)

Die 1960er Jahre waren gerade auch in der Mode durch tiefgreifende Umwälzungen geprägt. Gilles Lipovetsky prägte den Begriff der „hundertjährigen Mode“, den Barbara Vinken popularisierte, um die Mode zwischen Mitte des 19. und Mitte des 20. Jahrhunderts zu fassen und gegen die Phase nach Mitte des 20. Jahrhunderts abzugrenzen. Er führt aus, dass in ersterer Phase die Mode erst wirklich modern geworden sei: Haute Couture und Konfektionsmode hätten das Feld bestimmt und die Mode zentralisiert, internationalisiert, demokratisiert und zum persönlichen Ausdruck psychologisiert. In letzterer Phase habe eine Transformation der „hundertjährigen Mode“ zur „offenen Mode“ stattgefunden. Seither sorge nicht mehr die Haute Couture, sondern die Massenmode mit ihrer Ausrichtung auf die Jugend für Dynamik. Unter dem Einfluss der Massenmedien und der Freizeitkultur sei in den 1980er Jahren schließlich auf die „offene Mode“ die „vollendete Mode“ gefolgt. Diese sei durch eine allgegenwärtige Verführung durch den Konsum sowie die völlige Durchdringung der Alltagswelt durch die Mode gekennzeichnet.
Lipovetskys Blick auf die Mode ist, wie Gertrud Lehnert, Alicia Kühl und Katja Weise betonen, deutlich auf ihre spielerische und ästhetische Dimension ausgerichtet. Vinken legt dagegen den Fokus unter anderem darauf, dass die „Mode nach der Mode“ ein neues Verhältnis zur Zeit entwickelte habe. Sei die „hundertjährige Mode“ durch den Versuch bestimmt gewesen, der Zeit zu entrinnen, sei es das Anliegen der ihr folgenden „Mode nach der Mode“, Vergänglichkeit ins Bild zu setzen. Selbstreflexiv untersuche diese Mode ihre Bindung an Geschwindigkeit, Flüchtigkeit und Vergänglichkeit und rücke darüber in die Nähe der Kunst. In diesem Kontext wurden in der Mode Zeichen des Verschleißes und das Arbeiten mit Second-Hand-Kleidung zu einem wichtigen Thema. Ihnen wurde ästhetisches, ethisches und politisches Potenzial zugeschrieben. Zunächst passierte dies außerhalb der High Fashion.
An dieser Stelle gilt es nochmals genauer nach den Änderungen im Umgang mit Kleidung in den 1960er Jahren zu fragen. Mit zunehmendem Wohlstand hatte sich in weiten Teilen der Bevölkerung des globalen Nordens die Praxis verloren, Kleidung umzuarbeiten und Stoffe aufzubrauchen. Es wurden immer weniger Kleidungsstücke geflickt, ausgebessert, wiederverwendet, weitergegeben und vererbt. Zuvor übliche Praktiken im Umgang mit Kleidung gerieten aus dem Blick und konnten daher neu entdeckt werden – so auch das Upcycling. Im Kontext eines Individualität demonstrierenden Stil-Mix entdeckten Trendsetter*innen Second-Hand-Kleidung als modisches Reservoire, wurde Schneidern zum kreativen Hobby und erhielt das Upcycling neue Bedeutung. Diese Trends konnten sich miteinander sowie mit konsum- und kapitalismuskritischen Strömungen verbinden. Damit fanden alltägliche Praktiken, die an den Rändern der Mode praktiziert wurden, zunächst Eingang in die Anti-Moden der Hippies und der Punks und schließlich in die Mode selbst.
In den letzten Jahrzehnten – und verstärkt noch in den letzten Jahren – wurde in der Mode ökologische, soziale und ökonomische Nachhaltigkeit wichtig. Elke Gaugele spricht von einem Ethical Turn in der Mode. Upcycling konnte so zum Statement für einen nachhaltigen Lebensstil werden. Nachhaltigkeit ist heute ein wichtiger Werbefaktor, erlaubt ihre Behauptung es doch der zunehmenden Zahl kritischer Kund*innen, mit gutem Gewissen zu konsumieren. Meist wird daher das Upcycling deutlich sichtbar gemacht: Die Kleidungsstücke stellen ihre Geschichte oder vielmehr ihre Vorgeschichte aus und fungieren darüber aber nicht allein als weiterer Kaufanreiz, sondern regen zudem auch zu Reflexionen über ihre Geschichte und den Umgang mit Ressourcen in unserer Gegenwart an.

1 **a** Tauschen Sie sich darüber aus, welche Mode, die im Text genannt wird, Sie selbst tragen und warum.
b Stellen Sie anhand des Textes die Entwicklung der Mode seit den 1960er Jahren als Zeitstrahl dar.

2 **a** Erklären Sie den Begriff „Upcycling“ und beschreiben Sie mit eigenen Worten, inwiefern dieses Phänomen zur Zeichensetzung in der Mode beiträgt.
b Beschreiben und diskutieren Sie, welche weiteren Zeichen aktuell durch das Gestalten und Tragen von Mode gesetzt werden.

5.3 „Der Name der Rose" – Semiotik in Umberto Ecos Roman

Umberto Eco (1932–2016) **Der Name der Rose** (1980; Auszug)

In einem italienischen Benediktinerkloster kommen im Winter des Jahres 1327 Mönche auf rätselhafte Weise ums Leben, weshalb der scharfsinnige Franziskanermönch William von Baskerville um Hilfe bei der Aufklärung gebeten wird. Mit dem Novizen Adson von Melk, der zugleich der Erzähler ist, nähert sich William von Baskerville der Abtei, die auf einer Anhöhe liegt.

Es war ein klarer spätherbstlicher Morgen gegen Ende November. In der Nacht hatte es ein wenig geschneit, und so bedeckte ein frischer weißer Schleier, kaum mehr als zwei Finger hoch, den Boden. Noch bei Dunkelheit, gleich nach Laudes, hatten wir talabwärts in einem Dorf die Messe gehört. Dann waren wir aufgebrochen, um beim ersten Tageslicht in die Berge zu gehen.
Als wir den steilen Pfad erklommen, der sich die Hänge hinaufwand, sah ich zum ersten Mal die Abtei. Nicht ihre Mauern überraschten mich, sie glichen den anderen, die ich allerorten in der christlichen Welt gesehen, sondern die Massigkeit dessen, was sich später als das Aedificium herausstellen sollte. Es war ein achteckiger Bau, der aus der Ferne zunächst wie ein Viereck aussah (die höchstvollendete Form, Ausdruck der Beständigkeit und Uneinnehmbarkeit der Stadt Gottes). [...] Nach Umfang und Form erschien mir der Bau nicht unähnlich jenen gewaltigen Burgen, die ich später im Süden der italienischen Halbinsel sah, Castel Ursino oder auch Castel del Monte, aber dank seiner uneinnehmbaren Lage wirkte er düsterer noch als jene und war sehr wohl dazu angetan, den Wanderer, der sich ihm nahte, erschauern zu lassen. Dabei konnte ich noch von Glück sagen, dass ich ihn erstmals an einem klaren Herbstmorgen erblickte und nicht etwa an einem stürmischen Wintertag.
Jedenfalls flößte mir die Abtei alles andere als Gefühle der Heiterkeit ein, ich empfand bei ihrem Anblick eher ein Schaudern und eine seltsame Unruhe. Und das waren, weiß Gott, keine Fantasiegespinste meiner furchtsamen Seele, es war vielmehr die korrekte Deutung unzweifelhafter Vorzeichen, dem Fels eingeschrieben seit jenem Tage, da einst die Riesen Hand an ihn legten, bevor noch die Mönche in ihrem vergeblichen Streben sich erkühnten, ihn zum Hüter des göttlichen Wortes zu weihen.

Als nun unsere Mulis die letzte Steilkehre erklommen und wir an eine Kreuzung gelangten, an welcher rechts und links zwei Seitenpfade begannen, verharrte mein Meister einen Augenblick und betrachtete aufmerksam die Ränder des Weges, den Weg selbst und die Bäume darüber; eine Reihe von immergrünen Pinien formte an dieser Stelle so etwas wie ein natürliches Dach, überzogen mit einer dünnen Schneeschicht.
„Reiche Abtei", sagte er. „Dem Abt gefällt es, glanzvoll in der Öffentlichkeit aufzutreten."

Im Kloster Eberbach (Hessen) wurden im Winter 1985/86 große Teile des Romans verfilmt.

Da ich es bereits gewohnt war, ihn zuweilen höchst sonderbare Bemerkungen machen zu hören, schwieg ich dazu. Auch weil wir nach wenigen Schritten plötzlich Stimmen vernahmen und gleich darauf hinter einer Wegbiegung ein aufgeregt gestikulierender Trupp von Mönchen und Laienbrüdern erschien. Einer von ihnen trat sofort, als er uns erblickte, auf uns zu und begrüßte uns mit ausgesuchter Höflichkeit: „Willkommen, meine Herren! Wundert Euch nicht, dass ich mir schon denken kann, wer Ihr seid, denn man hat uns Euren Besuch angekündigt. Ich bin Remigius von Varagine, der Cellerar dieses Klosters. Und wenn Ihr, wie ich vermute, Bruder William von Baskerville seid, muss der Abt sogleich unterrichtet werden. Du", befahl er einem aus seinem Gefolge, „lauf zurück und melde, dass unser Besuch sich der Einfriedung nähert!"

„Ich danke Euch, Herr Cellerar“, erwiderte freundlich mein Meister, „und Eure Höflichkeit schätze ich umso mehr, als Ihr, um mich zu begrüßen, Eure Suche unterbrochen habt. Aber macht Euch keine Sorgen, das Pferd ist hier vorbeigelaufen und auf den rechten Seitenpfad abgebogen. Es kann nicht weit gekommen sein, denn bei der Müllhalde wird es stehen bleiben. Es ist zu klug, um sich auf den Steilhang zu wagen.“

„Wann habt ihr es gesehen?“, fragte der Cellerar.

„Wir haben es gar nicht gesehen, nicht wahr, Adson?“, erwiderte William zu mir gewandt mit heiterer Miene. „Aber wenn Ihr Brunellus sucht, so werdet Ihr das edle Tier dort finden, wo ich es Euch gesagt habe.“

Der Cellerar zögerte, schaute William verblüfft ins Gesicht, warf einen Blick in den Seitenpfad und fragte schließlich: „Brunellus? Woher wisst Ihr?“

„Nun“, antwortete William, „es liegt doch auf der Hand, dass Ihr Brunellus sucht, das Lieblingspferd Eures Abtes, den besten Renner in Eurem Stall; einen Rappen, fünf Fuß hoch, mit prächtigem Schweif; kleine runde Hufe, aber sehr regelmäßiger Galopp; schmaler Kopf, feine Ohren, aber große Augen. Er ist nach rechts gelaufen, ich sage es Euch, und auf jeden Fall solltet Ihr Euch beeilen.“

Der Cellerar verharrte noch einen Augenblick unschlüssig, gab dann den Seinen ein Zeichen und stürzte sich ihnen voran in den Pfad zur Rechten, indes unsere Mulis sich wieder in Bewegung setzten. Von Neugier gedrängt hob ich an, William mit Fragen zu überschütten, doch er bedeutete mir zu schweigen und die Ohren zu spitzen. Und in der Tat vernahmen wir kurz darauf einen Freudenschrei, und wenig später erschien an der Wegbiegung hinter uns wieder der Trupp, nun mit dem Rappen am Zügel. Sie holten uns ein, betrachteten uns im Vorbeigehen, immer noch völlig verblüfft, von der Seite und eilten voraus zur Abtei. Mich dünkte, dass William sogar seinen Schritt ein wenig verlangsamte, um ihnen mehr Zeit zu lassen, das Vorgefallene zu berichten. Tatsächlich hatte ich auch schon bei anderen Gelegenheiten bemerkt, dass mein guter Meister, wiewohl in jeder Hinsicht ein Mann von allerhöchster Tugend, zuweilen ein wenig dem Laster der Eitelkeit nachgab, wenn es darum ging, seinen Scharfsinn zu beweisen, und nachdem ich ihn bereits als gewandten Diplomaten schätzen gelernt, begriff ich nun: Er wollte sein Ziel erreichen als einer, dem der Ruf eines außerordentlich klugen Mannes vorausgeht.

„Nun sagt mir aber“, konnte ich schließlich nicht an mich halten, „wie habt Ihr es angestellt, das alles zu wissen?“

„Mein lieber Adson“, antwortete er, „schon während unserer ganzen Reise lehre ich dich, die Zeichen zu lesen, mit denen die Welt zu uns spricht wie ein großes Buch. Meister Alanus ab Insulis sagte:

omnis mundi creatura quasi liber et pictura nobis est et speculum[1]

und dabei dachte er an den unerschöpflichen Schatz von Symbolen, mit welchen Gott durch seine Geschöpfe zu uns vom ewigen Leben spricht. Aber das Universum ist noch viel gesprächiger, als Meister Alanus ahnte, es spricht nicht nur von den letzten Dingen (und dann stets sehr dunkel), sondern auch von den nächstliegenden, und dann überaus deutlich. Ich schäme mich fast, dir zu wiederholen, was du doch wissen müsstest: Am Kreuzweg zeichneten sich im frischen Schnee sehr klar die Hufspuren eines Pferdes ab, die auf den Seitenpfad zu unserer Linken wiesen. Schön geformt und in gleichen Abständen voneinander, lehrten sie uns, dass der Huf klein und rund war und der Galopp von großer Regelmäßigkeit, woraus sich auf die Natur des Pferdes schließen ließ und dass es nicht aufgeregt rannte wie ein scheuendes Tier. An der Stelle, wo die Pinien eine Art natürliches Dach bildeten, waren einige Zweige frisch abgeknickt, genau in fünf Fuß Höhe. An einem der Maulbeersträucher – dort, wo das Tier kehrtgemacht haben musste, um den rechten Seitenpfad einzuschlagen mit stolzem Schwung seines prächtigen Schweifes – befanden sich zwischen den Dornen noch ein paar tiefschwarze Strähnen ... Und du wirst mir doch wohl nicht weismachen wollen, du habest nicht gewusst, dass dieser Seitenpfad zur Müllhalde führt; schließlich hatten wir bereits von der unteren Wegbiegung aus den breiten Strom der Abfälle steil am Hang zu Füßen des Ostturms gesehen, der eine hässliche Spur im Schnee hinterließ. Und wie die Kreuzung lag, konnte der Pfad nur in diese Richtung führen.“

„Gewiss“, sagte ich, „aber der schmale Kopf, die feinen Ohren, die großen Augen ...?“

„Ich weiß nicht, ob der Rappe sie wirklich hat, aber ich bin überzeugt, dass die Mönche es glauben. Meister Isidor von Sevilla lehrt, die Schönheit eines Pferdes verlange,

ut sit exiguum caput, et siccum, pelle prope ossibus adhaerente, aures breves et argutae, oculi magni, nares patulae, erecta cervix, coma densa et cauda, ungularum soliditate fixa rotunditas[2]

Wenn also das Pferd, dessen Spur ich gesehen, nicht wirklich das beste wäre im Stall der Abtei, wie erklärst du dir dann, dass nicht nur die Stallburschen nach ihm suchten, sondern der Bruder Cellerar höchstpersönlich? Und ein Mönch, der ein Pferd für hervorragend hält, kann gar nicht anders, als es – ungeachtet seiner natürlichen Formen – so zu sehen, wie es ihm die Auctoritates beschrieben. Zumal“ – und hierbei lächelte er maliziös[3] in meine Richtung – „wenn er ein belesener Benediktiner ist ...“

„Gut, gut“, sagte ich, „aber wieso *Brunellus?*“

„Möge der Heilige Geist dir etwas mehr Grips in den Kürbis geben, mein Sohn!“, rief der Meister aus. „Welchen Namen hättest du ihm denn sonst gegeben, wenn selbst der große Buridan, der nun bald Rektor in Paris werden wird, keinen natürlicheren wusste, als er von einem schönen Pferd reden sollte?“

So war er, mein Herr und Meister. Er vermochte nicht

nur im großen Buch der Natur zu lesen, sondern auch in der Art und Weise, wie die Mönche gemeinhin die Bücher der Schrift zu lesen und durch sie zu denken pflegten – und wie wir sehen werden, sollte ihm diese Fähigkeit in den folgenden Tagen noch überaus nützlich werden. Im Übrigen schien mir seine Erklärung so evident, dass meine Schmach, nicht von allein darauf gekommen zu sein, rasch wettgemacht wurde durch meinen Stolz, nun teilzuhaben an dieser Erkenntnis, und ich beglückwünschte mich gleichsam selbst zu meinem Scharfsinn. So groß ist die Kraft der Wahrheit, dass sie – wie die Schönheit – sozusagen von selber um sich greift. Und gelobt sei der Name unseres Herrn Jesus Christus für diese schöne Erkenntnis!

---

1 Jedes Geschöpf der Welt ist für uns gleichsam ein Buch, ein Gemälde und Spiegel.

2 ... dass der Kopf schmal sei und trocken bei dicht auf den Knochen liegendem Fell, die Ohren kurz und spitz, die Augen groß, die Nüstern geöffnet, der Nacken aufgerichtet, Mähne und Schweif dicht, die Rundung der Hufe solide und fest.

3 maliziös: hämisch, spöttisch

1 Erläutern Sie anhand von Textstellen, was der Romanauszug mit dem Thema „Semiotik" zu tun hat.
Stellen Sie in diesem Zusammenhang auch die wesentlichen Eigenschaften der beiden Hauptfiguren dar.

2 **a** Eco war nicht nur ein italienischer Schriftsteller, sondern auch Professor für Semiotik an der Universität Bologna. Als Semiotiker unterscheidet er verschiedene Arten von Zeichen.
Erklären Sie, wie das folgende Diagramm zu seiner Zeichentheorie zu verstehen ist.

b Ordnen Sie die Zeichen im Romanauszug in das Diagramm ein und deuten Sie die Ihrer Meinung nach wichtigsten drei Zeichen.

Umberto Eco (1932–2016) bei sich zu Hause (2014)

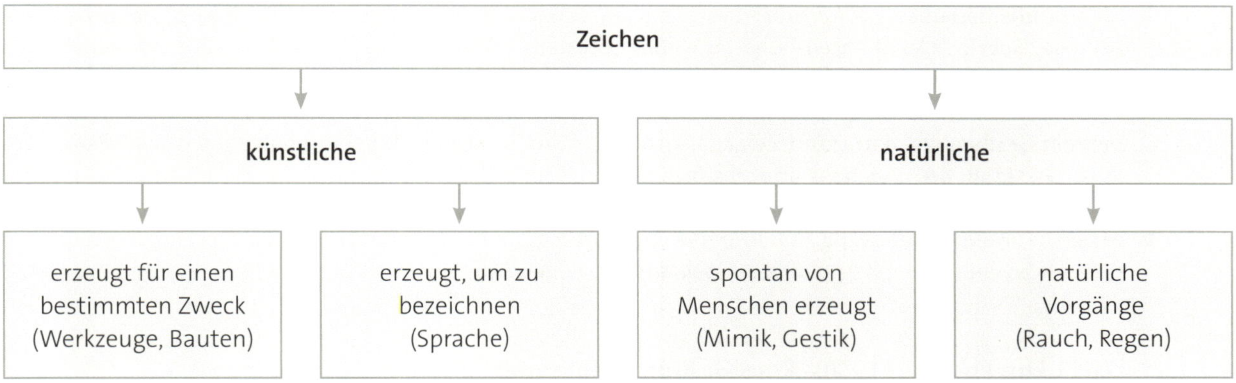

künstliche Zeichen	natürliche Zeichen
– Bau der Abtei (vgl. Z. 9 ff.) → geschaffen, um ...	– menschliche Stimmen/Laute (vgl. Z. 48 ff.)

Prüfungsmöglichkeiten – Testen Sie Ihr Wissen und Können

Belgien

Deutschland

Polen

Niederlande

1 a Notieren Sie sich jeweils ein Pro- und ein Kontra-Argument zu der Frage, ob sich die abgebildeten Verkehrsschilder aus verschiedenen europäischen Ländern als allgemein verständliche Zeichen eignen.

Pro: ______________________________

____

Kontra: ______________________________

____

Rebekka Hehn **Umberto Ecos Kultursemiotik*** (o. J.; Auszug)

In einer Gesellschaft findet Kommunikation statt, eine Kommunikation über den Austausch von Zeichen, sei es Sprache, Schrift, Gestik, Mode und so weiter. Zeichen gelten nach Eco aber nur als solche, wenn eine kulturelle Übereinkunft über ihre Bedeutung herrscht. Das heißt, dass ein Zeichen erst dann zum Zeichen wird, wenn die Ausdruckskraft des Zeichens innerhalb einer Gruppe verstanden werden kann [...]. Daher lehnt Eco eine Universalstruktur von Zeichen ab, denn unterschiedliche Kulturen verfügen über unterschiedliche Zeichen. Ob etwas als Zeichen gesehen wird, hängt von der Betrachterin oder dem Betrachter, beziehungsweise von entsprechender Einbettung in die jeweilige Kultur ab [...].

b Beziehen Sie den Textauszug zu „Umberto Ecos Kultursemiotik“ auf Ihre Ergebnisse zu Aufgabe 1a und ziehen Sie ein Fazit zu der Frage, ob es sich bei den Verkehrsschildern um allgemein verständliche Zeichen handelt.

David Hugendick (*1980) **Emojis: Kein Problem** (30. 04. 2022; Auszüge)

A Irgendwann hing im durchschnittlichen Mietshaus, in dem ich seit Jahren recht unauffällig wohne, mal wieder ein Zettel an der Eingangstür. Es war ein DIN-A4-Blatt, von Hand beschrieben, darauf stand bloß: „Bitte die Tür immer zu machen! “. Das meiste an diesem Satz leuchtete mir ein: Draußen war es wieder wärmer geworden, die Menschen saßen auf der Straße, und eine offene Haustür lädt ja spätabends manch ungebetenen Gast ein, weshalb ich zunächst an dem Zettel vorbeiging und dachte: Wer auch immer das geschrieben hat, er hat ja eigentlich recht. Warum allerdings: ?

B „Die Steigerung des emotional zudringlichen ist ja seit einer Weile der , von dem vor allem jene Zeitgenossen begeistert zu sein scheinen, die andere gern laufend belehren, aber hernach noch dringend gemocht werden wollen. [...] „Du weißt schon, dass du eine Stunde zu spät bist “. – „Wer den letzten Kaffee trinkt, mag gern neuen kochen “. Es ist vielleicht nur eine Frage der Zeit, bis ums Image besorgte Stadtverwaltungen auf die Idee kommen, einen auf Halteverbotsschilder zu drucken, „naaaaa, wir wissen ja beide, dass du hier nicht ...“ usw. Und wenn doch einer mal falsch parkt, steht auf dem Strafzettel fortan das , weil, hőhőhőhő, da hat einer wohl, hahahaha, das Schild nicht gesehen, und man fühlt sich gleich, als sei man in einer Herrenumkleide mit Gelächter vermöbelt worden, das tief aus verklebten Bronchien kommt.

Quelle: www.zeit.de/zeit-magazin

2 a Klären Sie die möglichen Funktionen der in den Textauszügen beispielhaft angeführten Emojis.
b Nehmen Sie kritisch Stellung zum Einsatz der verwendeten Emojis in den genannten Beispielen.

6 Sprache verändert sich – Modul „Sprachgeschichte konkret“

Straße (I)
Faust. Margarete vorübergehend.
Faust Mein schönes Fräulein, darf ich wagen,
Meinen Arm und Geleit Ihr anzutragen?
Margarete Bin weder Fräulein, weder schön,
Kann ungeleitet nach Hause gehn.
(Sie macht sich los und ab.)

Bildunterschrift: ______________________________

Begründung: ______________________________

____

1 Decken Sie den Text rechts ab, geben Sie dem Bild eine eigene Bildunterschrift und begründen sie diese.

2 **a** Zum Bild gehört der nebenstehende Auszug aus Johann Wolfgang Goethes (1749–1832) Drama „Faust I“ (1808). Decken Sie den Text auf und lesen Sie den Dialog zu ersten Begegnung von Faust und Margarete mit verteilten Rollen.
b Tauschen Sie sich darüber aus, welche Formulierungen Ihnen unbekannt oder für Sie ungewohnt sind.
c Besprechen Sie die Wirkung dieses Dialogs auf Sie. Inwieweit passen das Bild und Ihre eigene Bildunterschrift dazu?

3 **a** Schreiben Sie den Dialog so um, wie er vermutlich heute formuliert werden würde.

____

____

____

____

____

b Vergleichen Sie Ihre Ergebnisse, indem Sie dies mit verteilten Rollen vortragen.
c Stellen Sie dar, wie Sie sich eine erste Begegnung zwischen zwei Menschen heute vorstellen. Verfassen Sie einen eigenen Dialog und suchen Sie ein geeignetes Bild dazu.

In diesem Kapitel ...

- lernen Sie die Sprachgeschichte einschließlich ihrer Ziele und Arbeitsweisen kennen,
- untersuchen Sie ausgewählte sprachliche Phänomene zum Sprachwandel aus verschiedenen Jahrhunderten,
- produzieren Sie einen Podcast zu regionalen „Sprachgeschichten“.

6.1 Von *hōran* über *hœren* zu *hören* – Was ist Sprachgeschichte?

Hadumod Bußmann (*1933) **Lexikon der Sprachwissenschaft** (1990; Auszüge)

Sprachgeschichte. (1) Gesamtheit aller sprachlichen Veränderungen in der Zeit (interne S.) unter Einbeziehung äußerer Fakten wie politischer Geschichte, kultureller Einflüsse, gesellschaftlichen Wandels, territorialer Veränderungen, Sprachkontakt (äußere S.).
(2) Systematische Beschreibung von (1). Vgl. → Sprachwandel. [...]
Sprachwandel. Untersuchungsgegenstand der Historischen Sprachwissenschaft. [...]. S. vollzieht sich auf allen sprachlichen Ebenen [Lautung, Wortbildung, Wort u. Satzgliedstellung, Bedeutung (Semantik)]. [...] Interne Bedingungen für S. sind im Allgemeinen durch Ökonomie, d.h. Tendenzen der Vereinfachung des Sprachsystems motiviert. [...] Zu den externen Bedingungen zählen interferierende[1] Einflüsse fremder (benachbarter) Sprachen bzw. unterschiedlicher Sprachvarietäten innerhalb einer Sprachgemeinschaft

1 interferieren: sich überlagern, sich überschneiden

1 Wiederholen Sie, was Sie bereits zu Sprachgeschichte und Sprachwandel wissen, und tauschen Sie sich über die im Lexikonartikel benannten Phänomene mit Beispielen aus, soweit sie Ihnen bekannt sind.

Sarah Waldmann **Die Geschichte der deutschen Sprache** (06. 07. 2020; Auszug)

Deutsch ist heute mit über 100 Millionen Sprechenden die größte Sprache der EU. Doch woher kommt diese Sprache mit der komplexen Grammatik und dem umfangreichen Vokabular, und wie wurde sie zu dem, was sie heute ist? Wir reisen durch die spannende Geschichte der deutschen Sprache [...].

Was davor geschah: Urgermanisch

Bevor von Deutsch auch nur die Rede sein konnte, spaltete sich irgendwann zwischen 1000 und 450 v. Chr. durch die erste Lautverschiebung eine urgermanische Sprache von der indoeuropäischen Ursprache ab. (Als Lautverschiebung beschreibt man einen Wandelprozess, bei dem sich gewisse Laute mit der Zeit verändern.) Wie dieses Ur- oder Protogermanisch im Detail aufgebaut war, kann heute nur rekonstruiert werden, denn Schriftzeugnisse aus dieser Zeit sind rar. Die frühen Germanen hinterließen allenfalls ein paar Runeninschriften auf Gräbern und Kultgegenständen, Erzählungen und Gesänge wurden mündlich überliefert. Dennoch haben einige germanische Begriffe wie brauda („Brot“) oder grîpan („greifen“) in abgewandelter Form bis heute überlebt.

Atta unsar, þu in himinam: die schreiben, die Germanen

Mit der Ankunft der Römer im Jahr 55 v. Chr. veränderte sich nicht nur das Leben, sondern auch die Sprache der Germanen. Zahlreiche lateinische Begriffe aus Handel, Krieg und Infrastruktur erweiterten den germanischen Wortschatz um Wörter wie *mura* („Mauer“, von lateinisch *murus*) oder *strazza* („Straße“, von lateinisch *via, strata*). Dabei darf man nicht vergessen: Es gab nicht ein einheitliches Germanisch, sondern jeder Stamm hatte seine eigene Mundart. So unterscheidet man u. a. Altnordisch, Altsächsisch, westgermanische Dialekte wie Alamannisch und ostgermanische Dialekte wie Gotisch. Letzteres war die erste germanische Sprache, die zur

Das von Bischof Wulfila im 4. Jh. entwickelte gotische Alphabet

Schriftsprache wurde – dank Bischof Wulfila, der im 4. Jahrhundert n. Chr. aus lateinischen und griechischen Buchstaben eine Schrift für eine gotische Bibelversion entwickelte: So ist *Atta unsar, þu in himinam, weihnai namo þein*[1] der Anfang des Vaterunsers. [...]

Man spricht diutisc: Althochdeutsch (600–1050 n. Chr.)

Zur Zeit der germanischen Völkerwanderung und der Ausbreitung des Christentums begann um 600 n. Chr. die eigentliche Geschichte der deutschen Sprache. Eine Gruppe westgermanischer Sprachen spaltete sich mit der sogenannten zweiten Lautverschiebung von den anderen germanischen Mundarten ab und es entstand, was wir heute Althochdeutsch nennen. Die zweite Lautverschiebung ist ein wichtiger Wendepunkt in der Geschichte des Deutschen: Sie ist der Grund dafür, warum wir heute „**Pf**anne“, „**Z**eit“ und „Toch**t**er“ sagen, wohingegen es im Niederländischen und Englischen ***p**an, **t**ijd/**t**ime* und *do**ch**ter/dau**gh**ter* heißt. Außerdem gliederte dieser Wandelprozess den deutschen Sprachraum in verschiedene Dialekte: Während die Lautverschiebung im Süden (Oberdeutschland) vollständig und in Mittel-

deutschland teilweise stattfand, behielt das Niederdeutsche im Norden ebenso wie Englisch die alten Laute (also „p" statt „pf" usw.) bei. Das schlägt sich auch heute noch in den nordischen Mundarten und Sprachen nieder.
In der Zeit der zweiten Lautverschiebung tauchte auch das Wort „deutsch" zum ersten Mal mit seiner heutigen Bedeutung auf: Es leitet sich vom germanischen Wort *diot* („Volk") bzw. *diutisc* („zum eigenen Volk gehörend") ab und bezeichnete damals die germanischsprachigen Einheimischen des Frankenreiches.

Herzeliebez vrouwelin: Mittelhochdeutsch (1050–1350 n. Chr.)

Ritter, Minnesang und Lehnswesen: Das Hochmittelalter war geprägt von wirtschaftlichem und kulturellem Aufschwung, aber auch von politischer Zersplitterung. Ab 1050 zerfiel der deutschsprachige Raum in einen Flickenteppich aus einzelnen Herrschaftsgebieten. Genauso vielfältig entwickelte sich auch die deutsche Sprache: Jedes Territorium hatte seinen eigenen Dialekt, jedes Herrscherhaus seine eigene höfische Dichtung[2]. [...] Auch Walther von der Vogelweide schmetterte seinen Minnesang wie *Herzeliebez vrouwelin* (in etwa „Herzliebste Dame") auf Mittelhochdeutsch. Mit Mittelhochdeutsch meint man dabei keinen speziellen Dialekt, sondern fasst die verschiedenen Varietäten, die in dieser Epoche in Mittel- und Oberdeutschland gesprochen wurden, zusammen. Mittelhochdeutsch war unserem heutigen Deutsch schon um einiges ähnlicher: Einerseits kamen die Umlaute (ä, ö, ü) zu ihrer vollen Blüte, andererseits wurden unbetonte Silben nun abgeschwächt und Vokale in unbetonte Endsilben umgeformt (althochdeutsch *hōran* wurde zu mittelhochdeutsch *hœren*, „hören"). Dieser Wandel in der Aussprache führte zu einer wahren Kettenreaktion: Die Abschwächung von Vokalen bewirkte, dass ehemals unterschiedliche Kasusendungen sich nun glichen, was wiederum die Artikel erforderlich machte, um weiterhin den Kasus (Fall) eines Nomens anzeigen zu können.

Feuereifer und Lästermaul: Frühneuhochdeutsch (1350–1650 n. Chr.)

Das Frühe Neuhochdeutsch ist deswegen eine eigene Epoche wert, weil in dieser Zeit bedeutende kulturelle Veränderungen im deutschen Sprachraum stattfanden. Mit seiner Bibelübersetzung von 1545 bereicherte Martin Luther den deutschen Wortschatz um unzählige Wortschöpfungen wie „Denkzettel", „Feuereifer" und „Lästermaul". Auch vormals regionalen Ausdrücken wie „Ziege" (statt „Geiß") oder „Ufer" (statt „Gestade") verhalf er zu Bekanntheit im ganzen deutschen Sprachgebiet. Vor allem aber legte er die Grundlage für eine einheitliche deutsche Sprache, denn durch die Verbreitung des deutschen Bibeltextes setzte sich das auf süd- und mitteldeutschen Dialekten basierende Neuhochdeutsche auch zunehmend in Norddeutschland durch.
Technische Innovationen wie der Buchdruck von Johannes Gutenberg (um 1446) führten dazu, dass die deutsche Schriftsprache an Bedeutung gewann. Es bildeten sich überregionale Standardsprachen, die von Sprechenden aller Dialekte verstanden wurden. Während man Bücher zunehmend auf Deutsch statt auf Latein druckte, brachte der aufkommende Humanismus nochmals eine Reihe von lateinischen Lehnwörtern wie „Dekret", „zitieren" und „Examen" ins Spiel. Selbst die deutsche Grammatik motzte man nach dem Vorbild des Lateinischen auf und führte so das Futur mit „werden" + Infinitiv ein („ich werde reisen"), wo man vorher einfach die Gegenwartsform verwendet hatte (wie wir es auch heute wieder tun).

Eine einheitliche Schriftsprache [...] (ab dem 16. Jahrhundert)

Vor dem 16. Jahrhundert gab es in der deutschen Sprache viele verschiedene Varianten und Standards. Das änderte sich nun, denn ab ca. 1500 bis zum 18. Jahrhundert bildete sich aus den ober- und mitteldeutschen Mundarten eine einheitliche Schriftsprache: Neuhochdeutsch, die Sprachstufe des Deutschen, die wir auch heute noch (mit kleineren Veränderungen) sprechen. Die niederdeutschen Dialekte entwickelten hingegen keine eigene Schriftsprache – mit Ausnahme des Niederländischen, das im Mittelalter noch zu den deutschen Dialekten gezählt hatte und Ende des 16. Jahrhunderts zu einer eigenständigen Sprache wurde.

Deutsch als Nationalsprache: 19. und 20. Jahrhundert

Als sich die Mehrheit der deutschsprachigen Gebiete 1871 zum Deutschen Reich zusammenschloss, musste für die Sprache des neuen Nationalstaates natürlich eine einheitliche Rechtschreibung her. So gab Konrad Duden 1880 das *Vollständige orthographische Wörterbuch der deutschen Sprache* heraus. Die darin festgelegte Schreibung galt übrigens bis zur Rechtschreibreform von 1996[3].
Im 19. Jahrhundert kamen mit der Industriellen Revolution viele technische Fachwörter hinzu [...], im Bereich des gesellschaftlichen Lebens entlehnte man oft Wörter aus dem Englischen und Französischen [...]. Auch im 20. Jahrhundert sorgten neue Erfindungen und gesellschaftliche Veränderungen dafür, dass der deutsche Wortschatz um zahlreiche englische Lehnwörter wie „Computer", „Job" und „Team" ergänzt wurde. [...]
Wie es in der Natur aller Sprachen liegt, verändert sich auch das Deutsche unaufhaltsam weiter.

Quelle: https://de.babbel.com

1 *þu, þein:* der dentale, stimmlose Reibelaut „*þ*" entspricht weitgehend dem heutigen englischen „th"

2 höfische Dichtung: umfasst die Lyrik und Epik des Hochmittelalters zwischen ca. 1170 bis 1250/1300; der Minnesang und der Artusroman (Wolfram von Eschenbach: „Parzival", Gottfried von Straßburg: „Tristan") erlebten in diesen Zeitraum ihren jeweiligen Höhepunkt.

3 Offiziell besaß Konrad Duden (1829–1911) keinen Auftrag für die Normierung einer nationalen Schriftsprache, sondern er handelte aus eigenem Antrieb. Die offizielle Regelfestlegung erfolgte nicht 1880, sondern 1901 auf der II. Orthographischen Konferenz.

2 Unterstreichen Sie im Text zentrale Aussagen zur Sprachgeschichte des Deutschen und stellen Sie mit Hilfe eines Schaubildes die Phasen dieser Geschichte von den Anfängen bis heute dar.

3 Im Text werden in den Zeilen 10 und 46 die erste und zweite Lautverschiebung erwähnt. Recherchieren und notieren Sie die Bedeutung dieser Begriffe und die mit ihnen jeweils verbundenen Veränderungsvorgänge.

4 Erläutern Sie mit eigenen Worten den Einfluss des „aufkommende[n] Humanismus" (Z. 117) auf die Sprachentwicklung. Recherchieren Sie ggf. diesen Begriff.

Jörg Riecke (1960–2019) **Warum Sprachgeschichte*** (2016; Auszüge)

Sprachen verändern sich. Meist sind es einzelne Wörter oder Redewendungen, die ursprünglich vielleicht im Englischen, in der Jugendsprache oder im Sprachgebrauch der Computerbenutzer zu Hause waren und nun auch in der Sprache des Alltags Verwendung finden. [...]

Viel stärker noch als bei der Beobachtung der Gegenwartssprache stoßen wir beim Lesen älterer Texte auf Zeichen der Veränderung. Unsere eigene Sprachkompetenz und der Sprachgebrauch eines historischen Autors sind offenbar nicht deckungsgleich. Dies macht sich durch zahlreiche Verständnisprobleme fortwährend bemerkbar. [...]

Das Gute an den Schwierigkeiten im Umgang mit historischen Texten ist aber, dass erst sie uns die Tatsache der geschichtlichen Entwicklung einer Sprache nachhaltig verdeutlichen. Am Ende hilft uns das sogar, ältere Texte, aber auch die Sprache der Gegenwart besser zu verstehen. Wenn wir davon abrücken, unseren eigenen Sprachgebrauch als etwas Festes, Unveränderliches anzusehen, dann begeben wir uns unmerklich schon auf Distanz zu unserer eigenen Zeit und damit auch zu uns selbst. Aus dieser Distanz heraus können wir versuchen, auch ältere Texte als etwas zwar Fremdes, Anderes, aber dennoch Wertvolles und Eigenständiges anzunehmen.

Sprachgeschichtliche Kenntnisse helfen uns dabei, diese älteren Texte – und damit die Gedanken und Konzepte vorangegangener Generationen – richtig einzuordnen. Die Sprachgeschichtsschreibung kann über den einzelnen Text hinaus aber auch mit den vielfältigen Möglichkeiten der Versprachlichung der Welt bekanntmachen, die weit über den Horizont der heute lebenden Menschen hinausreichen. Sie fragt also nicht nur nach der sprachlichen Form und dem Sinn einzelner Texte, sondern sie will auch etwas über die Möglichkeiten und Grenzen der Kommunikation unter den jeweiligen historischen Bedingungen herausfinden. Da Kommunikation nun aber keineswegs die einzige Funktion von Sprache ist, kommt noch ein weiteres Moment hinzu. Wir bilden durch Sprache die außersprachliche Realität nicht einfach nur ab, so wie sie „wirklich" ist. Wir haben nur die auf unseren je unterschiedlichen Erfahrungen beruhenden Vorstellungen von der Welt, und diese Vorstellungen stellen wir mehr oder weniger unvollkommen mit Hilfe der Sprache dar. Die Sprache dient also [...] zunächst einmal dazu, die Gegenstände und Zusammenhänge unserer Welt überhaupt erst zu erfassen und zu deuten. [...].

In der Sprachgeschichte geht es also um Grundlagen des Textverständnisses, um ein Verständnis für den Wandel von Kommunikationsformen und um Einblicke in den historischen Wandel bei der Erfassung und Interpretation unserer Welt. Eine Sprachgeschichte zu schreiben bedeutet daher nicht, ausschließlich bereits vorgegebene Daten und Fakten in eine Ordnung zu bringen. Vielmehr entsteht eine jede Sprachgeschichte erst durch die Auswahl und Interpretation des Vorgefundenen. So ist kaum anzunehmen, dass zwei unterschiedliche Autoren ein und dieselbe Sprachgeschichte verfassen könnten. Die Sprachgeschichtsschreibung wird damit zu einer Kulturwissenschaft, und zwar zu einer Wissenschaft, die sich bemüht, die Flüchtigkeit des [...] Gedächtnisses unserer eigenen Generation zu überwinden. [...] Schließlich soll die Sprachgeschichtsforschung eine Vorstellung davon vermitteln, wann und unter welchen Bedingungen die Geschichte der deutschen Sprache begonnen hat, wie es zur Entstehung einer überregional verständlichen Schriftsprache gekommen ist und welche Etappen, also Sprachstadien, der Sprachgeschichte voneinander unterschieden werden können.

Dies waren allerdings noch nicht die Themen, welche die Sprachgeschichte im 19. Jahrhundert zu einer wichtigen Disziplin gemacht und eine breite Öffentlichkeit angesprochen haben. Das intensive Interesse an der Sprachgeschichte setzte nämlich zumindest in Deutschland erst zu einer Zeit ein, als man hoffte, dass die Beschäftigung mit der älteren deutschen Literatur und Sprache auch etwas zur politischen Entwicklung der Gegenwart beitragen könnte. In dem in viele Teilstaaten zerfallenen Deutschland des 19. Jahrhunderts sollte die Betonung einer gemeinsamen literarischen und sprachlichen Tradition den Sinn für das Gemeinsame unter den Zeitgenossen stärken und zugleich von der Berechtigung des Wunsches nach politischer Einheit zeugen. Die „germanische Philologie" der Brüder Grimm war in diesem – wenn auch noch eingeschränkten – Sinn bereits eine „angewandte Kulturwissenschaft" und hat wohl auch einen nicht ganz unerheblichen Baustein zur Einigung des Reiches beigetragen.

Als dieser politische, gegenwartsbezogene Impuls nach der Reichsgründung von 1870 weggefallen war, hatte es die Sprachgeschichte schwerer. [...] Dennoch ist heute wieder allenthalben ein neues Interesse an Geschichte und damit auch an Sprachgeschichte zu verspüren. Die Geschichte des Alltags, die Entwicklung von Mentalitäten, der Wandel der menschlichen Kommunikationsformen und die Geschichte von Schlagwörtern und zentralen Begriffen finden mehr und mehr Aufmerksamkeit. In all diesen Bereichen kann die Sprachwissenschaft einen gewichtigen Beitrag leisten. Mit der Wiederentdeckung dieser kulturgeschichtlichen Dimension steht die Sprachgeschichtsforschung heute vor neuen Aufgaben. Ihre Voraussetzungen ähneln in manchem denen der Zeit der Brüder Grimm, nur ihre Inhalte sehen – in einem enger zusammenwachsenden Europa – ganz anders aus. An die Stelle einer vor allem den Wert des Eigenen, des „Deutschen" betonenden Darstellung tritt eine „postnationale" Sicht der Sprachgeschichte, die vorrangig die Entwicklung des Deutschen im Kreise seiner europäischen Nachbarsprachen beschreibt.

5 **a** Markieren Sie im Text Aussagen zu den Zielen, die mit einer Sprachgeschichtsschreibung verfolgt werden, und stellen Sie diese unten in einer Mindmap dar. Belegen Sie Ihre Ergebnisse mit Zeilenangaben.

b Notieren Sie unter Ihrer Mindmap mit Zeilenangabe eine Kernaussage des Textes, die darüber informiert, wie man in der Sprachgeschichtsschreibung vorgeht bzw. arbeitet.

6 **a** Recherchieren Sie den Begriff „Kulturwissenschaft" (Z. 61) und stellen Sie unterschiedliche Positionen zu diesem Begriff dar.

b Erläutern Sie, inwiefern laut Text die „Sprachgeschichtsschreibung […] zu einer Kulturwissenschaft" (Z. 60 f.) wird, und diskutieren Sie diese These.

Wissen und können Sprachgeschichte des Deutschen

- Die deutsche Sprachgeschichte beginnt **ca. Mitte des 8. Jh.** mit den ersten überlieferten **althochdeutschen** Texten. Zuvor hatte sich im 7. Jh. mit der **zweiten Lauverschiebung** im Bereich der Konsonanten eine eigene Aussprache entwickelt, z. B.: engl. ***to*** zu dt. ***zu***, engl. *bro**th**er* zu dt. *Bruder*.
- Auf das Althochdeutsche folgt das **Mittelhochdeutsche,** das **bis um 1350** gesprochen wurde (► S. 74).
- Das **Frühneuhochdeutsche** wird auf **ca. 1350 bis ca. 1650** datiert.
- Danach spricht man von der **Phase des Neuhochdeutschen** verbunden mit der **Entwicklung einer einheitlichen deutschen Schriftsprache** und der **Etablierung als Nationalsprache im 19. und 20. Jahrhundert.**
- Genauere Datierungen sind nicht möglich, zumal die **Entwicklungen nicht schlagartig** stattfanden. Sie erstreckten sich vielmehr **über einen längeren Zeitraum mit verschiedener Geschwindigkeit sowie regional unterschiedlich,** wovon heute noch die Dialekte zeugen.

6.2 Sprachgeschichten auf der Spur – Ausgewählte sprachliche Dokumente und Phänomene untersuchen

Mittelhochdeutsch

Miniatur „Herr Hartmann von Aue“ (nach 1300)

Hartmann von Aue (um 1160/70–1210/20) **Iwein** (ca. 1200; Auszug)

Hartmann von Aue war ein bedeutender Epiker der mittelhochdeutschen Sprache. Nach Vorbild des französischen Artusromans und Heldenepos „Yvain ou Le Chevalier au lion“ von Chrétien de Troyes verfasste er seine Rittersage „Iwein“, in der er den Abenteuern seines gleichnamigen Protagonisten den folgenden Prolog voranstellte.

Swer an rehte güete
wendet sîn gemüete,
dem volget sælde und êre.
des gît gewisse lêre
künec Artûs der guote,
der mit rîters muote
nâch lobe kunde strîten.
er hât bî sînen zîten
gelebet alsô schône
daz er der êren krône
dô truoc und noch sîn name treit.
[...]
er hât den lop erworben,
ist im der lîp erstorben,
sô lebet doch iemer sîn name [...].

1 Lesen Sie den Text und tauschen Sie sich darüber aus, welche Wörter oder Verse Sie bereits verstehen.

2 Sammeln Sie alle Informationen, die das Vorwort über „künec Artûs“ (V. 5) enthält. Gehen Sie so vor:
- **a** Übertragen Sie die mittelhochdeutschen Wörter, die Sie verstehen, in heutiges Standarddeutsch. Sie können die Schreibzeilen hinter den Versen nutzen.
- **b** Ermitteln Sie mit Hilfe eines (Online-)Wörterbuchs für Mittelhochdeutsch die Bedeutung der Ihnen noch unbekannten Wörter und ergänzen Sie Ihre Ergebnisse zu Aufgabe a.
- **c** Fassen Sie in eigene Worte, was Sie über die Veränderung von Wortbedeutungen erfahren haben.
- **d** Übertragen Sie den ganzen Textauszug ins Standarddeutsche. Achten Sie auf sinnvolle Formulierungen.

3 Kultur- und sprachgeschichtlich handelt es sich bei „Mittelhochdeutsch“ um einen Sammelbegriff. Prüfen Sie diese Aussage anhand des Textes von Sarah Waldmann (► S. 70 f.) und eigener Recherchen.

4 Die deutsche Schriftstellerin und Trägerin des Georg-Büchner-Preises (2012; ► S. 51) Felicitas Hoppe hat Hartmann von Aues „Iwein“ im Jahr 2008 neu adaptiert und als Kinderbuch veröffentlicht. Diskutieren Sie, inwiefern es attraktiv ist, mittelalterliche Texte heutzutage neu aufzubereiten und herauszugeben.

Wissen und können | **Aspekte der Sprachgeschichte – Mittelhochdeutsch in der höfischen Dichtung**

- Als **Mittelhochdeutsch** (abgekürzt *Mhd.*) wird eine **Sprachstufe des Deutschen** bezeichnet, die **in ober- und mitteldeutschen Regionen in verschiedenen Varietäten** bzw. Ausformungen **zwischen ca. 1050 und 1350** gesprochen wurde. Als **Sammelbegriff** für diese räumlich verschiedenen Varietäten ist Mittelhochdeutsch in erster Linie eine chronologische und keine geografische Bezeichnung.
- Enger gefasst ist das **Mittelhochdeutsche vor allem die Sprache der höfischen Literatur** dieser Zeit. Der Minnesang oder Artusromane wie der „Iwein“ spiegeln nicht nur die höfischen Lebensformen und Wertvorstellungen wider, sondern sie dienen heute auch als Schriftquellen dafür, wie sich Lautungen und Wortbedeutungen regional entwickelt und verändert haben.
- Im 19. Jahrhundert wurde für diese Dichtung eine vereinheitlichende Rechtschreibung geschaffen. Dennoch lassen sich auch an dieser normalisierten Schriftsprache sprachliche Veränderungen ablesen.

Die Sprache Luthers

Martin Luther (1483–1546) **Von den nüwen Eckischen Bullen und Lügen** (1520; Auszug)

Nachdem der Reformator Martin Luther 1517 seine 95 Thesen, mit denen er den päpstlichen Ablasshandel scharf kritisierte, veröffentlicht hatte, reagierte die katholische Kirche im Jahr 1520 mit einer Urkunde, der sogenannten „Bannbulle Exsurge Domine“. Darin wurde Luther von Papst Leo X. (1475–1521) aufgefordert, seine Thesen zu widerrufen, sonst würde er verbannt, d. h. aus der Gesellschaft ausgeschlossen und seine Werke verbrannt. Nachdem Dr. Johannes Eck, ein katholischer Theologe und Widersacher Luthers, ihm die Bulle überbracht hatte, reagierte Luther klar und deutlich wie folgt:

Ich hoͤre ouch sagen, D. Eck hab eyn Bullen mit im von Rom wider mich bracht, die im so glich sey, daz sy sol moͤcht ouch Doctor Eck heyssen, so voll Lügen und Irthumb sy sein sol, vnd er geb für, den Leüten daz Maul zuͤ schmiren, sy soͤllen glouben, es sey des Bapst Werck, so es sein Luͤgenspiel ist. Ich laß es alles geschehen, muͤß des Spiels in Gottes Namen warten, wer weiß, was goͤtlicher Rad beschlossen hat.

nach einer Zeichnung Johann David Schuberts (1781–1822): Luther verbrennt die Bannbulle (1794)

1 **a** Lesen Sie Luthers Reaktion auf den Inhalt der Bulle. Markieren Sie die Unterschiede zur gegenwärtigen Standardsprache, die Ihnen auffallen.
b Notieren Sie in einer Tabelle alle Wörter, die in ihrer Schreibweise oder Aussprache vom heutigen Sprachgebrauch abweichen, und ergänzen Sie ihre aktuelle Schreibweise bzw. ihren Sprachgebrauch.
c Markieren Sie in Ihrer Tabelle mit Blick auf den heutigen Sprachgebrauch auffällige lautliche Veränderungen.

Text Luthers	heutiger Sprachgebrauch
hoͤre (Z. 1), ouch (Z. 1), …	Hören, auch, …

2 **a** Übertragen Sie den Auszug oben ins heutige Standarddeutsche.
b Diskutieren Sie, wie Luthers Reaktion auf den Erhalt der Bannbulle zu bewerten ist. Berücksichtigen oder recherchieren Sie vorab den historischen Gesamtkontext unter dem Stichwort „Reformation“.

Martin Luther (1483–1546) **Vom Raben und Fuchse** (um 1530; Auszug)

Während eines mehrmonatigen Aufenthalts im Jahr 1530 in der Festung Coburg übersetzte Luther Fabeln des griechischen Dichters Äsop (6. Jh. v. Chr.) ins Deutsche. Mit diesen lehrhaften Geschichten wollte er vor allem ein Publikum gleich welchen Standes erreichen, das nicht die damalige Bildungssprache beherrschte.

Ein Rab hatte einen Kese gestolen / und satzte sich auff einen hohen Baum / und wolte zeren / Als er aber seiner art nach nicht schweigen kan / wenn er isset / hoeret jn ein Fuchs uber dem Kese kecken / und lieff zu / und sprach / O Rab / nu hab ich mein lebtag nicht schoener Vogel gesehen / von Feddern und Gestalt / denn du bist. Und wenn du auch so eine schoene Stimme hettest zu singen / so solt man dich zum Koenige kroenen / uber alle Voegel.
Den Raben kuetzelt solch Lob und Schmeicheln / fing an / wolt sein schoenen Gesang hoeren lassen und als er

den Schnabel auffthet / empfiel im der Kese / den nam der Fuchs behend / fras jn / und lachet des thoerichten Rabens.

Huet dich wenn der Fuchs den Raben lobt /
Huet dich fuer schmeichlern / so schinden und schaben
etc.

3 **a** Unterstreichen Sie in der Fabel alle Wörter, die sich in der gegenwärtigen Standardsprache verändert haben.
b Halten Sie in einer Gegenüberstellung fest, worin diese Veränderungen bestehen. Markieren Sie diese.

Text Luthers	gegenwärtige Standardsprache

4 **a** Erklären Sie mit eigenen Worten, wie die beiden Tiere in der Fabel dargestellt werden.
b Deuten Sie die Fabel: Welche Lehre soll sie vermitteln?

Martin Luther (1483–1546) **Bibelübersetzungen** (um 1522/1534; Auszüge)

Einen hohen Bekanntheitsgrad erlangte Luther dadurch, dass er in Zusammenarbeit mit anderen Theologen die Bibel bzw. das Alte und das Neue Testament aus verschiedenen alten Sprachen ins Frühneuhochdeutsche (► S. 73) übertrug. Er bediente sich dabei der Sächsischen Kanzleisprache (Form des Deutschen in der damaligen sächsischen Verwaltung).

Psalm 127,2: Es ist umsonst, dass ihr früh aufsteht und hernach lange sitzet und esset euer Brot mit Sorgen; denn seinen Freunden gibt er es im Schlaf.

Matthäus 5,15: Man zündet auch nicht ein Licht an und setzt es unter einen Scheffel, sondern auf einen Leuchter; so leuchtet es allen, die im Hause sind.

Matthäus 7,6: Ihr sollt das Heilige nicht den Hunden geben, und eure Perlen sollt ihr nicht vor die Säue werfen, damit die sie nicht zertreten mit ihren Füßen und sich umwenden und euch zerreißen.

Matthäus 26,41: Wachet und betet, dass ihr nicht in Anfechtung fallt! Der Geist ist willig; aber das Fleisch ist schwach.

Markus 16,16: Wer da glaubt und getauft wird, der wird selig werden; wer aber nicht glaubt, der wird verdammt werden.

Offenbarung 5,1: Und ich sah in der rechten Hand dessen, der auf dem Thron saß, ein Buch, beschrieben innen und außen, versiegelt mit sieben Siegeln.

Apostelgeschichte 9,18: Und sogleich fiel es von seinen Augen wie Schuppen, und er wurde wieder sehend; und er stand auf, ließ sich taufen und nahm Speise zu sich und stärkte sich.

5 **a** Tauschen Sie sich darüber aus, ob Ihnen eines der Zitate oder Stellen daraus bekannt vorkommen.
b Begründen Sie, welches der Zitate Sie am meisten anspricht.
c Recherchieren Sie, welche heutigen Sprichwörter in den Ihnen noch unbekannten Zitaten enthalten sind.
d Finden Sie mittels Online-Recherche heraus, was die jeweiligen Redewendungen und Sprichwörter heute bedeuten, und verdeutlichen Sie an einer Beispielsituation, wann diese vorgebracht werden.

6 Erläutern Sie mit Hilfe der Informationen im Text von Sarah Waldmann (► S. 70 f.) und eigener Recherchen, welchen Beitrag Luther insbesondere mit der Bibelübersetzung zur Entwicklung der deutschen Sprache geleistet hat.

Wissen und können | **Aspekte der Sprachgeschichte – Martin Luther und die deutsche Sprache**

- In **Deutschland des 16. Jh. wurden etwa 20 Dialekte** gesprochen. Mit seiner Bibelübersetzung wollte Luther eine **Bibel** schaffen, **die von allen verstanden werden konnte.** Damit stand er **gegen die Vorherrschaft des Lateins** und der entsprechenden Liturgie in der katholischen Kirche.
- Dazu sah er nach eigenen Worten dem „Volk aufs Maul“ und wurde auch sprachschöpferisch tätig.
- Mit der Durchsetzung des Buchdrucks gewann seine Sprache immer mehr an Verbreitung und Einfluss.

Aspekte der Sprachgeschichte im 19. Jahrhundert

Annette von Droste-Hülshoff (1797–1848) Brief an Levin Schücking (24.06.1843; Auszug)

Die Schriftstellerin war in enger Freundschaft mit dem Schriftsteller und Journalisten Levin Schücking (1814–1883) verbunden. Sie gilt als eine wichtige Förderin seines beruflichen Werdegangs.

Annette von Droste-Hülshoff: Selbstporträt (um 1845)

den 26sten. Guten Morgen, Levin; es regnet – regnet – regnet – den Blumen – *Pensée's* vor meinem Fenster sind ihre Sammtkleider so platt und fleckicht geregnet, als hätten sie drei *Generationen* mitgemacht, und die Vögel flattern so windschief und mühselig wie verunglückte Luftballons, – Pfui! – ich habe mich schwer entschlossen aufzustehn. – So eben wird mir ein Brief mit dem Postzeichen „Dresden" gebracht, – von dem neuen *Redacteur* der „Abendzeitung" –. *Steigmieder* – wenn ich die Hahnenfüße recht lese – er bittet um Beyträge, und es ist komisch zu sehn, wie darin *finançièlle* Vorsicht mit der Furcht durch ein schlechtes Gebot zu entfremden kämpfen – schönes Papier hat er genommen, – mit Goldschnitt und Vignette, – dafür muß ich wenigstens 1 Reichthaler per Bogen nachlassen – demüthig ist er wie eine Schuhbürste, und weiß das „Unterthänigst" und „Gehorsamst" nicht genug anzubringen – dafür mindestens 2 Reichsthaler Rabat. – Aber nun kömmt es zum Klappen: „Indem wir Hochdenenselben zwar die Stellung der Bedingungen, Behufs definitiver Einigung, lediglich überlassen, offeriren wir Ihnen doch im Allgemeinen vorläufig ein Honorar von *mindestens* 15 Reichsthaler a 1 Bogen, in der Voraussetzung, daß das der Redaction überlassene *Manuscript* vor Ablauf eines Jahres, von der Zeit des Abdrucks in der Abendzeitung an gerechnet, nicht anderweitig abgedruckt wird *Etcet.*" – finden Sie das unterstrichene „mindestens" nicht komisch? – mir kommt es vor, wie der Aussatzpreis bei *Auctionen*, worauf nun gesteigert wird. – Ich habe aber keine Lust zu dem Handel, – fürerst wüßte ich nicht zu mäkeln, – dann auch nicht, was ich geben könnte; meine Gedichte müssen zusammen bleiben, und aus meinem „Bey uns zu Lande" habe ich schon die „Judenbuche"[1] fortgegeben, und darf es nicht ferner zersplittern, wenn das Ganze noch Werth behalten soll. – dann habe ich auch etwaige spätere Nachzügler an Gedichten schon halbwege dem „Cölner *Feuilleton*" zugesagt, obwohl ich gar nicht weiß was dieses giebt, aber Elise[2] wünschte es, weil die *Redaction* sie um ihre Vermittlung gebethen hatte, – Noch Eins, der gute Herr Steigmieder schreibt schließlich: „Indem wir uns der schmeichelhaften Hoffnung hinzugeben wagen, daß Hochdies. unsre Bitte erfüllen, und uns bald geneigte beyfällige Erklärung werden zukommen lassen, erlauben wir uns schon jetzt, und bis zu einer gegentheiligen Benachrichtigung, Hochd. den Mitarbeitern der „Abendzeitung" zuzuzählen" – *id est:* ich werde auf dem neuen Schema stehen, wenn ich auch keine Zeile liefre. –*Qu'en dites vous?*

1 „Die Judenbuche – Ein Sittengemälde aus dem gebirgichten Westfalen"; Novelle von Annette von Droste-Hülshoff aus dem Jahr 1842

2 Gemeint ist vermutlich von Droste-Hülshoffs Freundin, die deutsche Schriftstellerin Elise Freifrau von Rüdiger (1812–1899).

1 **a** Untergliedern Sie den Brief inhaltlich in Absätze und formulieren Sie, z. B. in Form von Zwischenüberschriften, worüber die Verfasserin den Adressaten informiert.

b Markieren Sie im Brief alle orthografischen Abweichungen im Vergleich zu heute und beschreiben Sie diese.

2 **a** Unterstreichen Sie alle fremdsprachigen Ausdrücke, stellen Sie fest, aus welcher Sprache sie stammen, und übersetzen Sie sie bei Bedarf.

b Formulieren Sie Hypothesen für diesen Spracheinfluss auf das Deutsche und recherchieren Sie, inwieweit diese von Ihnen formulierten Ursachen zutreffend sind. Nennen Sie auch Übernahmen, die heute noch üblich sind.

Wissen und können | **Aspekte der Sprachgeschichte – Französische Wörter im Deutschen**

- Neben Anglizismen gibt es bis heute auch viele **Gallizismen** im Deutschen, das sind französische Wörter, die im Alltag verwendet werden, z. B. die Lehnwörter Büro (frz. *le bureau*) und Möbel (frz. *le meuble*).
- Der Einfluss ist auf die **kulturelle und politische Nachbarschaft** mit Frankreich zurückzuführen. An den **Höfen Europas wurde im 18. u. 19 Jh. hauptsächlich Französisch** gesprochen. Darüber hinaus gehen viele Übernahmen aus dem Französischen auf die **Zeit des Dreißigjährigen Krieges** (1618–1648) und auf die **französische Besatzung unter Napoleon** (ab 1794 linksrheinisch, 1804–1815 rechtsrheinisch) zurück.

6.3 Sprachgeschichte für die Ohren – Einen Podcast erstellen

1 **a** Betrachten Sie das nebenstehende Foto und tauschen Sie sich darüber aus, was Sie unter einem Podcast verstehen und welche Podcasts Sie kennen.
b Diskutieren Sie, was Ihnen an den Ihnen bekannten Podcasts gut gefällt und welche Kritikpunkte Sie haben.

2 Wiederholen Sie, wie man vorgeht und was man beachten sollte, um einen gelungenen Podcast zu produzieren, oder recherchieren Sie, wie man einen Podcast erstellt.

Schritt 1: Themen für die Podcasts wählen

A Regionale Sprachgeschichte – Was ist das?
B Stadt, Land, Fluss – Geografische Einflüsse auf die Sprach- und Dialektentwicklung
C „Schweinersdorf“ und „Schmarrnzell“ – Die Bedeutung und Entwicklung alter Ortsnamen
D (K)Ein Buch mit sieben Siegeln – Sprache und Sprichwörter in der Lutherbibel
E Liebesgedichte und Sprachgeschichte – Die „frouwen“ in der Minnelyrik
F Deutsche Sprache – Deutsche Einheit? – Die „germanische Philologie“ der Brüder Grimm
G Von J. v. Eichendorffs „Gesellen“ und E. T. A. Hoffmanns „Fräulein“ – Kulturgeschichten semantischen Wandels

3 Bilden Sie Kleingruppen und wählen Sie einen der Themenvorschläge A bis G. Sie können sich auch für ein eigenes Thema entscheiden.

Thema / eigenes Thema: ______________________________

Schritt 2: Für die Podcasts recherchieren

4 Sammeln Sie zu dem von Ihnen gewählten Thema Teilaspekte, die Ihr Podcast besprechen, bzw. Fragen, die er beantworten soll. **Tipp:** Stellen Sie sich verschiedene Zuhörinnen und Zuhörer vor und fragen Sie sich, welche Informationen diese jeweils besonders interessieren könnten.

____

____

5 **a** Recherchieren Sie nach ersten Informationen oder Aussagen zu Ihrem Thema und ordnen Sie diese unter jeweiliger Angabe der Quelle in einer Mindmap an.
b Setzen Sie Schwerpunkte und vertiefen und erweitern Sie dahingehend Ihre weiteren Recherchen, sodass Ihr Hörbeitrag das gewählte Thema möglichst interessant und differenziert beleuchtet. **Achtung:** Sollten Sie Texte oder Tonaufnahmen anderer Autorinnen und/oder Autoren in Ihren Podcast einarbeiten, müssen Sie das jeweilige Urheberrecht oder Copyright beachten. Vor allem wortwörtliche Beiträge sind als Zitat mit Quelle zu benennen.

Wissen und können | **Der Podcast**

- Ein **Podcast** besteht in der Regel aus einer **Serie von Audio- oder auch Video-Dateien zu einem bestimmten Thema,** die meist kostenlos **abonnierbar** sind. Angeboten werden sie z. B. von digitalen Audio-Streaming-Diensten, aber auch von Radio- und Fernsehsendern.
- Für einen Podcast können Informationen auf mehrere Sprechpassagen aufgeteilt und Zitate und Aussagen von Expertinnen und Experten eingebaut werden. Dabei sollten die **Texte sprachlich anschaulich** und z. B. in Form **einfacher Sätze eingängig** formuliert sein.
- Auch Geräusche und Musik können eingefügt werden. Stammen diese aus nicht-gemeinfreien Sammlungen, muss das Urheberrecht beachtet werden.

Schritt 3: Den Podcasts planen

6 Diskutieren und notieren Sie, auf welche Weise Sie Ihr bisher gesammeltes Material den Zuhörerinnen und Zuhörern darbieten könnten.

7 Konkretisieren Sie Ihre Planung, indem Sie Ihre Informationen und Umsetzungsideen nach Vorbild der folgenden Tabelle anordnen.
Tipp: Achten Sie darauf, dass Sie den Zusammenhang zwischen Ihren Informationen und dem Thema Ihres Podcasts immer wieder verdeutlichen.

Aufhänger (z. B. Zitat, überraschender Fakt, Anekdote, ...)	**Thematische Entfaltung** (Anordnung der Informationen in nachvollziehbarer Reihenfolge)	**Fazit** (Zusammenfassung der Ergebnisse, Abschluss mit einem wirkungsvollen Schlusssatz)

8 Markieren Sie in Ihrer Tabelle, wo Sie in Ihrem Hörbeitrag Zitate aus den gesammelten Materialien einfügen wollen, und wählen Sie Geräusche oder Musik als Übergänge zwischen den einzelnen Textbeiträgen.

Schritt 4: Die Manuskripte für die Podcasts erstellen

9 Erstellen Sie je Gruppe auf Basis Ihrer bisherigen Planungen und Notizen ein ausformuliertes Manuskript.
Tipp: Beachten Sie, dass Ihr Podcast eine ausgewogene Abfolge von Sprechtexten, Zitaten und Zwischenmusik oder Geräuschen beinhalten sollte.

10 Ist Ihr Manuskript für die Zuhörerinnen und Zuhörer gut verständlich?
Prüfen Sie dessen sprachliche Ausgestaltung und bessern Sie ggf. nach.

Schritt 5: Die Podcasts aufnehmen

11 Nehmen Sie Ihre jeweiligen Podcasts mit einem Smartphone, Tablet oder Computer auf. Sprechen Sie die Beiträge nach Möglichkeit mit einem externen Mikrofon ein und schneiden Sie diese, wenn nötig, mit einer Audio-Bearbeitungssoftware zusammen.

12 Stellen Sie Ihren Podcast auf den geschützten Bereich einer Lernplattform ein.

Schritt 6: Die Podcasts auswerten

13 Hören Sie sich jeweils die Produktionen der anderen Kleingruppen an und geben Sie sich gegenseitig ein wertschätzendes, sachliches und konstruktives Feedback.

14 Diskutieren und begründen Sie, welcher der erstellten Podcasts sein Thema Ihrer Meinung nach am besten umsetzt.

Prüfungsmöglichkeiten – Testen Sie Ihr Wissen und Können

Susanna Elisabeth Zeidler (1657–1706)
Beglaubigung der Jungfer Poeterey (1686)

Rhapsodius[1] gläubt nicht das Jungfern Verse machen:
Wie solte man nu nicht der falschen Meynung lachen?
Wie / wenn man sagte / das hochzeitliche Gedicht /
Das Rhapsodus gemacht / ist seine Arbeit nicht.
Ist dieses müglich / so kan jenes auch geschehen.
Hat denn Herr Rhapsodus dergleichen nie gesehen?
Ihr Musen[2] Söhne denckt / ihr seyd es gar allein /
Bey denen Phoebus[3] zeucht mit seinen Künsten ein.
O nein / ihr irret euch: Die Pallas[4] pflegt dergleichen
Künst / Weißheit und Verstand uns Nimphen[5] darzureichen.
Sind wir gleich nicht an Kunst und Gaben gar zu reich /
Noch euch / ihr Phoebus Volck in allen Stücken gleich
(Denn dieses ist gewiß / das läßt man wol passiren /
Das euch die freye Kunst vortrefflich kan bezieren /
Dazu euch euer Fürst Apollo[6] Anlaß giebt /
Wenn ihr von Jugend auf Parnassus[7] Hügel liebt.)
So werdet ihr doch diß nicht gäntzlich leugnen können /
Das GOtt und die Natur uns ebenmäßig gönnen
Was euch gegeben ist / und das uns offtmahls nicht
Das Tichten / sondern nur die Zeit dazu gebricht.
Es fehlt uns nicht an Witz / und andern guten Gaben /
Nur das man nicht dazu Gelegenheit kan haben.
Wenn man uns so wie euch / die Künste gösse ein /
So wollten wir euch auch hierinnen gleicher seyn.

Pallas Athene (o. J.)

1 Rhapsod(i)us: im alten Griechenland fahrender Sänger, der Dichtung vorträgt
2 die Musen: in der griechischen Mythologie die Schutzgöttinnen der Künste
3 Phoebus: der Beiname Apolls (vgl. V. 15)
4 Pallas: in der griechischen Mythologie Göttin der Weisheit, der Künste, des Handwerks und des Kriegs
5 die Nimphen oder Nymphen: hier: junge Frau, heiratsfähiges Mädchen
6 Apollo: hier Gott der Künste, insbesondere Gott der Musik, der Dichtkunst und des Gesangs
7 Parnassus: dem Gott Apollo geweihter Berg und Heimat der Musen

1 Zeidlers Gedicht wird der Literaturepoche Barock (etwa 1600–1750) zugerechnet.

a Erschließen Sie mit Hilfe der Fußnoten zu den Bezeichnungen und Namen den Inhalt und fassen Sie diesen nach jeweils vier Versen mit eigenen Worten zusammen.

b Vergleichen Sie anhand von vier Beispielen im Text, wie sich die heutige Orthografie von der Schreibweise des Barocks unterscheidet. Bestimmen Sie auf dieser Grundlage die sprachlichen Charakteristika des Textes.

c Begründen Sie mit Hilfe Ihrer Ergebnisse aus b und den Informationen auf Seite 71, weshalb die Sprache des Textes typisch für die Zeit des Übergangs vom Frühneuhochdeutschen zum modernen Deutsch ist.

2 Melanie Malzahn (*1973), Professorin für Vergleichende Indogermanische Sprachwissenschaft an der Universität Wien, bezeichnet in einem Interview mit Sara Nägele vom 3. April 2020 die „Sprache als Spiegel der Kulturen“. Bewerten Sie diese Aussage anhand Ihrer Kenntnisse über die deutsche Sprachgeschichte.

7 Gut gesagt! – Modul „Rhetorik“

Martin Luther King Jr. (1929–1968)

Tsitsi Dangarembga (*1959)

Bundesfinale *Jugend debattiert* (2021)

Maxi Schafroth (*1985)

1 Benennen Sie mit Hilfe der Fotos und unter Einbeziehung der folgenden Definition, in welchen Bereichen Rhetorik eine Rolle spielt und welche Arten von Reden es gibt. Recherchieren Sie ggf. die abgebildeten Personen.

> „Rhetorice ars est bene dicendi.“ [...] In Quintilians Rhetorikdefinition wird freilich nur einer von (mindestens zwei) rhetorischen Tätigkeitsbereichen explizit genannt: das mündliche Sprechen. Zur Rhetorik gehört jedoch auch der gesamte Bereich der schriftlichen Kommunikation [...]. Heute zählt man sämtliche Formen der mündlichen und schriftlichen Beredsamkeit zum Gegenstandsbereich der Allgemeinen Rhetorik. Dazu gehört in erster Linie die monologische, mehr oder weniger frei vorgetragene Rede [...], dazu zählen aber auch dialogische Redeformen wie das Lehrgespräch oder Streitgespräche, also Diskussionen und Debatten.
>
> *Clemens Ottmers: Rhetorik. Stuttgart 1996, S. 5f.*

Bild 1: ____________________

Bild 2: ____________________

Bild 3: ____________________

Bild 4: ____________________

2 Sammeln Sie Beispiele für berühmte Rednerinnen und Redner sowie Redeanlässe und benennen Sie kurz, was sie auszeichnete.

3 Beschreiben Sie, in welchen Situationen Sie bereits mit Rhetorik konfrontiert wurden oder Sie selbst auf rhetorische Fähigkeiten angewiesen waren.

In diesem Kapitel ...

- lernen Sie die Rhetorik als historische und wissenschaftliche Disziplin kennen,
- erfassen Sie die zentralen Prinzipien der Rhetorik,
- analysieren Sie eine bedeutende Rede.

7.1 Ein Querschnitt durch die Geschichte – Die Rhetorik als historische und wissenschaftliche Disziplin

Ansichten zur Rhetorik in der Antike

Thomas Paulsen (*1959) Die Anfänge der griechischen Rhetorik (2005; Auszug)

Obwohl der Aufschwung der Rhetorik maßgeblich durch die politische Situation in den demokratischen Stadtstaaten (póleis) Griechenlands bestimmt ist, gelten in der Antike als ihre Begründer die historisch kaum fassbaren Gestalten der syrakusanischen Rhetoren Korax und Teisias, die um die Mitte des 5. Jh. v. Chr. wirken. Die Initialzündung für die Entwicklung der Rhetorik in Athen bietet das erste öffentliche Auftreten des sizilischen Redners Gorgias von Leontinoi (ca. 485 – ca. 385) anlässlich einer Gesandtschaft im Jahre 427 v. Chr., dessen Redegewalt das attische Publikum unmittelbar in ihren Bann zieht. Seine „Lobrede auf Helena“, in der die Unschuld der übel beleumundeten mythischen Heldin am Ausbruch des Trojanischen Krieges erwiesen wird, enthält mit einem Preis auf die alles beherrschende Macht des Logos[1] die ältesten theoretischen Äußerungen zu einem Thema der Rhetorik. [...]

anonym: Büste des Platon (428/27–348/47 v. Chr.)

In der Tradition des Sokrates[2] lehnt Platon in seinen früheren Jahren Rhetorik als amoralische Scheinkunst, die dem Menschen in seinem Streben nach Wahrheit keinen Nutzen bringt, kategorisch ab. Den heftigsten Angriff stellt der wohl in den achtziger Jahren des 4. Jh. v. Chr. entstandene „Gorgias“ dar, in dem sich Sokrates als Hauptdialogpartner[3] mit den Sophisten[4] Gorgias, Polos und Kallikles auseinandersetzt. Der griechische Begriff „Rhetorik“ (rhētorikē téchnē) taucht in diesem Dialog erstmals auf. Im ein bis zwei Jahrzehnte später entstandenen „Phaidros“ ist der Ton verbindlicher: Rhetorik ist dann akzeptabel, wenn sie auf eine an der Wahrheit orientierte Seelenbildung des Menschen abzielt. [...] Aristoteles von Stageiros[5] (384–322) kommt 367 nach Athen, um an der platonischen Akademie zu studieren. Später wirkt er dort selbst als Rhetorik-Lehrer. [...] Die nicht genau datierbare (möglicherweise in den dreißiger Jahren des 4. Jh. entstandene) „Rhetorik“ des Aristoteles in 3 Büchern ist die unbestreitbar bedeutendste rhetorische Schrift in griechischer Sprache.

1 Logos: hier im Sinne von *Wort, Rede*

2 Sokrates (469–399 v. Chr.): einer der wirkungsmächtigsten Philosophen der griechischen Antike, lebte und wirkte in Athen; seine Lehren schrieb sein Schüler Platon (428/27–348/47 v. Chr.) nieder (► S. 83)

3 In der klassischen Antike war es üblich, philosophische Themen anhand fiktiver Dialoge zu behandeln.

4 die Sophisten: Gruppe von Männern in der griechischen Antike, die insbesondere als Didaktiker und Rhetoriker ihren Lebensunterhalt verdienten

5 Aristoteles von Stageiros (384–322 v. Chr.): besser bekannt als Aristoteles ohne zusätzliche Nennung seines Geburtsorts; griechischer Universalgelehrter (► S. 85)

1 Stellen Sie anhand von Thomas Paulsens Darstellung die Haltung des Redners Gorgias und die des Philosophen Platon mit eigenen Worten einander gegenüber.

Haltung Gorgias’: ______________________________

____

____

Haltung Platons: ______________________________

____

____

Platon (428/27–348/47 v. Chr.) **Gorgias** (Auszug)

SOKRATES Eben weil ich mich hierüber wundere, Gorgias, frage ich so lange schon, was doch eigentlich das Wesen der Redekunst ist. Denn ganz übermenschlich groß dünkt sie mich, wenn ich sie so betrachte.

GORGIAS Wie wenn du erst alles wüsstest, Sokrates, dass sie mit einem Wort alle andern Kräfte zusammengenommen unter sich begreift! Einen auffallenden Beweis will ich dir hiervon geben. Nämlich gar oft bin ich mit meinem Bruder oder anderen Ärzten zu einem Kranken hingegangen, der entweder keine Arznei nehmen, oder den Arzt nicht wollte schneiden und brennen lassen, und da dieser ihn nicht überreden konnte, habe ich ihn doch überredet durch keine andere Kunst als die Redekunst. Ja ich behaupte, es möge in eine Stadt, wohin du willst, ein Redekünstler kommen und ein Arzt, und wenn sie vor der Gemeinde oder sonst einer Versammlung redend durchfechten müssten, welcher von beiden zum Arzt gewählt werden sollte, so würde nirgends an den Arzt gedacht werden, sondern der zu reden versteht, würde gewählt werden, wenn er wollte. Ebenso im Wettbewerb gegen jeden andern Sachverständigen würde der Redner eher als irgendeiner überreden, ihn selbst zu wählen. Denn es gibt nichts, worüber nicht ein Redner überredender spräche als irgendein Sachverständiger vor dem Volke. Die Kraft dieser Kunst ist also in der Tat eine solche und so große. Indessen muss man sich, o Sokrates, der Redekunst gebrauchen wie auch jeder andern Streitkunst. Denn auch anderer Streitkunst muss man sich deshalb nicht gegen alle Menschen gebrauchen, weil einer den Faustkampf und das Ringen und das Fechten in Waffen so gut gelernt hat, dass er stärker darin ist als Freunde und Feinde, und muss deswegen nicht seine Freunde schlagen und stoßen und töten. [...] Dasselbe nun gilt auch von der Redekunst. Vermögend ist freilich der Redner, gegen Alle und über Alles so zu reden, dass er den meisten Glauben findet beim Volk, um es kurz herauszusagen, worüber er nur will. Deshalb aber, soll er doch weder den Ärzten den Ruf entziehen, weil er das wohl auszurichten vermöchte, noch andern Sachverständigen den ihrigen, sondern rechtlicherweise sich auch der Redekunst gebrauchen, eben wie der Streitkunst.

2 Erklären Sie anhand des philosophischen Dialogauszugs den Sinn und Zweck der Redekunst. Gehen Sie auch auf deren Grenzen ein.

Ansichten zur Rhetorik im 18. Jahrhundert (Aufklärung)

Immanuel Kant (1724–1804) **Kritik der Urteilskraft** (1790; Auszug §53)

Die Beredsamkeit, sofern darunter die Kunst zu überreden, d.i. durch den schönen Schein zu hintergehen (als *ars oratoria*), und nicht bloße Wohlredenheit (Eloquenz und Stil) verstanden wird, ist eine Dialektik, die von der Dichtkunst nur so viel entlehnt, als nötig ist, die Gemüter vor der Beurteilung für den Redner zu dessen Vorteil zu gewinnen, und dieser die Freiheit zu benehmen; kann also weder für die Gerichtsschranken noch für die Kanzeln angeraten werden. Denn wenn es um bürgerliche Gesetze, um das Recht einzelner Personen oder um dauerhafte Belehrung und Bestimmung der Gemüter zur richtigen Kenntnis und gewissenhaften Beobachtung ihrer Pflicht, zu tun ist: So ist es unter der Würde eines so wichtigen Geschäftes, auch nur eine Spur von Üppigkeit des Witzes und der Einbildungskraft, noch mehr aber von der Kunst zu überreden und zu irgendjemandes Vorteil einzunehmen, blicken zu lassen. Denn, wenn sie gleich bisweilen zu an sich rechtmäßigen und lobenswürdigen Absichten angewandt werden kann, so wird sie doch dadurch verwerflich, dass auf diese Art die Maximen und Gesinnungen subjektiv verderbt werden, wenngleich die Tat objektiv gesetzmäßig ist: indem es nicht genug ist, das, was Recht ist, zu tun, sondern es auch aus dem Grunde allein, weil es Recht ist, auszuüben. Auch hat der bloße deutliche Begriff dieser Arten von menschlicher Angelegenheit, mit einer lebhaften Darstellung in Beispielen verbunden, und ohne Verstoß wider die Regeln des Wohllauts der Sprache oder der Wohlanständigkeit des Ausdrucks für Ideen der Vernunft (die zusammen die Wohlredenheit ausmachen) schon an sich hinreichenden Einfluss auf menschliche Gemüter, als dass es nötig wäre, noch die Maschinen der Überredung hierbei anzulegen; welche, da sie ebenso wohl auch zur Beschönigung oder Verdeckung des Lasters und Irrtums gebraucht werden können, den geheimen Verdacht wegen einer künstlichen Überlistung nicht ganz vertilgen können. In der Dichtkunst geht alles ehrlich und aufrichtig zu. Sie erklärt sich, ein bloßes unterhaltendes Spiel mit der Einbildungskraft und zwar der Form nach einstimmig mit Verstandesgesetzen treiben zu wollen; und verlangt nicht, den Verstand durch sinnliche Darstellung zu überschleichen und zu verstricken.

3 **a** Skizzieren Sie die Unterscheidung von Beredsamkeit und Dichtkunst, die Kant vornimmt.
b Erklären Sie, was Kant aus welchen Gründen an der Rhetorik kritisiert.

Ansichten zur Rhetorik heute

4 **a** Erschließen Sie anhand des Fotos erkennbare Rahmenbedingungen des Wettbewerbs „Jugend debattiert" und notieren Sie diese. Achten Sie insbesondere auf die Positionen der Rednerinnen und Redner.
Berichten Sie ggf. von Ihren eigenen Erfahrungen mit diesem Wettbewerb.

b Informieren Sie sich über den genauen Ablauf und die Regeln von „Jugend debattiert" und vergleichen Sie diese mit Ihren Ergebnissen zu Aufgabe 4 a.

c Diskutieren Sie die Notwendigkeit und Ziele solcher rhetorischen Wettbewerbe in der heutigen Zeit.

Joachim Gauck[1] (*1940) **Bundesfinale „Jugend debattiert"** (2016; Auszug)

Debattieren ja! Aber warum? Ich stelle mir vor: Wer debattieren kann, der kann noch viel mehr. Sonst könnte er nicht debattieren. Er oder sie hat sich Wissen angeeignet, kann sich ausdrücken, argumentieren, und hoffentlich auch zuhören. Er kann sich verständlich machen, sie kann sich verständlich machen und sich mit anderen auf etwas verständigen. Frei reden und debattieren können, das heißt, sich einmischen und etwas erreichen wollen. Es bedeutet, selbstbewusst und fair zugleich aufzutreten. [...]
Ich habe manchmal den Eindruck, dass hierzulande, jedenfalls manchmal, viel debattiert wird, aber dass es doch gleichzeitig eine gewisse Scheu vor inhaltlichem Streit gibt, vor klaren Alternativen, oft auch einfach vor der Konfrontation. Dabei wissen wir doch: Streit kann durchaus fruchtbar sein. Man muss ihn aushalten können. Das muss man lernen. Und wenn der Streit erhellend und am Ende produktiv sein soll, muss man ihn eben wagen und nicht alles verschleiern, in der Hoffnung, dass niemand die eigentliche Absicht bemerkt. Und wenn Meinungen dann doch weit auseinandergehen, wenn noch dazu ein kämpferischer Gestus gewählt wird, dann beobachte ich in jüngster Zeit eine Besorgnis erregende Art, mit Streit umzugehen: Man diffamiert die Gegner oder man bezichtigt sie der Lüge oder attackiert sie gar persönlich. Macht diese Art des Umgangs miteinander Schule, dann sind wir auf einem gefährlichen Weg und wir haben gleich zwei Arten dieses gefährlichen Weges: einmal im wirklichen Leben und einmal im Netz. Auch da trainieren manche ihre Aggressivität.

Quelle: www.bundespraesident.de

1 Joachim Gauck: von 2012 bis 2017 der elfte und erste parteilose Bundespräsident der Bundesrepublik Deutschland

5 Notieren Sie stichpunktartig, welche Bedeutung dem Wettbewerb laut Gauck in der heutigen Zeit zukommt, und nehmen Sie begründet Stellung zu seinen Thesen.

Wissen und können | **Rhetorik – Ursprünge und Kritik**

- Die Rhetorik ist eine **Disziplin,** die ihren Ursprung in der griechischen und römischen Antike hat. Es handelt sich dabei um verschiedene Formen **mündlicher und schriftlicher Beredsamkeit,** die sowohl **monologisch** als auch **dialogisch** sein kann.
- Der antike **Redner Gorgias** von Leontinoi (ca. 485 – ca. 385 v. Chr.) gilt als einer der Begründer der Rhetorik im Sinne einer wissenschaftlichen Disziplin, indem er auch ihre Bedeutung und Ausübung theoretisch reflektierte.
- Philosophen wie **Platon** oder **Sokrates kritisierten,** dass eine geschickte Rede die Gefahr in sich trägt, das Publikum zu verführen und zu verblenden. Diese kritische Tradition setzt sich mit Aufklärern wie **Immanuel Kant** fort. Im 18. Jahrhundert, im **Zeitalter der Aufklärung,** wurde der Rhetorik unterstellt, eine **Anleitung für die Verschleierung der Wahrheit** zu sein.

7.2 Gattungen, Struktur, Sprache – Die Prinzipien der Rhetorik

Aristoteles (384–322 v. Chr.) **Rhetorik – Über die Gattungen der Rede*** (Auszug)

Es gibt drei Arten der Beredsamkeit, dieser Zahl entsprechen auch die Arten von Zuhörern. Eine Rede besteht nämlich aus dreierlei: einem Redner, einem Gegenstand, worüber er spricht, und einem Publikum und der Zweck der Rede ist nur auf ihn, den Zuhörer, ausgerichtet. Ein Zuhörer mag mitdenken oder urteilen, urteilen entweder über Vergangenes oder Künftiges. Wer über Künftiges urteilt, ist z. B. ein Mitglied der Volksversammlung, wer über Vergangenes, z. B. Richter [wer nur das rednerische Vermögen beurteilt, ein bloßer Betrachter]; daher wird man wohl von drei Redegattungen sprechen müssen, der Beratungs-, Gerichts- und Festrede. Zur Beratung gehört das Zu- und Abraten: Denn eines von beiden tun sowohl diejenigen, die privat beratschlagen, als auch die, die öffentlich als Volksredner auftreten, stets. In den Bereich der Rechtsprechung fallen Anklage und Verteidigung, denn zu einem davon müssen die Streitparteien greifen. Die Festrede gliedert sich in Lob und Tadel. Jede Redegattung befasst sich mit einer eigenen Zeitspanne: der beratende Redner mit der Zukunft, denn er berät ja durch Zuspruch oder Warnung über Künftiges, der Gerichtsrednerredner mit der Vergangenheit, denn es ist immer schon geschehen, was Gegenstand der Anklage oder Verteidigung ist, der Festredner bevorzugt die Gegenwart, denn alle preisen und tadeln gegenwärtig Vorliegendes, erinnern allerdings oft zusätzlich an Vergangenes oder vermuten Zukünftiges.

Aristoteles; Kopie einer Büste nach Lysippos (395–305 v. Chr.)

1 **a** Markieren Sie, welche drei Redegattungen Aristoteles unterscheidet, und erklären Sie diese.

b Aristoteles' Einteilung der Redegattungen wurde bereits in der Antike, etwa von dem römischen Rhetoriker Quintilian (35–96), kritisiert. Diskutieren Sie, was für und gegen eine solche Klassifikation spricht.

Cicero (106–43 v. Chr.) **De oratore. Über den Redner – Die Struktur einer Rede*** (Auszug)

Die ganze Stärke und Geschicklichkeit des Redners ferner lasse sich in folgende fünf Teile zerlegen: Zuerst müsse er erfinden, was er sagen wolle; zweitens, das Erfundene nicht allein nach einer äußerlichen Reihenfolge, sondern nach dem inneren Gewicht und nach richtiger Abschätzung verteilen und zusammenstellen; drittens, dieses vermittelst der Rede einkleiden und ausschmücken; hierauf es im Gedächtnis aufbewahren; zuletzt es mit Würde und Anmut vortragen. Auch das hatte ich erkannt und gelernt: Bevor wir von der Sache selbst redeten, müssten wir die Gemüter der Zuhörer uns geneigt machen; sodann die Sache erzählen; hierauf die Streitfragen feststellen; dann das, was wir bezweckten, mit Gründen beweisen; hernach die Einwürfe widerlegen; am Schluss der Rede aber das, was für unsere Sache spreche, in ein helles Licht stellen und erheben, sowie das, was für die Sache unserer Gegner spreche, schwächen und entkräften. Auch hatte ich gehört, was man über den Schmuck der Rede selbst lehrte. Zuerst wird hier vorgeschrieben, dass wir rein und echt lateinisch reden; zweitens, klar und deutlich; drittens und viertens, der Würde der Gegenstände angemessen und mit Anstand. Und mit den Regeln, die man für diese Gegenstände noch im Einzelnen gab, hatte ich mich bekannt gemacht.

Ja, selbst für das, was ganz besonders von Naturgaben abhängig ist, sah ich Kunstregeln aufgestellt. Und so hatte ich denn auch über den äußeren Vortrag und über das Gedächtnis einige kurze Regeln, die aber mit großen Übungen verbunden waren, gekostet.

Cicero; Detailansicht einer Büste (um 1. Jh. v. Chr.)

Mit diesen Gegenständen etwa beschäftigt sich nun der ganze Unterricht jener Redekünstler. Wollte ich sagen, derselbe sei von gar keinem Nutzen, so würde ich lügen. Denn er enthält einige gute Hinweise für den Redner, wohin er jedes Einzelne beziehen soll und worauf er sein Augenmerk zu richten hat, um nicht von dem vorgesteckten Ziel zu sehr abzuirren.

2 **a** Bringen Sie die Schritte zum Verfassen einer Rede in die in Ciceros Text benannte Reihenfolge: *memoria (Lernen der Rede), elocutio (sprachlich-stilistische Ausgestaltung), inventio (Ideenfindung), actio (Vortrag), dispositio (Strukturierung).*

---

b Geben Sie die Bestandteile sowie den Aufbau einer Rede nach Cicero mit eigenen Worten wieder.

Gert Ueding (*1942) **Moderne Rhetorik. Von der Aufklärung bis zur Gegenwart – Die sprachliche Gestaltung der Rede*** (2000; Auszug)

Das dritte Arbeitsstadium umfasst die sprachlich-stilistische Produktion der Rede gemäß der Theorie des rednerischen Ausdrucks *(elocutio)*, die das differenzierteste Teilgebiet der Rhetorik ausmacht. Es umfasst die *Figuren* und *Tropen*[1] sowie den Wortgebrauch und die Satzfügung, soweit diese nicht grammatischen, sondern stilistisch-rhetorischen Zwecken dienen. Sprachrichtigkeit *(puritas)*, Deutlichkeit *(perspicuitas)*, Angemessenheit an Inhalt und Zweck der Rede *(aptum, decorum)*, Redeschmuck *(ornatus)* und Vermeidung alles Überflüssigen sind die obersten Stilqualitäten. Um allen Wirkungsintentionen zu entsprechen, hat die Rhetorik zum Teil sehr komplizierte *Stillehren* entwickelt, ihrer Überzeugung gemäß, dass allein die Fähigkeit, fehlerfrei und deutlich zu reden und zu schreiben, noch nicht die eigentliche und wirkungsvollste Kunst des sprachlichen Ausdrucks ausmacht. Beweisen allein genügt in den seltensten Fällen, den Adressaten zu überzeugen, und in allen Bereichen des öffentlichen Lebens, in Politik und Kultur, kann immer nur ein Konsens über das Wahrscheinliche erreicht, nie eine Wahrheit ermittelt werden. Die Rhetorik lehrt also nicht primär die Kunst des spezialistischen Ausdrucks und einer Schreibweise, die sich allein an ein wissenschaftlich gebildetes Publikum wendet. Der Normalfall ist das Laienpublikum, das zwar auch nicht ungebildet ist, dem aber auf jeden Fall die genaueren Fachkenntnisse fehlen. Die Ausgangslage des antiken Redners unterscheidet sich – zumindest in diesem Punkt – nicht wesentlich von den Grundbedingungen, die ein Journalist in den modernen Massenmedien, ein Autor von Sachbüchern, aber auch ein Politiker oder ein Lehrer in der Erwachsenenbildung vorfindet. Die Aufgabe besteht jedes Mal darin, besondere Fachkenntnisse aus den verschiedensten Gebieten oder auch ein spezielles Erfahrungswissen in einer sprachlichen Form darzubieten, die sowohl sachangemessen als auch allgemeinverständlich und gegebenenfalls unterhaltsam und wirkungsvoll ist. Es geht dabei nicht um eine Popularisierung im landläufigen Sinne des Wortes, durch die der Gegenstand zwar vereinfacht, aber ebenso trivialisiert wird, sodass er nicht mehr in sachangemessener Weise zum Ausdruck kommt. Vielmehr fällt der Sprache hier die Aufgabe zu, auch schwierige Tatbestände derart einleuchtend zu formulieren, dass sie sogar an ganz unterschiedlich zusammengesetztes Publikum mit uneinheitlichen Voraussetzungen vermittelt werden können.

1 der Tropus, die Trope: Überbegriff für die Klasse sprachlicher Stilmittel, die ihre Wirkung auf Grund ihrer Bedeutung und nicht auf Grund ihrer Lautlichkeit erzielen; die bekanntesten sind Metapher und Ironie

Kurt Tucholsky (1890–1935) **Ratschläge für einen schlechten Redner** (1932; Auszug)

Fange nie mit dem Anfang an, sondern immer drei Meilen v o r dem Anfang! Etwa so: „Meine Damen und Herren! Bevor ich zum Thema des heutigen Abends komme, lassen Sie mich Ihnen kurz aufzeigen ...“

Hier hast Du schon ziemlich alles, was einen schönen Anfang ausmacht:
- eine steife Anrede;
- der Anfang vor dem Anfang;
- die Ankündigung, dass und was Du zu sprechen beabsichtigst und
- das Wörtchen kurz.

So gewinnst Du im Nu die Herzen und die Ohren der Zuhörer. Du musst Dir nicht nur eine Disposition machen, Du musst sie den Leuten auch vortragen – das würzt die Rede. Denn das hat der Zuhörer gern: dass er Deine Rede wie ein schweres Schulpensum aufbekommt; dass Du mit dem drohst, was Du sagen wirst, sagst und schon gesagt hast. Immer schön umständlich. Sprich nicht frei, das macht einen so unruhigen Eindruck.

Am besten ist: Du liest Deine Rede ab. Das ist sicher, zuverlässig, auch freut es jedermann, wenn der lesende Redner nach jedem viertel Satz misstrauisch hochblickt, ob noch alle da sind.

Wenn Du gar nicht hören kannst, was man Dir so freundlich rät, und Du willst durchaus und durchum frei sprechen ... Du Laie! Du lächerlicher Cicero! [...]
Kümmere Dich nicht darum, ob die Wellen, die von Dir ins Publikum laufen, auch zurückkommen – das sind Kinkerlitzchen. Sprich unbekümmert um die Wirkung, um die Leute, um die Luft im Saale; immer sprich, mein Guter, Gott wird es Dir lohnen. Du musst alles in die Nebensätze legen. Sag nie: „Die Steuern sind zu hoch." Das ist zu einfach. Sag: „Ich möchte zu dem, was ich soeben gesagt habe, noch kurz bemerken, dass mir die Steuern bei weitem ..." So heißt das. Trink den Leuten ab und zu ein Glas Wasser vor – man sieht das gern. Wenn Du einen Witz machst, lach vorher, damit man weiß, wo die Pointe ist. Eine Rede ist, wie könnte es anders sein, ein Monolog. Weil doch nur einer spricht. Du brauchst auch nach vierzehn Jahren öffentlicher Rede noch nicht zu wissen, dass eine Rede nicht nur ein Dialog, sondern ein Orchesterstück ist: Eine stumme Masse spricht nämlich ununterbrochen mit. Und das musst Du hören. Nein, das brauchst Du nicht zu hören. Sprich nur, lies nur, donnere nur, geschichtele nur. Zu dem, was ich eben über die Technik der Rede gesagt habe, möchte ich noch kurz bemerken, dass viel Statistik eine Rede immer sehr hebt. Das beruhigt ungemein, und da jeder imstande ist, zehn verschiedene Zahlen mühelos zu behalten, so macht das viel Spaß. Kündige den Schluss Deiner Rede lange vorher an, damit die Hörer vor Freude nicht einen Schlaganfall bekommen. (Paul Lindau hat einmal einen dieser gefürchteten Hochzeitstoaste so angefangen: „Ich komme zum Schluss.") Kündige den Schluss an, und dann beginne Deine Rede von vorne und rede noch eine halbe Stunde. Dies kann man mehrere Male wiederholen. Sprich nie unter anderthalb Stunden, sonst lohnt es gar nicht erst anzufangen. Wenn einer spricht, müssen die anderen zuhören – das ist Deine Gelegenheit! Missbrauche sie.

3 **a** Erklären Sie, wie Tucholskys Überschrift zu verstehen ist. Benennen Sie die maßgebliche rhetorische Strategie.
b Entnehmen Sie aus Uedings (► S. 86) und Tucholskys (► S. 86 f.) Texten die zentralen Ratschläge, um eine Rede sprachlich-stilistisch so zu gestalten, dass sie gelingt.
c Ergänzen Sie Ihnen bekannte sprachliche Gestaltungsmittel, die für eine unterhaltsame und informative Rede hilfreich sein können, und notieren Sie deren mögliche Wirkung.

John F. Kennedy (1917–1963) **Rede des US-Präsidenten vor dem Rathaus Berlin-Schöneberg** (26.06.1963; Auszug)

Meine Berliner und Berlinerinnen, ich bin stolz, heute in Ihre Stadt zu kommen als Gast Ihres hervorragenden Regierenden Bürgermeisters, der in allen Teilen der Welt als Symbol für den Kampf- und Widerstandsgeist Westberlins gilt. Ich bin stolz, auf dieser Reise die Bundesrepublik Deutschland zusammen mit ihrem hervorragenden Herrn Bundeskanzler besucht zu haben, der während so langer Jahre die Politik der Bundesregierung bestimmt hat nach den Richtlinien der Demokratie, der Freiheit und des Fortschritts.
Ich bin stolz darauf, heute in Ihre Stadt in der Gesellschaft eines amerikanischen Mitbürgers gekommen zu sein, General Clays, der hier in der Zeit der schwersten Krise tätig war, durch die diese Stadt gegangen ist, und der wieder nach Berlin kommen wird, wenn es notwendig werden sollte. Vor zweitausend Jahren war der stolzeste Satz, den ein Mensch sagen konnte, der: Ich bin ein Bürger Roms. Heute ist der stolzeste Satz, den jemand in der freien Welt sagen kann: Ich bin ein Berliner. Ich bin dem Dolmetscher dankbar, dass er mein Deutsch noch

besser übersetzt hat. Wenn es in der Welt Menschen geben sollte, die nicht verstehen oder nicht zu verstehen vorgeben, worum es heute in der Auseinandersetzung zwischen der freien Welt und dem Kommunismus geht, dann können wir ihnen nur sagen, sie sollen nach Berlin kommen.

4 Erläutern Sie, was der berühmte und einzig auf Deutsch vorgetragene Satz „Ich bin ein Berliner" (Z. 19) ausdrücken soll. Recherchieren Sie in diesem Zusammenhang den Status von Berlin im geteilten Deutschland.

5 **a** Geben Sie zu den folgenden beiden sprachlichen Gestaltungsmitteln in Kennedys Rede die Funktion an.
b Finden Sie drei weitere Gestaltungsmittel. Benennen Sie in Ihrem Heft je ein Beispiel und dessen Funktion.

Gestaltungsmittel	Beispiel	Funktion
Repetitio (Wiederholung)	„ich bin stolz“ (Z. 1 u. 11) / …	ehrt …, soll unterstreichen, dass …
Metapher	„Kampf- und Widerstandsgeist“ (Z. 4)	

c Betrachten Sie das Foto zu Kennedys Rede (► S. 87), beschreiben Sie die Position des US-Präsidenten und tauschen Sie sich über die Rolle und Symbolik dieses Ortes für die Wirkung seiner Rede auf das Publikum aus.

Juli Zeh (*1974) **Das Mögliche und die Möglichkeiten** (Rede an den Abiturjahrgang 2010; Auszug)

Nach allgemeiner Auffassung beginnt die Zukunft mit dem Abitur, und zwar mit sofortiger Wirkung. Ebenso wie das sogenannte echte Leben. Was dann eigentlich während der gesamten Schulzeit stattfindet – Vergangenheit und unechtes Leben, – wollen wir an dieser Stelle einmal dahingestellt sein lassen. Das Abitur ist ein kurioses Zertifikat. Zum einen stellt es den kürzesten Entwicklungsroman der Welt dar. Ein menschliches Lebensjahrzehnt in einer Zahl zusammengefasst. So weiß man, was Sie in den vergangenen Jahren gemacht haben. 1,3 oder 2,5 oder 3,9 – zum anderen verkörpert die Zahl den Wert Ihres Optionspapiers im Rahmen eines besonderen Termingeschäfts. Gegen Vorlage dieser Urkunde wird dem Berechtigten, also Ihnen, ein Stück Zukunft ausgehändigt, auf das Sie Anspruch erworben haben. So will es das deutsche Schulsystem und so hört man es überall: Wer das Abitur macht, hat eine Zukunft.
[…]
Die Zukunft muss etwas Gutes sein, wenn man bereit ist, dafür acht bis neun lange Jahre früh aufzustehen, um stundenlang auf rückenschädlichen Stühlen in schlecht gelüfteten Räumen herumzusitzen, während draußen das echte Leben stattfindet. Wenn man nun aber den Zeitgeist befragt, wie er sich in Zeitungen, in Filmen und in der Werbung manifestiert, stellt man fest, dass vor allem Gegenstände eine Zukunft besitzen. Ganz ohne Abitur! Es gibt das Handy der Zukunft, das Auto der Zukunft, den Rasierapparat der Zukunft, das Haus der Zukunft, den Fernseher der Zukunft, den Computer der Zukunft und das Energiesystem der Zukunft.
Aber was ist mit der Zukunft des Menschen, der Gesellschaft, der Welt? Da, erfährt man, sieht es düster aus. Die Gesellschaft überaltert, Gesundheits- und Rentensystem vor dem absehbaren Bankrott. In den wenigen Jobs, die es noch gibt, müssen immer weniger Menschen für immer weniger Geld immer mehr arbeiten. Der Staat häuft gewaltige Schuldenberge an, die von kommenden Generationen, also von Ihnen und zum Teil auch noch von mir, zu tragen sind. Ohne grundlegende Änderung im Finanz- und Wirtschaftssystem, so heißt es, bleiben weitere künftige Krisen absehbar. Und von grundlegenden Änderungen sehen wir keine Spur.

6 Erläutern Sie anhand des Redeauszugs, was Juli Zeh mit dem Satz „Das Abitur ist ein kurioses Zertifikat“ (Z. 6 f.) ausdrücken will.

7 Markieren Sie in dem Redeauszug die sprachlich-stilistischen Gestaltungsmittel, benennen Sie diese und notieren Sie ihre jeweilige Funktion im Text (vgl. Aufgabe 5 a/b).

Wissen und können | **Prinzipien der Rhetorik**

- Nach Aristoteles (► S. 85) sind mit der **Beratungsrede** (genus deliberativum), der **Gerichts-** (genus iudiciale) und der **Festrede** (genus demonstrativum) **drei große Redegattungen** zu unterscheiden.
- Nach Cicero (► S. 85 f.) sind **fünf Produktionsschritte** für eine Rede einzuhalten (= IDEMA-Methode): **inventio** (Ideenauffindung), **dispositio** (Strukturierung der Gedanken), **elocutio** (sprachlich-stilistische Ausgestaltung), **memoria** (Lernen der Rede) und **actio** (Vortrag vor Publikum).

7.3 „Die Würde des Menschen ist unantastbar“ – Eine bedeutende Rede analysieren

Navid Kermani (*1967) Rede zum 65. Jahrestag des Grundgesetzes im Bundestag – Es gilt das gesprochene Wort (2014; Auszug)

Navid Kermani (*1967) ist ein freier Schriftsteller und habilitierter Orientalist, der vielfach ausgezeichnet wurde – unter anderem 2015 mit dem Friedenspreis des deutschen Buchhandels. Kermani ist als Kind iranischer Einwanderer in Deutschland geboren und aufgewachsen.

Das Paradox gehört nicht zu den üblichen Ausdrucksmitteln juristischer Texte, die schließlich größtmögliche Klarheit anstreben. Einem Paradox ist notwendig der Rätselcharakter zu eigen, ja, es hat dort seinen Platz, wo Eindeutigkeit zur Lüge geriete. Deshalb ist es eines der gängigsten Mittel der Poesie.

Und doch beginnt ausgerechnet das Grundgesetz der Bundesrepublik Deutschland mit einem Paradox. Denn wäre die Würde des Menschen unantastbar, wie es im ersten Satz heißt, müsste der Staat sie nicht achten und schon gar nicht schützen, wie es der zweite Satz verlangt. Die Würde existierte unabhängig und unberührt von jedweder Gewalt. Mit einem einfachen, auf Anhieb kaum merklichen Paradox – die Würde ist unantastbar und bedarf dennoch des Schutzes – kehrt das Grundgesetz die Prämisse der vorherigen deutschen Verfassungen ins Gegenteil um und erklärt den Staat statt zum Telos[1] nunmehr zum Diener der Menschen, und zwar grundsätzlich aller Menschen, der Menschlichkeit im emphatischen Sinn. Sprachlich ist das – man mag es nicht als brillant bezeichnen, weil man damit einen eminent normativen Text ästhetisierte –, es ist vollkommen, nichts anderes.

Überhaupt wird man die Wirkmächtigkeit, den schier unfassbaren Erfolg des Grundgesetzes nicht erklären können, ohne auch seine literarische Qualität zu würdigen. Jedenfalls in seinen wesentlichen Zügen und Aussagen ist es ein bemerkenswert schöner Text und sollte es sein. Bekanntlich hat Theodor Heuss[2] die ursprüngliche Fassung des ersten Artikels mit dem Argument verhindert, dass sie schlechtes Deutsch sei. „Die Würde des Menschen ist unantastbar“ hingegen ist ein herrlicher deutscher Satz, so einfach, so schwierig, auf Anhieb einleuchtend und doch von umso größerer Abgründigkeit, je öfter man seinen Folgesatz bedenkt: Sie muss dennoch geschützt werden. Beide Sätze können nicht gleichzeitig wahr sein, aber sie können sich gemeinsam, nur gemeinsam, bewahrheiten und haben sich in Deutschland in einem Grade bewahrheitet, wie es am 23. Mai 1949 kaum jemand für möglich gehalten hätte. Im deutschen Sprachraum vielleicht nur mit der Luther-Bibel vergleichbar, hat das Grundgesetz Wirklichkeit geschaffen durch die Kraft des Wortes. [...]

[D]as Diskriminierungsverbot, die Religionsfreiheit, die Freiheit von Kunst und Wissenschaft, die Meinungs- und Versammlungsfreiheit – das waren, als das Grundgesetz vor 65 Jahren verkündet wurde, eher Bekenntnisse, als dass sie die Wirklichkeit in Deutschland beschrieben hätten. Und es sah zunächst keineswegs danach aus, als würde der Appell, der in diesen so schlichten wie eindringlichen Glaubenssätzen lag, von den Deutschen gehört.

Das Interesse der Öffentlichkeit am Grundgesetz war aus heutiger Sicht beschämend gering, die Zustimmung innerhalb der Bevölkerung marginal. Befragt, wann es Deutschland am besten gegangen sei, entschieden sich noch 1951 in einer repräsentativen Umfrage 45 Prozent der Deutschen für das Kaiserreich, 7 Prozent für die Weimarer Republik, 42 Prozent für die Zeit des Nationalsozialismus und nur 2 Prozent für die Bundesrepublik. 2 Prozent! Wie froh müssen wir sein, dass am Anfang der Bundesrepublik Politiker standen, die ihr Handeln nicht nach Umfragen, sondern nach ihren Überzeugungen ausrichteten.

Und heute? Ich habe keinen Zweifel, dass die Mitglieder des Parlamentarischen Rates, sollten sie unsere Feststunde von der himmlischen Ehrentribüne aus verfolgen, zufrieden und sehr erstaunt wären, welche Wurzeln die Freiheit innerhalb der letzten 65 Jahre in Deutschland geschlagen hat. Und wahrscheinlich würden sie auch die Pointe bemerken und zustimmend nicken, dass heute ein Kind von Einwanderern an die Verkündung des Grundgesetzes erinnert, das noch dazu einer anderen als der Mehrheitsreligion angehört. Es gibt nicht viele Staaten auf der Welt, in denen das möglich wäre. Selbst in Deutschland wäre es vor noch gar nicht langer Zeit, sagen wir am 50. Jahrestag des Grundgesetzes, schwer vorstellbar gewesen, dass ein Deutscher die Festrede im Bundestag hält, der nicht nur deutsch ist. [...]

Wir können das Grundgesetz nicht feiern, ohne an die Verstümmelungen zu erinnern, die ihm hier und dort zugefügt worden sind. Auch im Vergleich mit den Verfassungen anderer Länder wurde der Wortlaut ungewöhnlich häufig verändert, und es gibt nur wenige Eingriffe, die dem Text gutgetan haben. Was der Parlamentarische Rat bewusst im Allgemeinen und Übergeordneten beließ, haben der Bundestag und der Bundesrat bisweilen mit detaillierten Regelungen befrachtet.

Nicht nur sprachlich am schwersten wiegt die Entstellung des Artikels 16.
Ausgerechnet das Grundgesetz, in dem Deutschland seine Offenheit auf ewig festgeschrieben zu haben schien, sperrt heute diejenigen aus, die auf unsere Offenheit am dringlichsten angewiesen sind: die politisch Verfolgten. Ein wundervoll bündiger Satz – „Politisch Verfolgte genießen Asylrecht“ – geriet 1993 zu einer monströsen Verordnung aus 275 Wörtern, die wüst aufeinandergestapelt und fest ineinander verschachtelt wurden, nur um eines zu verbergen: dass Deutschland das Asyl als Grundrecht praktisch abgeschafft hat. [...]
Auch heute gibt es Menschen, viele Menschen, die auf die Offenheit anderer, demokratischer Länder existenziell angewiesen sind. Und Edward Snowden, dem wir für die Wahrung unserer Grundrechte viel verdanken, ist einer von ihnen.
Andere ertrinken im Mittelmeer – jährlich mehrere Tausend –, und also mit sehr großer Wahrscheinlichkeit auch während unserer Feststunde. Deutschland muss nicht alle Mühseligen und Beladenen der Welt aufnehmen; aber es hat genügend Ressourcen, politisch Verfolgte zu schützen, statt die Verantwortung auf die sogenannten Drittstaaten abzuwälzen.
Und es sollte aus wohlverstandenem Eigeninteresse anderen Menschen eine faire Chance geben, sich um die Einwanderung legal zu bewerben, damit sie nicht auf das Asylrecht zurückgreifen müssen.
Denn von einem einheitlichen europäischen Flüchtlingsrecht, mit dem 1993 die Reform begründet wurde, kann auch zwei Jahrzehnte später keine Rede sein, und schon sprachlich schmerzt der Missbrauch, der mit dem Grundgesetz getrieben wird. Dem Recht auf Asyl wurde sein Inhalt, dem Artikel 16 seine Würde genommen.
Möge das Grundgesetz spätestens bis zum 70. Jahrestag seiner Verkündung von diesem hässlichen, herzlosen Fleck gereinigt sein, verehrte Abgeordnete.

1 Telos: Ziel, Zweck

2 Theodor Heuss (1884–1963): von 1949 bis 1959 erster Bundespräsident der Bundesrepublik Deutschland

1 **a** Ordnen Sie Kermanis Rede einer der antiken Redegattungen (► S. 88) zu.

b Klären Sie, auf welche verschiedenen politischen Ereignisse Navid Kermani aus welchem Grund anspielt.

c Notieren Sie in Ihrem Heft Kermanis grundsätzliche Intention, den Aufbau und die wichtigsten Aussagen seiner Rede.

2 Untersuchen Sie die Rede im Hinblick auf wichtige sprachliche Gestaltungsmittel und deren Wirkung. Legen Sie dazu eine Tabelle wie zu Aufgabe 5 a/b, Seite 88, an.

3 **a** Schauen Sie sich die Rede im Internet an. (Sie finden sie z. B. in der Mediathek des Deutschen Bundestages.) Beschreiben und erläutern Sie Kermanis grundsätzliche Art des Vortragens im Hinblick auf Mimik, Gestik und Körperhaltung.

b Markieren Sie durch verschiedene Symbole im Sinne eines Vortagsskripts im abgedruckten Auszug (► S. 89 f.) Stellen, die Kermani durch Betonungen, Sprechweisen und Pausen hervorhebt. Halten Sie auch Reaktionen des Publikums fest.

c Tauschen Sie sich über Ihre Ergebnisse und die Wirkung der im Vortrag hervorgehobenen Stellen aus.

4 **a** Recherchieren Sie im Kurs nach demnächst anstehenden historischen Jahrestagen und informieren Sie über diese.

b Wählen Sie einen dieser Jahrestage aus und verfassen Sie zu diesem eine kurze Rede.

Prüfungsmöglichkeiten – Testen Sie Ihr Wissen und Können

A Es gibt in diesen Zeiten keine Normalität. Und doch ist es gut, dass wir an dieser Preisverleihung festhalten. Wir ehren heute einen Menschen, der wie kein anderer verbunden ist mit der Idee der globalen Gerechtigkeit. Die Suche nach Gerechtigkeit und Freiheit darf gerade unter dem Druck der Corona-Pandemie keine Pause machen. Wer wäre für diese Suche ein besserer Expeditionsleiter als der heutige Preisträger. Mit Amartya Sen ehren wir einen Weltbürger, einen großen public intellectual, eine moralische Instanz.

*Bundespräsident Frank-Walter Steinmeier (*1956)*
am 18.10.2020 bei der Verleihung des Friedenspreises des Deutschen Buchhandels in der Paulskirche

B Hier ist alles falsch. Ich sollte nicht hier stehen. Eigentlich sollte ich wieder in der Schule auf der anderen Seite des Ozeans sein. Dennoch kommen Sie alle zu mir, um zu hoffen? Wie können Sie es wagen! Sie haben meine Träume und meine Kindheit mit Ihren leeren Worten gestohlen. Und doch bin ich eine der Glücklichen. Menschen leiden. Menschen sterben. Ganze Ökosysteme kollabieren. Wir stehen am Anfang einer massenhaften Auslöschung. Und alles, worüber Sie reden können, sind Geld und Märchen vom ewigen Wirtschaftswachstum. Wie können Sie es wagen!

*Greta Thunberg (*2003) bei der Eröffnung des UN-Klimagipfels am 23.09.2019 in New York*

1 Ordnen Sie die beiden Redeanfänge jeweils einer Gattung zu und begründen Sie kurz Ihre Entscheidung. Untersuchen Sie jeweils eine sprachlich-stilistische Besonderheit genauer.

	Redegattung	Begründung
A		
B		

Johann Wolfgang Goethe (1749–1832) Grundbedingung (undatiert; Erstdruck 1820)

Sprichst du von Natur und Kunst,
Habe beide stets vor Augen;
Denn was will die Rede taugen
Ohne Gegenwart und Gunst!

Eh du von der Liebe sprichst,
Lass sie erst im Herzen leben,
Eines holden Angesichts
Phosphorglanz dir Feuer geben!

2 **a** Nennen Sie die drei Produktionsschritte des Redenschreibens nach Cicero, die laut dem lyrischen Sprecher im Gedicht unverzichtbar sind.

b Diskutieren Sie, ob Goethes Gedicht als eine Rhetorikanweisung verstanden werden kann. Stellen Sie dabei dar, was der lyrische Sprecher fordert.

8 Horror-Romanzen und Zukunftswestern – Modul „Filmgenres“

1 **a** Die Piktogramme stehen für unterschiedliche Arten von Filmen. Versuchen Sie, diese zu benennen, z. B.: Actionfilm, Gangsterfilm, Tragödie/Drama, Komödie, ... Sie können ggf. auch weitere ergänzen.

b Anstelle von Filmarten spricht man fachsprachlich besser von Filmgenres. Definieren Sie, was man unter einem Genre versteht, und überprüfen Sie Ihre Antwort anhand eines (Online-)Lexikons.

2 Nennen Sie Ihre drei Lieblingsfilme oder -serien und bestimmen Sie das Genre, dem sie angehören.

3 Begründen Sie, warum Sie welches Genre mögen oder nicht mögen.

In diesem Kapitel ...

- untersuchen und definieren Sie, was ein Filmgenre ist,
- reflektieren Sie die Entwicklung von Filmgenres,
- erkennen Sie Eigenheiten des Filmgenres „Science-Fiction“,
- setzen Sie sich kreativ mit dem Thema „Genre“ auseinander.

8.1 Ähnlich und doch verschieden – Was ist ein Filmgenre?

Time Bandits (Terry Gilliam, 1981)
Eines Nachts erlebt der elfjährige Kevin, wie ein Ritter aus seinem Kleiderschrank galoppiert kommt. In der folgenden Nacht erscheint eine Räuberbande von sechs Zwergen, die einem *Obersten Wesen* eine Karte gestohlen hat, auf der alle noch bestehenden Löcher im Universum verzeichnet sind. Durch diese Löcher ist es möglich, in verschiedene Zeitalter zu reisen. Die Zwerge wollen das ausnutzen, um sich zu bereichern ...

Psycho (Alfred Hitchcock, 1960)
Marion Crane hat Geld gestohlen und kommt in einem Motel unter, das von Norman Bates geleitet wird. Bates scheint sich für die Frau zu interessieren, doch seine Mutter, mit der er angeblich gemeinsam im Haus hinter dem Motel lebt, scheint aufgebracht über Marions Ankunft. Ein Privatdetektiv sucht nach Marion und macht das Hotel ausfindig. Als der Detektiv versucht, mit Mrs. Bates zu sprechen, erlebt er eine tödliche Überraschung ...

High Noon (Fred Zinnemann, 1952)
Der Town Marshal von Hedleyville, Will Kane, erfährt unmittelbar nach seiner Hochzeit, dass der Bandit Frank Miller vorzeitig aus dem Gefängnis entlassen wurde, sich an ihm rächen will und mit dem Zwölf-Uhr-Zug die Stadt erreichen wird. Obwohl Kane zuvor gekündigt hat und mit seiner Frau die Stadt verlassen möchte, will er die Stadt nicht den Gesetzlosen überlassen – trotz des Protests seiner Frau und der enttäuschenden Reaktionen der Bürger ...

Jurassic Park (Steven Spielberg, 1993)
Mit Hilfe von Gentechnik hat ein Multimilliardär Dinosaurier züchten lassen, die in einem Erlebnispark zu bewundern sein sollen. Ein Expertenteam besucht diesen Park, um die Sicherheit zu prüfen. Ein unzufriedener Mitarbeiter des Parks will jedoch heimlich Saurier-Embryos an die Konkurrenz verkaufen und setzt hierfür die Sicherheitssysteme außer Kraft. In der Folge können die Dinosaurier ihre Gehege verlassen und die Menschen dort müssen um ihr Leben fürchten ...

1 **a** Ordnen Sie die vier kurzen Inhaltsangaben der oben genannten Filme unterschiedlichen Filmgenres (► S. 95) zu und diskutieren Sie Ihre Festlegungen.

____

____

____

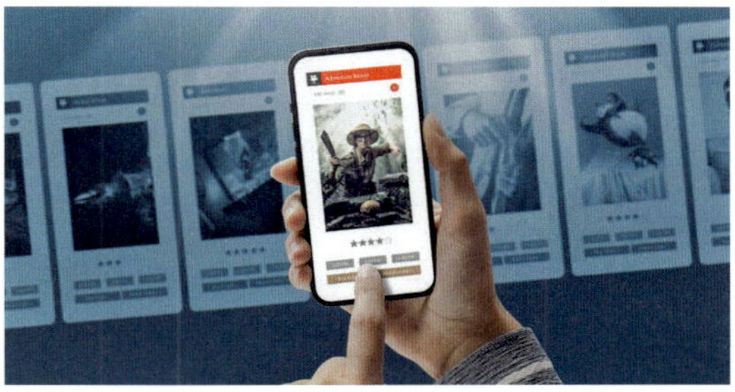

b Erläutern Sie anhand Ihrer Diskussion, auf Grund welcher Eigenheiten Sie die vier Filme einem bestimmten Filmgenre zugeordnet haben.

2 Stellen Sie Vermutungen darüber an, wie ein Genre entsteht.
Tipp: Sie können auch Gedanken über die Entstehung von Musik- und Literaturgenres einbeziehen.

A Man benennt ein ideales Vorbild, auf das andere Werke bezogen werden *(idealistic method)*.
B Man destilliert aus mehreren Werken die Gemeinsamkeiten *(empiricist method)*.
C Man legt fest, was zu einem Genre gehören soll *(a priori method)*.
D Man untersucht gesellschaftliche Erwartungen, die zu Genres führen *(social convention method)*.

frei nach Janet Staiger: Genre Reader IV. Univ. of Texas Press: Austin 2012, S. 203–217.

3 **a** Vergleichen Sie Ihre Antworten zur Entstehung von Genres (► Aufgabe 2) mit denen der Medienwissenschaftlerin Janet Staiger.
b Begründen Sie, welche der vier von Staiger genannten Möglichkeiten Sie am meisten und welche am wenigsten überzeugt.

4 Listen Sie Vor- und Nachteile des Umstands auf, dass es Filmgenres gibt, die sowohl den Filmschaffenden als auch dem Publikum bekannt sind, z. B. für Schauspielerinnen und Schauspieler, Regisseurinnen und Regisseure, Geldgeberinnen und -geber, Kinobesitzerinnen und -besitzer etc.:

Vorteil bekannter Filmgenres	Nachteil bekannter Filmgenres
– Werbewirksamkeit	– weniger Innovation
– berechenbare Erwartungen an Autorinnen und	– Zwang zur Erfüllung von …
Autoren, …	– …
– …	

5 Verfassen Sie mit Hilfe der folgenden Materialien M 1 und M 2 für ein Programmheft zur Vortragsreihe „Meilensteine der Filmgeschichte“ einen Informationstext von 150 Wörtern zur Entwicklung von Filmgenres.
Tipp: Achten Sie bei M2 auf die Jahreszahlen und recherchieren Sie ggf. entscheidende historische Ereignisse im Hinblick auf Fragestellungen wie: Gibt es nach dem Ende des Zweiten Weltkriegs noch Begeisterung für Kriegsfilme oder Western? Wann und warum wurde der Horrorfilm immer beliebter?

M 1 Marcus Alexander Stiglegger (*1971) **Genres in biologistischer Perspektive*** (2020, Auszug)

Entstehung: Ein bestimmter Film bzw. eine Gruppe von Filmen erweist sich beim Publikum als äußerst effektiv und wird im Folgenden immer wieder kopiert, bis eine effektive Mischung von Sujet, Motiven und Archetypen gefunden ist, die sich reproduzieren lässt.
Stabilisierung: Diese erfolgreiche Gruppe von Filmen bringt immer neue Varianten heraus, die jedoch im Kern noch mit dem zugrunde liegenden Schema übereinstimmen. […]
Erschöpfung: An einem gewissen Punkt hat sich das generische Muster für das Publikum abgenutzt. Produktionsfirmen suchen nach neuen Varianten, bis mangelnder Publikumszuspruch zu einem Versiegen dieser Bemühungen führt. Das Genre ist wirtschaftlich unattraktiv geworden und liegt brach.
Neubildung: Durch einen oder mehrere überraschende Erfolge wird dem versiegten Genre neue Aufmerksamkeit zuteil. Das kann an einer Mischung liegen, an aktuellen Stilmitteln oder an einem Retrophänomen im Sinne des Zeitgeistes.

M 2 nach Bo McCready **Film – Genre – Popularity 1910–2018** (2022)

Wie viele Filme eines Genres wurden in einem Jahr produziert? In welchen Jahren war dieses Genre besonders beliebt? Als Grundlage dienen die in der Internet Movie Database (IMDB) eingetragenen Filme und ihre dortige Zuordnung zu einem Genre.

Quelle: nach public.tableau.com

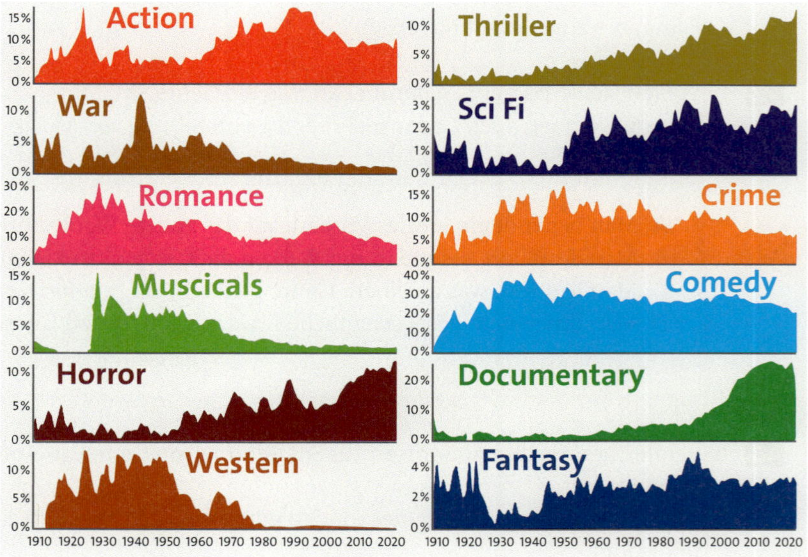

links:
John Wayne (1907–1979) in *Harte Burschen – steile Zähne* (Regie: William A. Seiter, 1943)

rechts:
Mark Hamill (*1951) in *Star Wars* (Regie: George Lucas, 1977)

6 **a** Tauschen Sie sich über Ihr Wissen zu „Star Wars" aus oder recherchieren Sie, worum es darin im Wesentlichen geht.
b „Star Wars" wurde als „Space-Western", „Science-Fiction", „Fantasy" oder „Action-Spektakel" bezeichnet. Diskutieren Sie diese Zuschreibungen auch unter Bezugnahme auf die beiden Bilder oben.
c Nennen Sie weitere Beispiele für Filme, die Genres vereinen, und erklären Sie, warum solche Genremischungen auch beabsichtigt sein könnten.
Tipp: Berücksichtigen Sie Ihre Erkenntnisse zu den Aufgaben 4 bis 5 (► S. 94).

Die Genremischmaschine

Protagonist/-in	Ort	Handlung	Ziel
1. Ein Cowboy	in New York	will ein Dorf von einem Fluch befreien	und stellt die Gerechtigkeit wieder her.
2 Ein Zauberlehrling	im Wilden Westen	ermittelt gegen einen Serientäter	und entkommt selbst nur knapp der Ermordung.
3 Eine Anwältin	im Schloss	jagt einen Schmuggler	und erkennt dabei die dunkle Vergangenheit seiner Familie.

7 **a** Ordnen Sie, z. B. mit Pfeilen, die Felder der Tabelle so, dass typische Genres entstehen. Benennen Sie diese.

1. ______________ 2. ______________ 3. ______________

b Ergänzen Sie in Ihrem Heft weitere Genres, z. B.: Ein Elektriker in ... wird für einen ... und versucht ... (Comedy)

Wissen und können | **Filmgenres**

- Ein **Filmgenre** ist dann gegeben, wenn Filme bestimmte **Gemeinsamkeiten** aufweisen und so als eine **Gruppe** zusammengefasst werden können. Solche gruppenspezifischen Gemeinsamkeiten können z. B. sein: die **Erzählform** (Komödie, Drama), die **Grundstimmung** (Liebesfilm, Thriller), das **Thema** (Mord im Krimi, Zauberei und Fabelwesen im Fantasyfilm) oder **geschichtliche und räumliche** Bezüge (Historienfilm). Mischungen sind jeweils denkbar, z. B. die Kriminalkomödie.
- Da sich Genres wie **Science-Fiction, Fantasy, Horror** oder **Action** beim Publikum besonderer Beliebtheit erfreuen, werden diese auch als **Kerngenres oder Grundgenres** bezeichnet. Die Bedienung dieser Kerngenres hat auch den Zweck, direkt auf kommerzielle Erfolge abzuzielen.
- Im Unterschied zum Begriff „Genre" steht der Begriff der **Gattung** für eine allgemeine bzw. grundsätzliche **Machart** eines Werks, z. B.: Spielfilm, Dokumentarfilm, Experimentalfilm, Lehrfilm, Werbefilm etc.

8.2 Ein Filmgenre unter der Lupe – Der Science-Fiction-Film

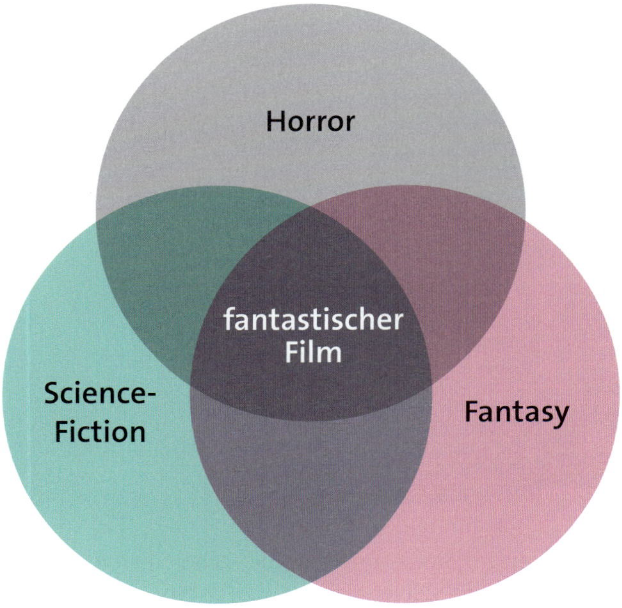

1 Grenzen Sie die drei Genres des fantastischen Films mit Hilfe des abgebildeten Mengendiagramms voneinander ab. Notieren Sie in oder neben die Kreise und Schnittmengen, was sie verbindet bzw. trennt.
Tipp: Berücksichtigen Sie auch die Erwartungen des Publikums und wie „realistisch“ das Gezeigte sein soll.

2 Filmwissenschaftlerinnen und -wissenschaftler haben sechs inhaltliche Schwerpunkte von Science-Fiction-Filmen und Serien ausgemacht.

a Sortieren Sie die folgenden Filmtitel, indem Sie die jeweilige Ziffer rechts vor den Filmtitel unten schreiben. Mehrfachnennungen sind möglich.
Tipp: Recherchieren Sie den Inhalt der Filme, die Ihnen unbekannt sind.

(1) Utopische/Dystopische Gesellschaften
(2) Begegnung mit außerirdischem Leben
(3) Künstliche Menschen
(4) Leben nach der Apokalypse
(5) Expeditionen ins Weltall
(6) Zeitreisen

- ______ „Independence Day“
- ______ „Terminator“
- ______ „Zurück in die Zukunft“
- ______ „Twelve Monkeys“
- ______ „Mars Attacks!“
- ______ „Star Trek“
- ______ „Alien“
- ______ „Blade Runner“
- ______ „2001: Odyssee im Weltraum“
- ______ „Uhrwerk Orange“
- ______ „District 9“
- ______ „Per Anhalter durch die Galaxis“
- ______ „Planet der Affen“
- ______ „Men in Black“
- ______ „Ich bin dein Mensch“
- ______ „Mad Max“
- ______ „Elysium“
- ______ „Arrival“

b Diskutieren Sie die These, dass Science-Fiction ein „männliches Genre“ ist.
Gehen Sie nach Möglichkeit auf Ihnen bekannte Beispiele sowie folgende Fragen ein:
– Wer hat Regie geführt?
– Wer schrieb das Drehbuch?
– Welchen Stellenwert haben die weiblichen Figuren im Film?
– Wer handelt wie, z. B. in Kampfszenen?

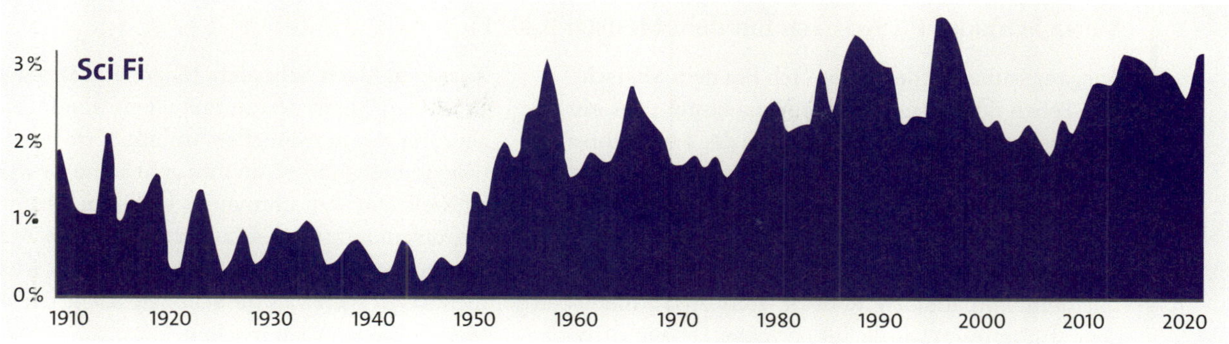

Quelle: public.tableau.com / (▶ S. 94)

3 Wiederholen Sie Ihre Erkenntnis zur Entwicklung von Filmgenres (▶ S. 94, Aufgabe 5) und stellen Sie anhand des abgebildeten Graphen (erneut) Thesen zur Entwicklung des Genres Science-Fiction auf. Wann war dieses Filmgenre besonders beliebt? Warum?

4 Verfassen Sie eine Definition des Genres „Science-Fiction" und vergleichen Sie Ihre Ergebnisse.

„Raumpatrouille Orion" war die erste deutsche Science-Fiction-Serie und wurde 1966 ausgestrahlt. Ein Zusammenschnitt aus den ersten sieben Folgen mit Titel „Raumpatrouille Orion – Rücksturz ins Kino" wurde 2003 veröffentlicht. (Szene mit Claus Holm (1918–1996) als Ingenieur Hasso Sigbjörnsen)

5 **a** Nennen oder recherchieren Sie Geschichten aus Film und Literatur, in denen es um künstliche Menschen geht (▶ Schwerpunkt (3), Aufgabe 2, S. 96) z. B.:
- Prometheus: Gestalt der griechischen Mythologie; nach einer Mythosvariante formte er ...
- Golem: Figur aus der jüdischen Literatur und Mystik; wurde ...
- ...

b Notieren Sie anthropologisch-philosophische Fragestellungen, die sich aus der Erschaffung künstlicher Menschen (Androiden bzw. humanoide Roboter) ergeben, und diskutieren Sie diese, z. B.:
- Haben künstliche Menschen Menschenrechte?
- Können künstliche Menschen Emotionen haben?

Wissen und können | **Der Science-Fiction-Film**

- Der **Science-Fiction-Film** stellt ein **Genre** (▶ S. 95) dar, das die **Zukunft** thematisiert und in dem **fiktionale Techniken** sowie **wissenschaftliche Leistungen** und deren **mögliche Auswirkungen** auf der Erde oder auch auf anderen Planeten eine tragende Rolle spielen.
- Bedeutend für die Entwicklung des Filmgenres waren **literarische Vorbilder** wie insbesondere Jules Vernes Roman „Von der Erde zum Mond" (1873), H. G. Wells' „Zeitmaschine" (1904) oder im Hinblick auf das Thema „künstliche Menschen" Mary Shelleys „Frankenstein oder Der moderne Prometheus" (1818).
- Nachdem im Rahmen der **Weltwirtschaftskrise** Ende der **1920er** und im **Verlauf der 1930er Jahre** im Science-Fiction-Filme vor allem **Ängste und Bedenken am Fortschritt** thematisiert wurden, rückte in den **1960er Jahren** mit dem **Wettlauf zum Mond** zwischen den USA und der UdSSR der **Flug ins All** in den Mittelpunkt. Ab den **1960er Jahren** wurden mit dem Erfolg von „Star Trek" **Science-Fiction-Serien populär.** Eine Weltraumsaga wie „Star Wars" schloss daran ab den **1980er Jahren** an. Entwicklung und **Neuerungen in der Tricktechnik** sowie die Diskussion um die **Möglichkeiten von künstlicher Intelligenz** sorgen seit den **1990er Jahren** für neue Fragestellungen, Konfliktsituationen und Darstellungsweisen bzw. -effekte.

Maria Schrader (*1965) Ich bin dein Mensch (2021)

Ausgangssituation des Films „Ich bin dein Mensch“

Das Leben der Anthropologin Alma besteht aus ehrgeiziger wissenschaftlicher Arbeit und der Pflege ihres demenzkranken Vaters, während ihr Expartner mit seiner neuen Partnerin ein Kind erwartet.

Um an Forschungsgelder zu kommen, nimmt sie an einem ungewöhnlichen Projekt teil: Sie soll drei Wochen mit dem humanoiden Roboter Tom zusammenleben, der dafür trainiert wurde, ihr perfekter Lebenspartner zu sein – durch seine künstliche Intelligenz kann Tom auch dazulernen und sich anpassen.

Abschließend muss Alma für den Deutschen Ethikrat ein Gutachten verfassen, in dem sie zur Position der Humanoiden in der Gesellschaft Stellung beziehen soll.

Quelle: für das Heft verfasst

Aussagen Maria Schraders (Regie und Drehbuch)

Er ist den Menschen in fast allem überlegen, zugleich aber frei von persönlicher Ambition, frei von Angst, frei von Freiheitsdrang. Von ihm geht keine Gefahr aus. Tom ist vielleicht der ultimative Untertan. Aufgeklärt und einverstanden mit der Tatsache, dass sein Auftrag seine Existenzberechtigung ist. Sein Auftrag wiederum ist nichts Geringeres als die schönste Sache der Welt: Einen Menschen glücklich machen. [...]

Alma verteidigt die Idee der romantischen Liebe, der Unabhängigkeit, des sogenannten freien Willens. Tom ist in ihren Augen nichts weiter als eine Erfüllungsmaschine ihrer Bedürfnisse. Kein Gegenüber, nur eine hohle Illusion.

Quelle: www.ichbindeinmensch.de/index.html (Hintergründe)

6 **a** Informieren Sie sich mit Hilfe der beiden Texte über Maria Schraders Film „Ich bin dein Mensch“.
b Diskutieren Sie, wie sich der Inhalt des Films weiterentwickeln könnte.

7 Beschreiben, vergleichen und deuten Sie die beiden Filmplakate. Achten Sie dabei auf Gestik und Mimik der Schauspielerin und des Schauspielers sowie auf die gesamte Bildgestaltung.

> Die einzigen Vorboten aus der Zukunft sind [im Film] die Firma Terrareca, ihre seltsamen Mitarbeiter und ihre Produkte, von denen Tom ein Prototyp ist.
>
> *Maria Schrader (*1965): www.ichbindeinmensch.de/index.html*

8 Begründen Sie nach der obigen Aussage Maria Schraders und Ihrer bisherigen Filmkenntnis, welchem Genre oder welchen Genres Sie den Film zuordnen würden.

9 **a** Notieren Sie mindestens sieben Eigenschaften, die eine perfekte Lebenspartnerin oder ein perfekter Lebenspartner für Sie haben sollte, und tauschen Sie sich über die von Ihnen genannten Eigenschaften aus.
Tipp: Sie können vorab entscheiden, ob bekannt sein darf, wer welche Eigenschaften genannt hat. Wenn Sie sich für eine anonyme Nennung entscheiden, dann sollten Sie statt der folgenden Schreibzeilen Notizzettel anfertigen, diese einsammeln und durch ein Kursmitglied vorlesen lassen.

b Diskutieren Sie, wie eine Beziehung verlaufen würde, in der eine Partnerin oder ein Partner alle gewünschten Eigenschaften erfüllt.

Maria Schrader (*1965) u. Jan Schaumburg (*1976) **Ich bin dein Mensch** (Drehbuch, 2021)

2 INT. BALLSAAL - NACHT

Ein Berliner Tanzlokal aus der Nachkriegszeit. Es ist gut besucht, das Publikum so durchmischt wie die moderne Gesellschaft: An den Tischen und auf der Tanzfläche Paare verschiedensten Alters und geschlechtlicher Kombination, an den Tischen auch einige Männer und Frauen, die allein dasitzen.

Alma folgt der Mitarbeiterin und betrachtet die an den Tischen sitzenden Menschen interessiert. Sie steuern direkt auf einen Tisch zu, an dem ein einzelner, sehr attraktiver Mann im Anzug und offenen Hemd sitzt, vor ihm ein Glas Rotwein.

Der Mann steht auf und lächelt Alma an.

TOM
Hallo, Alma. Ich bin Tom.

Alma bleibt vor ihm stehen und mustert ihn. Sie scheint beeindruckt zu sein, fasziniert, vielleicht: verzaubert. Zumindest sprachlos. Und sie bemüht sich nicht, diese Faszination zu überspielen. Tom küsst sie auf die Wangen. Er spricht mit einem deutlich wahrnehmbaren englischen Dialekt.

TOM (CONT'D)
Schön, dich kennen zu lernen, Alma.

Alma nickt, immer noch sprachlos.

TOM (CONT'D)
Wollen wir uns setzen?

2.

MITARBEITERIN
Was darf ich Ihnen zu trinken bringen?

TOM
Der Bordeaux ist ein feines Tröpfchen.

Alma sieht Tom irritiert an - *ein feines Tröpfchen?* Wer sagt denn so was, ohne Ironie?

MITARBEITERIN
Einen Bordeaux für die Dame?

Alma nickt, die Mitarbeiterin entfernt sich mit einer Verbeugung. Tom sieht Alma tief in die Augen.

TOM
Du bist eine wunderschöne Frau, Alma.

Tom legt seine Hand auf ihre. Sie registriert es etwas befremdet.

TOM (CONT'D)
Deine Augen sind wie...

Alma hebt die Augenbrauen.

TOM (CONT'D)
... zwei Bergseen, in die ich -

Alma zieht die Hand weg und unterbricht Tom damit. Die Mitarbeiterin stellt ihr den Wein hin, Alma nimmt sofort einen tiefen Schluck, betrachtet dann Tom, jetzt ohne jede Romantik.

ALMA
Tom, ja?

TOM
Magst du es nicht, wenn man dir Komplimente macht?

ALMA
Glaubst du an Gott?

TOM
Das ist eine Frage, die man nicht in dieser Umgebung diskutieren sollte.

10 In diesem Drehbuchausschnitt geht es um die erste Begegnung zwischen Alma und Tom.
a Unterscheiden und markieren Sie die Drehbuchelemente „Handlung", „Sprecher/-in", „Gesprochenes", „Anmerkung" und „Szenenüberschrift" mit unterschiedlichen Farben.
b Beurteilen Sie das Gesprächsverhalten von Tom und Alma. Ist sich Alma unsicher, ob sie es mit einem Menschen oder einen Humanoiden zu tun hat?
c Informieren Sie sich über den sogenannten Turing-Test und notieren Sie, welche Fragen Sie Tom stellen würden.

11 Sehen Sie sich den Film oder einen Ausschnitt daraus an und diskutieren Sie das Gezeigte unter Bezugnahme auf die folgenden Pressestimmen:

> ICH BIN DEIN MENSCH schafft den Spagat und wirft philosophische Fragen in einer witzigen, modernen Liebeskomödie auf. *(Variety)* – Unbeschwert und schonungslos unterhaltsam. *(Reuters)* – Ein Kunstgriff, der den Spieß einmal umdreht und den Mann zum Objekt macht, ganz auf weibliche Bedürfnisse eingestellt. *(ZDF heute journal).*
>
> *zitiert nach www.ichbindeinmensch.de/index.html (Pressestimmen)*

8.3 Ideen für einen eigenen Film – Ein Science-Fiction für die Zukunft

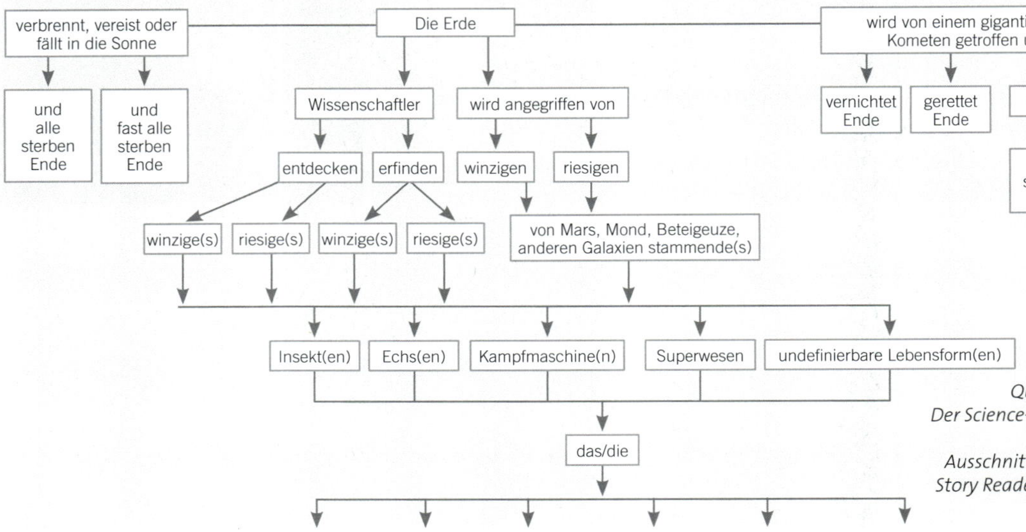

Quelle: Gahan Wilson: Der Science-Fiction-Horror-Film-Taschen-Computer. Ausschnitt aus: Science Fiction Story Reader 1. Hg. v. W. Jeschke. München 1974

1 **a** Wählen Sie einen der typischen Science-Fiction-Schwerpunkte aus (► Aufgabe 2, S. 96), zu dem Sie einen Film planen möchten.
b Legen Sie fest, ob neben Science-Fiction auch noch ein anderes Genre den Film bestimmen soll.

2 **a** Sammeln Sie Ideen für Ihren Film, indem Sie sich durch das angerissene Entscheidungsdiagramm oben inspirieren lassen.
b Entscheiden Sie sich für einen Handlungsstrang. Prüfen Sie die Struktur des Handlungsstrangs, z. B. Spannungsverlauf, Orientierung an 3 oder 5 Akten eines Theaterstücks, ...

3 Als Regisseur oder Regisseurin sollen Sie Ihre Filmidee in einem Interview näher vorstellen. Fertigen Sie zur Vorbereitung Notizen zu folgenden Fragen an:
- Worum geht es im Wesentlichen? Was soll die Aussage Ihres Films sein?
- Welche anderen Filme dieses oder eines anderen Genres könnten zur Sprache kommen? Inwieweit beeinflussen Sie diese für Ihren Film?

4 **a** Sammeln Sie Beispiele für Wortbeiträge, die in einem solchen Interview vorkommen können, z. B.:

Medienvertreter/-in	Sie als Regisseur/-in	Bezug zum Werk	Metakommunikation
– In Ihren früheren	– Mich hat es immer	– Das sieht man ja auch	– Lassen Sie mich an die-
Arbeiten ...	gestört, dass ...	an ...	ser Stelle nachhaken: ...
– Wollten Sie damit	– Das sehe ich nicht so ...	– Aufgefallen ist mir ...	– Wenn ich Sie kurz
zeigen/sagen, dass ...?	– ...	– ...	unterbrechen darf, ...
– ...			– ...

b Verfassen Sie das Interview und lesen Sie es sich gegenseitig vor.

Checkliste **Eine Filmidee planen und skizzieren**

- Ist die Grundidee des Films überzeugend, sodass sie verfilmt werden sollte?
- Ist die Struktur des Films deutlich genug?
- Ist der geplante Inhalt des Films folgerichtig und nachvollziehbar?
- Welches Genre überwiegt oder liegt begründet eine Mischform vor?

Prüfungsmöglichkeiten – Testen Sie Ihr Wissen und Können

Christian Granderath (*1959) u. Manfred Hattendorf (*1963)
„Remember the Future“ (2019; Auszug)

*Der Film „Ich bin dein Mensch“ gründet auf Ideen der gleichnamigen Kurzgeschichte von Emma Braslavsky (*1971), die 2019 im von Sebastian Brand und anderen herausgegebenen Sammelband „2029 – Geschichten von morgen“ erschienen ist. Im Vorwort des Bandes heißt es:*

Die Notwendigkeit von hohen Budgets, der einschüchternde Vergleich mit Hollywood-Produktionen könnte eine Rolle spielen – immerhin hat das Kino in den letzten Jahren mit Filmen wie *Her, Blade Runner 2049* oder *The Arrival* neue Maßstäbe gesetzt. Die große Sehnsucht vieler deutscher Leser und Fernsehzuschauer nach Krimis und Polizisten als ordnende Instanzen für Schuld und Sühne leisten dem Wagnis der Erforschung der Zukunft ebenfalls wenig Vorschub. Und vielleicht hemmt uns in den TV-Redaktionen auch manchmal die Annahme, der Zuschauerzuspruch werde zwangsläufig geringer ausfallen, wenn womöglich bedrohliche Lebenswelten aus der Zukunft in den Wohnzimmern der Beitragszahler Einzug hielten. Durch die Konkurrenz von Plattformen und Streamingdiensten und den Boom der Serienangebote ist jedoch einiges in Bewegung geraten, wie wir überhaupt in einer dramatischen Umbruchszeit leben. *Artificial Intelligence*, die Umwälzungen der Biotechnologie, autonomes Fahren und vieles mehr ist in aller Munde. Zukunft, auch Zukunftsängste sind en vogue.

1 Im Vorwort des Buches spekulieren die Mitherausgeber, warum das Genre Science-Fiction aus ihrer Sicht im deutschen Fernsehen selten bedient wird.

a Geben Sie ihre Thesen mit eigenen Worten wieder.

b Erörtern Sie, ob Ihrer Meinung nach die Thesen der Herausgeber stichhaltig sind (Umfang ca. 70 Wörter).

2 Im Klappentext des Sammelbandes werden die enthaltenen Geschichten als „Near-Future-Geschichten“ bezeichnet.

a Erläutern Sie, wie Sie den Begriff im Hinblick auf den Film „Ich bin dein Mensch“ verstehen.

b Nennen Sie Vor- und Nachteile dieser hier neu eingeführten Genre-Bezeichnung.

3 Im Kapitel 8.2 (► S. 97) haben Sie einiges über die Zeitgebundenheit von Genres erfahren. Prüfen Sie, ob es eine Ortsgebundenheit von Genres gibt.
Tipp: Nutzen Sie die Übersicht auf Seite 94.

4 Diskutieren Sie, ob Genres medienunabhängig sind oder ob es für unterschiedliche Medien wie Film und Buch unterschiedliche Genres gibt oder geben muss (Umfang ca. 70 Wörter).

5 Im Film „Zurück in die Zukunft“ aus dem Jahr 1985 reisen die Figuren zum 21 Oktober 2015, einem Datum, das im Moment, zu dem Sie diese Aufgabe lesen, bereits vergangen ist. Begründen Sie, ob es sich bei dem Film dennoch um Science-Fiction handelt.

Autoren- und Quellenverzeichnis

S. 6 ff., 16 f.: Hamsun, Knut (1859–1952): Hunger [Auszüge]; aus: Hamsun, Knut: Hunger. Aus dem Norwegischen v. Siegfried Weibel. Ullstein: Berlin 2017, S. 5, 7 ff., 27 ff., 34 ff., 77 ff., 123 ff., 128 f.; **S. 6 f., 12: Ernstsen, Martin** (*1982): Hunger – nach dem Roman von Knut Hamsun [Auszug Graphic Novel]; aus: Ernsten, Martin: Hunger – nach dem Roman von Knut Hamsun. Aus dem Norwegischen v. Ina Kronenberger. Avant-Verlag: Berlin 2019, o. S.; **S. 11:** Ringvorlesung „Europäische Romane", Knut Hamsuns „Hunger" [Auszug]; aus: www.literaturwissenschaft-online.uni-kiel.de/wp-content/uploads/2015/10/Hamsun_Hunger.pdf [09.05.2023]; **S. 12: Baumgartner, Walter** (*1941): Zum 150. Geburtstag von Knut Hamsun [Interviewauszug]; aus: Baumgartner, Walter: Artistik, Ironie und Gewalt bei Knut Hamsun. Aufsätze, Vorträge, Artikel, Essays und Interview. In: Texte und Untersuchungen zur Germanistik und Skandinavistik. Bd. 64. Peter Lang Edition: Frankfurt a. M. 2013, S. 7; **S. 13: Hamsun, Knut** (1859–1952): „Ich habe versucht, ..."; zitiert nach: Wolfgang Schneider: Unberechenbar wie seine Figuren. www.deutschlandfunk.de/unberechenbar-wie-seine-figuren-100.html [31.03.2023]; **S. 13: Hamsun, Knut** (1859–1952): „Ich träume von ..."; zitiert nach: Thünkler, Arnold: Irrwege durch Kristiania. www.deutschlandfunk.de/irrwege-durch-kristiania-100.html [31.03.2023]; **S. 13 ff: Pohlandt, Jochen:** 100 Jahre Nobelpreis für Knut Hamsun – Ohne Segen der Erde [Auszug]; aus: www.fr.de/kultur/literatur/100-jahre-nobelpreis-fuer-knut-hamsun-ohne-segen-der-erde-90097381.html [31.03.2023]; **S. 16: Hoppe, Felicitas** (*1960): Der ungeheuerliche Herr Happolati [Auszug]; aus: Hamsun, Knut: Hunger. Nach der Erstausgabe von 1890 aus dem Norwegischen neu übersetzt von Ulrich Sonnenberg. Manesse: München 2023, S. 241 f. u. 245 f.; **S. 18: Stoltenberg, Annemarie** (*1957): „Hunger": Knut Hamsuns Roman neu übersetzt [Auszug]; aus: www.ndr.de/kultur/buch/tipps/Hunger-Knut-Hamsuns-beruehmter-Roman-neu-uebersetzt,hamsun100.html [20.04.2023]; **S. 18: Katja Iken** (*1972): Hungern als Show. Ich will so leiden, wie ich bin [Auszug]; aus: www.spiegel.de/fotostrecke/hungern-als-show-fotostrecke-107202.html [23.05.2023]; **S. 20 ff.: Fischer-Lichte, Erika** (*1943): Semiotik des Theaters [Auszüge]; aus: Fischer-Lichte, Erika: Semiotik des Theaters. Eine Einführung. Band 1: Das System der theatralischen Zeichen. Gunter Narr Verlag: Tübingen ^{5}2007, S. 2 f. u. 25 ff.; **S. 22: Brook, Peter** (1925–2022): „Ich kann jeden leeren Raum ..." [Zitat]; aus: Brook, Peter: Der leere Raum. Aus dem Englischen v. Walter Hasenclever. Alexander Verlag: Berlin/Köln ^{11}1983, S. 9; **S. 22: Viebrock, Anna** (*1951): „Das Abbilden von Realität ..." [Zitat]; zitiert nach: Hilliger, Dorothea: Theaterpädagogische Inszenierung. Beispiele – Reflexionen – Analysen. Schibri-Verlag: Berlin/Milow/Strasburg ^{2}2009, S. 158; **S. 22: St. Denis, Ruth** (1879–1968): „Nie in meinem Leben ..." [Zitat]; zitiert nach: Humphrey, Doris: Die Kunst, Tänze zu machen. Hg. u. aus dem Amerikanischen übersetzt v. Karin Vial. Florian Noetzel Verlag der Heinrichshofen-Bücher: Wilhelmshaven ^{4}2010, S. 101; **S. 22: Waltz, Sasha** (*1963): „Wie gehen Sie Ihre Choreografien an?" [Interviewauszug]; aus: Mostbacher-Dix, Petra: Die Befreiung durch den Tanz. Interview mit Regisseurin Sasha Waltz. www.stuttgarter-zeitung.de/inhalt.interview-mit-regisseurin-sasha-waltz-die-befreiung-durch-den-tanz.f087d3b0-1cb3-49ab-a8b7-4e2311f75597.html [03.05.2023]; **S. 23: Schidlowsky, Christian** (*1965): „Wenn man etwas versprochen bekommt, ..." [Zitat]; aus: Schidlowsky, Christian: Die sprechende Bühne. In: Schultheater 11 (Bühnenbild), 2021, S. 12; **S. 23: Roselt, Jens** (*1968): „Theater kann man überall ..." [Zitat]; aus: Roselt, Jens: Der Wandel des Theaterraums. In: Schultheater 5 (Raum), 2011, S. 40; **S. 23 ff., 30: Roselt, Jens** (*1968): Die Kunst des Ereignisses [Auszüge]; aus: Roselt, Jens: Die Kunst des Ereignisses. In: karlsruher pädagogische beiträge 75 (Theaterrezeption), 2010, S. 47 ff. u. 53f.; **S. 24: Cocteau, Jean** (1889–1963): „Wenn man zu viel weiß, stirbt die Poesie." [Zitat]; zitiert nach: Motzki Boris: Kinder der Sonne. Ausbruch aus den Ruinen ihrer Gewohnheit. In: Frankfurter Allgemeine Zeitung 17.12.2022, S. 14; **S. 26: Schößler, Franziska** (1964): Einführung in die Dramenanalyse [Auszug]; aus: Schößler, Franziska: Einführung in die Dramenanalyse. J. B. Metzler: Stuttgart ^{2}2017, S. 214; **S. 27: Reinhardt, Anja:** Geschlechtergerechtigkeit am Theater; aus: www.deutschlandfunk.de/geschlechtergerechtigkeit-am-theater-krasse-neoliberale-100.html [08.05.2023]; **S. 29: Goebbels, Heiner** (*1952): „Anything which is not a story could be a play" [Auszug]; aus: Goebbels Heiner: „Anything which is not a story could be a play". In: Fokus Schultheater. Zeitschrift für Theater und ästhetische Bildung. Heft 08: Theater. Musik. Hg. v. Bundesverband Theater in Schulen e. V. Hamburg: edition Körber-Stiftung: Hamburg 2009, S. 17 ff.; **S. 29: Abramović, Marina** (*1946): „Im Theater ist das Blut Ketchup, bei der Performance ist es echt." [Zitat]; aus: Kippenberger, Susanne: Interview mit Marina Abramovic. www.tagesspiegel.de/gesellschaft/mit-70-muss-man-den-bullshit-reduzieren-4892326.html [08.05.2023]; **S. 30: Gregori, Daniela** (*1969): Anne Imhof – Widerständige Körper und Bildgewalt [Auszug]; aus: www.goethe.de/ins/cd/de/kul/mag/21038292.ht tml [22.06.2023]; **S. 30:** Drees, Ursula: „Faust" von Anne Imhof auf der Biennale Venedig 2017, der Deutsche Pavillon [Auszug]; aus: https://plusinsight.de/2018/07/faust-von-anne-imhof-auf-der-biennale-venedig-2017-der-deutsche-pavillon/ [03.05.2023]; **S. 35: Härtling, Peter** (1933–2017): „Der Computer schreibt für mich ..." [Zitat]; aus: Marbacher Magazin 69/1994, S. 75; **S. 36: Sargnagel, Stefanie** (*1986): Statusmeldungen [Auszug]; aus: Sargnagel, Stefanie: Statusmeldungen. Rowohlt: Reinbek bei Hamburg 2017, S. 6 f.; **S. 36: Vamvas, Claudia** (*1968): Sitze im Bus [Auszug]; aus: Vamvas, Claudia: Sitze im Bus. Frohmann: Berlin 2016, o. S.; **S. 37: Kaléko, Mascha** (1907–1975): Sonett in Dur; aus: Kaléko, Mascha: Liebesgedichte. Hg. v. Gisela Zoch-Westphal u. Eva-Maria Prokop. dtv: München ^{2}2017, S. 22; **S. 38: Fischhaber, Anna u. Geier, Moritz:** Kommt ein Pony in den Supermarkt [Auszüge]; aus: www.sueddeutsche.de/projekte/artikel/panorama/lustig-gute-nachrichten-kurios-polizei-jahresrueckblick-tiere-e466927/ [04.04.2023]; **S. 39: Heinlein, Robert** (1907–1988): Prognosen für das Jahr 2000* [Auszug]; aus: Lists of Note. Aufzeichnungen, die die Welt bedeuten. Hg. v. Shaun Usher. Übersetzung v. Stephan Glietsch. Heyne: München 2014, S. 58; **S. 39: Sontag, Susan** (1933–2004): Regeln für die Kindererziehung; aus: Lists of Note. Aufzeichnungen, die die Welt bedeuten. Hg. v. Shaun Usher. Übersetzung v. Zoë Beck Glietsch. Heyne: München 2014, S. 71; **S. 41:** Vorkommen von *alles durchdringend, ...* [Automatische Literaturkritik; Auszug]; aus: https://docs.google.com/document/d/1CvANIOEDGGTiMWfvI_rCcBTJPZZrl0c70-FH6Z5DpGM/edit/ [05.04.2023]; **S. 42: Uerlings, Beatrice:** Akademisch übt sich, wer ein großer Autor werden will [Auszug]; aus: www.deutschlandfunk.de/akademisch-uebt-sich-wer-ein-grosser-autor-werden-will-100.html [06.04.2023]; **S. 43: Eschbach, Andreas** (*1959): „Wer keinen Zweifel daran hat, ..." [Zitat]; aus: www.andreaseschbach.de/schreiben/fragen/talent/talent.html [05.04.2020]; **S. 44: Heine, Heinrich** (1797–1856): Die Lorelei*; aus: Heine, Heinrich: Sämtliche Schriften in 12 Bd. Bd. 1: Schriften 1817–1840. Hg. v. Klaus Briegleb. Ullstein: Frankfurt a. M./Berlin/Wien 1981, S. 107; **S. 44: Gernhardt, Robert** (1937–2006): Zögern; aus: Gernhardt, Robert: Klappaltar. Drei Hommagen. Haffmans: Zürich 1998, S. 13; **S. 46: Gottfried von Straßburg** († um 1215): Tristan [Auszug]; aus: Gottfried von Straßburg: Tristan, Bd. 1. Hg. u. ins Neuhochdeutsche übersetzt v. Rüdiger Krohn. Reclam: Stuttgart 1993, S. 19; **S. 46: Goethe, Johann Wolfgang** (1749–1832): Torquato Tasso [Auszug]; aus: Goethes Werke in 12 Bd. Bd. 3. Hg. v. den Nationalen Forschungs- und Gedenkstätten der klassischen deutschen Literatur in Weimar. Aufbau: Berlin u. Weimar 1981, S. 485 f.; **S. 46: Kant, Immanuel** (1724–1804): Schöne Kunst ist Kunst des Genies [Auszug]; aus: Kant, Immanuel: Werke in sechs Bänden. Bd. 4: Kritik der Urteilskraft. Hg. v. Rolf Toman. Könemann: Köln 1995, § 46, S. 189 f. (307); **S. 46: Kaléko, Mascha** (1907–1975): Die Leistung der Frau in der Kultur (auf eine Rundfrage) (Auszug); aus: Kaléko, Mascha: In meinen Träumen läutet es Sturm. Gedichte und Epigramme aus dem Nachlass. Hg. von Gisela Zoch-Westphal. dtv: München ^{2}2018; **S. 47: von Rönne, Julia** (*1992): „Mittlerweile schreiben alle ..."; zitiert nach: www.zeit.de/news/2023-08/17/manifest-fuer-das-leben-ronja-von-roenne-mit-neuem-buch [22.02.2024]; **S. 47: Zeh, Juli** (*1974): fiktive Leserinnen und Leser; indirekt wiedergegeben nach: www.uni-frankfurt.de/47375791/07_05__Unireport_4_13.pdf [22.01.2024]; **S. 47 f.: Steinleitner, Jörg** (*1971): Von der Idee bis zum verkaufsfertigen Buch* [Auszug]; aus: https://buchszene.de/interview-thomas-schmidt-literaturagent/ [24.04.2023]; **S. 48: Graff, Bernd:** Self Publishing – Der ungebundene Autor [Auszug]; aus: www.sueddeutsche.de/kultur/self-publishing-der-ungebundene-autor-1.4091314?reduced=true [24.04.2023]; **S. 48: von Stuckrad-Barre, Benjamin** (*1975): Livealbum [Auszug]; aus: von Stuckrad-Barre, Benjamin: Livealbum. Kiepenheuer & Witsch: Köln 1999, S. 12 f.; **S. 49: Richter, Steffen** (*1969): „Die Stimme des Autors ..." [Zitat]; aus: Richter, Steffen: Der Literaturbetrieb. Eine Einführung: Texte – Märkte – Medien, 2011, S. 114; **S. 49: Goethe, Johann Wolfgang** (1749–1832): Auseinandersetzung um Alessandro Manzonis Tragödie „Il Conte di Carmagnola" [Auszug]; zitiert nach: Literaturbetrieb. Hg. v. Bodo Plachta. W. Fink UTB: Stuttgart 2008, S. 93 f.; **S. 50: Andre, Thomas** (*1978): Wie entsteht eigentlich die Bestsellerliste? [Auszug]; aus: www.abendblatt.de/kultur-live/article212762265/Literatur-Wie-entsteht-eigentlich-die-Bestsellerliste.html [24.04.2023]; **S. 51:** Der Georg-Büchner-Preis – Geschichte und Gegenwart* [Auszug]; aus: www.buechnerpreis.de/buechner/preis [24.04.2023]; **S. 51 f.: Wolf, Christa** (1929–2011): Dankrede [Auszug]; aus: www.deutscheakademie.de/de/auszeichnungen/georg-buechner-preis/christa-wolf/dankrede [24.04.2023]; **S. 52 f.: Setz, Clemens** (*1982): Dankrede* [Auszug]; aus: www.deutscheakademie.de/de/auszeichnungen/georg-buechner-preis/clemens-j-setz/dankrede [24.04.2023]; **S. 56: Dörr, Julian** (*1988): Selfpublishing: „Es gibt jedes Jahr mehr Autoren, die von ihrer Arbeit leben können" [Interviewauszug]; aus: www.sueddeutsche.de/kultur/interview-am-morgen-selfpublishing-es-gibt-jedes-jahr-mehr-autoren-die-von-ihrer-arbeit-leben-koennen-1.4160885 [15.05.2023]; **S. 56: Lichtenberg, Georg Christoph** (1742–1799): „Ich sehe die Rezension als ..." [Zitat]; aus: Lichtenberg, Georg Christoph: Schriften und Briefe. Hg. v. Wolfgang Promies. Hanser München ^{3}1994, Bd. 1, S. 771; **S. 57: Peirce, Charles S.** (1839–1914): „Nothing is a sign ..."; zitiert nach: Daniel Chandler: Semiotics for Beginners. https://www.cs.princeton.edu/~chazelle/courses/BIB/semio2.htm [29.01.2024]; **S. 57: von Le Fort, Gertrud** (1876–1971): „Symbols are ..."; zitiert nach: www.azquotes.com/author/35583-Gertrud_von_Le_Fort [29.01.2024]; **S. 57: Aicher, Otl** (1922–1991): „Denn man wollte 1972 ..."; zitiert nach: www.sueddeutsche.de/muenchen/muenchen-olympia-1972-piktogramme-otl-aicher-1.5654265 [30.05.2023]; **S. 58: Nöth, Winfried** (*1944): Handbuch der Semiotik [Auszug]; aus: Nöth, Winfried: Handbuch der Semiotik. J. B. Metzler: Stuttgart/Weimar ^{2}2000, S. 125; **S. 58: Mersch, Dieter** (*1951): Semiotik und Grundlagen der Wissenschaft [Auszug]; aus: Mersch, Dieter: Semiotik und Grundlagen der Wissenschaft. In: Einführung in die Wissenschaftstheorie und Wissenschaftsforschung, Bd. 4. Hg. v. Theo Hug. Schneider: Hohengehren 2001, S. 323–338; **S. 59, 60: de Saussure, Ferdinand** (1857–1913) u. a.: Grundlagen der allgemeinen Sprachwissenschaft [Auszüge]; aus: de Saussure, Ferdinand u. a.: Grundfragen der allgemeinen Sprachwissenschaft. Übersetzt v. Herman Lommel. de Gruyter Mouton: Berlin, Boston 1931, S. 77 ff., 83 u. 87 f.; **S. 60: Bichsel, Peter** (*1935): Ein Tisch ist ein Tisch [Auszug]; aus: Bichsel, Peter: Kindergeschichten. Suhrkamp: Frankfurt a. M. 1997, S. 24 f.; **S. 61:** Aro: Ich würde gern ... [Chat-Zitate]; zitiert nach Saied, Nadja: „Sie macht mich glücklich, wieso gönnt ihr mir das nicht?" www.jetzt.de/whatsapp-kolumne/whatsapp-kolumneder-grosse-altersunterschied [27.02.2023]; **S. 61: Lobo, Sascha** (*1975): „Die Magie der Emojis liegt ...“ [Zitat]; aus: Lobo, Sascha: Emojis, die beste Sprache der Welt ;-). www.spiegel.de/netzwelt/web/emojis-warum-die-symbole-ein-gesellschaftlicher-fortschritt-sind-a-1185165.html [27.03.2023]; **S. 61: Stefanowitsch, Anatol** (*1970): „Smiley-Emojis haben vor allem ...“ [Zitat]; zitiert nach: Lutter, Annika: Wie Emojis unsere Kommunikation ergänzen. www.stuttgarter-nachrichten.de/inhalt.emojis-in-der-forschung-wie-emojis-unsere-kommunikation-ergaenzen.61649867-1f7d-4c30-8c5f-4a6e38e00f79.html [27.03.2023]; **S. 61: Hugendick, David** (*1980): „Doch ob Befehl, Kritik, ...“ [Zitat]; aus: Hugendick, David: Emojis: Kein Problem. www.zeit.de/zeit-magazin/2022/18/emojis-smileys-mails-arbeitsalltag?utm_referrer=https%3A%2F%2Fwww.bing.com%2F [27.03.2023]; **S. 61: Adorján, Johanna** (*1971): „Ich fürchte, dass Emoticon ...“ [Zitat]; aus: Adorján, Johanna: Emoticons und Emojis: Gelächter im Dunkeln. www.faz.net/aktuell/feuilleton/emoticons-und-emoji-gelaechter-im-dunkeln-13658611.html [27.03.2023]; **S. 62: Albert, Georg:** Semiotik und Syntax von Emotionen [Auszug]; aus: Zeitschrift für Linguistik 62 (1), 2015, S. 10 f.; **S. 63: Kixmüller, Jan:** Wie Fresken in einer Kirche [Interviewauszug]; aus: www.tagesspiegel.de/potsdam/landeshauptstadt/wie-fresken-in-einer-kirche-7445260.html [13.04.2023]; **S. 64: Schrödl, Barbara** (*1965): „Water to Wine“. Upcycling und das Setzen von Zeichen zwischen Mode und Kunst [Auszug] aus: Zeich(n). Setzen: Bedeutungsgenerierung im Mäandern zwischen Bildern und Begriffen. Hg. v. Monika Leisch-Kiesl. transcript: Bielefeld 2020, Bd. 11, S. 242 ff.; **S. 65 ff.: Eco, Umberto** (1906–2016): Der Name der Rose [Auszug]; aus: Eco, Umberto: Der Name der Rose. Aus dem Italienischen v. Burkhart Kroeber. Hanser: München/Wien [30]1984, S. 31 ff.; **S. 68: Hehn, Rebekka:** Umberto Ecos Kultursemiotik* [Auszug]; aus: http://rebekkahehn.de/wp-content/uploads/2014/07/Eco_Zeichentheorie_Hehn.pdf (S. 3); **S. 68: Hugendick, David** (*1980): Emojis: Kein Problem. [Auszüge]; aus: Hugendick, David: Emojis: Kein Problem. www.zeit.de/zeit-magazin/2022/18/emojis-smileys-mails-arbeitsalltag?utm_referrer=https%3A%2F%2Fwww.bing.com%2F [27.03.2023]; **S. 69: Goethe, Johann Wolfgang** (1749–1832): Faust I [Auszug]; aus: Goethes Werke in 12 Bd. Bd. 4. Hg. v. den Nationalen Forschungs- und Gedenkstätten der klassischen deutschen Literatur in Weimar. Aufbau: Berlin u. Weimar 1981, S. 245; **S. 70: Bußmann, Hadumod** (*1933): Lexikon der Sprachwissenschaft [Auszüge]; aus: Bußmann. Hadumod: Lexikon der Sprachwissenschaft. Kröner: Stuttgart [2]1990, S. 707 u. 721 f.; **S. 70 ff.: Waldmann, Sarah:** Die Geschichte der deutschen Sprache [Auszug]; aus: https://de.babbel.com/de/magazine/geschichte-der-deutschen-sprache [14.04.2023]; **S. 72: Riecke, Jörg** (1960–2019): Warum Sprachgeschichte* [Auszug]; aus: Riecke, Jörg: Geschichte der deutschen Sprache – Eine Einführung. Stuttgart: Reclam 2016, S. 7 f.; **S. 74: Hartmann von Aue** (um 1160/70–1210/20): Iwein [Auszug]; aus: Hartmann von Aue. Iwein. Hg. v. Georg F. Benecke u. a. de Gruyter: Berlin/New York [4]2001, S. 3; **S. 75: Luther, Martin** (1483–1546): Von den nüwen Eckischen Bullen und Lügen [Auszug]; aus: Luther, Martin: Von den nüwen Eckischen Bullen und Lügen; EOD Network, Bayrische Staatsbibliothek München 2016, o. S.; **S. 75 f.:** aus: Martin Luthers Fabeln. Neu hg. v. Willi Steinberg. Max Niemeyer Verlag: Halle (Saale) 1961; **S. 76:** Bibelübersetzungen* [Auszüge]; aus: Die Bibel nach Martins Luthers Übersetzung. Lutherbibel. Jubiläumsausgabe. Hg. v. der Evangelischen Kirche in Deutsch and. Deutsche Bibelgesellschaft: o. O. 2017; **S. 77: von Droste-Hülshoff, Annette** (1797–1848): Brief an Levin Schücking [Auszug]; aus: von Droste-Hülshoff. Annette: Sämtliche Briefe. Kritische Ausgabe. Briefe 1843–1848. Hg. v. Winfried Woesler. dtv: München 1992, S. 58 f.; **S. 80: Zeidler, Susanna Elisabeth** (1657–1706): Beglaubigung der Jungfer Poeterey; aus: Frauen I Lyrik. Gedichte in deutscher Sprache. Hg. v. Anna Bers. Reclam: Stuttgart 2020, S. 115; **S. 80: Malzahn, Melanie** (*1973): Sprache als Spiegel der Kulturen“ [Zitat]; zitiert nach: https://medienportal.univie.ac.at/uniview/wissenschaft-gesellschaft/detailansicht/artikel/sprache-als-spiegel-der-kulture/ [18.04.2023]; **S. 81: Ottmers, Clemens:** „Rhetorice ars est bene dicendi.“ [Auszug]; aus: Ottmers. Clemens: Rhetorik. Metzler: Stuttgart/Weimar: 1996, S. 5 f.; **S. 82: Paulsen, Thomas** (*1959): Die Anfänge der griechischen Rhetorik [Auszug]; aus: Rhetorik. Begriff – Geschichte – Internationalität. Hg. v. Gert Ueding. Max Niemeyer Verlag: Tübingen: 2005, S. 11 f.; **S. 82 f.: Platon** (428/27–348/47 v. Chr.): Gorgias [Auszug]: aus: Platon: Sämtliche Werke. Bd. 1: In der Übersetzung v. Friedrich Schleiermacher. Hg. v. Walter F. Otto, Ernesto Grassi, Gert Plamböck. Rowohlt: Hamburg 1957/1988, S. 210 f. (456 a ff.); **S. 83: Kant, Immanuel** (1724–1804): Kritik der Urteilskraft [Auszug § 53]; aus: Kant, Immanuel: Werke in sechs Bänden. Bd. 4: Kritik der Urteilskraft. Hg. v. Rolf Toman. Könemann: Köln 1995, S. 214 ff. (327 f.); **S. 84: Gauck, Joachim** (*1940): Bundesfinale „Jugend debattiert“ [Auszug]; aus: www.bundespraesident.de/SharedDocs/Reden/DE/Joachim-Gauck/Reden/2016/06/160618-Bundesfinale-Jugend-debattiert.html [06.04.2023]; **S. 85: Aristoteles** (384–322 v. Chr.): Rhetorik [Auszug]; aus: Aristoteles: Rhetorik. Übersetzt und hg. v. Gernot Krapinger. Reclam: Stuttgart 2007, S. 19; **S. 85 f.: Cicero** (106–43 v. Chr.): De oratore. Über den Redner [Auszug]; aus: Cicero: De oratore. Über den Redner. Übersetzt u. hg. v. Harald Merklin. Stuttgart: Reclam 1976, S. 126 ff.; **S. 86: Ueding, Gert** (*1942): Moderne Rhetorik. Von der Aufklärung bis zur Gegenwart [Auszug]; aus: Ueding, Gert: Moderne Rhetorik. Von der Aufklärung bis zur Gegenwart C. H. Beck: München 2000, S. 9 ff.; **S. 86 f.: Tucholsky, Kurt** (1890–1935): Ratschläge für einen schlechten Redner [Auszug]; aus: Tucholsky, Kurt: Lerne lachen, ohne zu weinen. Rowohlt: Reinbek bei Hamburg 1932, S. 323 ff.; **S. 87 f.: Kennedy, John F.** (1917–1963): Rede des US-Präsidenten vor dem Rathaus Berlin-Schöneberg [Auszug]; aus: www.berlin.de/berlin-im-ueberblick/geschichte/artikel.453085.php [12.04. 2023]; **S. 88: Zeh, Juli** (*1974): Das Mögliche und die Möglichkeiten [Auszug]; aus: http://rmg.zum.de/images/archive/3/3c/20120928095113%21V22_Rhetorik_Arbeitsauftrag.pdf [30.01.2024]; **S. 89 f.: Kermani, Navid** (*1967): Rede zum 65. Jahrestag des Grundgesetzes im Bundestag [Auszug]; aus: www.bundestag.de/webarchiv/textarchiv/2014/280688-280688 [12.04.2023]; **S. 91: Steinmeier, Frank-Walter** (*1956): „Es gibt in diesen Zeiten ...“ [Zitat]; aus: www.bundespraesident.de/SharedDocs/Reden/DE/Frank-Walter-Steinmeier/Reden/2020/10/201018-Laudatio-Friedenspreis-Amartya-Sen.html [13.04.2023]; **S. 91: Thunberg, Greta** (*2003): „Hier ist alles falsch. Ich ...“ [Zitat]; aus: www.merkur.de/politik/greta-thunberg-rede-un-klimagipfel-new-york-deutsch-zr- 13031691.html [13.04.2023]; **S. 91: Goethe, Johann Wolfgang** (1749–1832): Grundbedingung; aus: Goethe, Johann Wolfgang. Berliner Ausgabe. Poetische Werke, Bd. 1. Aufbau: Berlin 1960, S. 586 f.; **S. 93: Staiger, Janet** (*1946): „Man benennt ein ideales Vorbild, ...“; frei wiedergegeben nach: Film Genre Reader IV. Hg. v. Barry Keith Grant. Univ. of Texas Press: Austin 2012, S. 203–217; siehe auch https://de.wikipedia.org/wiki/Genre-Theorie [11.04.2023]; **S. 94: Stiglegger, Marcus** (*1971): Genres in biologistischer Perspektive* [Auszug]; aus: Stilegger, Marcus (Hg.): Handbuch Filmgenre. Geschichte – Ästhetik – Theorie. Springer Fachmedien: Wiesbaden 2020, S. 12; **S. 94, 97: McCready, Bo:** Film – Genre – Popularity 1910–2018 [Grafik]; aus: https://public.tableau.com/app/profile/bo.mccready8742/viz/FilmGenrePopularity-1910-2018/GenreRelativePopularit/ [11.04.2023]; **S. 98: Schrader, Maria** (*1965): „Die einzigen Vorboten aus ...“ [Zitat]; aus: www.ichbindeinmensch.de/index.html [11.04.2023]; Ich bin dein Mensch [Auszug]; aus: ebd. [11.04.2023]; **S. 99: Schrader, Maria** (*1965) **u. Schaumburg, Jan** (*1976): Ich bin dein Mensch – Drehbuch [Auszug]; aus: https://issuu.com/deutschefilmakademiee.v./docs/ich_bin_dein_mensch_drehbuch_final [11.04.2023]; **S. 99:** „ICH BIN DEIN MENSCH schafft den Spagat ...“ [Zitate]; zitiert nach: www.ichbindeinmensch.de/index.html [11.04.2023]; **S. 100: Gahan Wilson:** Der Science-Fiction-Horror-Film-Taschen-Computer. Ausschnitt aus: Science Fiction Story Reader 1. Hg. v. Wolfgang Jeschke. Heyne: München 1974; **S. 101: Granderath, Christian** (*1959) u. **Hattendorf, Manfred** (*1963): „Remember the Future“ [Auszug]; aus: 2029 – Geschichten von morgen. Hg. v. Stefan Brandt. Suhrkamp: Berlin 2019, S. 8

Nicht im Autoren- und Quellenverzeichnis genannte Texte wurden für das Schülerbuch verfasst.
* Einzelne Formulierungen im Text wurden aus didaktischen Gründen gekürzt, umgeformt bzw. mit einem eindeutigeren Titel versehen oder vereinfacht.

Bildquellenverzeichnis

Cover: Foto: dpa Picture-Alliance/B0329_Röhnert (Mascha Kaléko), Hintergrund: Shutterstock.com/Firsik (GRÜNER Hintergrund); **S. 5:** stock.adobe.com/Maksym Yemelyanov; **S. 6:** Martin Ernstsen: Hunger – Nach dem Roman von Knut Hamsun. Aus dem Norwegischen von Ina Kronenberger. avant-verlag GmbH: Berlin 2019; **S. 10:** bpk/Deutsches Historisches Museum/Sebastian Ahlers; **S. 11:** bpk/Nationalgalerie, SMB/Jörg P. Anders; **S. 12:** Bridgeman Images; **S. 13:** mauritius images/alamy stock photo/Historic Collection; **S. 14:** Imago Stock & People GmbH/NTB; **S. 15:** Hunger ©minuskel forlag & avant – Verlag GmbH , 2019; **S. 16:** bpk/Alinari Archives/Eccher, Luciano; **S. 17:** stock.adobe.com/Rawpixel Ltd.; **S. 18:** bpk/Kunstbibliothek, SMB, Photothek Willy Römer; **S. 19:** Gabriela Neeb; **S. 21/o.:** Shutterstock.com/Tikhonova Yana; **S. 21/u.:** stock.adobe.com/andrys lukowski; **S. 23/u.:** Kerstin Schomburg; **S. 24:** stock.adobe.com/László Szirtesi. All rights reserved; **S. 25:** Shutterstock.com/ra2 studio; **S. 26:** stock.adobe.com/LIGHTFIELD STUDIOS; **S. 27:** mauritius images/alamy stock photo/IanDagnall Computing; **S. 28/l.:** Birgit Hupfeld; **S. 28/r.:** Stine Omar, Lea Welsch, Ian Edmonds, Mickey Mahar and Billy Bultheel in Anne Imhof: Faust, 2017, German Pavilion, 57th International Art Exhibition – La Biennale di Venezia Photography: Nadine Fraczkowski, Courtesy of the artist, Galerie Buchholz, Sprüth Magers and the German Pavilion 2017; **S. 29:** mauritius images/alamy stock photo/Giles W Bennett; **S. 32:** stock.adobe.com/GraphicCompressor; **S. 34:** stock.adobe.com/Boris Zerwann/Zerbor; **S. 35/m. r.:** mauritius images/Cavan Images; **S. 35/o. l.:** stock.adobe.com/Lealnard; **S. 35/o. m.:** Imago Stock & People GmbH/Keystone/ZUMA; **S. 35/o. r.:** Imago Stock & People GmbH/Westend61; **S. 36:** stock.adobe.com/ISO100/F16/Dumrongsak Songdej; **S. 40/o. l.:** bpk/DeAgostini/New Picture Library; **S. 40/o. m.:** bpk/Kupferstichkabinett, SMB/Jörg P. Anders; **S. 40/o. r.:** Bridgeman Images; **S. 42:** interfoto e. k./Writer Pictures Ltd/Barry Cronin; **S. 45/o. l.:** Imago Stock & People GmbH/epd-bild/SteffenxSchellhorn; **S. 45/o. r.:** Imago Stock & People GmbH/Jochen Tack; **S. 45/m. l.:** Shutterstock.com/DC Studio; **S. 45/m. r.:** dpa Picture-Alliance/Sebastian Gollnow; **S. 47:** Imago Stock & People GmbH/EventpressxGolejewski; **S. 48:** Imago Stock & People GmbH/Hubert Jelinek; **S. 51:** dpa Picture-Alliance/Helmut Fricke; **S. 52/o.:** dpa Picture-Alliance/Roland Witschel; **S. 52/u.:** dpa Picture-Alliance/Helmut Fricke; **S. 53:** akg-images; **S. 57/m. l.:** Shutterstock.com/Billion Photos; **S. 57/m. r.:** stock.adobe.com/Carl; **S. 57/o. l.:** Bridgeman Images/Granger; **S. 57/o. r.:** Shutterstock.com/Cath Vectorielle; **S. 61:** Shutterstock.com/pixelliebe; **S. 62:** Shutterstock.com/pixelliebe; **S. 63:** stock.adobe.com/philipk76; **S. 65:** Imago Stock & People GmbH/imagebroker\r; **S. 67:** akg-images/Eric Vandeville/akg-images; **S. 68/ 2. v. l.:** stock.adobe.com/euthymia; **S. 68/alle außer 2. v. l.:** stock.adobe.com/jojoo64; **S. 68/Emojis:** Shutterstock.com/pixelliebe; **S. 69:** bpk/Städel Museum; **S. 70:** Imago Stock & People GmbH/H. Tschanz-Hofmann; **S. 74:**

Bridgeman Images; **S. 75:** bpk/Staatsbibliothek zu Berlin; **S. 77:** bpk; **S. 78:** stock.adobe.com/Xavier Lorenzo; **S. 80:** bpk/Scala; **S. 81/o. l.:** interfoto e. k./Glasshouse Images/JT Vintage; **S. 81/o. r.:** Imago Stock & People GmbH/epd-bild/ThomasxLohnes; **S. 81/m. l.:** Jugend debattiert, ein Programm der Gemeinnützigen Hertie-Stiftung; **S. 81/m. r.:** Imago Stock & People GmbH/STL; **S. 82:** Bridgeman Images; **S. 84:** Jugend debattiert, ein Programm der Gemeinnützigen Hertie-Stiftung; **S. 85/o.:** Bridgeman Images/Luisa Ricciarini; **S. 85/u.:** Bridgeman Images; **S. 87:** interfoto e. k./brandstaetter images/Votava; **S. 89:** Imago Stock & People GmbH/Wiegand Wagner; **S. 92:** stock.adobe.com/little_airplane; **S. 93:** Shutterstock.com/Stokkete; **S. 95/l.:** mauritius images/ARCHIVIO GBB/Alamy; **S. 95/r.:** mauritius images/Collection Christophel; **S. 97/m.:** Imago Stock & People GmbH/imago stock & people; **S. 98/l.:** © 2021 Majestic (Kinofilm „Ich bin Dein Mensch", Regie: Maria Schrader); **S. 98/r.:** Curzon Cinemas 2021; **S. 99:** dpa Picture-Alliance/Ute Grabowsky/photothek; **S. 101/o.:** stock.adobe.com/WindyNight; **S. 101/u.:** Imago Stock & People GmbH/Zoonar/CigdemxSimsekx 17178578

Deutschbuch

Gymnasium Bayern
Oberstufe

Redaktion: Thorsten Feldbusch

Illustrationen: Dorina Tessmann, Berlin: S. 38, 40, 41, 46, 49, 58, 59
Umschlaggestaltung: Corinna Babylon, Berlin, unter Verwendung von: shutterstock: 551935027 (Farbklecks), dpa Picture Alliance: 2.3351414 (Porträt Mascha Kaléko); Text eigens verfasst für dieses Lehrwerk
Layoutkonzept und technische Umsetzung: werkstatt für gebrauchsgrafik, Garding

Weitere Bestandteile des Lehrwerks

E-Book mit Medien zum Schülerbuch 12/13	978-3-464-63013-6
Arbeitsheft 12/13	978-3-464-63012-9
Handreichungen für den Unterricht 12/13	978-3-464-63008-2
Unterrichtsmanager (E-Book mit Servicepaket und Arbeitsheft)	978-3-464-63015-0
Die Seminararbeit (Arbeitsheft mit Lösungen)	978-3-464-61786-1

www.cornelsen.de

1. Auflage. 1. Druck 2024

Druck: Athesiadruck GmbH

ISBN 978-3-464-63010-5